ESI EDUGYAN

WASHINGTON BLACK

エシ・エデュジアン

ワシントン・ブラック

高見浩 訳

小学館

ワシントン・ブラック

WASHINGTON BLACK
by Esi Edugyan

Japanese translation rights arranged with Trident Media Group, LLC
through Japan UNI Agency, Inc., Tokyo

装幀　水戸部 功

目次

［主な登場人物］

ジョージ・ワシントン・ブラック……西インド諸島のフェイス農園で働く少年奴隷。
ビッグ・キット……ダホメ王国出身の奴隷。
ガイアス……フェイス農園の家僕奴隷。
エラスムス・ワイルド……フェイス農園の新しい農園主。英国人。
クリストファー・ワイルド……エラスムスの弟の科学者。通称ティッチ。
フィリップ……ワイルド兄弟のいとこ。
ジェイムズ・ワイルド……ワイルド兄弟の父。科学者。
ピーター・ハウス……ジェイムズの助手。北極調査に同行。
エドガー・ファロウ……米国ヴァージニアで墓守をする研究者。
ベネディクト・キナスト……アベ・マリア号の船長。弟は船医のテオ。
マイケル・ホロウェイ……カリオペ号の船長。
メドウィン・ハリス……米国ベッドフォードの町の下宿の管理人。
ターナ・ゴフ……ノヴァ・スコシアに滞在する英国籍の女性。
ジェフリー・マイケル・ゴフ……海洋生物学者。
ジョン・フランシス・ウィラード……逃亡奴隷を追う賞金稼ぎ。

クレオとマドックスに

第一部

フェイス大農園
バルバドス

1830

I

最初に仕えていた農園主が死んだのは、ぼくが十歳か十一歳のときだった。正確には覚えていない。悲しむ者は一人もいなかった。この大農園はすぐ人手に渡るに決まっている。この先どうなるのか、みんな畑で頭を垂れて不安に打ちふるえた。農園主は老齢だった。ぼくは遠くからしか見たことがなかった。いつも芝生の日陰の椅子にすわって、痩せ細った膝に毛布をかけて眠っていた。いま振り返ると、その農園主は試験管に保存された標本のようなものだったと思う。彼は狂った王様より長生きした。奴隷貿易そのものより長生きした。フランス王国の没落と大英帝国の勃興を目撃し、産業革命の夜明けをまのあたりにした。彼自身の利用価値は、すでに失われていたのである。あの葬儀の晩、ぼくはフェイス大農園の石ころだらけの土にひざまずいて、ビッグ・キットのふくらはぎにぺたっと手のひらを押しつけていた。周囲をとりまくサトウキビが赤い夕日に染まるなか、ビッグ・キットの肌が放つ熱気、その肉体の秘める逞しい生命力がはっきりと感じとれた。ぼくらはひとかたまりになって、農園の労働監督たちが肩に棺をかついで母屋から出てくるさまを、黙々と見守っていた。棺は藁敷きの馬車の荷台に移された。荷台の仕切り戸がバタンと降ろされて、馬車はガタゴトと走り去った。

ぼくとビッグ・キットは死者が解放されるところを見守り、そこからすべてが始まったのである。その日から十八週間後のある朝、死んだ農園主の甥が、ブリッジタウンの港から飛ばしてきた埃まみれの馬車列の先頭の馬車で、到着した。農園が売りに出されなくてよかったと、ぼくらはそのとき思ったものだ。馬車の列は車体を軋ませながら、椰子の木が影を落とす軟弱な坂道をゆっくりと登ってきた。車列の最後尾の平台の荷馬車には、帆布に覆われた奇妙な物体がのっていた。小さな畑の鞭打ち石くらいの大きさで、用途は見当もつかなかった。そういう光景を残らず覚えているのは、そのときもやはりサトウキビ畑の端に、ビッグ・キットと並んで立っていたからだ。あの頃のぼくは何をしていてもビッグ・キットにくっついていた。先頭の馬車が止まると、ガイアスとイマニュエルがこわばった手つきで扉をあけ、主人が降りるためのステップを引き出した。母屋の館のほうを見ると、ぼくと同い年の可愛いエミリーが玄関に現れた。その頃、日の暮れ方に、洗濯水の桶を抱えたエミリーが食器洗い場の前の草むらに水をあける姿をよく目にしたものだ。そのエミリーがいま、ヴェランダの階段を二段降りて立ち止まり、エプロンの皺をのばして姿勢を正した。

　帽子を手に、馬車から最初に降り立った男は、ふさふさした黒髪で、馬のように長い顔をしていた。馬車から降り立つと顔をあげ、農園やそこに集まった奴隷の男女をぐるっと見まわした。それから最後尾の荷馬車につかつかと近寄って、奇妙な物体の搭載された荷台の周囲をゆっくりとまわった。帆布を縛っている綱の具合をたしかめているのだ。それがすむと片手を額にかざして、こちらのほうを見た。その視線がぼくの上で止まったときには、どきっとした。男は何かやわらかなものを嚙んでいるらしく、顎が小刻みに動いていたけれど、視線はそのまま動かなかった。

　でも、ぼくの目を引きつけたのは、二番目に降り立った、白服の不気味な男だった。これがぼくらの新しいご主人様だと、だれもがすぐに見てとったと思う。長身で、気の短そうな、病的な顔立ち。測径器のように両足が外側に反っていた。三角帽子の下からは白い髪が前にはみだしている。睫毛も肌も青白いのではないかという気がした。だれかの所有物になっている人間は、ご主人様の目の色をうかがう術をごく早いうちに身につける。その男の目の色を見て、ぼくは震えあがった。まわりの連中と同じく、ぼくもその男の所有物だった。ぼくらの命はもちろん、ぼくらの死も、その男の物なのだ。男はそれに満足しきっていた。男の名は、エラスムス・ワイルド。

　ビッグ・キットの全身がおののいた。なぜだか、ぼくにはわかった。男のつるんとした顔はつやつやとして、白い服のきれいなひだは信じられないほどまばゆく輝いていた。まるで幽霊のようだった。もしかすると、その男は自由自在に姿を消したり現したりできるのではないか。生き血を吸って体温を保っているのではないか。ぼくらの目に触れることなく、どこにもいけるのではないか。そんな気がして、怖かった。だから、ぼくは黙々と働いた。すでにたくさんの死を見せつけられていたし、邪悪さというものの正体もわかっていた。それはある朝、幽霊のように白い姿で馬車から降り立ち、恐れおののく大農園に無表情な目で踏み込んでくるのである。

そのときだったと思う、ビッグ・キットが心安らかに、愛をこめて、自分自身とぼくを殺してしまおうと決意したのは。

2

幼年時代を通じて、ぼくにはビッグ・キットしかいなかった。それが、サトウキビ畑での彼女の通り名だった。ぼくはビッグ・キットをひたすら慕い、またこわがった。

ぼくが組頭の女を怒らせてしまって、枯れた椰子の木の下の、あの野蛮な小屋に押し込められてしまったのは、五歳くらいのときだった。その小屋の主がキットだったのである。そこですごした最初の晩、ぼくは夕食を盗まれ、木の椀を壊された。知らない男に頭をひどく殴られて、足元がふらつき、耳もガーンと鳴った。二人の小さな女の子から唾を吐きかけられた。その子たちの年老いたお祖母さんに押さえつけられ、とがった爪が腕に食いこんだ。お祖母さんは、ぼくのはいていた手作りのサンダルの革ひもがほしかったらしい。サンダルが足からむしりとられた。

そのとき、ぼくは初めてビッグ・キットの声を聞いたのだった。

「その子はやめとき」と、低い声が言った。

言葉はそれだけだった。が、それに次いで、大波のように抗いがたい、とてつもなく巨大で猛々しい力が襲いかかってきた。むんずと髪をつかまれた老婆は、まるでぼろきれのように軽々と持ち上げられて、放り投げられた。ぼくはすくみあがって、ただじっと相手を見ているしかなかった。ビッグ・キットはうんざりしたように、あのオレンジ色の目でぼくを見下ろした。それから暗い部屋の隅の自分の椅子のほうにもどっていった。

　でも、そのあくる朝、気がつくと、青白い光の中で、ビッグ・キットがぼくのそばにしゃがみ込んでいた。何かどろどろしたものがよそってある椀を差し出してから、キットはぼくの手をつかんで、手相を見た。「おまえはね、すごい人生を送ることになるよ」とつぶやいてから、「たくさんの川を渡ることになる」それから、ペッとぼくの手のひらに唾を吐いて、拳をぎゅっと握らせた。指のあいだから唾がしたたり落ちた。「ほら、それが最初の川さ」そう言って、笑いだした。

　ぼくはビッグ・キットを畏れうやまった。彼女は圧倒的な存在感で仲間の奴隷たちの上に君臨していた。その巨体のゆえに、またアフリカで捕獲される前、ダホメ王国の呪術師であったがゆえに、ビッグ・キットはだれからも恐れられた。彼女は奴隷たちの小屋の土中に呪いの種をまいた。小屋の戸口には、内臓を抜かれたカラスの死骸が吊り下がっていた。ある鍛冶工の奴隷の徒弟が反抗すると、ビッグ・キットは三週間ものあいだ、日夜その男の前にすわり込み、男の椀から強引に食べ物をすくいとって自分の口に放り込んでみせた。男はとうとう音を上げて、和解にもちこんだ。また酷暑の畑では、全身油を塗りたくられたように汗みずくになって、巨体を波打たせながら、ビッグ・キットは呪われた土を掘り返した。押し殺した声で奇妙な歌をうたいながら、鍬をふるった。夜、小屋で眠るときは、ダホメのくぐもった言葉で寝言をつぶやき、急に大声で叫ぶこともあった。翌日、そのことを話題にする者はだれ一人いなくて、暑熱の下で働く彼女は、怒り狂ったように自分自身が大鉈になって、サトウキビを片っ端から刈りとった。あたしの本当の名前はね、ナウィというんだ、と、あるときビッグ・キットはぼくにささやいた。息子は三人いた。いや、一人だった。いや、息子は一人もおらず、娘もいなかった。語って聞かせる話は、月の変化と共に変わった。ときどき、夜明け頃、鍬の刃先に一握りの砂を振りかけたビッグ・キットが、呪文のような歌をうたっていたのを覚えている。その声は溢れる激情に圧倒されたかのように、しゃがれていた。ぼくはその声と、荒っぽい節まわしが好きだった。歯のあいだからしゅっと空気を吸い込み、目を細くすぼめてビッグ・キットは歌いはじめる。「あたしがダホメの近衛兵だったときには」とか、「両手でこうしてインパラを絞め殺したときには」とか。その声を耳にすると、ぼくは何をしていても手を休めて、聞き惚れたものだった。なぜなら、ビッグ・キットこそは驚異の源、フェイス農園の奴隷小屋や呪われた土も足元に寄れない、ぼくなんかが想像もできない世界の生き証人だったからである。

新しい農園主の支配の下で、農園自体も不吉な雲に覆われた。到着して二週間後、農園主はもとからいた労働監督たちを解雇した。代わりに波止場からやってきたのは、刺青を入れた、赤ら顔の、暑熱に顔をしかめる荒くれ男どもだった。いずれも元兵士か、元奴隷商人か、島の貧民たちで、悪魔のように窪んだ目をして、ポケットに何かの書類を突っ込んでいた。それから、残虐な仕打ちがはじまったのである。いったい、ぼくたち奴隷に重傷を負わせて、どんな得があるというのだろう？　血まみれの足を引きずって、喘ぎ喘ぎ畑に向かう大人の奴隷たちをぼくは見た。耳に血染めの包帯をした女の奴隷たちを見た。エドワードという奴隷は、陰口をきいたとなじられて、舌を切断された。エリザベスという奴隷は便器の掃除を手抜きしたことを咎められ、満杯になった便器の中身を食べさせられた。脱走を図ったジェイムズという奴隷は、農園主の命令で、見せしめに、ぼくらの目の前で火あぶりにされた。そのあと、彼を焼いた火の中に焼きごてが突っ込まれ、ぼくらは彼の無残な死骸の前を一人一人歩かされて、二度目の烙印を押されたのだった。

ジェイムズは新たにはじまった殺戮の最初の犠牲者だったけれど、その後も殺戮はつづいた。病気になった者は体がズタズタになるまで鞭打たれるか、畑で吊るし首にされるか、銃で撃ち殺された。まだ子供だったぼくは、夜、声をしのばせて泣いた。でも、ビッグ・キットは、新たな死者が出ると獰猛そうなオレンジ色の目をすぼめて、やっぱり、と言うように険しい顔で唸るだけだった。

死とは別の世界への扉の一つにすぎない。ビッグ・キットはぼくにそう思わせたがっていたようだ。ビッグ・キットは死を恐れてはいなかった。ビッグ・キットのなかには、アフリカ高地の河沼地帯の信仰が深く根づいていた。その信仰によれば、死は一つの生まれ変わりにすぎなかった。人は死ぬとその生まれ故郷にもどって、自由に歩きまわることができる。あの白い服の男が到着したとき、その考えが、まるで井戸に投じられた毒の糸のようにビッグ・キットの頭にしみこんだらしい。

ある晩、ビッグ・キットはぼくに決意を打ち明けた。早いとこ、この世におさらばしよう。痛くなんかないから。

「おまえ、怖いかい？」小屋の中で並んで横たわりながら、ビッグ・キットはぼくにささやいた。「死ぬのがさ？」

「ううん、怖くないよ、キットが怖くないんなら」ぼくは勇気を出して答えた。すると、暗闇の中で、ぼくを守ろうとするように太い腕がかぶさってきた。

唸り声に似た重苦しい声が、ビッグ・キットの胸の中から迸りでた。「死んだらね、おまえは生まれ故郷で目覚めるんだ。そのとき、おまえはもう自由の身なのさ」ぼくは片方の肩を軽くすくめた。ビッグ・キットはそれを感じとり、ぼくの顎をつかんで自分のほうに向けた。「なんだってんだい？信じられないのかい、あたしの言うことが？」

ぼくは答えたくなかった。ビッグ・キットは腹を立てるだろう、と思ったからだ。でも、ぼくはささやいた。「だって、ぼくには生まれ故郷なんてないんだもん、キット。ぼくが生まれたのはこの農園なんだから。だとすると、ぼくはまたここで、奴隷として目を覚ますの？　そばにはキットもいなくて？」

「おまえはね、あたしと一緒にダホメで目を覚ますんだよ」ビッグ・キットはきっぱりとささやいた。

「そういうことになるのさ」

「本当にそういうところ、見たことがあるの？　死んだ人たちがまた目を覚ますところを？　ダホメにいるときに？」

「そりゃあるとも」ビッグ・キットはささやいた。「あたしの仲間はみんな見たことがある。そこで目を覚ましたのがどんな人たちか、ちゃんとわかったよ」

「その人たち、幸せそうだった？」

「みんな、自由だったからね」

一日の疲れがどっとのしかかってくるのを、ぼくは感じた。「それって、どんな感じ？　自由って、どんな感じなの？」

土の上で、ビッグ・キットは身じろぎした。ぼくはぎゅっと抱きしめられて、熱い吐息が耳をなぶった。「それはね、ここでの暮らしとは似ても似つかないんだ。自由の身になったら、おまえは何でもできるんだから」

「どこでも、いきたいところにいけるの？」

「そう、どこでもいきたいところにいける。いつでも、起きたいときに起きればいい。いいかい、自由の身になるとね——」ビッグ・キットはささやいた。「だれかに何か訊かれたって、答えたくなけりゃ答えないでいいんだ。仕事だって、その気がなけりゃ、終わらせなくていい。放ったらかしにしていいのさ」

本当だろうかと思って、ぼくは目を閉じた。「本当にそうなの？」耳の後ろの髪の毛に、ビッグ・キットの唇が触れた。「ああ、ああ、そうともさ。おまえはシャベルなんか置いて、さっさと畑から出ていってかまわないんだ」

じゃあ、どうしてビッグ・キットは決行を遅らせたのだろう？　日はどんどんたっていった。農園の空気はますます苛烈に、残酷になった。それでもビッグ・キットは実行しなかったのだ。たぶん、何かの予感、虫の知らせのようなものが、ビッグ・キットを縛っていたのかもしれない。

　ある晩ぼくは、だれもいない小さな菜園につれだされた。ビッグ・キットの手に握られた鍬の、鋭い、錆びついた刃を見て、ぼくは震えあがった。でも、ビッグ・キットはただ、芽を出しかけた小さなニンジンをぼくに見せようとしただけだった。また別の晩には、やはりビッグ・キットに起こされて、無言のまま闇の中につれだされた。伸び放題の雑草をかき分けて、枯れた椰子の木の前につれていかれた。でも、そのときも、ぼくはただ、二人の秘密を決して口外してはいけない、と念を押されただけだった。「いいかい、あたしたちのやろうとしていることを知られたら、すぐ離れ離れにさせられちゃうんだからね」ダホメにいくのを、なぜいつまでも待たなければならないのか、ぼくにはわからなかった。キットの生まれ故郷を早く見たいよ、とぼくは訴えた。ぼくは本当に彼女と二人で、ダホメの王国を自由に歩きまわってみたかったのだ。

「でもね、これには正しい段取りが必要なんだ」ビッグ・キットはささやいた。「実行するときは正しいお月さまの下で、正しい呪文を唱えなきゃ。さもないと、神さまたちが降りてこないから」

　ちょうどその頃、奴隷たちの中に本当に自殺する者が出はじめた。コシモは斧で自分自身の喉を搔き切った。アダムは鍛冶場から盗んだ釘で手首を突き刺した。二人とも次々に、出血多量の死体となって、翌朝、小屋の背後の草むらで見つかった。二人とも、キットと同じくダホメから拉致された呪術師で、死ねば祖国で蘇(よみがえ)ると信じていた。でも、その後、この農園生まれのウィリアムという若者が洗濯場で首を吊って死ぬと、新しい農園主のエラスムス・ワイルドが乗りだしてきた。

　その日、まばゆいばかりの白い服に身を包んだ農園主は、監督の一人を後にしたがえて、ゆっくりと芝生を歩いてきた。監督はすり切れた麦わら帽子をかぶって、一輪の荷車を押していた。そこには一本の杭(くい)と、何やら灰色の麻布で覆われたものがのっていた。灼熱の陽光の下、二人は芝生を横切って、サトウキビ畑の端に集合したぼくらの前で立ち止まった。うだるように暑い、明るい空の下、新しい農園主はぼくらをじろりと見た。

　彼の、青白い蠟(ろう)のような顔と手が、はっきりと見えた。唇はピンク色で、緑色の目が突き刺すような光を放っていた。ぼくらの前をゆっくりと歩きながら、一人一人の顔にじっと目を凝らしてゆく。ビッグ・キットの荒い息遣いが、ぼくの頭の上で聞こえた。キットも怯(おび)えているのだとわかった。農園主がぼくの顔を見たとき、熱く刺し貫くような視線を感じて、ぼくは震えながら目を落とした。淀(よど)んだ空気は汗の臭いがした。

　白い服の男は、背後の監督に何事か合図した。監督は手押し車の把手(とって)をひねって、荷台にのっていたものを放り出した。

　低いつぶやきが、風のようにぼくらのあいだを通り抜けた。

　灰色の麻布に包まれて、土の上にごろんと転がったのは、首を吊ったウィリアムの死体だった。顔が苦痛に歪(ゆが)んで、目玉が飛びだし、黒い舌が突き出ていた。死後数日たって、すでに奇妙な変化が死体に起きていた。全体が妙に膨張し、皮膚が張りつめて、まだら模様がひろがっている。恐怖が、ゆっくりとぼくの全身に広がっていった。

　やがて農園主は、単調な、乾いた声で、うんざりしたようにぼくらに語りかけた。

「そこに転がっている黒んぼは、自ら命を絶ったのだ」エラスムス・ワイルドは言った。「そいつはわたしの奴隷だった。それなのに、勝手に死んでのけた。つまり、わたしから自分を盗みとったのだ。つまり泥棒なのだ、そいつは」そこで一息つくと、両手を後ろ手に組んだ。「おまえたちの中には、死ぬと生まれ故郷で蘇ると信じている者がいるらしい」なおも言葉を継ごうとしかけて、ふっと口を閉ざし、背後を振り返って荷押し車のそばに立つ監督に合図した。

監督は、刃が大きく反り返った肉切り包丁を手に、死体の上にかがみ込んだ。たこのできた手をウィリアムの顎の下に差し入れると、もう一方の手に持った包丁を首に当てて、ごりごりと引きはじめた。肉の裂ける濡れた音と、骨の砕ける音がしたと思うと、頭部が切り離されて、胴体がくたっと横たわった。

ウィリアムの首を両手で支え持った監督が、荷車のほうに引き返す。首をいったん荷台にのせて、長い杭をとりあげた。それを地面に打ち込むと、天を向いたとがった先端にウィリアムの首をのせて押し込んだ。

「どうだ、首がなければ、だれも蘇ることはできまい」農園主が大声で言った。「また自殺する者が出たら、みなこういうふうにしてやる。嘘は言わん。今後だれが自殺しようと、祖国で蘇ることなど決してできんのだ。この世を去りたかったら、自然に死が訪れるのを待つんだな」

ぼくはキットの顔を見上げた。キットは無言のまま、杭に突き刺されたウィリアムの首を、陽光にさらされて横たわる胴体を、じっと見ていた。その顔には、ぼくが一度も見たことのない表情が浮かんでいた。

そう、深い深い絶望の色が。

でも、それがすべての始まりだったわけではない。正確を期して、最初から語らせてもらおう。いまこうして語っているぼくは、この地上を十八年間歩んできている。いまのぼくは、だれの物でもない自由な人間だ。

3

生まれは一八一八年、場所はあのバルバドスの、酷熱の大農園。そう聞かされている。でも、こういう説もあるのだ。ぼくが生まれたのは大西洋を渡る狂騒の船内だった。それは非合法なオランダの奴隷貿易船で、黒人たちが足枷（あしかせ）でつながれた船倉でぼくは生まれた。だとすると、それは一八一七年の秋だっただろう。その説によれば、母は難産のために死亡した。何年ものあいだ、ぼくにはその二つの説のどちらにも軍配をあげることができなかった。けれども、自由の身になった最初の年、ぼくはしきりと奇妙な夢に悩まされるようになったのである。いろいろな映像が頭にひらめいた。くろぐろとしたジャングルの壁に守られた、高い木柵の囲い地。足をつながれ、よろめきながら腐りかけた板を渡って暗い奴隷貿易船に乗り込む裸の男たち。あれはアフリカのゴールド・コーストだったのだろうか？　アナマブーの奴隷交易所だったのだろうか？　どうしてそんなことがわかるのか、と人は問うだろう。ならば、あなた自身、自らの誕生に関してどれだけ正確に知っているか問い直してみてほしい。やはり曖昧さが残るはずだ。ぼくらはみんな、自分の誕生に関して聞かされた話を信じるほかない。主人公は自分だとはいえ、本当の全（まった）き自分はまだそこにはいないのだから。

ぼくは畑で働く黒んぼだった。サトウキビの刈りとりが仕事で、その間どれだけ汗をかくか、それだけが評価の基準だった。二歳のときから鍬をふるい、雑草を抜き、牛の飼い葉を集め、両手で肥料をすくってサトウキビの穴に放り込んだ。九つのときに麦わら帽と、ぼくには持ち上げられないようなシャベルをもらった。一人前と見なされて、嬉しかった。

ぼくの父親？

父親のことは、何も知らない。

当時のしきたりどおりに、そのときの農園主がぼくの名づけ親になった。ぼくは洗礼を受けて、ジョージ・ワシントン・ブラックと命名された――その後、〝ワッシュ〟が通称になったのだが。おまえの顔の奥には、新大陸の国家の創生と、あの大統領と、甘美で自由な大地の姿が仄見えるからな、とそのときの農園主はあざけるように言った。もちろん、それはぼくがまだ顔に醜い火傷を負う前のことだった。気球に乗って夜空に舞い上がり、バルバドスから逃れる前のことだった。首に懸賞金をかけられて、賞金稼ぎに追われる恐怖に震える前のことだった。

あの白人が、ぼくの目の前で自殺する前のことだった。

そう、ティッチと知り合う前のことだった。

4

ティッチ。

ぼくが初めて彼に会ったのは、まさしくあの晩、ウィリアムの死体が冒瀆された晩だった。ビッグ・キットとぼくは、農園主の晩餐の給仕役を仰せつかって、母屋の館に呼ばれたのである。

その指示の異様さからして不気味だった。畑で働く奴隷は、普通、重労働向きの、肌の黒い逞しい黒人ばかりで、そんな黒人が給仕役に呼ばれるようなことはまずない。なぜ農園主はぼくらを呼び寄せるのか？　いったい何をさせようというのだろう？　時間と共にキットの絶望は深まって、ぼくと二人で目論(もくろ)んでいたことが不可能になったことへの怒りが胸中に広がっていた。もしや自分の計画が農園主に露見してしまったのではないか、それで残忍な罰を下されるのではないかと、彼女は恐れはじめていた。

　白と灰色の清潔な召使いの服を着たイマニュエルとエミリーが、軟弱な土の坂道を下ってぼくらの暮らす奴隷小屋の集落に入ってきた。ぼくとビッグ・キットを呼びにきたのだ。小屋の前の石にすわっていたビッグ・キットが立ちあがって、憤然と首を振った。

「このワッシュはいかせないよ。あたしはいく。でも、この子はここに置いといておくれ」

「でも、ご主人様の命令でな」イマニュエルが答えた。「二人一緒につれてこい、とおっしゃるんだ」

「あのぅ、ワッシュ」エミリーが恥ずかしそうに言った。

「うん」答えながら、ぼくは顔がぽっと火照るのを感じた。

「夕餐(ゆうさん)は暗くなる前にはじまるんだ」イマニュエルが言った。「急いだほうがいい。あの二人を待たせんほうがいい」

　暗い影を落とすプルメリアの茂み。そこを抜けてあの母屋に近づいたことは、それまで一度もなかった。冷たい雑草と砂利に覆われた道を生まれて初めて踏みしめながら、ぼくはキットの後から坂をのぼっていった。キットは母屋の建物を無表情に見上げた。

　玄関の扉はすでにひらかれていた。まるで蛾(が)を呑み込んだように、ぼくの喉の筋肉がひくついた。以前、一度だけ、洗濯室の大きな煙突の下にもぐりこんだことがある。首をよじって煙道を見上げ、四角い空と、そこを横切る雲を眺めた。でも、その高さはこの玄関ホールの天井の高さとは比べようもなかった。天井にはガラス張りのドーム型の窓がはめ込まれており、そこから夕暮れの光が長いロープのように床に落ちていた。光の柱の中で埃が舞っていた。渦巻き模様の彫刻が施された扉。重厚な赤紫色のカーテン。優美な曲線を描く脚を備えた、緑色の張りぐるみの椅子。こんなにも美しい家具がこの世にあるなんて。ぼくはびっくりした。

「静かにね」ビッグ・キットがうなずいて、ささやいた。「静かにおし」

こんな汚い足のままでは、とても中に入れなかった。着ている服は汗や埃の臭いを放っているだろうし、頭髪には虫がたかっていた。でも、呼ばれた以上は小屋にはもどれないし、といって、扉を叩いて到着したことを知らせるわけにもいかない。ぼくとキットはただお互いの顔を見つめ合っていた。

そのうちとうとう、家僕のガイアスが廊下の角をまわって近づいてきた。ガイアスのことが以前よりわかるようになったのは、エラスムス・ワイルドが到着後、前の農園主時代より頻繁に奴隷監督たちに指示が送られてくるようになったからだ。ガイアスは背の高い、流木のように年とった、痩せた黒人だった。身の振る舞いがゆったりしていて、一種の優雅さがあったから、奴隷小屋で暮らすぼくらは彼を讃美し、それゆえにまた軽蔑していた。若い頃のガイアスは、きっと男前だったのだろう。額が秀でて頬骨が張っているあたりに、ある種の高貴さもただよっていた。異例な出世をとげた男ならではの貫禄（かんろく）だろうか。ぼくの目に映るガイアスは、農園主の代理人のような存在、白人に劣らぬ風格と話し方を備えた男だった。ぼくはガイアスが怖かった。

彼は終始、堅苦しい、素っ気ない態度を崩さなかった。が、その顔に敵意は感じられなかった。

「やあ、キャサリン。おまえもか、ワシントン」

「ガイアス」ビッグ・キットは警戒しながら言った。「エミリーとイマニュエルが呼びにきたもんで、こうしてやってきたんだけどさ」そこで口ごもりながら、「何の用だろうね？」

「ご主人様のお呼び出しか？」

「そうだよ」

「イマニュエルが言わなかったのか、用向きを？」

ビッグ・キットの大きな手が、ぼくの頭に置かれていた。キットが緊張しているのが手にとるようにわかった。キットも、農園主の怒りを恐れているのだ。「わたしらに食事の給仕をしろというんだけど」

ガイアスは眉をひそめて、ぼくらの背後の、薄暮に包まれた野面を眺めた。まだそこにだれかが待機しているかのように。「だったら、給仕をしてほしいんだろう。まあ、ご主人様なりの理由があるはずだ。呼ばれるまで厨房で待っているがいい」

ぼくらは動かなかった。

キットが言った。「でも、この足じゃ」

ガイアスは泥のこびりついたぼくらの足を見下ろした。それから、上着の前をおもむろにひらくと、チョッキの内ポケットから大きな白いハンカチをとりだして、ビッグ・キットに手渡した。「これで足を拭くといい。二人ともな。大理石の床に汚れた足跡を残すと、後悔することになるぞ」

ぼくらは足をきれいに拭き、ガイアスの後について大廊下を進んでいった。突き当たりまでくると、それまでのひんやりした大理石が板張りの床に変わった。あんなにきれいな板張りの床は、見たことがない。さまざまな角度で板が組み合わされて、不思議な模様をつくっているのだ。ひんやりとした空気はミントの香りがした。胸にしこる不安がすこし薄らいだ。ビッグ・キットはまだ緊張しているようだった。でも、ぼくは目に入るものすべてを頭に刻んで、初めて見るこの光景を小屋まで持ち帰ろうと思っていた。白いレース、銀の燭台、ピカピカに磨かれて焼きたてのパンのような輝きを保っている床板。古めかしい絨毯の敷かれている、背の高い時計が置かれた部屋の前を通りすぎた。そこには鋭い爪をむきだして、大きな目を見張ったままピクリとも動かない動物たちもいた。ぼくは瞬きもせず、食い入るようにその動物たちを見つめた。

「あれ、本物なの、ガイアス？」ぼくはささやいた。「本物の動物なの？」

　ガイアスは立ち止まって、アルコーヴの止まり木にとまっている白いオオミミズクに目を走らせた。そいつの黄色い目は何も見ていなかった。ただじっとしているだけだ。「一度は生きていたんだ」聞こえるか聞こえないかの声で、つぶやいた。「いまは死んでいるのさ。剝製にされてな。ご主人様と同じだ」

「じゃあ、ご主人様も、いまは死んでるってこと？」

　ガイアスは一息つくと、謎めいた表情でぼくをじっと見つめた。それから、目をそらすかなと思ったとき、ごく微かな笑みを浮かべて言った。「そういうやつも、この世にはいるんだよ、ワシントン」

　ぼくの知っているビッグ・キットは、獰猛な力を内に秘めた、猛々しい女性だった。それがいまはすっかり萎縮して、身を縮めるようにして、びくびくと大廊下を歩いている。ぼくにとってはその変化のほうが、凍りついたように動かない動物たちより怖かった。見たこともないほどきらびやかで豪勢な館の内部よりも怖かった。ぼくは先をゆくガイアスに遅れないように急ぎ足で、さらに奥まった館の一画に進んでいった。

　とうとうぼくらは厨房に入った。銀色の大甕が煮立っている、だだっ広い部屋だった。空中には熱気がゆらめいていた。料理人のマリアが、びっくりしたようにこっちを向いた。両手の袖をまくり、顔には白い粉がこびりついている。背後では二人の給仕女が大きな缶と格闘していた。ぼくはエミリーの姿を探した。が、粉が宙に舞い、脂でぎとついた皿があちこちに重ねられ、胡椒やヤムイモの壜が大きな台に並んでいる厨房のどこにも、その姿はなかった。大竈の中では火が盛大にたかれていて、鎖に縛られた鶏がゆっくりと回転しながら焙られていた。ぼくはびっくりして、その豊かさの象徴を眺めた。それまで感じたことのなかった感情、欲望という情動が、体の奥から突きあげてくるのを覚えた。

「だめだよ、黒んぼのちび」マリアの鋭い声が飛んだ。ぼくの目が、入口近くのカウンターにのっているお菓子の皿をとらえたときだった。

秘密の願望を見透かされたと思って、ぼくはこわごわとマリアの顔を見返した。マリアの表情がすこし変わり、柔らかくなった。

「もうすこし後まで待つんだ」口調を和らげてマリアは言った。「食事の後片づけのときになったら、残り物を舐められるから」

「そうなの？」

「でも、手をつけた皿からだけだ。皿を洗うときにな」ガイアスがつけ加えた。「料理のつまみ食いは命とりだぞ」

「ねえ、お皿を舐めてもいいんだって、キット」ぼくは驚きの笑みを浮かべて、キットの顔を見上げた。


ぼくとビッグ・キットが入っていくと、二人の男が食卓で向かい合って語り合っていた。ぼくとキットはロール・パンをのせたトレイと、熱く湯気だっている野菜をのせた皿を運んだ。突き当たりの壁の前の低い台には、ガイアスがぼくらに並べろと指示した皿が置かれている。いいか、無駄口を叩かず、てきぱきと働くんだぞ、とガイアスには言われていた。目立たないように、白い手袋に包まれた両手だけに神経を集中しろ、と。

ビッグ・キットがどんなに緊張しているか、ぼくにはよくわかった。目立ちすぎる自分の肉体を呪うかのように、両手の指を握ったりひらいたりして、憤懣を押し殺して無言で立っていた。彼女自身とぼくを殺してしまう計画に対する罰が、軽いものであるはずがない。それはビッグ・キットもよくわかっていた。だから、視線をなるべく動かさず、つとめて無表情をたもとうとしていた。

怯えている点ではぼくも同じだったけれど、つい視線が農園主の食卓に走ってしまう。そこに並んでいる皿や、農園主が大儀そうにそこにひたす焼きたての黄色いパンのひと切れを、頭から閉めだすことができなかった。

あれほど農園主の近くに立ったのは、初めてだった。明るいろうそくの光に浮かびあがった農園主の容貌は、畑で見るときと変わらなかった——どこか不健康で、蠟のように青白い肌。前に置かれた硬いチーズの表皮と同じ色だ。肉づきもたるんでいて、生気がなかった。ぼくが震える手でグラスに水をつごうとすると、濡れた紙のようなにおいが鼻をかすめた。指の爪の下には乾いた血がこびりついていた。

でも、ともすればぼくの視線はもう一人の男に引きつけられてしまう。この男もきっと尊大で陰険な人間なんだろうと思っていたのだが、そうではないようだった。濃紺のフロックコートを着ていて、髪が肩に垂れさがっていた。指は細長く、両の人差し指に宝石の指輪をはめている。いつでも立ちあがれるように備えているのか、両足を大きくひらいてすわっている。でも、ぼくが彼のグラスに生ぬるい水をつごうとすると、話を中断してじっとしていた。そして微かな笑みを浮かべてぼくの顔を見た。彼の大きな鉤鼻(かぎばな)は縦長のボタン穴のように細かったが、その鼻梁(びりょう)を細い指で撫で下ろすと、低い声でまた語りはじめた。「それから、鉄のヤスリ屑(くず)に硫酸をかけたりもしてみたんだよ。動物の膀胱(ぼうこう)や絹の靴下も試してみた。紙の袋もね。もっと突拍子もない物も試してみたよ、何か見逃しているメリットがあるんじゃないかと思ってさ。ところが、どれもみな、当然のことに、見込みちがいだったんだ、エラスムス。結局、いちばん効率がいいのは水素ガスだな。ごく単純な水素ガスと帆布の組み合わせに尽きるようだ。なにしろすごい高さに達するんだからね——高度一万フィートから二万フィート。さぞや壮大な眺めだろうと思うね。そこから下界を見下ろしたら、何と言ったらいいか——まさしく神が地上を見下ろすような眺めだろうな、きっと」

農園主はその間も食べつづけていて、肉の皿からちらとも目をあげようとはしない。「しかし、おまえはまだそんな高度までは昇っていまい」

「もちろん。まだ実際には昇っちゃいない」

「つまり、正確なことはわからんわけだ」

「でも、読んだことはあるからね。他の人間の体験記を」

「で、おまえは本当にあの代物で大西洋を横断できると思っているんだな」

「最初に何回か試験飛行をしなきゃならんだろうけどね。ああ、実現可能だと思ってるよ」

農園主は低く唸った。「コーヴァス・ピークは、ああ見えて、かなり厄介な山だぞ。日中の暑いさかりじゃ、登れたもんじゃあるまい」

緑色の瞳をした二番目の男は答えなかった。

そこで初めて農園主は顔をあげた。「で、おまえはあの装置を山上に運び上げるために、奴隷を何人か都合しろと言うんだな。どうだ?」

黒髪の男は眉根を寄せた。

「何だ？　はっきり言ってみろ」

命じられた男はナイフとフォークを持つ手を皿の上で止めて、農園主の顔を見返した。「このポテトだけどさ」と、彼は言った。「なんとも変わってるね？　味はまあまあだけど、ぼくはハンプシャー産の白い改良種のほうが好きだな」

「ふん、おまえ、自分の好みには合わんのを承知で、よくぞこのお粗末な食卓にすわってくれたな」

農園主はテーブルクロスの端で口元をぬぐった。

「なんでそういちいち腹を立てるんだい、エラスムス。たかが、ポテトのことで」

「おれのポテトだ」農園主は顔をしかめた。「おれの選んだポテトだぞ。おまえはいつもそうだ。おれの選んだものには何かとケチをつけたがる。おまえと親父はいつもそうだった。あら探しばかりして」

〝親父〟という言葉に、ぼくはびっくりして、二番目の男に目を走らせた。最初は、農園主に似ても似つかないと思っていたのだが、よくよく見ると、二人の似ている点が透かし模様のように浮かびあがってきた――よく動く緑色の目。妙にふっくらとした下唇。語句を区切るたびに、手を水面下で動かすようにゆっくりと動かすところ。

農園主は、二番目の男がビッグ・キットにちらちらと目を走らせるのに気づいて、甲高い声で笑った。「どうした？　あの奴隷女が気になるのか？　おれが何を言ったって、あの女は腹を立てたりはせん。腹を立てるほどの感受性など、持ち合わせちゃいないのだよ、クリストファー」

二番目の男は静かにナイフとフォークを置いた。

「まあいい」農園主は苛立(いらだ)たしげに、ゆっくりと手を振った。「おまえは、親父の酸素気球の改良点について話していたんだったな。どれほどの高さにまで舞い上がれるか」

「正確には酸素で浮かぶわけじゃないけどね。でも、まあ――」

「で、おまえとしては、それ相応の重しがほしいわけだ」

弟らしい男は無造作に笑った。奇妙な声だった。「たしかに、一緒に乗り込んでくれる人間が必要だけどね。バラスト代わりさ。ぼく一人じゃ、うまくいきっこない」

「で、おれの重量が必要だというわけか？」農園主の目は皮肉な色合いを帯びていた。

「兄さんの偉大さはあらゆる属性に及んでいるからね、エラスムス」

「つまり、おれは肥大しすぎていると？」

弟らしい男はぐっと息を吞み込んで、農園主の目を見返した。すると農園主は、さっとこちらのほうを向いて、ぼくのほうを手振りで示した。

「おまえにはたぶん、もっと体重の軽い人間が必要なんだろう」

ぼくの持っている水差しが震えだした。農園主の目をまともに見返すことなど、とてもできなかった。「ならば、その黒んぼの小せがれでもつれてったらどうだ？　その小僧っこなら手頃な軽さだろうが」

「もうやめよう、エラスムス」

「それは提案か、それとも命令か？」

もはや弟だとはっきりした男は、ゆっくりと息を吐きだした。「なんで兄さんはぼくの言うことにいちいち嚙みつくのかな。ここにはぼくと兄さんしかいないんだ。しかも、ぼくの滞在期間は限られている。もっとお互いに理解し合ったほうが楽しめるんじゃないか？」

「おれには理解力が欠けているとでも言うのか？」

「兄さんに欠けているのは――」言いかけてから、男は口をつぐんで、最後まで言い切ろうとはしなかった。代わりに彼は言った。「こういう話は、使用人たちの前ではしたくないな」

「この連中は使用人じゃないんだ、ティッチ。言ってみれば家具のようなもので」

弟のほうは息を吐きだして、すこし目をむいた。

「おまえは軟弱すぎるぞ、ティッチ。おれが黒んぼどもに手荒い言葉をかけるからといって、いまから気に病んでいるようじゃ、どうしてこれから一年間ここで暮らせる？　呆(あき)れたもんだ。おまえがこれほど軟弱になったことを知ったら、おまえを目にかけていた親父の温情もたちまち干からびてしまうだろうよ。そもそも、そういう根性のおまえが、どうしておれを追ってこんなみじめな土地までやってきたんだ？　おれが寝ている隙に、おれの奴隷たちを残らずかっさらおうって魂胆なのか？」

弟は閉口したように薄く笑った。「もうやめようと言ってるじゃないか、この話は」

すると驚いたことに、農園主のほうもうっすらと微笑して、笑い声をあげた。「そうか、そんなおまえにもまだ意地が残っているというわけか。よし、ワインをもっとやるか？」

彼の笑いは本物だったと思う。そのとき、この農園主の心をぼくは決して理解できないだろうと思った。心、などなかったからだ。

赤ワインのデカンターを差し出したとき、農園主は白いテーブルクロスにすこしワインをこぼしてしまった。赤い液体が血のように広がってゆくさまを、ぼくはじっと見守った。深みのある赤い色は、恐ろしくもあり、美しくもあった。すると、ビッグ・キットが大きな黒い影のように音もなく近寄ってきて、白いタオルで赤いしみを拭きとりはじめた。

農園主はそれにには目もくれなかった。

弟が軽く咳払いをした。「きょうだけで、シャツを三着も替えたよ。すさまじい暑さだな、まったく」

農園主はすこし頬をふくらませただけだった。彼はまださっきの話題を追っていた。「ここの仕事は楽じゃない。鉄の血管でも持ってなきゃ、とうていつとまらん。あの〝復活祭の反乱〟が起きたのはほんの十四年前だったか、十五年前だったか。黒んぼどもがこの島全体を炎上させたんだ。いまもこの島は厳戒態勢下にあるんだからな。きょうの午後も、ウィラードをつれてブリッジタウンにいってきたんだが。二人でクラブに出かけたのさ」

「ウィラードというと、このあいだの晩、夕食に同席した男かい？　汗ばんだ赤ら顔をしていた、あの小太りの男かな？」

「いや、背の低いほうのやつだ。眼鏡をかけた、黄色い髪のな。あいつはもともとドラックス農園で帳簿係をしていたんだが、それに満足できなくてな。帳簿などつけているよりか、黒んぼどもを狩り立てるほうがよっぽど自分の性に合っていると気づいたんだろうよ。あの農園の運営法に対しては、いまも容赦なく罵倒してのけるからな。十歳の小僧にやらせりゃ倍のサトウキビを刈ることができるのに、なんで五十歳の老いぼれの黒んぼを養わなきゃならん、というわけだ。ウィラードの頭には、経済効率という概念がしみついている。損耗率の問題ですよ、というのが口癖だからな。しかるべき農園主なら、帳簿を小脇に奴隷たちに近づいていくだけで、黒んぼどもは恐怖のあまりズボンに小便を洩らしてしまう、というのさ。そういう光景を実際に見たというんだな。どうだ、小僧。おまえなら、このおれの弟が帳簿を小脇に近づいてきたら、小便を洩らすか？」

農園主が射るような目でぼくを見ているのが、わかった。

「どうなんだ」農園主は声を張りあげた。

ぼくは目を伏せたまま答えた。「はい、洩らします」

農園主は不満そうな唸り声を洩らした——ぼくの答えが気に入らなかったかのように。「いいか、クリストファー、おれの言いたいのは、おれたち支配者の側にそれなりの度胸がなければ容易に騒乱状態が起きる、ということだ。おれの責務はな、すこしでもその度胸を涵養することさ。おまえが夢中になっている〝科学〟など、おれは歯牙にもかけんよ。この農園の運営の障害にならん限り」

「そういえば、ハイチはここからどれくらい離れているんだろう？」ぼんやりと皿の底をスプーンですくいながら、弟は訊いた。「空気より軽い最初の飛行体はね、ハイチで空に放たれたんだ。この種の飛行体としては、南北アメリカで初めての壮挙だったはずさ」

農園主は顔をしかめて一息ついた。「あらためて訊くが、おれは最初からこういう人生を送りたかったんだろうとでも、おまえは思っているのか？　不潔な黒んぼどもを追い立て、一日中砂糖のにおいを嗅いですごす、こんな暮らしを？　おれはな、自分からこういう責任を追い求めたわけじゃない。だが、結局は、こうなってしまった。おまえとちがって、おれは父のお気に入りではないし、くだらん装置の開発を志して世界中を放浪してまわるわけにもいかん。わが一族から期待されている務めをしかと果たさねばならんのだから」

「兄さんは長男だしね」クリストファーと呼ばれた男は言った。「結局、兄さんしかやる者はいないってことだろう」

「きょうの朝食の席で――」農園主は目を細くすぼめた。「おまえは何か言いかけたな……思いだしたぞ。どうなんだ、母は知っているのか、おまえがここにきていることを？」

弟はぐっと息を呑み込んで、テーブルを挟んで向かい合った農園主の顔を見つめた。

「母が知ったら、たぶん動転するぞ。おまえ、ここにきてだいぶたつのに、母のことは一言もしゃべっちゃいない。話す時間はいくらでもあったのに。しかしな、このままずっと母の目から隠れ通すわけにはいかんだろう。母はいったい、おまえがいまどこにいると思ってるんだ？」

「あの女が考えていることなど、見当もつかないよ」弟は肩をすくめた。「まあ、パリにいるとでも思ってるんだろう。さもなきゃ、ロンドンとか。グロヴナーにいく、とも、ぼくは匂わせたかもしれないし」

農園主はわずかに首を振って、うんざりしたような笑い声をあげた。

「母が知ったら、どんな手段に訴えてもぼくの夢を放棄させようとしただろうさ」弟は言った。「そう思わないかい？」

「それでおまえは、リヴァプールでおれをつかまえて逃げ出そうとしたわけか？　後先も考えずに？あらかじめ何の挨拶もおれには送ってよこさずに？」

「男ってやつは、ときに突然、姿をくらましたくなるんだよ。精神衛生にもいいしね」

「だれの精神だ？」

「ぼくのだろうな、たぶん」

「それもこれも、ろくでもない空飛ぶ絨毯のため、というわけだ」

するとと弟は、じっと農園主の顔を見返した。「絨毯じゃないよ、エラスムス。〝クラウド・カッター〟、雲を突っ切る飛行装置さ」

「で、そいつはいったい何の役に立つんだ？　人類の宿痾を治してくれるとでもいうのか？　この、神も目をそむけるみじめな島から、おれを解放してくれるとでもいうのか？」

ビッグ・キットはそのとき、まだ慎重に目を伏せて、テーブルクロスのしみをタオルで拭きとっていた。農園主がそれに気づいて、吐き捨てるように言った。「よさんか。それは、もういい」

ビッグ・キットはぎくっとしながらも、最後に残ったしみを拭きとろうとする。

「もういいと言ったのに、わからんのか」農園主は腰を浮かし、手元の皿をつかむなり、ビッグ・キットの顔面をそれでひっぱたいた。

すさまじい音がして、血と磁器のかけらが四方に飛び散った。ぼくの中の骨が跳びあがった。持っている水差しを落とさないようにするだけで、精いっぱいだった。農園主の手を見ると、親指が血だらけだった。すぐにでもキットのそばに駆け寄りたかったのだけれど、水差しをぎゅっと持っている以外、どうしようもなかった。水差しの中で、レモンの種がカタカタと歯のように鳴っていた。

「くそ、手を切っちまった」農園主は言って、両手をテーブルクロスになすりつける。壊れた皿を床に放り出すと、くるっと向き直り、つかつかと部屋を出ていった。「マリア！　マリア！　どこにいるんだ、いったい？」

恐ろしい沈黙がつづいた。顔を押さえているキットの手の指のあいだから、ぽつぽつと血がしたたり落ちた。

二番目の男、農園主の弟は、しばらくためらっていた。が、とうとうナプキンを手にキットの前に歩み寄った。「さあ、手を下ろしてごらん」

キットは両手を下ろした。

「顔をちょっと傾けて。そうそう」

男はぼくがそれまでに見たどんな白人よりも背が高く、キットと同じくらいの背丈があった。キットの顔をナプキンで拭いてやりながら、男はこっちに視線を走らせた。「おまえ、名前は？」ぼくに向かってたずねた。

　助けを乞うようなぼくの視線を受け止めると、キットはオレンジ色の目でじっとこっちを見返した。戸口で人の入ってくる気配。ぼくはその場にひざまずいて、血まみれの磁器のかけらを拾いはじめた。汚れた床にじっと目を据えて、よそ見はしなかった。

「何をしてるんだ、クリストファー、余計なことをせんでいい」農園主が言った。「おまえまで汚れてしまうだろうが。あとの始末は奴隷たちがする。それがあの連中の仕事なんだ」すっかり寛いで、上機嫌な口調だった。「じきにカスタードとヨモギ菓子がくる。まあまああの味ならいいんだが。さあ、テーブルにもどって、すわったらどうだ」

　ビッグ・キットの鼻は砕けていた。

　ぼくは泣かなかった。キットと二人、じっと床に目を据えて黙々と床の血を拭きとった。農園主が無造作に靴を床にこすりつけて、汚れをぬぐい落としている音が聞こえていた。

温かい甘美な輝きを放って、カスタードが届けられた。農園主はうまそうに食べていたが、弟のほうは皿を押しやって、赤ワインをもう一杯くれと頼んでいた。窓の外では夜の闇が深まっている。ちらっとそっちを見ると、ぼくとキットの姿がはっきりと窓に映っていた——ぼくもキットもまるで別人の、みじめな顔をした二人の奴隷のように。ぼくの目にはどんな表情が浮かんでいるのか。それを知りたかったけれど、窓に映る、白い手袋をはめた少年の目は何の表情も帯びていなかった。農園主と弟が、ようやくそれぞれの部屋にさがった。ぼくらは食器洗い場の大きな甕の掃除を手伝って、まだ湯気を放っている皿を重ねていった。それが終わると、ガイアスが、大きな皿に集められた食べ残しをぼくらがあさるのを初めて許してくれた。ぼくはもう食べる気も失せていたけれど、ビッグ・キットはすごい目つきでぼくを睨んでから、せっせと食べはじめた。鉤のように曲げた指先で残り物をつまんでは、顔を歪めて、片方の側の歯だけで嚙んでいる。痛そうに顔をしかめながらも怒ったように目をむいて、テーブルにかがみ込んでは食べ残しを口に放り込む。ぼくはすこししか食べなかった。さっき起きたことは絶対に忘れまいと心に誓いながら、ビッグ・キットの鼻に目を凝らした。

しばらくして、月光に照らされた坂道を下ってぼくらの小屋に向かいかけたとき、ビッグ・キットは初めて口をひらいた。「だめじゃないか、食べられるときにうんと食べとかなきゃ」押し殺した声で言った。「あれは食べていいと言われたんだ。そういうときは食べておかないと」

「ひどい仕打ちだったよね、キット」

「このことかい?」キットは顔をあげた。鼻からは、また血が流れていた。「あたしはね、勝手にダホメにいこうとした罰に、あの台所の大竈で焼き殺されるんじゃないかと思っていたんだ。それに比べりゃ、これくらい、なんてことないさ。おまえ、血を見たのは初めてかい?」

もちろん、血ならいくらでも見たことがあった。物心ついてから、ぼくらは血にまみれて暮らしてきたようなものなのだから。でも、その晩に見た光景――農園主の居館の洗練された贅美な内部――は、ぼくのなかに、行き場のない深い絶望を植えつけていたのである。その絶望は、その日ウィリアムの死体に加えられた冒瀆によってのみ生じたものではない。そう、いまも畑の暗闇を睨んでいるに相違ないウィリアムの首によってのみもたらされたものではない。ぼくの心を打ち砕いたのは――そのときはまだそれを形容する言葉を知らなかったのだけれど――あからさまな不正義、粗暴きわまりない不正義、だった。

「じゃあ、もうだめなの?」ぼくは声を荒らげて言った。「もう一緒にダホメにいくことはできないの?」

キットはふっと息を吐いてから、静かにぼくを見た。

「ねえ、キット？　ぼくらは諦めちゃうの？」

「そのとおり。おまえはね、あたしが言って聞かせたことは、もうみんな忘れておしまい。頭から閉めだしちゃうんだ」

キットの怒った表情から、自分が何か悪いことを言ったのかと思って、戸惑いながらぼくはうなずいた。「シャツがすっかり汚れちゃったね、キット」ぼくは落胆して言った。「まずいことになるかもね」

背後のほうで人の気配がしたのはそのときだった。ぼくらは同時に振り返り、キットがさりげなくぼくの前に踏み出した。

でも、現れたのはガイアスだった。あの素敵な家僕の制服姿で、闇の中をこわばった足どりで近寄ってくる。ぼくらに気づくと、表情の読みとれない顔で、生真面目そうにうなずいて見せた。

「ガイアスじゃないか」ビッグ・キットが低い声で言った。「まさか、あの二人、また食事をしはじめたんじゃないだろうね」

ガイアスは首を振った。「ご主人様はおさがりになった。すっかり酩酊(めいてい)してな」ぼくらがぼんやりと見返すと、ガイアスは言い直した。「酔っ払ったってことさ。エラスムス様はすっかりお酔いになった。鼻の具合はどうだい、キャサリン？」

「まだ顔にくっついてるよ」

「そのようだな」

無言の時が流れた。ビッグ・キットは言った。「あんた、あたしの鼻の状態をさぐりにきたわけじゃないだろう。暗くて道に迷ったのかい？」キットは大儀そうに首から肩に手をまわした。

「いやいや、そんなんじゃない。おまえさんはもう寝たがいい、キャサリン。おまえさんの夜のお勤めはすんだんだ」

ぼくと一緒に小屋のほうに向かいかけて、キットはその場に立ち止まり、ぼくを抱き寄せてガイアスを見た。「あたしのお勤めはすんだ？　じゃ、この子のお勤めはすんじゃいないというのかい？」

ガイアスは奇妙な、感情の読みとれない、冷ややかな目で、ぼくのほうを見た。「そのようだな」

「というと？」

「ワイルド様が、その子に用があるとおっしゃっている。自分の部屋まできてくれとおっしゃってるんだ、ワシントン。今夜。いますぐに。わかったか？」

ぼくにはわからなかった。「ご主人様が？」ぼくはぞっとしてガイアスの顔を見上げた。ぼくに、いったい何の用が？

「ご主人様じゃない」ガイアスは静かに言った。「ご主人様の弟、クリストファーさんのほうだ。今夜食卓に着いていたもう一人の方、髪の黒いほうの方だ。自分の部屋まできてほしい、とおっしゃっている」

「この子はもう寝てしまったと伝えとくれ、ガイアス」ビッグ・キットがきつい口調で言った。「探したけど見つからなかったと言っとくれよ」

ガイアスは唇を舐めた。「それはできないな、キャサリン。おれにはできないよ」

キットはずいっと前に踏み出した。「絶対にいかせないよ、この子は」

ガイアスを睨みつけた。が、ガイアスはひるむことなく、冷ややかにキットの顔を見返した。そのうち低い声で、「わかってるだろう、キャサリン、おれたちには逆らえないんだ。おれはお館に用があるので引き返すが、ワシントンは必ずクリストファーさんのところにいかせてくれ」次の瞬間、ガイアスは思ってもみない行動に出た。きれいなズボンの前をちょっとつまむと、その場にしゃがみ込んで、ぼくの顔を正面から覗き込んだのである。「いいか、クリストファーさんを待たせちゃいかん、ワシントン。あの方はご主人様の弟だ。怒らせると、とんでもないことになるぞ」

「怒らせたりするもんか」

「よしよし」

「いったい何の用があるんだい、この子に?」キットが詰め寄った。

「ああ、何の用があるのかな?」低い声で、皮肉っぽく答えた。「用があるから呼びなすったんだ。理由を訊くわけにはいかん」立ちあがって、いったんその場を立ち去りかけてから、またビッグ・キットのほうを振り返って、謎めいた口調で言った。「いいチャンスかもしれんよ、キャサリン。もしかするとこの子は、安全な港を見つけられるかもしれん。もしクリストファーさんに気に入られたのなら——」

「いいよ、それ以上言わなくても」キットの声は低く、引きつっていた。

「その子にとっては、いいチャンスさ」ガイアスの顔は樹木の影に隠れていた。はっきりは言えないけれど、その声は悲しげに聞こえた。

「消えちまいな、ガイアス」キットは言って、脅すように前に一歩踏みだした。「とっとと消えちまいなったら」

ガイアスは遠ざかっていった。

明るい月光の下、ぼくはしばらくビッグ・キットと並んで立っていた。そのうち、とうとう歩きだした。キットは元気がなかった。たぶん、鼻のことで怒っているんだろう、と思った。ぼくも同じような目にあうのではと、心配しているんじゃないだろうか。キットの不安を和らげようとして、ぼくは言った。「大丈夫だよ、キット。もし鼻を殴られても、ぼく、泣かないから。キットみたいに我慢してみせるよ、絶対に」

でも、キットの不安が薄らいだ様子はなかった。

それから、ぼくは一人、小屋の背後の水甕の前に立って、顔と腕に水を振りかけた。頭にも振りかけた。夜気に冷やされた水が、肌に心地よかった。目をひらくと、小屋の影の暗がりからキットがのっそりと現れたところだった。近寄ってきたキットは、ささやくように言った。

「いいかい、もしあの男がおまえの体にさわろうとしたらね、ワッシュ、これをあの男の目に突き刺してやり。そして、ぎりぎりと突っ込むんだ」

手のひらに何かが押しつけられた。見下ろすと、一本の釘だった。鍛冶工場で鍛えられた、ずっしりと重たい長い釘。キットの体温がのり移った釘は、てのひらに温かく感じられた。ぼくは顔をあげた。でも、キットはもう背後に向き直って立ち去ろうとしていた。

ぼくはその釘を、暗闇のかけらのように握りしめた。そしてそれを秘密の覗き穴、予測不可能な未来が覗ける覗き穴、のように運んだ。

心臓が重苦しく鼓動するのを意識しながら、ぼくはゆっくりと歩いていった。ビッグ・キットがぼくにさせたがっていることはわかっていたけれど、それを実行する瞬間のことを考えると、怖くてたまらなかった。道は館の背後の畑を迂回して、林のはずれの暗い荒れ地に入ってゆく。農園主の弟はいま、労働監督たちが以前暮らしていた古い住居に泊まっているのだ——そこはもう長いあいだ空き家になっている細長い建物で、倉庫代わりの、奥行きのある地下室を備えていた。そこで過去に行われた恐ろしい蛮行のことは、仲間の奴隷たちから聞かされていた。月の出ない晩には、いまもその地下室から身の毛のよだつような叫び声が聞こえるという。

ぼくは震えていた。ヴェランダの端にはランタンが灯されていた。扉のひらかれた玄関先で立ち止まると、おずおずと中を覗き込んだ。怖くて、とても大きな声など出せない。だが、迎えに出てくる者はだれもいなかった。長い釘をぎゅっと握りしめて、奥のほうを覗き込んだ。水漆喰塗りの壁の大きな部屋がいくつか並んでいたけれど、どの部屋も散らかり放題に散らかっていた。テーブルにも、床にも、所せましと、奇妙な棒状の装置が置かれていた。バッタのような脚のついた細長い望遠鏡もあった。天井からは鎖でつながれた板状の何かが吊り下がっている。

いつまでたってもだれも出てこないので、ぼくはとうとう震える手で軽く扉をノックしてみた。ランタンの一つに蛾が一匹ぶつかった。

「だれだ？」鋭い声が飛んできた。「ああ、おまえか？　おいで。入っておいで」

ぼくはおそるおそる中に踏み込んだ。あの人、ワイルドさんが長い部屋のいちばん奥に立っていた。こっちを見ているわけではなく、腰を折り、肩をすぼめて何かに見入っている。この風変わりな部屋を、ぼくはぐるっと見まわした。窓台に乱雑に置かれているのはビロードの内張りの箱で、どれも蓋があけ放しになっている。中にはぴかぴか輝く何かの道具らしいものが並んでいた。両端にレンズのついている木製の筒もあったけれど、それは一時期この農園で労働監督をつとめた元船長の持っていた双眼鏡に似ていた――こっちのほうがもっと奇妙な形をしていたが。ダイニング・テーブルの脇を通るときには、植物の種が入った壜、ふつうの土がつまった壜、何かの粉の入った紙の容器などが並んでいるのが目についた。歩くにつれて床板がみしみしと鳴る。そこいら中に紙が散らばっていた。

「ええと、あのぅ――」

ぼくの拳には鉄の釘がしっかと握られていた。

それは、たちどころにワイルドさんに見つかってしまった。見上げるような長身のワイルドさんが、ぼくの上のほうで顎をしゃくった。「何を持ってるんだい？　ナイフかい？　それとも釘か？」こっちを見下ろして、眉をひそめる。

ぼくはぶるぶると震えだした。もちろん、ワイルドさんは知っているのだ。白人の主人(マスター)たちは何でも知っているのだ。

「そんなものは下に置いて、こっちにおいで。その上に置くといい」ぼくの脇の書類の束を指さした。

ぼくにどうすることができただろう？　言われたとおりに、釘を置いた。まぎれもなく、ぼくの命がそこにかかっているのは、わかっていたけれど。

「さあ、こっちにおいでったら」いらついた口調で、ワイルドさんが言う。「こっちだ。早くしないとタイミングを逃しちまう」

〝もしあの男がおまえの体にさわろうとしたらね、ワッシュ〟と言ったビッグ・キットの声が甦ってきた。〝これをあの男の目に突き刺しておやり。そして、ぎりぎりと突っ込むんだ〟。

ぼくは逃げ出したかった。でも、そのとき、ワイルドさんの注意は彼の目前の装置にもどっていた。

「さあ、早く」ワイルドさんが呼びかける。「どうだい、いままでに反射望遠鏡で満月を見たことがあるかい？」

ぼくは喉がつまって、声も出なかった。

ワイルドさんは顔をあげ、緑色の目でじっとぼくを見た。「百聞は一見に如かず、さ。いいかい、お月さんは、日頃みんなが思っているようなものじゃないんだ。ほら、ここにおいで」一歩、わきにどく。金色のスタンドには長い木製の筒がのっていて、先端が空を仰ぐような角度で窓の外に突き出ていた。反対側の、こちらに近いほうの端にはガラスが嵌めこまれている。

「ここだ、ここに目を当ててごらん」

ぼくは言われたとおりにした。が、目に映るのは恐ろしい暗闇だった。実はここにくる前にキットから、以前小さな子供が監督たちから受けた、言葉にできないような仕打ちのことを聞かされていた。いま、腰をかがめてその装置の真鍮の縁に目を押し当てていると、なんだか自分が裸にされているようで怖かった。これから、いったい、どんなおぞましいことをされるのだろう？　ぼくにはそのとき、キットにはわかっていないことがわかっていた。ワイルドさんみたいな大男に、ぼくはとうてい太刀打ちできないし、もともと荒々しい喧嘩が得意なほうでもない。ぼくは目を閉じて、じっと待った。

耳元を温かい吐息が撫でた。ワイルドさんが言った。「どうだ、見えるかい？」

いったい、どう答えればいいんだ？　ワイルドさんが何を言おうとしているのか、見当もつかなかった。

「はい、ワイルドさん、ええ」ぼくは言った。

「びっくりする眺めだろう？」

「ええ、はい、本当に」

ワイルドさんは嬉しそうに唸った。「あの模様が見えるかい？　あのクレーターが？　あの惑星はだな、ああして地球の重力と釣り合う場に浮かんでいるんだ。あの表面を歩くときのことを想像してごらん。あの噴火口の縁を一歩一歩踏みしめるときのことを。いままであそこを歩いた者はだれ一人いない。人類の手がいまだ触れたことのない世界なんだよ、あそこは」

ちょっとどいてごらん、とぼくの肩を叩くと、こんどは自ら接眼レンズに目を押し当てた。次の瞬間、この風変わりな人物は愉しげな笑い声をあげた。

「なんだ、何も見えてないじゃないか」目をレンズに押しつけたまま手を前に伸ばし、指先で小さなつまみをまわしはじめた。「これは反射望遠鏡というやつでね、おれが設計したんだよ。もちろん、ベースになったのは、十六世紀にオランダで製作された素晴らしいモデルなんだが。でも、こっちのほうがコンパクトにできている。よし――」後ろに下がって、「さあ、もう一度見てごらん」

それは本当に、なんという眺めだったことか。そこにはとてつもなく大きな、鵞鳥の卵の黄身のように黄色い月が映っていた。ワイルドさんが言ったとおり、表面には深い噴火口や谷間のようなものが刻まれている。そこは一木一草もない、湖もない、人間の影すらない土地だった。われらが創造主が人を住まわせる前の大地、創造三日目の大地だった。

ぼくは目をレンズに押しつけたまま、驚きの吐息を洩らした。

またしてもクリストファーさんは笑い声をあげた。こんどはいかにも嬉しそうな笑い声だった。「さてさて、おまえにはわかるかな。他の時期だと月の出は五十分ずつ遅れるのに、なぜいまの時期、月は毎日三十分遅れて出るんだろう？」

そこで無表情にぼくの顔を見る。

「いまの時期は、月が地平線と平行の軌道を描いている。それで地球があまり回転しないうちに月が見えてくる、と——そう解釈していいと思うかい？」

ぼくは真剣にワイルドさんの顔を見返した。なんだか、ごくなにげなくからかわれているような気がした。

「うーん」ワイルドさんは唸った。「なんたる難問であることよ」

ぼくらはまだ、あけ放しの窓際に立っていた。そのうちワイルドさんは、背後のスタンドのほうに向き直って、大きなノートに素早く何かをメモしはじめた。しばらく沈黙していたと思うと、依然としてノートに何か書き込みながら、ワイルドさんは言った。「そうだ、おまえの名前は？」

ぼくはうつむいて答えた。「ワッシュです」

「ワッシュ？」

「ワシントンです。ジョージ・ワシントン・ブラック」

ワイルドさんはノートから顔をあげた。「おれの叔父の一人はね、アメリカの独立戦争の際、アメリカ軍の捕虜になったことがある。それを機に、アメリカ人を尊敬するようになった。さてと、ジョージ・ワシントン少年よ、われわれもあの偉大な同名の大統領のようにデラウェア川を渡るとするか？」

わけがわからずに、ぼくがなおもワイルドさんの顔を見つめていると、彼はさらに何事かノートに書き込みながらくすりと笑った。「われらが決戦の場、デラウェア川さ」そう楽しそうにつぶやいて、望遠鏡のつまみの位置を再確認する。それから、また何事か書きつけた。「いいかい、おれの名はクリストファー・ワイルドだ」初めて、そう名のってみせた。「でも、ふだんは〝ティッチ〟と呼んでくれ。〝チビ〟という意味だが、近しい連中はみんなそう呼ぶんだ。子供の頃、おれは病弱でね。背がなかなか伸びない時期があった――そのときの仇名がいまも残っている。おれ自身、こうして大人になったいまも、そう呼ばれたっていっこうに気にならない。最初は変に聞こえるかもしれないが、なあに、〝ワイルドさん〟と呼ばれるよりはずっといい。〝ワイルドさん〟はおれの親父のことさ。何かというと母が明言するように、おれは親父とは似ても似つかないからね。ところで、身のまわりの品は持ってきたかい？　それとも、まだポーチに置いてあるのかな？」

いったい、何のことだろう。

「なんだ、あの男から聞いてなかったのか？　そうか」ちらっと微かな笑みを浮かべて、ノートから手を離した。「じゃあ、なんでこんな時刻にここに呼ばれたのか、わからんだろうな。いいかい、おまえはこれから、おれと一緒にここで暮らすんだ、ワシントン。おれの召使いとして。この住まいには、整理が必要なものがたくさんあるはずだ。しかし、おれはそう扱いづらい男じゃないから、安心するがいい。おまえに何をやってもらいたいかというと、おれの科学実験を手伝ってほしいのさ。と言って、いまはそう心配しなくていい。今夜のところは、まだ。今夜はまず、ここに落ち着いてもらおう。そして、明日の朝になったら、この部屋を掃除してくれ。万事はそれからだ」

それでもぼくの顔には、不可思議な表情が貼りついていたのだろう。彼は一息ついて、こう訊いてきたからだ。

「どうしたい、こういう配置転換は気に入らないか？」

この人たちのやることに反対するなんて、もちろん、考えたこともない。ぼくは震えあがって、彼の顔を見返した。「いいえ、あの、ティッチさん」ささやくように言った。

「ティッチ、でいい」彼は言った。「ただの、ティッチ、で」

「はい、ティッチ」

「それでいい」よしよし、というようにぼくを見る。「うん。うん、まさにぴったりの体格だ。雲を突っ切るマシーン、〝クラウド・カッター〟を成功させる鍵は体重だからな」

あの釘のことは忘れてくれたのだろうか、と思って、ぼくは気が気じゃなかった。ところが、最後の不思議な文句を言い終わるなり、彼はまさにその釘のところに歩み寄って、ひょいとつまみあげるではないか。

「うん、鉄だな」とつぶやいてから、ぼくにはとても真意が読みとれない表情を浮かべて、こっちを見た。「鉄を加工する方法が確立されたのは、比較的最近のことらしいよ。王立協会の会員である親友から聞いた話だと、最初はもっと純度の高い金属の加工が先行したようだ。もっともな話だと思わないか？　ところが、鉄は依然として、単一の元素から構成される純金属ほどは高く評価されていないらしい」

手にした釘をろうそくの明かりに近づけると、慎重にかざしながら、「もちろん、これにもそれなりの用途はある。このおれを磔にするのにも使えるだろうしね」

ぼくが答えずにいると、彼はにこっと笑った。なんの悪意も感じられないその笑みを見て、ぼくはかえって混乱した。彼の真意がわからないだけにいっそう冷たい恐怖が背筋を這いのぼった。

「今夜のところはそれだけだ、ワシントン」急にぼくへの興味を失ったように、またノートのページを繰りはじめる。が、すぐにその手を休めてこちらに近寄ると、あの釘をそっとぼくに手渡した。

「奥の部屋にベッドがあるんだ、ワシントン。安心して、ぐっすり眠ってくれ」

5

翌朝、夜明けとともに起きたとき、ぼくはまだあの釘を握りしめていた。すぐわかったことが二つあった。一つ、ぼくはもうあの奴隷小屋とキットのもとにはもどらないだろうということ。キットの、あの力強い存在感とはもう無縁になるのだ。二つ、キットはたぶん、昨夜ぼくと別れたときから、ぼくがこうなることを知っていたのだろう。

仄暗い奇妙な小部屋に、ぼくは立っていた。寒さで肌がぞわぞわするのを覚えながら、よるべない心細さに震えていた。そこには以前伐りたての材木でも置かれていたのか、樹液のにおいが空気にまじっていた。裸の肩を撫でさすると、関節が妙な具合だった。マットレスを見ると、灰色の敷布がよじれて、からまっている。ぼくはそれまで土の上でしか寝たことがなかった。昨夜は寝つけないままに目を覚ましては、マットレスの柔らかな感触に驚かされたのだった。

その奇妙な館に人の気配はなかった。ぼくは扉に歩み寄って、耳を押しつけた。そしてまた後ずさり、両手をわきに垂らして何かを待ちかまえた。あまりにも静かなので、いまにも扉がばしんとひらき、あのティッチという男が大声でぼくを怒鳴りつけるのではないかと怖かった。何分か時間がすぎたけれど、部屋にはだれ一人入ってこない。

扉の右手の小さな台に、水の入った盥がのっていた。表面には埃がまだらに浮かび、銀蠅が一匹浮いていた。盥のわきにはいくつかの物が並んでいた。白い小さな布切れ。先端に剛毛が植えつけられた細い棒。可愛いイチゴの絵が描かれた缶。錆びついた蓋に指先をすべらせて、においを嗅いでみた。温かい石同士をカチッとぶつけたときのような、粉っぽい、鼻がむずむずするにおいがした。

ぼくは幼稚だったけれど、馬鹿ではなかった。そこに並んだ道具を使って、召使い奴隷のように身綺麗にしなくちゃいけないんだな、とわかった。でも、その道具類自体が謎めいていて、どう使えばいいのかわからない。思い切って布切れをとりあげると、水で濡らして顔をふいてみた。

驚いたことに、布切れはすぐ赤茶色に染まった。もっと強くふいてみた。鼻の両脇、耳の後ろ。その場にしゃがんで足の指のあいだを洗い、立ちあがって首のごわごわのひだをこすった。びっくりして、水はたちまち息を呑むような真っ黒い色に染まった。鳥肌立つのを覚えながら、ぼくはしばらく黒い水に目を凝らしていた。盥に布をひたすと、

そのときになっても、だれもぼくを呼びにこない。だんだん心細くなってきた。ここに呼ばれた以上、ぼくは何かの用を言いつかるのに決まっているのだ。寝坊して時間に遅れてしまったのだろうか？

念のため、あの釘をマットレスの下にすべりこませておいてから、廊下に一歩踏み出した。

「あのぅ、ティッチさん？」ぼくは叫んだ。静まり返った廊下に、その声はやけに大きく響いた。

「ティッチさん？」

むっとした空気には、何か土っぽくて食べるのに適したもの、何かの果実のようなにおいと、洗ったばかりの石のようなにおいが漂っていた。廊下の奥に目を走らせると、もう陽光が射し込んで塵が舞っている部屋が見えた。窓ガラスも陽光で輝いている。そこに一歩踏み込んでみると、ほつれた赤い絨毯がごわごわと、死んだ生き物のように足の裏に感じられた。ぞくっとして後ずさり、足音を忍ばせて隣りの部屋の戸口の前に立った。

そこに、あの人がいた。

そこはがらんとしたキッチンだった。あの人はシャツ姿でたった一人、窓に背を向けて立っていた。わきのテーブルには、灰色の卵がのった皿。それにしても、なんとひょろっとした体つきだろう。なんとピンクがかった肌だろう。手にした書類を読んでいたけれど、そのうちほっそりした手で卵をと

りあげると、くるくる回してから殻をむきはじめた。ぼくにはまだ気づいていない。邪魔をするのが怖かったから、ぼくはぽかんと口をあけて突っ立ったまま、あの人の黒いふさふさとした髪を眺めていた。そのうちあの人は卵を口に放り込んで、もぐもぐと食べはじめた。そのとき気づいたのだが、あの人の口の両端から耳元にまで、白い細い傷跡が走っていた。まるで、舌にのせた糸を、耳までさっと引っ張ったような感じだった。一筋の細い裂け目が走っているようにも見える。

そのとき、あの人はさっと顔をあげた。

「やあ、ワシントンか」

ぼくはびくっとして、おずおずと笑みを浮かべた。

あの人は両手をパチンと打ち鳴らした。卵の殻の破片が、指先からパラパラとまな板に落ちた。

「どうだい？　たっぷり休めたか？」

ぼくがうなずいて謝ろうとしかけたときには、もうあの人は言葉をついでいた。

「そいつはよかった。じゃあ、こっちにおいで。おまえは洗濯が上手か？　いや、そんなはずはないな。けさがた、エラスムスの召使いの一人に、おまえのお仕着せの服を持ってくるように命じておいた。よし、ついでに、洗濯の仕方をおまえに教えるよう頼んでおこう。おまえはまさかイギリス風の料理などに通じちゃいまいね。それはよかった。いまのは冗談だよ、ワシントン。おれはフランス料理が好みなんだが、このブリッジタウンじゃフランス料理などまず高嶺（たかね）の花だ。となると、イギリス料理で我慢しなきゃならん。だが、救いが一つあってね。必要な素材が全部そろっている料理が一つだけあるのさ。それでけさは、勝手ながらオランデーズをこしらえたんだ。おれのいちばん得意な料理の一つだ。その秘訣かい？　二個のライムの汁とセイロン・ショウガを少々使うんだ。賭けてもいいが、アムステルダムでもこんなにうまいオランデーズは味わえないよ。ところで、おれは東洋に旅した際、香辛料をたっぷり持ち帰ってね――いまは食器棚におさめてある。おまえもふんだんに使ってくれ。おれは香辛料が大好きなんだよ――あれなしには何も食べられなくなってしまった。なにしろ、この地の食べ物ときたら、どれもこれもステッキみたいな味だしさ」一息ついて、「ただし、ご法度が一つだけある――砂糖だ。あれだけは耐えられない。だから、食料庫にも一切置いてない。兄の住まいから持ってくることも厳禁だからな」

この言葉の奔流を、ぼくはどうすれば受け止められただろう?

次いでティッチさんは、ぼくの肩を――優しく――つかみ、隣りの部屋に導いていった。そこには大きなマホガニーのテーブルが置かれていて、不揃いな六脚の椅子が並んでいた。向かい合わせに置かれた二枚の白い皿に、ぼくの目は吸い寄せられた。

「さあ、すわってごらん」手で示してから、ぼくの戸惑っている様子に気づくと、困ったように笑って腰を下ろした。「いいかい、ワシントン、いつまでもそうやって、まるで人殺しみたいにおれの背後に立っていられたんじゃ、食べられたもんじゃない。さあ、その向かい側の席にすわるんだ。これは命令だよ」

ぼくは唇を舐めて、ぼくを生かすも殺すも自在な力を持っている白人の向かい側に腰を下ろした。なんだかやけにふかふかした、大きな布張りの椅子が、気持ち悪かった。

あの人がフォークをとりあげたので、ぼくも見習った。ぶきっちょに、やんわりとつかんだ。

目の前の皿の真ん中には、気味の悪い、青白いソースのかたまりがのっていた。

ティッチさんが、ぼくに模範を示そうとするかのように、ゆっくりと食べはじめた。

「兄のエラスムスは、おれがここに滞在中、おまえを貸してくれたんだ。おまえにとっても、そのほうがいいと思うんだがね」そこで一息つくと、ぼくが握っているままのフォークをじっと見てうなずいた。

ぼくはオランデーズをちょびっとすくって食べてみた。嫌悪感がそのまま顔に出たと思う。

ティッチさんはにこっと笑った。「こうして黒人のおまえと食卓を挟んですわっているところを母が見たら、さだめしショックで腰を抜かすだろうな」その様子を想像してか、ひと声、鋭い笑い声をあげた。「それはともかく、おまえを呼び寄せた主たる目的は、食事の相手をさせることじゃない。おまえにはおれの助手になってもらう。おれにとって有益な、いくつかの単純な技能をこなせるだけの知性が、おまえに備わっているといいんだが」

「はい、ティッチさん。ええ、わかりました」そうは答えたものの、実は、ぼくは何もわかっていなかった。ただ、ティッチさんが喜ぶだろうと思うことを口にしただけだ。

かなりの量のオランデーズをすくいあげると、ティッチさんは口いっぱいに頬ばったまま言った。

「うん、よしよし」

ぼくは黙っていた。

「おまえの前の主人のリチャード・ブラックだが——彼はわれわれの伯父、つまり、母の兄だったんだ」ティッチさんはつづけた。「で、彼が亡くなった後、支配していた領地は、このフェイス農園を含めて、すべて兄のエラスムスに譲られたんだよ。エラスムスはおそらく、われわれの父が何かと相談にのってくれることを期待しただろうな。ところが、おれたちの父はね、掛け値なしの科学の徒なんだ。荘園(しょうえん)を管理して、小作人から賃料を集めてまわるなんてのは、まるで柄じゃない。グランボーンの自宅にいるときですら、その仕事はエラスムスに任されていたんだから。父はいま、調査船の上ですごしている。なにしろ、こうしているいま、父は調査船に乗り組んで北極に向かっているんだからね。家を離れてすでに一年、すくなくとも、もう二年はもどってこないだろう」そこで吐息を洩らして、「まあ、エラスムスにしろ、いまの仕事を心から楽しんでいるとは思えないんだが。しかしまあ、兄は理数に明るいし、その気になれば人の心をつかむ術も心得ている。そんな機会は、まあ、めったにないだろうけども」

二口ほど素早く口に入れてから、ティッチさんは口元をぬぐいながらもぐもぐと噛んだ。「リチャード伯父がこの世を去ってしまったので、エラスムスには、グランボーンの自宅ばかりか、伯父のサンダレイとホークスワースの領地の管理まで任されることになった。もちろん、このフェイス農園も。兄はおそらく、一年の大部分をここ西インド諸島ですごし、ときどきイギリスにもどるつもりなんだろう。いちばん手間暇を要するのはこのフェイス農園だと兄は見ているが。言い換えれば、それだけ、この農園からの上がりが大きいということさ」

ぼくはぱちぱちと瞬きしただけで、ティッチさんとは目を合わせなかった。この人はまるで数年間話し相手がいなかったかのように、しゃべりつづける。そのことに、ぼくはびっくりしていたのだ。

「このところ、わが家の財産は、父の科学研究の出費も重なって、減る一方だった。ところが、御覧じろ、リチャード伯父による相続人限定措置によって、再びわが家は裕福になったのさ」苦々しげにティッチさんは吐息をついた。

ぼくには理解できないことばかりだった。そうと気づいたのか、ティッチさんはフォークを置いて眉をひそめた。

「どうしたんだ、いったい？」

ぼくは怖くて何も言えなかった。

「言いたいことがあれば、言ってごらん」優しい口調で言う。

ぼくは頭を垂れたまま無言でいた。

「じゃあ用もないのになぜおれはこんなところにきたんだ、と考えているんだろう」

そんなこと、こっちは思ってもいないのに。

「しかし、まあ、おれはここにやってきてしまった。いったい、なぜなのか。いまは毎朝目を覚ますたびにそう自問しているよ」そこで、にやっと笑った。「いやいや、冗談だよ、ワシントン。本当のことを言うと、おれはグランボーンのあの館から逃げ出したかった。だから、逃げ込む先が必要だったのさ。で、ある朝荷物をまとめると、だれにも言わずにリヴァプールに向かった。月末には兄のエラスムスが船出することはわかっていたから、何も言わずに彼の部屋に押しかけて、おれも同行させろと掛け合ったんだ。西インド諸島――知れば知るほど魅力的だった。おれにとっては、なんと奇跡的な、千載一遇のチャンスが待ちかまえていることか！　北半球西部の気流に関しては十分研究を重ねていたから、もしかすると、単なる気まぐれで設計したおれの飛行装置を飛ばすのにもうってつけの場所かもしれないぞ、という気がしてきたのさ。そこでこんどは本腰を入れて設計をやり直し、数週間かけて輸送する資材も集めたんだよ」

それからもぐもぐと、ゆっくりと嚙んでから、「この際、おれという男は、生きる上であまり贅沢を必要としないタイプの人間だということが役に立つんだね――実際、ちょっとした道具と食べるものさえあれば、それでおれには十分なんだから。住まいは雨露がしのげればそれでよし、召使いなどいなくてもやっていける。有能な助手さえいてくれれば、それでいいんだ。事実、ここにくる前はトルコのイスタンブールで七か月ほどすごしたんだが、そのときも、地元の少年に身のまわりの世話をしてもらっただけだった。イスタンブールではね、ご婦人方はヴェールで顔を隠しているってこと、知ってるかい？　嘘じゃない。あれはなんとも魅力的だったな」

この人は本当に変わっているな、と思った。母親がいるのに、彼女のことは突き放したように語り、それでいてぼくと話すときはどこか温かみを感じさせるのだ。

「さてと。では、もっと現実的な問題に移ろうか」ティッチさんは空の皿の上で細い両手をポンと叩いて、つづけた。「料理と洗濯――これは欠かすわけにいかない。しかし、おまえの本当の役割は、すでに言ったとおり、おれの実験の助手役を務めることなんだ。おまえは、〝クラウド・カッター〟にはぴったりの体格だからな。なんといっても、重要なのはバラストだからね。それに、おまえの知的な眼差しからすると、何かを呑み込むのも早そうだ。もちろん、おれの科学的な問いかけには、そう簡単には対応できないだろうけれども。ま、それを差し引いても、おれたちはきっとうまくやっていけるよ。事実――」そこでいきなり立ちあがると、サイドボードに歩み寄って一枚の紙をとりあげた。それから、ぼくのすわっているところに寄ってきて、顔を近づける。

軽く喉を鳴らす音が耳を打ち、彼の手首のコウイカのような石鹸のにおいが鼻をかすめた。マットレスの下に隠しておいた、あの鋭くとがった黒い釘がまた頭に浮かんだ。

でも、ティッチさんはぼくの前のテーブルに一枚の紙を広げただけだった。彼が指先を走らせるにつれ、半透明の紙がカサカサと音をたてた。それからティッチさんは、素晴らしいことをして見せたのである。

まず上着の裏のどこかから、一本のちびた鉛筆をとりだした。そして、大きく膨らんだ風船のようなものを紙の上にすらすらと描いたのだ。あんなもの、それまでに見たこともなかった。それからティッチさんは、その風船に陰翳を描き込んだ。すると、それはとても立体的に見えてきて、いまにもその紙から浮きあがりそうだった。ティッチさんは次に、その風船の下部に、オールが空中に伸びている不思議な船のような形のものを描き添えた。そこからはロープも垂れ下がっている。

なんと不可思議な絵だっただろう！　ぼくはただ息を呑んで、その風船に見入っていた。すると突然、体の奥からつき上げてきたのだ――ぼくもこういうものをぜひ描いてみたいという衝動が。ぼくも自分の手で、こういう素晴らしい世界を創造してみたかった。

そこで目をあげると、ティッチさんも目をキラキラ輝かせてぼくを見下ろしていた。「どうだい、どう思う？」

素敵だ、とぼくは思った。こんなに素晴らしいものは見たことがない、と。でも、口ではただ「素敵です」とだけ答えた。

「この三年間、改良につぐ改良を加えてきたんだよ」ぼくから紙をとりあげて、光にかざした。「もう三十年も前に、父は同じような装置を考案したんだが、苦労してそれに改良を加えるようなことはしなかった。だから、もしこれを見たら――おれがこうして完成させた図形を見たら、きっと腰をぬかすだろう。父が考案したデザインはとても不安定だった。ガスの利用法にしてもね。ところが、最近の気球操縦術の進歩は、実にめざましい。おれのこの装置なら絶対に飛行できる、それもかなりの距離を飛行できる、と信じている」

そこで突然ぼくの顔をまじまじと見ると、喉の奥から低い唸り声を洩らした。「うん、そうだった――おまえはまだ文字を読めないんだったな。よし、さっそくその件に対処しよう。文字を読めないんじゃ、おれの助手役などつとまりっこない。おまえには、いろいろな計測、数式の確認、実験結果などを記録してもらわにゃならん。夜にはおれの前で、それを読みあげてもらわないと」

「はい、ティッチさん、ええ、ぜひ」

ティッチさんは一息ついて、眉をひそめた。「だめだ。忘れたかい、おれの言ったこと？　おれのことはどう呼ぶんだっけ？」

「ティッチ、ですか？」

「よしよし。そうだとも、ただのティッチでいい」

ぼくはキラキラと輝く緑色の目を、蠅の肢のように黒い、もじゃもじゃの睫毛を見上げた。でも、ぼくがそのとき浮かべていたのは、この先何が起こるのかわからないという、不安な笑みだった。

6

こうして、ぼくの第二の、風変わりな人生がはじまったのである。

午前中、ティッチとぼくは前日の仕事の結果をチェックする。細かい計算を記録するのだが、最初はもっぱらティッチが行っていたその計算も、その後、しだいにぼくが――かなり荒っぽかったけれど――行うようになっていった。午後には一緒に農園の外側の森まで出かけて、自然環境を調べた。そのへんでぼくは掃除や料理をするために家にもどり、ティッチが一人残って、さらに一時間あまり調査をつづける。夜は勉強の時間だった。ぼくは顔を紅潮させて、簡単な教本の単語をつっかえつっかえ読んでいく。すると、気難しい顔でそばに控えたティッチが間違いを正してくれるのだった。

夜のこの時間はすごく重荷だったけれど、朝の活動は珍しいことばかりで面白かった。ぼくらは雨水を水甕(みずがめ)に集めて酸性度を調べ、同じ水甕にウナギを入れて電気の強度を計ったりした。かと思うと、野原に散らばる糞の山から緑色の虫をつかまえて、血清を入れた壜に入れたりするのだ。ティッチという人には呆れるばかりだった。あんなに仕事熱心な人にはお目にかかったことがなかった。野原ではらんらんと目を輝かせ、鼻をくんくんときかせながら、鋭くとがらせた指先で土をほじくりかえす。草や土をしょっちゅう口に入れるものだから、舌は真っ黒だし歯は緑色に染まっていた。岩棚を走りまわり、枯れた木によじ登るなどは毎度のこと。一度などは着衣のまま海に入り、シャツの裾が海面に広がるのもかまわず、珍しいカニをつかみあげたこともあった。そして、新たな発見があるたびに悦に入って、目を細める。ある日の午後、手をひらいてごらん、と命じられて言われたとおりにすると、ぼくの手のひらに一匹の青い小さなトカゲがのせられた。心臓の鼓動につれて小さな横腹が波打って、まるでぼくの手のひらに命の塊がのっているような気がしたものだ。

ティッチからむごい仕打ちを受けるようなことは一度もなかった。といって、彼は純粋な温情からぼくに優しく接しているわけでもなかった。それはわかっていた。いずれぼくは、蛮行が横行するサトウキビ畑にもどされるにちがいない。ぼくはそう思っていた。だから、気をゆるめずに、ひたすら働きつづけた。草むらに投げ込まれた温度計を追いかけ、ティッチの落とした望遠鏡を拾い、慎重に折りたたんだ草の葉を、ティッチが〝植物採集箱〟と呼ぶ細長い木の箱におさめた。そして毎晩、何もお咎めのなかったことに安堵して眠りについた。

自分の兄が奴隷たちにむごたらしい罰を与えていることについて、ティッチは何も言わなかった。ただ、遠方のサトウキビ畑のほうにときどき目を走らせて、青空にギラリと山刀が光るさまを眺めていることはときどきあった。そんなときは疲れた顔をしていたけれど、目は強い光を帯びていた。そんな光景に心を痛めたとしても、それを口に出すことはせず、すぐに植物の採集や計算にもどってしまう。ただ、胸中の思いを敢えて吐きだしたことが一度だけあった。畑の西の端を通り抜けようとしていたときだった。一人の労働監督が錆びついた棒でメアリーという奴隷の顔を打ちすえていた。でも、メアリーは一陣の風が頬を撫でたように身じろぎもせず、鮮血が口から流れるのに任せていた。ティッチは険しい目つきでその様子を見守っていた。ぼくもその光景に目を奪われたまま、喉元にゆっくりと恐怖がせり上がってくるのを感じていた。すると、ほとんど聞きとれないような低い声で、ティッチは言ったのだ。「なんてことを」

その晩、農園主が弟とワインを酌み交わしにやってきたとき、ぼくは書斎の扉の外で、二人が声を荒らげて鋭い応酬をする様子を聞いていた。いつ呼ばれても応じられるように、扉からすこし離れて立っていた。二人の声はしだいに険悪な響きを帯びはじめ、おまえは何もわかっちゃいないんだ、というようなことを農園主が口走るのが聞こえた。それから中が静まり返ったと思うと、扉がさっとひらいた。農園主がすごい目つきで出てきたと思うと、すこし前のめりになって歩み去った。

ティッチが大量に部屋に保管しているもの、それは紙だった。一種病的なくらいに彼は紙を好んでいて、この島の中心街、ブリッジタウンに出かけたときなど、紙をたくさん詰め込んだ大きな木箱を持ち帰るのが常だった。それくらい大量にあったから、ぼくは毎週まっさらな紙をたくさんもらった。それと、文字を練習するための素敵な鉛筆も。毎晩自分の部屋にもどると、細々と燃えるろうそくのオレンジ色の光の下で、ぼくは絵を描きはじめた。字を書くことより絵を描くことのほうに夢中になった。

絵を描いていると、自然に元気が出て、心が安らぐのを覚えた。何かを描くこと、それは最初から、ぼくにとっては一つの驚異だった。それは指先でこなす技というより、目に導かれる技だった。ぼくは憑(つ)かれたように、身近にあるものを片っ端から描きはじめた。それに影を描き添えると、ある種の量感が生み出されることもわかった。だれからも教えられず、文字どおりの自己流で、ぼくは描いていった。でも、描き終わった紙はくるくると巻いて、ろうそくの火にくべることを忘れなかった。それが燃えあがって灰になるまで、ぼくは注意を怠らなかった。字を覚えるより絵を描くことに夢中になっている——それをティッチに知られたら、どんな罰をくらうかわからないと思ったからだ。

でも、秘密は必ず露見してしまう。それがこの世のならいと言ってもいい。

ある晩、ぼくが絵を描いた紙をろうそくの火にかざそうとしていると、まさにその瞬間、ティッチが部屋に入ってきたのである。怒ったように眉をひそめて、ティッチは訊いた。「なんでせっかくの紙を無駄にするんだい、ワシントン？　覚えた文字はちゃんととっておかなきゃ。どれ、見せてごらん」

ぼくは怖くて心臓が破裂しそうだった。顔がすっかり日焼けして、鷲鼻(わしばな)の皮がむけそうになっているティッチが、ぼくの拳をゆっくりとひらいた。ぼくは逆らわなかった。紙に描き込んだ絵が露(あら)わになった。その日、二人で観察した一羽の蝶の、陽光に照らされた二枚の翅。

ティッチの目は、そこに吸い寄せられた。

「ご、ごめんなさい、ティッチ」どぎまぎしながら、ぼくは言った。

ティッチはぼくの顔を見ようとはしなかった。

「これはこれは」低い声で言った。「これ、本当におまえが描いたのかい、ワシントン？　驚いたな。こんなに本物そっくりの絵になんか、めったにお目にかかれないぞ」驚嘆した面持ちで、ぼくの顔を見下ろした。「おまえは天才だな、掛け値なしに」

顔にかっと血がのぼって、ぼくはすぐに目をそらした。

次の日の午後、ぼくらはティッチがカタツムリ採集用に作った小さな木箱を調べに森に分け入った。ティッチは途中で歩を止めて、ぼくを招き寄せた。持っていた麻袋に手を突っ込むと、一そろいの鉛筆ときれいに装丁されたスケッチブックをとりだした。「忘れるところだったよ」真剣そのものの声で言う。「これを渡しておく。折らないように注意してくれ。いまからおまえは、おれの公式な挿絵係だ。おまえの目に映ったものを忠実に再現してくれ、ワシントン。物の、あるべき姿ではなく、おまえの目がとらえたとおりに忠実に再現してくれ。いいね？」

すわっていたバケツの底の縁が、太ももに食いこんでいた。ぼくは立ちあがって、うなずいた――その頃はまだ、ティッチの言わんとしていることが正確にはつかめなかったのだが。

その晩、ぼくらはヴェランダで語り合った。薄れゆく夕日が手すりの彼方の畑の緑を淡く照らしていた。ティッチは何冊かの本を持ってきていた。「今夜は何を読みたい気分かな？　『航空機の歴史と実践』がいいか。それとも、『航空百科』がいいか。でなきゃ『自然地理学』かな。水生動物について読みたいなら、海洋生物学に関する本も何冊か持ってきてあるぞ。それと、小説も二冊あるし。ラブレーなんかはどうだろう――うん、これはちょっと奇っ怪で面白いんだ。よし、これにしようか」

ティッチはこちらに話しかけているわけではなく、ほとんど独り言も同然なのがわかっていた。だから、ぼくは何も答えなかった。するとティッチは二脚の椅子を近くに寄せ、サイドテーブルの自分の側には指紋のついた赤ワインのゴブレットを、ぼくの側にはマンゴー・ジュースのグラスを置いた。そして、ぼくが差し出した手に、恐ろしいラブレーの本を置いたのである。

あの本の活字が、ぼくにはなんと不可解だったことか。ティッチに見守られる読書の時間が、ぼくは大嫌いだった。でも、最初の数か月、初めて手に触れた紙の、あの感触は忘れられない。ぎゅっと圧縮された塵のような、ざらついた、妙な手ざわり。なんとも不思議な手ざわりだった。ページを撫でさすっていると、薬局で渡される包みのような、薬っぽいにおいが急にたちのぼってくるのも不思議だった。

あの晩ティッチは、ぼくの向かい側に腰を下ろすと、逆向きになっている活字を黙読して、ぼくに訊いた。「さあ、この単語はどう読む？　きのうも出てきただろう」

ぼくはみじめな気持でページに目を凝らした。小さな黒い文字は、下手糞な手術の縫い目のように見えた。

「さあ、読んでごらん」

小さな黒い文字に目を凝らして、ぼくはなんとか頭を振り絞った。「い、いり……」

「そうそう。もうすこしだ。ゆっくり言ってごらん。い、り、え。入り江だろう」

「い、り、え。入り江」

嬉しそうに目を細めて、ティッチは身を起こした。「この数週間、おまえには驚かされどおしだよ、ワシントン。おまえの頭脳。ここまでとは思わなかったな」

ぼくがそんなに馬鹿だと思ったのなら、どうして選んだんですか、と訊き返そうなどとは思わなかった。ぼくは無心にその誉め言葉を聞いていた。すると、びくついた気持がだんだんおさまり、ティッチの問いかけを落ち着いて聞きとれるようになった。そのうち、つっかえたりしないで答えることもできるようになった。

一問一答の時間は、やがて終わった。ティッチはページに印しをつけてから本を閉じ、すこし眉を寄せて問いかけた。「初めておまえを呼び寄せた最初の晩、あの夕食の席で、おまえと一緒にいた大柄な女はだれなんだい？　名前を思いだせないんだが」

急に警戒心が頭をもたげて、ぼくは息を呑み込んだ。

「どうなんだ？」ティッチはいかめしい口調で言う。「名前ぐらい、当然知ってるはずだな。あの大柄な女だよ。あのとき、鼻を痛めつけられた女だ。あの女とおまえはすごく親しげに見えた。おれは一晩中おまえたちを見てたんだよ」

「キットです、名前は」ぼくはとうとう小声で言った。「ビッグ・キットです」

「なるほど、ビッグ・キットか。で、あの女はおまえの何に当たるんだい？」

「というと？」ぼくはどぎまぎして訊き返した。

「おまえの親しい仲間なんだろう、あの女は？」

ぼくはまた息を呑んだ。顔に血がのぼっていた。実は、あれからもう数週間もたっているのに、キットは何も言ってきていなかったのだ。農園主の母屋の館で働く奴隷たちが何かの使いでやってきたときも、キットからの秘密の伝言などつたえられなかったし、畑で働く奴隷たちと涼しい草むらで顔を合わせたときもそうだった。だから、実を言うとそのとき、ぼくはキットから見捨てられたような、冷たく突き放されたような気持でいたのである。キットの本心がわからず、意気消沈していたのだ。

「はい、ええ、ぼくの友だちです、キットは」眉根を寄せて、ぼくはとうとう言った。「ぼくにとっては、お母さんみたいな人なんですけど」

一瞬の沈黙。

「じゃあ、会えなくて寂しいだろうな」

ぼくはじっと膝を見下ろしていた。

「なるほど、なるほど」ティッチは話の区切りをつけるように咳払いして、ぼくに気を取り直す時間を与えてくれた。それからまた本をひらいた。「人生ってやつは、別れと再会のくり返しだから。さあてと、じゃあ、この単語を発音してごらん。うん、その調子、その調子」

ぼくはビッグ・キットと会えない寂しさをどこまで感じていたのだろう？　本当に痛烈にそれを感じて、ビッグ・キットを失ったことを嘆いていたのだろうか？

目を閉じると、暗闇の中でぼくの顔に置かれたキットの手のひんやりとした重みが甦ってきた。キットの左手の親指の爪は黄色い貝のようにひび割れていて、しかもキットはその爪を手のひらに押しつける癖があるものだから、その手のひらが顔に触れると引っかかれるように痛いのだ。キットの声は低くくぐもっており、言葉を区切るたびに声を落とす西アフリカ独特の癖がある。それはきまって、何か素晴らしい叡智(えいち)をもたらすような効果を生んだ。食事をするときは、口中の物を嚙むたびに喉を鳴らす。それをいやがる者もいたけれど、幼い頃のぼくはそれを聞くたびに笑ったものだ。キットはいつも朝食の最後の一すくいをこちらにさしだしてくれる。ぼくは飼いならされた猫のように、彼女の手からそれを食べたものだった。するとキットは嬉しそうににこっと笑う。押しが強く気どらないキットは、ぼくの前でも平気で小用を足したりした。髪はいつも、なまくらなナイフで短く切っていた。ダホメ時代に重たい耳飾りを常時つけていたせいか、耳は変形していた。おなかには、槍(やり)で七たび突かれた跡が七つ残っていた。二本の前歯のあいだには大きな隙間があり、声をあげて笑うとひゅーひゅーと音がした。もっとも、キットが笑うことはめったになかったのだけれども。ぼくは心の底で思っていた――いずれキットが奴隷の身分に耐えられなくなる日がくるだろう、そのときは大勢の人間を殺してからぼくをダホメに連れ去ってくれるのだろう、と。

7

地平線を白熱で覆って、朝日が昇った。朝食前、ぼくはティッチと並んでポーチに立ち、青白く洗われた空を眺めて、きょうもまた暑い一日になる兆しを朝もやに見た。

ぼくが見たものをティッチも見、ぼくが感じたものをティッチも感じていた。でも、ティッチは熱くたぎるような太陽から目をそらさずにぼくに言った。「きょうはな、ワシントン、コーヴァス・ピークに登るぞ」

ぼくは黙ってティッチの次の言葉を待った。ティッチは昆虫の手のような腕をのばして、彼方のもやに包まれたコーヴァス・ピークを、その灰色の平坦な頂上を、指さした。この地では、大農園の主（あるじ）の邸宅は農園の最も高い地点に建てられるのが普通なのだけれど、このフェイス農園ではそれは不可能だった。この農園の最高地点はコーヴァス・ピークなのだが、それは小さくも険しい山で、平坦な部分はごく狭かったからだ。夕暮れともなると、この山には多数のカラスが群がってくる。それでコーヴァス（カラス）と名づけられているのである。そこに近づくこともできないぼくらにとって、この山は、労働監督が眼下の畑をくまなく見下ろせる恐ろしい監視塔のようなものだった。

朝食がすむと、ぼくらは数々の道具や計測装置を用意した。ティッチの説明では、きょうはこの山に登って、彼の謎めいた〝クラウド・カッター〟の組み立て・離陸場所としての適性をしらべるのだという。いまでは彼の熱意の象徴と知れた、きらきらと輝く目をちらっと見ただけで、ぼくは何も言わなかった。コーヴァス・ピークに対する恐怖や、きょうも予想される酷暑への不安も、口にはしなかった。

暑い陽光に焙られた広い畑の中に、ぼくらは重い足どりで入っていった。ティッチはゆったりとしたズボン姿で、白い麻のシャツの上に軽いコートをはおっていた。ティッチもぼくも背嚢を背負い、ぼくはそれに加えて大切な木造りの植物採集箱を腰のあたりに抱えていた。コーヴァス・ピークの麓に至る道は、畑の外縁をぐるっとまわってから奥地に入り、荒れた森の茂みを抜けて麓の岩場に達している。丈の高い雑草のとがった葉が、ぼくらの膝をシュッシュッとこする。歩いていくぼくらの目に、遠くのほうでぎらりと光る鎌の刃が見える。揺れ動く奴隷たちの影の中に、もしやビッグ・キットがいないかと目を凝らしても、見つからなかった。

森に入ると暑熱は薄れたものの、虫に噛まれはじめた。両手を振りまわし、ぴしゃっと首筋を叩きながら、ぼくらは進んだ。もはや道とは呼べないような、踏みしだかれた小枝が散らばる地面を、ぼくらはたどっていった。途中ティッチは、ところどころで緑色のリボンを木の幹に結わえつけていたが、その目的は明かしてくれなかった。何時間もすぎた頃、とうとう上り坂にさしかかった。木がまばらになって、遮るもののない暑熱が再び襲いかかってきた。ようやくたどり着いた麓の岩場は、蒸し暑いうえ菌類のにおいがした。枯れかけた草葉のにおいもした。そこでぼくらは小休止した。木の香のする、生ぬるい水入りのコップをティッチがまわしてくれて、二人で硬いクラッカーをかじった。しばらくして立ちあがると、ほとんど言葉を交わさずにまた登りはじめた。そのあたりから見上げるコーヴァス・ピークは、あちこちに小さな藪が張りついている断崖としか見えなかった。

最初は二人とも、足どりも確かに、らくらくと登っていった。ぼくはティッチの足掛かりを見ながら、体重を十分に足にのせて登っていった。地面は頁岩に覆われていた。ときどき岩のかけらが剝がれては、くるぶしのまわりに落ちてくる。珍しい草や小さな葉の集落にさしかかると、ティッチが足を止め、サンプルを集めて採集箱におさめるように指示する。ぼくはひと休みできるのが嬉しくて、いそいそと指示に従った。そんなときを除くとティッチは口数も少なく、何かしら考え込んでいるようだった。でも、ぼくはもうティッチの沈黙を恐れなくなっていた。小さな黄色い花を採集箱の小仕切りにおさめてから目をあげると、ティッチは温度計をしめった地面に突き刺していた。水銀が上昇しているのを見て眉をひそめ、風に向かってつぶやいた。「三十八・七度だ。よし、このまま登ろう」

　ついさっきまでなだらかに傾斜していた地面が、急に険しくなった。ぼくらはもろい頁岩にしがみつきながら、四つん這いになって登った。背負った箱がガタガタと鳴りはじめる。ぼくが足をすべらせて何度かずり落ちると、ティッチはそのたびに体をひねってこっちを見下ろした。なおも登るうちに、ぼくが足をかけた岩が剝がれ落ちた。背中の採集箱の重みに引きずられ、両手が宙に浮いて、ぼくは滑落した。そのまま五フィートほど落下して、平たい岩棚に尻もちをついた。

　瞬間、息がつまって、喘ぎながら腹這いになった。なんとか起きあがって顔をまさぐると、唇と頰が血まみれだった。シャツが裂け、両膝からも出血している。ティッチの大切な採集箱を壊してしまったのではないかと心配で、慌てて背中から下ろした。前方の空に水鳥の群れが舞い上がり、羽ばたく翼が黒いシルエットを空に刻んだ。

　どうにかひざまずいてほっとしていると、ティッチが慎重に降りてきた。

「大丈夫です、ほら、壊れていませんから」必死になって、ティッチに見えるように採集箱をかかげた。

「心配なのは、おまえの骨のほうだよ」ティッチはぼくのそばにしゃがんで、肩についた土砂をはたき落としてくれた。彼の肌はミントのにおいがした。「万有引力の第二法則を実証するためだったら、もっと安穏（あんのん）な方法があるのに」シャツの胸ポケットに細い指を突っ込んで赤い絹のハンカチをとりだし、ぼくの頰の血をぬぐってくれた。そのとき、ぼくのシャツの裂け目から、胸に押されたＦの文字の烙印が目に入ったらしい。

ティッチは眉をひそめた。

「もう頂上が近いんですか?」ぼくは彼の気をそらそうとして、たずねた。

ティッチは低い、優しい声で訊き返した。「どうだ、疲れたかい?」

「いいえ、ティッチ」

ぼくの顔をじっと見て、ティッチは言った。「頂上まではまだすこしあるんだ、ワシントン。どうだい、もどりたいか?」

「いいえ、ティッチ。本当に大丈夫です。さあ、登りましょう」

ティッチは表情をゆるめて、まぶしそうに目を細くすぼめた。息遣いも、すこし乱れていた。下唇の下には汗粒が浮いている。両の頬に縦に走っている細い傷跡が、血の筋のように赤く浮きあがっていた。

ぼくが立ちあがろうとすると、ティッチはぼくの手首を押さえて首を振った。

「おれは以前、アンデスのチンボラソ山を登っていて、滑落したことがあるんだ。といっても、おまえにはどんな山だかわからんだろうけども。雄大な火山なんだよ。世界最大の火山かもしれない。高さ、二万一千フィートだからな。それで、一年中雪で覆われている。あれはつくづく無茶な登山だった。みんな、ろくな準備もしていなかったんだから。その二年前におれはピレネーを登ったんだが、そのときですら高山病で失神しそうになったくらいだった。ところが、あの当時は、南半球の山では高山病などたいしたことないという説がまかり通っていたのさ」

そこで一息ついた。ぼくらはしばらく暑熱に打たれていた。

「雪って何ですか?」ぼくは訊いた。

「おまえなんか、知らなくたっていいものさ」ぼくの顔を見下ろして、笑いを浮かべた。「氷の一種と思えばいい。それが雨のように天から降ってくる。すごく冷たくて、そいつがつもると、満足に歩けなくなる」

「それで足をとられて、すべり落ちたんですね」

「高度一万四千フィートまでのぼったとき、ポーターたちに逃げられてしまってね。当時、チンボラソ山の霧と断崖については、奇怪な伝説が広まっていたんだ。おれたちは装備を互いに分け持って、登りつづけた。ある地点までくると、登攀路がすごく狭くなって、四つん這いで登らざるを得なくなった。目は血走り、歯茎からも出血しはじめた。可哀そうに、チボドーという男なんぞは水を飲み下すこともできなくなってしまった。ホルヘは頭痛がひどくなって、目も見えなくなったし。そのときさ、おれが足をすべらせてしまったのは。おれはうつ伏せに倒れたまま、すべり落ちていった。そのうち、露出した岩に全力でつかまって、どうにか滑落を止めることができたんだ。おかげで鎖骨を折ってしまって、もうどうにもならなくなってしまった。結局、そこで引き返そうということになったんだ」にこっと笑って、「このコーヴァス・ピークは、あの山ほどには手強くないはずだが」

ティッチは細い手でうなじのあたりを撫でた。そこから離した手は汗にまみれていた。ぼくはもやでかすんだ空を見上げた。お日さまがまぶしくて、すぐに目を細くすぼめた。

「あの極寒の地から、この熱帯だ」静かに言って、ティッチは立ちあがった。

「ちょっと待って、ティッチ」ぼくは大きな植物見本を入れてある麻袋をひらいて、筋の張った棕櫚の葉をひとつかみとりだした。ティッチは不思議そうにこちらを見る。ぼくは両手を高く差し上げた。

「これを帽子の中に入れてください。きっと役立ちますから」

「おれの帽子に？　いったい何に役立つんだい？」

「暑さですよ、ティッチ。暑さがすこししのげると思うんです」

ティッチは数秒ほど、何か考え込むようにぼくの顔を見た。と思うと、汗まみれの頭から帽子を脱いで、棕櫚の葉を中に詰めはじめた。

コーヴァス・ピークの赤い頂上にたどり着いたのは、午後をだいぶまわってからだった。が、そこは平坦ではなかった。砕けた岩の破片が一面に散らばっていて、その上をびっしりと覆った黄色い枯葉が熱風に吹かれていた。樹木は一本も生えていなかった。

その高さから眺める地上は、なんと異様に見えたことか。考えてもみてほしい。あの野蛮な島で生まれ育ちながら、ぼくは島の輪郭や、広大な海や、浜に寄せくる白い波など、一度も見たことがなかったのだ。豆粒のような人馬のうごめく道路や、陽光にきらめく農園主の館の屋根を見下ろすのも、生まれて初めてのことだった。緑に覆われた島は、陽光にきらめいてどこまでも四方に広がっていた。この頂上の草むらには野鳥もひそんでいて、ぼくが歩きまわると、けたたましく啼き騒いで空に舞い上がった。すでに日が沈みかけていて、ぼくらの背後の影も長く伸びつつあった。ぼくは頂上の南の端まで歩いていって、青く輝く海を見下ろした。それこそ何千本ものサトウキビの葉のように、白波がきらめいていた。東の端に立っているティッチのところに、ぼくは歩み寄った。眼下には埃っぽい光を浴びて、きれいに手入れされたフェイス農園の畑が小さく見える。それは大地に刻まれた白っぽい線のようだった。比類のない眺めの美しさに圧倒されて、ぼくは震えていた。

「長居はできないぞ、ワシントン」素晴らしい景観などまったく意に介さないように、ティッチは言った。「さもないと、暗闇の中を下山することになってしまう」

装備品を置いたところに大股に歩み寄ると、ティッチは麻袋の中に手を突っ込んだ。そこからとりだしたスケッチブックと鉛筆をぼくに向かって振りまわしながら、彼は大声で言った。「さあ、ぐずぐずしてはいられない。さっそく、おまえの目に映ったものを描いてくれ。何よりも重要なのは、地形なんだ。いくつか視点を変えて、ここから見える地形を忠実に描いてくれ」

背嚢の中からいちばん長い測距棒をとりだすと、檻の中の動物のようにいったりきたりしながら、ティッチは距離を測りはじめた。「二十歩×十七歩だ。よしよし」一人でつぶやいて、「これならいい。南端が十六インチ隆起していて、北の端が十三インチ下降している。最高だ。これなら完璧に舞い上がれるな」

眼下の光景を見下ろしていると、説明のできない感情が静かにぼくの心の中に満ち広がっていった。なおもせわしげに動きまわるティッチを、ぼくはじっと見守った。それから、おもむろに描きはじめた。見たままを正確に描いているうちに、眼下の、宝石のように美しい光景が、かえってぼくを苦しめはじめた。なぜなら、その大地には折れた歯がいくつも転がっていることを、ぼくは知っていたからだ。スケッチ用紙が熱風にはためく。そのとき、眼下の畑のどこかで、赤ん坊の泣き声が聞こえたような気がした。ぼくは知っていたのだ、奴隷小屋で出産した女たちはすぐに畑に駆り出されることを。そして、黒い畝に寝かされた、まだ皮膚も柔らかな赤ん坊は灼熱の陽光の下に放置されたまま泣き喚きつづけることを。ぼくは首をのばして、眼下の畑を見まわした。でも、何も見えなかった。はるか沖合いの海上では、多数のカモメの群れが旋回していて、翼の裏が午後の陽光に明るく照り映えていた。

8

実験をもう一歩前進させるためには、もう一つ必要なものが揃わないとな、とティッチは言う。

「つまり、働き手だよ、ワシントン」ティッチは説明した。「資材を運び、持ち上げ、引っ張り、組み立てる労働者たち。強い腕っぷしと手首を持っている連中。おれとおまえの二人きりであの装置を運び上げるわけにはいかんだろう？」

　というわけで、ぼくらはある日、農園主の館の玄関ホールに立っていた。絨毯の清掃が行われて間がないかのように、そこには茶葉のにおいが漂っていた。ティッチはかなり苛立っていた。見ていると、床板をかすかに軋ませて、ぐるぐる歩きまわっている。と思うと、くるっとこっちのほうを向いて、ぼくの肩にそっと手を置いたりする。視線は遠くの廊下のほうに注がれていた。時間はぼくらの周囲でゆっくりと膨張するかに思われた。

　どのくらいそこで待たされただろうか。とうとう人影が廊下の奥のほうを横切った。ティッチが声をかけた。

　その声は奥まった黒い物陰に吸い込まれてゆく。一瞬の間を置いて、どこか見えないところから、イギリス製の封筒のようにぱりっとした制服を着て、ガイアスが姿を現した。見ていてぼくは、ガイアスの体の骨は並みの人間より多いんじゃないかな、と思った。それくらい彼の体は角張ってゴツゴツしていたからだ。ガイアスが近づいてくると、関節がギシギシとこすれる音まで聞こえるような気がしたくらいだ。

　ティッチを見上げたガイアスの整った顔には、何の表情も浮かんでいなかった。

「なんでこんなに待たされるんだ？」怒気で顔を紅潮させてティッチは訊いた。「何の説明もないまま、もう十五分も待たされているんだぞ。お茶の接待もない。体の具合でも悪いのか、兄は？」

「いいえ」

　ティッチはふんと鼻を鳴らした。「じゃあ、どういうわけなんだ、いったい？」

「こちらにいらっしゃるとは、まったく存じませんで。エラスムス様もご存じないのでは。だれか応対に出た者はおりましたか？」

「もしいたら、いまごろこんなところに立たされちゃいまい。どこにいるんだ、兄は？」

ガイアスはちらっとぼくに目を走らせた。最初はぼくと気づかないようだった。ティッチのそばで数週間すごしたぼくは、どんな風に見えたのだろう——ぼくの様子に何か変化でもあったのだろうか？　でも、ガイアスの顔からは何も読みとれない。ビッグ・キットのその後の様子も知りたかったのだけれど、とてもそんなことを訊ける雰囲気ではなかった。と、ガイアスは不意にぼくに向かって、見えるか見えない程度に微かにうなずいて見せた。そして、ティッチに言った。「エラスムス様はきょうの午後、ご多忙でして。あらかじめ申しつかっておりました、もしどなたか客人が見えた場合は——」

「おれは客人じゃない」ティッチがぴしりと言った。「エラスムスの弟だ。おれがきたと、兄に伝えろ」

「はい」ガイアスは慇懃にうなずいてみせた。

「おれたちに居留守を使う気なら、次におれと夕食を共にするときに後悔するぞ、と伝えろ」

「かしこまりました」

だが、ガイアスは動こうとせず、顔をそむけてそのまま立ちつづけている。ご主人様の怒りを買いたくないんだな、とぼくは思った。しばらく沈黙がつづいた。

「ふざけるにも程がある」ティッチは低い声で言った。「兄はどこだ？　地下室か？　よし、ついてこい、ワシントン」

屋敷の奥のほうに、つかつかと歩きだした。ぼくもすぐ後につづいた。通りすぎた居間はビロード張りの家具で装われ、細密な渦巻き模様を施した巨大なサイドボードと小ぶりの瀟洒な椅子が置かれていた。

幅広い螺旋階段を降りると、薄暗い廊下に出た。壁際の小さなテーブルの前に、ぼろきれを持った少女が立っていて、黒ずんだ燭台を拭いていた。体つきが前よりふっくらしているため、最初はだれだかわからなかった。でも、こちらを向いたときに、きれいなベージュの肌の色と隆い頬骨に気づいた。エミリーだった。真っ白い帽子が、握りつぶされた紙のように髪にかぶさっていて、顔がすこし隠されていた。ぼくに気づいて手を休めると、恥ずかしそうに目を伏せた。

顔にかっと血がのぼって、ぼくも本能的にうつむいた。そのときだった、エミリーのおなかがふくらんでいて、洗いさらしの白い制服の前がはち切れそうになっているのに気づいたのは。

ショックのあまり、ぼくの顔色も変わっていたと思う。エミリーのおなかから、そのまま目をそらせなかった。フェイス農園で働く奴隷の女が子供を孕まされるのは、ざらにあることだった。でも、妊婦たちのきつい労働はその後も変わらないため、実際に子供が生まれることはめったにないのだ。それでも、まだ十一歳の、天使のように侵しがたい美少女のエミリーの身に、そんなことが起きていようとは。父親はだれであってもおかしくない。あの農園主だとしてもおかしくないと思うと、本当に、顔をがつんと張られたようなショックだった。真鍮の燭台を握ったエミリーの手を見ていると、体がよじれるような悲しみが襲ってきて、ぼくは目をそらした。

ぼくとエミリーの当惑している様子など、ティッチは眼中にない様子で、ひたすら用件を急いでいた。「おい」彼は性急な調子で言った。「どこにいるんだ、兄は?」

エミリーは背後を向いて、わずかにひらいた扉におずおずと目を走らせた。戸口からは淡い光が洩れている。そこは細長い洗濯室で、炭酸ソーダと濡れた木綿の不快な臭いがした。そのいちばん奥まったところに、こちらを向いて、エラスムス・ワイルドが立っていた。古ぼけたテーブルに覆いかぶさるようにして、何かの作業をしている。

手にしているのは、しゅっと湯気を吐きだしている、大きな鉄の道具で、彼はそれにぐっとのしかかっていた。近づいていくとわかった、農園主は青い木綿のシャツに自らアイロンをかけていたのだ。

ぼくらに気づいて、彼は顔をあげた。

でも、あの農園主が、それほど下等な仕事に精を出しているとは。まさかと思うような姿だった。分厚い唇を引きしめ、緑色の目をひたと下向けて、農園主は無心にアイロンをかけている。その顔には、つかのまの、かすかな愉悦のようなものが浮かんでいた。

ぼくらに気づいて、農園主は一瞬、引きつった笑みを浮かべた。「おう、クリストファーか」低い声で言った。「待たせてしまったのかな」

「まさしく」

農園主は肩をすくめた。両手で大きなアイロンをつかむと、シャツの上からどけて、「だれも通すなと、ガイアスには命じておいたんだが。あいつの頭をぶっ潰して、もっと気の利く家僕を雇ったほうがいいな」

「いや、あの男はちゃんと伝えたよ、兄さんはいま手がふさがっている、と。あの男を折檻するのはやめてくれ。兄さんがいまそんなお取り込み中だとは、こっちも知らなくてね」

「お笑い草だよ、まったく」エラスムスさんは言ったけれど、顔は笑っていなかった。「こんな下賤な仕事までやってるおれを見て、驚いたか?」

「いや、もう何を見ても驚かない。鉄の神経を鍛えあげたんで」

「そいつはけっこうだ。めでたい話じゃないか」

しばらくはだれも口をきかなかった。アイロンの下からしゅっと蒸気が噴きだしていた。

「それで?」と、ティッチが訊く。

「なに、おまえの忍耐心がどれだけもつか、見ていたんだが。で、何の用だ、いったい?」

「アイロンかけの手伝いじゃないことだけは、たしかだよ」

「本来、そこにいる黒んぼの小せがれの仕事だからな、これは」愉しげな口調で農園主は言った。

「それ以外の何をやらせるために、そいつをおまえに貸し付けたと思う？」

ティッチはうなずいて、びっくりしたように眉根を吊り上げてみせた。「まさしくそこなんだよ、こっちの用件は。実はね、もう何人か、働き手を都合してもらえないかと思ってさ」

「なるほど」農園主は言った。「おまえのお化け風船のためにか？」

「ぼくの〝クラウド・カッター〟のために、さ。お察しのとおり」

農園主は黒いアイロンをもちあげて、ぺっと唾を吐きかけた。シュッという音がして、錆びた金属のにおいが部屋中に広がる。「おまえのおかげで、熱が冷めてしまったぞ」と、気落ちした声で言う。「たったの十五人でいいんだ。もし兄さんにとってそのほうが都合がいいなら、力仕事ができる女を混ぜてもらってもいい。たったの十五人だ、エラスムス。コーヴァス・ピークの頂上まで〝クラウド・カッター〟を運び、そこで組み立てが終わるまででいい。まあ、一週間ってところだろう。長くて二週間だな」

「コーヴァス・ピークだって？」

「あの高さがちょうどいいんでね」

「コーヴァス・ピークは、そう簡単に登れる山じゃないぞ」

「だから、追加の人数がほしいのさ」

農園主は唇をすぼめた。「その〝クラウド・カッター〟とやらは、危険な代物なんだろう？」

ティッチは一息ついて、「危険な代物？」

「そうだ」

「適切な予防措置を講じなければ、どんな乗り物だって危険さ。馬車に乗るのだって危険じゃないか」

「危険の度合いがちがう」

「一定の高度まで昇るたびに、いったんロープで固定されるんだよ、エラスムス。それに、実際に乗り込むのはぼくとこの子だけだからね。他の人間に及ぼす危険は最小限と見ているんだ」

「言っておくが、その小僧はおれの所有物だからな」こっちのほうはちらとも見ずに、農園主は言った。「おまえ、いつだったか、そのお化け風船は爆発する危険もあると言わなかったか？」

「ああ、古いモデルの場合はね」ティッチの声は、警戒の色を帯びはじめた。「新しく設計したものはちがう。こんどのやつは安全なんだ。慎重に扱えば、ガスも比較的安定しているし」

「そんなに危険な操作を黒んぼどもにやらせるわけだ」

「ちゃんと監督するから大丈夫だよ」

農園主は両手を大きく広げて、肩をすくめた。「残念だが、おまえの希望には添えんな」素っ気ない口調で言った。「黒んぼを十五人もまわすわけにはいかん。畑の作業が滞っちまう。そいつはできん」

平然とした顔で、ティッチは訊いた。「じゃあ、何人ならいい？」

「何が何人だ？」

「何人なら都合してもらえるんだい？」

「いいか、おまえの依頼に応じていたら、とんでもない額の損失が生じるんだ。まわすとしたら、せいぜい一人だな」

「それじゃどうしようもない。兄さんは言っただろう、ぼくがここにいるあいだは、実験のために兄さんの資産をいくらか使ってもかまわない、って。そう言わなかったかい？」

農園主は唸るような声を洩らした。「この農園の収益性を損なってもかまわない、とまでは言わなかったはずだ」

「収益性ねえ」吐き捨てるようにティッチが言う。

農園主はさっとぼくを指さした。「気をつけろ、こいつに何か覚られるぞ」

「じゃあ、この連中にも理解力はあると見てるんだね？」

「そりゃ、悪事を働く能力はあるだろうさ。悪行に走る力はあるにきまっている」

農園主が青いシャツをたたみはじめると、テーブルが苦しげに軋みだした。埃の舞う部屋に、突然、エミリーの声が聞こえた。外の廊下で、甲高い調子の鼻歌を口ずさみはじめたのだ。

「じゃあ、十二人でいいよ」と、ティッチ。

「黒んぼを二人、それ以上はだめだ」

「じゃあ、十人」

農園主はなんとか自分を抑えようとするように、長々と息を吐きだした。「なあ、クリストファー、おれたちはマダム・アイリーンの果樹園でリンゴを分け合っているんじゃないんだぞ。七歳のガキじゃあるまいし」

「女を含めて十人でいい、エラスムス。それ以上兄さんの畑の労働力をそぐつもりはないから」

「よし、じゃあ、黒んぼ十人だ。ただし、そっちにまわすのは、一日の労働が終わってからだ」

でも、それじゃ奴隷たちの貴重な自由時間がなくなってしまう、とぼくは思った。労働が終わってからの時間だけは、ぼくら奴隷たちのものなのに。一日の厳しい労働が終わってから寝るまでの短い時間を、ぼくは思いだした。それは、奴隷小屋でぼくらが最も平穏にすごせる時間だった。その時間になって初めて、みんなは寄り集まって食事をし、自由に語り合えるのだから。

ティッチは首を振っていた。「それはキリスト教の倫理にもとるんじゃないか、兄さん。黒人たちだって、われわれ同様、休養の時間が必要だろう。それに、暗闇の中で働かせたって、成果は知れたものだよ。怪我をする者だって出るだろうし。二度働きさせられる黒人たちにしてみれば、日中畑に出た際ろくな働きもできないだろうよ。負傷する者が半分は出るかもしれないし――」

「だから？」

「じゃあ、九人でいい。ただし、その九人は畑仕事を免除されて、完全に朝からこっちの仕事のために働くんだ」

「おまえのほうの仕事のしんどさについては、ずいぶんと楽観的なんだな、ティッチ。おまえの良心とやらはどこにいったんだ？」

「それについては、心配要らないよ。じゃあ、まわしてくれるんだね？」

「五人だったかな？」

「九人だよ」

　農園主はふうっと吐息を洩らした。顔をしかめてアイロンを見下ろし、しばらく沈黙したまま何かを思いだしているようだった。そのうち、軽く咳払いをして言った。「わかった。じゃあ、九人にしよう。実際、言いだしたら梃子でも引かんやつだな、おまえは。それはそうと、一つ、おまえに言っておかなければならん重要な問題がある」

　ティッチは頭をかしげて、じっと兄の顔を見守った。

「五日前の晩のことだ、キングストンの消印のある一通の手紙が届いてな。キングストンからどんな用事だ、とおれは思ったよ。読んだ結果、キングストンから、おれたちのいとこのフィリップがやってくることがわかった。すぐにそっちに向かうからと、あいつ、おれたちを脅しているのさ」

「フィリップが？」ティッチはぐっと細く目をすぼめて、急に黙り込んだ。まるで人間ではなく幽霊がやってくると、聞かされたかのように。「フィリップがここに？　いったい何のために？　あのフィリップがね。こいつは驚いた」

「まったくな」

「で、目的は知らせてきたのかい？　まさか物見遊山にやってくるわけじゃないだろうし」

「あいつを楽しませるものなんぞ、この世には存在しないだろうが。まあ、おっつけ訪問の目的はわかるだろうよ」

「キングストンのフィリップがね」ティッチは目を閉じた。なんだか不安そうに眉間に皺を寄せている。頭を振って、ティッチはまた口をひらいた。「で、兄さんは、手紙で初めてそれを知ったのかい？いきなりやってくるなんて、あいつも思い切ったことをするな」

「まったくだ」農園主は冷ややかな笑みを浮かべた。「実はな、数週間ほど前に、最初の手紙が届いたんだ。でも、まさか本気じゃあるまいとおれは思っていた。その判断が間違っていたらしい。子供の頃はあいつ、万事のろくさしていたのに」

ティッチは顔をしかめただけで、何も言わない。

「リヴァプールの波止場のネズミもどきに、ぶくぶくと肥満してしまってな」農園主は笑い声をあげた。「四六時中、不機嫌そうにむっつりしているし。まさかおれの農園にきて自殺などしてくれなけりゃいいが。それならいっそ、おれを最初に殺してからにしてほしいもんだ――あの、底なしに不景気な顔に付き合わなくてすむ」

「でも、彼は根っからああいう気性なんだから」ティッチは鋭い口調で言った。

「いずれにしろ、彼がブリッジタウンに着いたときは、おまえが迎えにいってやってくれ」

「わかったよ。他には？」

「それともう一つ。あいつがやってきたら、おまえのところに泊めてやってほしい」

ティッチは何度か瞬きした。「こんなに広い母屋なのに、あいている部屋が一つもないのかい？」

「余っている部屋は、いまみんな修理中なんだ、ティッチ」

「なるほど」

「あいつは食べに食べ、憂鬱そうにふさぎ込み、また食べて、朝起きればまたふさぎ込んでいる。そんなドラマに相応しい場所など、おれの住まいにはないんだよ」

「でも、エラスムス」

「黒んぼどもと一緒に寝かせてもいいんだが」農園主はにやっと笑った。

ティッチは笑わずに言った。「で、どれくらいここにいるつもりなんだろう？」

「三か月と聞いているが。さあ、どうだかな」

「まず、二週間ともたないだろうな」ティッチは考え込みながら言った。「ともかく、こっちに九人まわしてくれ。それで一件落着としよう。フィリップがきたら、大盛りの皿とワインのボトルで歓迎してやるよ」

「あいつは壮大な眺めが好きだからな、ああ、われらがいとこは」投げやりな口調で言って、農園主はアイロンをかけたシャツに手をすべらせた。「さてさて、ではおれに心ゆくまでこの仕事をつづけさせてもらえるかな？」


翌朝、エラスムス・ワイルドは約束どおり九人の黒人奴隷を送ってよこした。農園の奴隷たちの中でもいちばんへたっている者ばかりだった。

この難事に取り組むにあたって、ティッチはまず奴隷たちに丸一日の休養を与えることから始めた。トウモロコシ、タラの塩漬け、それに冷たい水、という質素な食事が与えられた。翌朝になってから、コーヴァス・ピークの麓までの作業道路の掘削という課題をみんなに示し、そこで初めて全員がガレ場までの距離の半ばに達する道を掘削しはじめた。即製の滑車装置がつくられ、それによって各種の道具や重い資材が頂上まで運び上げられた。ティッチも毎日黒人たちにまじって立ち働いた。ぼくは、ティッチに命じられた各種の実験をつづけながら、彼らの働きを常に目の隅にとらえていた。多種多様な虫を畑で採集するのがぼくの仕事だった。その作業に励みながらも、ぼくの目は、苦しげに坂を登る黒人の男女から離れなかった。小枝の束、帆布をつめた籠、青空の下でキラッと光る鍛造したての鉄のボルト、そんなものを頭にのせて、みんなは坂を登っていた。距離はかなり離れていても、暑熱に疲れ切った口調で語り合うみんなの声が聞こえる気がした。ビッグ・キットの顔が頭に浮かんだけれど、その姿はどこにも見当たらなかった。

貸し付けられた九人の黒人の大半はぼくと顔見知りだったのに、こちらをまともに見ようとはしなかった。口をきいてくれたのはたった一人、ジェイムズ・マディスン、通称〝ブラック・ジム〟という男だけだった。けれども、その〝ブラック・ジム〟にしたところで、ぼくがビッグ・キットのことを訊いて、ぼく宛に何か秘密の手紙でも預かっていないか訊いたところ、無言のまま、黒い小石のような目でじっとこっちを見返すだけだった。そうか、このジムも、ぼくが丸ごとすっぽり白人の世界に取り込まれてしまったと思っているんだ。たぶん、ガイアスやエミリーよりも白人側の世界にいってしまった、と見ているのだろう。〝ブラック・ジム〟に無視された怒りと恥ずかしさで、目の前が暗くなった。そのショックで、全身がきりきりと締めつけられるような気さえした。

その一方で、作業用道路は徐々に切り拓かれ、〝クラウド・カッター〟の奇怪な部品が続々とコーヴァス・ピークに運ばれはじめた。ずっしりと重そうな木箱が四人の手で運ばれ、肩に担(にな)われてきた鉄の塊入りの袋が地面に放り出された。その他、運び込まれた物には、太さのまちまちな長いロープもあれば、無造作に放り出せないガラス器具の詰まった箱もあった。防水帆布や油布、太く巻かれた布もあった。

でも、フィリップさんが到着する日の朝は、すべての作業が中止された。自分の目の届かないところで作業を進行させたくないと、ティッチが考えたからである。その前夜の夕食の席で、ティッチは物思わしげに黙々と食事をとった。そのうち深い溜息をつき、ぼくがその場にいることに初めて気づいたように、驚いた顔で指示した——ああ、ワシントン、控えの部屋を掃除して、フィリップを迎え入れる準備をしておいてくれ。それを聞いて、ぼくは急に怖くなった。ティッチとぼくの、この奇妙で平穏な共同生活もいつかは終わるのだろうという予感は、以前から心の片隅にひそんでいたのだ。フィリップという人がどんな性格の主だろうと、新たな白人のご主人様の登場によって、この比較的寛容な暮らしはもっと厳格なものに切り替わるにちがいない。恐怖の予感がみぞおちに広がるのを、ぼくは覚えた。

朝食がすむと、ぼくらは馬車で出かけた。おまえも一緒にきてくれよ、とぼくはティッチに強く言われたのである。「おまえなら、馬車の中でもそんなにスペースをとらないからな、ワシントン。大丈夫だよ。ドアをしっかり閉めてくれ」ティッチの顔には、これから何か厳罰をくらう人間のような、引きつった表情が浮かんでいた。

「フィリップっていう人、そんなに怖い人なんですか、ティッチ？」ぼくは思い切ってたずねた。

ティッチはうっすらと笑った。「怖い人？　なんだい、ワシントン、おまえ、そんなに心配してたのか？　とんでもない。フィリップはいいやつだよ。ただ、ちょっと陰気なだけだ――いや、だいぶ陰気といったほうがいいか――でも、まあ悪いやつではない」

ティッチは窓の外に目を走らせた。背後に流れ去る畑を眺める顔は、どこか物憂げだった。馬車はガタゴトと揺られて走ってゆく。そのうちティッチは緑色の目でじっとぼくを見た。「われわれ三人、つまり兄のエラスムスとおれとフィリップは、小さい頃よく一緒に遊んだ仲なんだ。社会に出たのも、ほぼ同時期だった。ところが、それぞれちがう道を歩むにつれて距離が生じてね」

馬車が角を曲がるたびにティッチの肩が揺れる。道はゆるやかな下り坂に変わった。窓から暑い陽光が射し込んでくる。窓はしまったままだった。

「フィリップはとても生真面目なやつさ。礼儀正しいやつなんだ」どこか悲しげな、浮かない笑みを浮かべてティッチは言った。「でも、もうだいぶ前から人と握手をしたがらない。体を人にさわられるのが怖いらしいんだ。汚染された分子が怖いんだとさ。空中には汚れた分子が充満していて、それが病気をもたらすと思い込んでいる。おれの母も、実はそんなふうさ。でも、フィリップは、だいたいにおいていいやつだよ。ただ、積極性に欠けるというか。そのわりには食欲が旺盛でね。まあ、おれだって、何か気乗りがしないときは人さまの相手をするのがいやなもんだが。人間だれしも孤独に浸りたいときがあるじゃないか。だれか客を迎える前の日なんぞは、どうにも憂鬱なものさ」

そこでゆっくりと息を吐きだした。静寂の中に、田舎道を踏み進む蹄(ひづめ)の音が、かつかつと響きわたった。明るい陽光の下で作物が揺れ騒ぐ、気持のいい日だった。

「おれの家族は一風変わってるんだよ、ワシントン。変わり者の家族と言ってもいいだろうな」ティッチは膝に両手を組んだ。かたわらには帽子が逆さに置かれていた。黒髪はもしゃもしゃに乱れている。ぼくの目は、窓外を流れる屋根のない土色の奴隷小屋を追っていた。「父と母の仲が悪かったことは、前にも言ったと思う。おれたちの階級では、結婚して調和のとれた家族を形成することが、必ずしも義務づけられてはいないんだな。だから、家族の面々はそれぞれの義務を課されていて、それぞれが自由を獲得するために闘わなけりゃならない」ぼくのほうを見て、ちょっと顔を赤らめた。

「それに」と言いかけて、口をつぐんでから、「おれの父は、人間の世界にも科学的な尺度を当てはめていてね。自然というものの秘密が解明できさえすれば人間は全知全能の存在になれる、と信じている。で、父はたしかに多くの科学的発見をしてみせた。ところが、父のその能力をもってしても、母の心の秘密まで解明することはできなかったのさ。母という人間を、その心の動きを、どうしても理解できないんだ。その点、おれは大いに同情している。なぜっておれも、母の心の奥深くまではとても推し量れないから。実際、母は理不尽なまでに頑固な女でね。母自身はそれをどう説明しているかというと、一年中冷たい雨の降りつづく北のほうで自分が生まれたせいだ、というんだが」

ティッチの国の北のほうってどんなところだろう、とぼくは思った。でも、とても想像できなかった。「フィリップさんという人も、その地方で生まれたんですか？」ぼくは訊いた。

「いやいや、フィリップはおれの父方のいとこの息子、つまり、おれたちのまたいとこに当たるんだ。で、あの家の家系は代々、もう何十年もロンドンで暮らしている。グロヴナー・スクエアに屋敷をかまえていて」

「そうか、ロンドン出身なんですね」ぼくは言った。

ティッチはぼくのほうに身を寄せて、肩をつかんだ。「まあ、おまえがそう気をつかうことはないさ、ワシントン。なに、フィリップは人並み以上におとなしい男なんだ。すぐにわかる」


馬車はブリッジタウンに入った。ぼくは身を起こして、熱い窓ガラスに眉を押しつけた。この町を自分の目で見るのは、生まれて初めてだった。この町を訪れる特権が与えられるのは選ばれた奴隷だけで、畑で働く奴隷たちにはまず与えられない。初めて見るにぎやかな町の光景に、ぼくは目を見張っていた。なんてたくさんの建物が並んでいるんだろう。何十年ものあいだハリケーンにさらされてきたせいか、板壁はみな色褪(いろあ)せている。そしてその前を、明るい彩りの服を着た男女がせわしげに行き交っている。路面からは埃が舞いあがっていた。暑熱に頭を低く垂れて、馬が通りすぎてゆく。その後を蠅の群れが追いかけていた。ぼくらの馬車が町角にさしかかると、一人の水夫が奇妙なパイプの連なった笛を吹き鳴らしていた。すぐ隣りに仲間の水夫が立っていて、バンジョーを奏でながら踊っているのだが、その指先は影のように弦の上で舞っていた。馬車が急に往来で止まり、異臭が窓から入ってきた。港から運ばれる、熟れ切った果物と暑熱にやられて腐りかけたマグロの臭い。市場の店の前を通るとき、冷やした葉の上に置かれたマグロの血走った目がちらっと見えた。

生まれて初めて見るこの光景を、ぼくは残らず覚えておこうと思った。あとで絵に描くために、頭の奥に刻んでおこうと思った。馬車は埠頭沿いの板張りの道にさしかかったらしく、ぼくらの下で車輪が板を踏む低い音がする。そしてふと目をあげたとき、その光景が否応なく目に飛び込んだ——町の背後の丘の黒い木々のあいだに、白い巨大な風車がいくつも並んでいたのである。ぼくはぐっと窓に身を寄せて、ガラスに両手を押しつけていた。

「風車を見るのは初めてじゃあるまい、ワシントン」ぼくの熱中ぶりに驚いたのか、ティッチは言った。「そうか、あれほどたくさん並んでいるのを見るのは初めてなんだな。まあ、たしかに肝をつぶすような眺めだよ」

世間知らずのぼくの目に、ブリッジタウンはどこまでも果てしなくつづいているように見えた。あのコーヴァス・ピークの頂上から見えた建物の屋根を探したのだが、見つからなかった。波止場のほうに降りていくにつれて、レモンやライムやオレンジの木が見えてきた。ぼくは顔をあげた。港の入口を見下ろす砲台が目に入った。とうとう波止場に到着すると、ティッチが馬車の扉をあけて、ゆらりと外に降り立った。慎重な手つきで帽子を頭にかぶっている。

「この暑さだ、おまえまでわざわざついてくる必要はないからな、ルネ」ティッチは御者に声をかけた。「フィリップはおれ一人でつれてくるから」

ティッチは人混みをかき分けやすいよう両肘をすこしあげて、往来に出ていった。ぼくも下に降りて、折りたたみステップの埃を払ってから馬車の扉の前に据えた。そのまま馬車の中にいたら、農園主の息子のように思われただろう。馬車は幅広い板張りの道路の陸地側に寄せて止めてあるのがわかった。海際には桟橋や船着き場やタラップが並んでいて、見上げるように大きな木造船が係留されている。至るところで、威勢の良い、きびきびした声が飛び交っていた。大小の荷物が地響きのような音をあげてタラップから下ろされる。黒人の人夫たちが真新しい茶色の木箱を頭にのせて運んでいた。明るい色彩があちこちで交錯し、人の動きのやむことがなかった。

ぼくらは待った。御者のルネは馬の近くに立って手綱をつかんでいた。ぼくとは口をきこうとしなかった。

とうとうティッチが人混みを縫って近づいてきた。黒い髪の男の肩に手をかけている。急に心臓がどきどきして、両足が震えそうになった。その男はティッチの彫りの深い顔立ちと、黒い髪と、緑色の目を共有していたけれども、胴回りがずっとティッチよりも大きく、目つきも険しくて、疑り深い男のように見えたからだ。その外見からして、ぼくは気に入らなかった。

その背後から、二人の人夫が重たそうな革のトランクをくくりつけるか指示した。ティッチのいとこはぼくには目もくれず、馬車に乗り込むなり手を振って熱気を払っている。蠅がうるさくまとわりついていた。そのとき気づいたのだが、その男はティッチより太ってはいたけれど、巨漢というほどではないのだった。ティッチとエラスムスの交わしていた会話から、ぼくはてっきり大食漢の大男だろうと思っていたのだが、こうして目の前にすると、ビッグ・キットの巨体の半分もないようだった。膝に組んだ両手からして、異様に細く見える。なんだか変わった外見の人物という感じだった。

フェイス農園まで帰る途中でフィリップという人のトランクが転げ落ちたりしないように、綱の結び目をもう一度確かめてから、ぼくは急いで馬車に乗り込んだ。扉を閉めると、ばしんと心地よい音がした。

フィリップさんがじろりとこっちを見た。「この子も一緒に乗るのかい?」

「ああ、これは失礼した。紹介しておかないとな」ティッチはぼくのほうを指さして言った。「おれの助手のワシントンだ」

「ワシントン?」フィリップさんは不審そうに言う。「わたしなら、その名前は考え直すね、ティッチ。可哀そうじゃないか、その子を愚弄しているようなもんだ」

「おれが名づけたんじゃないんだよ、フィリップ。会ったときからそういう名前だったんだ」

「だったら、別の名前に変えてやればいい。だいたい、何でそんな名前をつけられたんだ？」

「伯父のリチャードがつけたんだろう、たぶん。リチャード・ブラックがね。うちの奴隷たちの大半は無難な名前をつけられているんだが、中にはどうかと思うケースもある。早い話が御者のルネはデカルトからとったんだし、イマニュエル・カントからもらったイマニュエルという名前の奴隷もいる。エミリーという女の奴隷は、エミリー・デュ・シャトレ由来だしね」

エミリーという名前を耳にして、ぼくの心臓がすこし跳ねた。フェイス農園の母屋、あのワイルド・ホールでエミリーの姿をちらっと見てから、いつのまにか数週間もたってしまった。暑苦しい馬車に揺られながら、自分がもうエミリーを探すことを諦めていることに、ぼくは気づいた。エミリーはもうワイルド・ホールにはいないにきまっている。あんな身重の体で、いったいどこにいったんだろう？　赤ん坊はもう生まれたのだろうか？　エミリーにはこの先、もう二度と会えないだろう。いったんフェイス農園から姿を消したら最後、その奴隷が再び姿を現すことは決してないからだ。

「リチャード・ブラックか」フィリップさんは、首を振りながら言った。「やれやれ。あの御仁はすこし頭がおかしかったな」フィリップさんは窓外を通りすぎる婦人に緑色の目を向けた。彼女は一陣の風に帽子を飛ばされそうになっていた。と、藪から棒にフィリップさんはこちらのほうを見た。

「何かにおわないか」

「いや、何もにおわんだろう」ティッチが顔をしかめた。

フィリップさんは肩をすくめて足を組み、体の重心を移し替えた。「あの家はどうにも苦手だったな、あのブラック家の屋敷は。何かというと聖歌やお説教だ。フェリシア・ブラックのディナー・テーブルに陪席するくらいなら、死体安置所にいたほうがまだましだ」

「あの家の連中はみんな頭がいいんだ。代々、本好きの家系だぜ」

「あんたはせいぜい付き合うがいいさ」

「とんでもない」

「かまわんじゃないか。あの連中のご託宣を信じて、せいぜい来世で楽しく暮らせばいいんだ。連中にとっては現世の暮らしなど無駄もいいところなんだろう。コーネリアス・ブラックなど、あの小さな礼拝堂で精勤したあげく膝をだめにしてしまったもんな」

「そんな言い草は神への冒瀆だぞ」

「いっそ彼氏の細君のほうの膝がだめになればよかったのさ。そうなりゃコーネリアスにとっては天国が訪れたようなもんだっただろう。いやいや、ずっと聖なる暮らしを楽しめただろう、と言ったほうがいいか。わかるだろう、何を言いたいか」

「言いも言ったりだな！」

「考えてもみろよ。きみのアメリア伯母さんなんか、頰に血の気の色もなかっただろうが」

ティッチは、ガタゴトと揺れる、埃の付着した窓をじっと見つめている。

「死んだときの様子といったら、ずだ袋みたいだったもんな。しかし、女ざかりの頃の美しさといったら」フィリップさんはわざとらしく両目を閉じた。「あんたの欠点は、この世の財宝を正しく鑑定できないことだね。あんたという男は、美しきものよりはむしろグロテスクなものに血道をあげるんだろうから」

ティッチは笑い声をあげた。「グロテスクなもの？」

「あんたがこだわっている、科学研究のためのガラクタさ。嘆かわしい限りだな」

「ある意味ではね。しかし、おれも父も十分満足しているんだぜ」

「そうなんだよな」フィリップさんの顔色がすこし変わった。はっきりは言えないが、なにか後ろめたさを感じているように見えた。「ま、それはそれとして、あんたは健康そうで何よりだよ。エラスムスも元気なんだろう？　彼に会うのが待ちきれんよ」

「エラスムスは別の農園がらみの仕事で忙しくてね。一週間ほど、いや二週間くらいは留守をする予定なんだ。あんたが到着するときはぜひ農園で出迎えたいと言ってたんだが、どうも急ぎの用件らしい」

「そうか」フィリップさんは言った。いかにも寛いだ笑みの下に、かすかな懸念の色が滲んだような気がした。「なるほど」しばらく沈黙してから、「なるほどね」

ティッチは窓からいとこのほうに視線をもどした。「で、最近、母はどうしているんだろう?」

フィリップさんは吐息を洩らした。「ハンプシャーではみんな、あんたの不在をひどく悲しんでるよ、クリストファー。可哀そうに、お母上は大騒ぎしたあげくに、やっとあんたの居場所をつかんだようだ。結局、エラスムスが手紙を書き送ったんだね。あんたがすっかり軟弱になって、こんな、神にも見捨てられた僻地にまで、いろんなガラクタを持って自分を追いかけてきた、と書いてあったらしいよ。母上は大いに不満だっただろうな。気も狂わんばかりだったらしい」

「じゃあ、母は相変わらずなんだ」低くつぶやいたものの、ティッチの頬にはほんのりと赤みがさしていた。「でも、元気なことは元気なんだね?」

「お母上は永遠に病んでいる方だ。それでいて、ぼくらのだれよりも長生きするね、まちがいない。大英帝国そのものより長生きするよ」

ティッチは微笑した。「さすがに鋭い観察だな。それはそうと、あんたも母と同じく、細菌を怖がっているんじゃなかったっけ?」

「あれは卒業したよ」フィリップさんは低い声で言った。「そう、細菌はね」

馬車はブロード・ストリートにさしかかった。窓の外を見ると、陽光を浴びて銀色に光る木製の檻がいくつも並んでいた。中には奴隷たちがいて、すわったり、立ったり、日焼けした顔を檻の横木にもたせかけたりしていた。足元には脱ぎ捨てた服や、おぞましい排泄物が散らばっていて、その前を通過するにつれ黄色い便の放つむかつくような臭いが馬車の中にまで漂ってくる。

フィリップさんは彼らについて何も訊かなかった。でも、ぼくは彼らが逃亡奴隷であることを知っていた。農園の奴隷仲間が、たまたま目にしたその即席の檻のことをわざと嬉しげに語っていたからである。檻の中の奴隷たちはみな顔をあげようとしなかったから、ぼくと目が合うこともなくて、ほっとした。ぼくの視線は、とりわけ一人のずんぐりした奴隷に引き寄せられた。汚れたぼろをまとったその男は、もうどんな欲望も感じなくなったか、あるいは欲望の記憶を一切失ったかのように、無表情だった。その男はおそらく元の主人のもとにもどされ、ひどい懲罰を受けたあげくにまた働かされるのだろう。

ぼくは陽光で温められた窓ガラスにぺったりと手のひらを押しつけた。お仕着せの麻の服を着た、黒い幽霊のような少年が目の前を通りすぎた。

「やれやれ、聞きしにまさるひどい場所だな」フィリップさんがあくびをして、口を手で押さえた。

「どうしてこんなところに住んでいられるんだろうね」

フィリップさんの人柄を説明するのは、ぼくの手に余ることだったかもしれない。フィリップさんは要するにイギリスの有閑階級の一人で、それ以上でも以下でもなかった。最大の情熱は情熱と言えるようなものではなく、単なる気晴らしであり、一日は次の日への架け橋にすぎなかった。世間を斜(はす)に眺めているのは、そもそもこの世にたいした価値も認めていないからだった。

くる日もくる日も、フィリップさんが鬱々とした気分ですごしていたのはまちがいない。たいていは難解至極な問題を解こうとしているかのように、何時間も黙り込んでいた。ぼくらがコーヴァス・ピークに向かうときは、しばしばティッチの後についてきた。そのときはショットガン持参で、途中、獲物が見つかれば撃ち落とそうとしていた。このショットガンは、ティッチさんの嘲弄の的だった。

なぜなら、フィリップさんにとっては日頃の装いより、このショットガンの手入れのほうが大切な様子だったからだ。フィリップさんがまとうのはどれも高価な服ばかりなのだが、それを無造作に着るものだから、いつもボタンがとれたり糸がぶらさがっていたりした。彼の念頭にあるのはショットガンと腹具合で、その二つにかける熱意はすごいものだった。たいして空腹ではないのに食欲が旺盛で、食べたいものの要求に関する限り、いつも念入りで、はっきりしていた。バナナのフライやスィート・ポテトを山のように食べ、塩漬けのタラと亀のシチューに目がなかった。大のお気に入りは生牡蠣をのせたキャッサバや、オランデーズ・ソースで煮たカジキの目玉だった。フルーツ・ジュースを何杯も飲み、カスタードを何皿もたいらげた。朝寝坊は毎度のこと、午後はレモン水を手にヴェランダの揺り椅子にへたりこんでいる。ぼくに対しては何か雑用を命じるとき以外、ほとんど口をきかなかった。ところがある日、ぼくがティッチの横でスコッチ・ボンネット・カタツムリを写生していると、フィリップさんがひょいと覗き込んできて、スケッチ用紙をとりあげるなり驚いたように見入ったのだ。

「おい、これを見たか、クリストファー?」フィリップさんは言った。

ティッチが顔をあげて、にこっと笑った。「すごい才能だろう?」

フィリップさんは首を振った。「奴隷の頭に妙な考えを吹き込まないほうがいいぞ、クリストファー。よくよく注意したほうがいい。ろくなことにならないから」

「あんた、エラスムスみたいな口をきくね」

「ついこのあいだ、ギボンの『ローマ帝国衰亡史』を読んだんだ。あんたもあれを再読したほうがいい」

ティッチは眉をひそめた。「でも、ローマが滅びたのは、奴隷たちが絵を描きはじめたせいじゃないだろうが」

フィリップさんはスケッチ用紙をぼくに返した。「しかし、蟻の一穴ということもある」なんとなくおっとりはしていても、フィリップさんはもちろん、ぼくにとって怖い存在だった。高価なフロックコートを窮屈そうに着て、どこか幽霊のように茫洋とした顔でティッチさんの住居を歩きまわる。その髪は汗でぺったりと額に貼りついていた。

「おい」ぼくがココナッツの莢で暗褐色のマホガニーの床を磨いていると、フィリップさんは低い声で呼びかけてくる。床板を踏みしめるその足音が聞こえただけで、ぼくは近くの窓から降り注ぐ光を浴びながら震えてしまう。フィリップさんがぼくに手をあげることはなかったけれど、いつそんなことが起きてもおかしくない雰囲気は、ひめやかな音楽のようにぼくらのあいだに漂っていた。「料理の腕になると、おまえはさほど芸術的でもないようだな」落胆した父親のように、フィリップさんは低い声で言う。「今夜のチキンはそううまくなかったぞ。塩と生姜がききすぎていた。あすはもっとうまいものを食べさせてくれ」

言い捨てるなり遠ざかるフィリップさんの黒い影を見て、ぼくは黙ってうなずくのだった。

でも、日がたつにつれてわかってきたのだが、フィリップさんはあの農園主のように暴力をふるうのを好むタイプではなかった。実際、午後に農園を歩いていて、奴隷たちがこき使われている場面に遭遇すると、びっくりした表情を見せることもあった――まるで、せっかく楽しみにしていた熱帯の島での休日が、むごたらしい光景で台無しにされたかのように。「でも、まあ、仕方ないか」いかにもつまらなそうな、引きつった声で彼は言う。「血を見ることなしには、どんな進歩もあり得ないのだろうから」そして寒気でも覚えたように背後を向き、ティッチさんの住まいまで、ゆっくりと、物憂げに引き返してゆく。

数週間すると、まだいくぶん警戒はしながらも、ぼくのなかの、フィリップさんに対する恐怖心はだいぶ薄らいだ。すこし食べすぎた晩など、フィリップさんは東向きの居間にさがって、ソファにどさっと倒れ込んでしまう。そんなとき、ぼくは鉛筆とよれよれになったスケッチブックを手に、そっとその部屋に忍び込む。フィリップさんはそこで眠り込んでいる。ぽかんとあいた口からは、臙脂色の口蓋が覗けたし、甘いミルクの匂いも放たれていた。そしてぼくは、その姿態をスケッチしはじめる。絨毯に投げ出された太い、節くれだった爪先からはじまって、どんどん上にのぼり、白い、鶏の羽根に似た髪が垂れているこめかみまで。

それはぼくが手がけた中でもいちばん安直なスケッチだった。実際、もっと高度なテクニックを使ったスケッチも、ぼくはすでにものにしていたのだから。たとえば、ちょっと手を触れたら用紙までが破けてしまいそうなくらいに嫋やかな花の絵だとか。でも、こっそりと描いたその大食漢の絵は、不思議に生き生きとしていて、自分でもよくわからない優しさにあふれていた。ぼくはだれにもその絵を見せなかった。なかでも、ティッチには。

毎晩、ぼくは自分の部屋でその絵を引きちぎり、ろうそくの炎で紙片を一つ一つ燃やしていった。

9

こうして、これという変化もなく週が替わっていった。もちろん、生身の人間としての欲求がぼくらのあいだに途切れることはなかったけれども。商用の旅に出ていた農園主が、とうとう島を縦断してもどってきた。途中、何か重い病気にかかったらしく、悪寒に襲われるように震えていて、帰るなりワイルド・ホールに閉じこもってしまった。ティッチとフィリップさんがお見舞いにいっても、ガイアスからやんわりと面会を断られた。たちの悪い熱病にかかったらしい、命も危ないかもしれない、という噂が飛び交った。どうか本当でありますように、とぼくは祈った。

ティッチが先生役のぼくの読書訓練は、その後も毎晩つづいた。ときどきフィリップさんが物憂げな顔で入ってきて、一時中断することはあったけれど、ぼくはさまざまな単語をすらすらと読めるようになるまで努力を重ねた。書き取りなどは、ごく初歩的なものだったと思う。それでもティッチは、ぼくの習得の速さを喜んでくれた。彼は最初、だめでもともと思ってぼくを選んだのだろう。ところが、ぼくの進歩が目覚ましかったので、自分に見る目があったと安堵していたようだ。

コーヴァス・ピークでは、その後も奴隷の男女が懸命に働いていた。毎日汗みずくになって荒れ放題の坂に挑み、木箱や木材やロープを運び上げていた。毎日の進捗ぶりについて、ティッチも監督を怠らなかった。ときにはフィリップさんも、暑い中、一緒についてくることもあった。ティッチは各種の道具の入った袋を肩に担い、ぼくもお弁当のサンドイッチの入った鞄を持ってその後につづく。そしてとうとう、うだるように暑いある日の午後、すべての資材が洩れなく頂上に集められて、組み立ての用意が完全に整った。

ティッチは意気揚々としていた。仕事用に持ってきた布切れでうなじをペタペタと叩いて、「きょうはお祝いだぞ、フィリップ」息を弾ませながら、背後のフィリップさんに向かって言った。「どうだい、この眺め」にこにこしながらぼくのほうを振り返った。「父がこれを見たら、何と言うかな。絶対に無理だと言ってたんだから」しめった手をぼくの肩において、彼はつづけた。「さあて、どんな大冒険がこの先に待っていることか」

「失敗は必定だろうよ、こんな馬鹿馬鹿しい企てなんぞ」喘ぎながら、フィリップさんも頂上に立った。

コーヴァス・ピークの頂上には、いま、何十という木箱や、大小の箱や、ロープが積み重ねられていた。それと、逆さになった巨大な帽子掛けにも似た、籐製の木枠。ゴンドラに仕立てあげるための、脱脂バターのような淡黄色の材木の山。ぼくは熱い砂埃の中にしゃがみこんだ。サンドイッチの入った鞄を肩から下ろして、痺れた肩を揉みほぐす。資材はすべて平坦な頂上に半円形に置かれていて、その真ん中に、まだ膨らんでいないゴム引きの気球の本体が置かれていた。ティッチとぼくは、ガス洩れのしそうな箇所がないかどうか、何日もかけてその表面をくまなく調べたのだった。この〝クラウド・カッター〟の飛行原理を、ぼくは完全に理解できていたわけではない。でも、ティッチから指示される内容はちゃんと理解していた。

ティッチの前に歩み寄ると、ぼくは低い声で言った。「お父さんもきっと感心すると思いますけど」

フィリップさんはそのとき、片手を胸に当てて面白そうに周囲を見まわしていた。「エラスムスは何とのたまうかな、このガラクタを見たら?」

こわばった笑みを浮かべ、低い喘ぎ声を洩らしながら、フィリップさんはぶらぶらと頂上の端に歩み寄って、コーヴァス・ピークの西方の尾根を眺めた。ティッチも周囲をぶらつきながら、灼熱の陽光に眉をひそめつつ何か小声でつぶやいている。風のまったくない日だった。頂上に立つと、暑熱が煙のように手でさわれそうだった。ティッチは黒い縞の入ったハンカチを汗ばんだ額に押しつけていた。

「北極って、ここからすごく遠いんですか?」ぼくはたずねた。

ティッチはこっちに近寄ってきた。光を背後に受けているため、その体は青空を背に黒々とした翳を刻んでいる。「そりゃあ遠いとも」一つ咳払いをしてから、「おれの父はいろいろな化学標本の採集で名声を博しているんだ。標本のほとんどは大英博物館のモンタギュー・ハウスに寄付しているんだが」抑えきれないプライドが、その声には滲んでいた。「なにしろ父は王立協会の評議員だし、コープリー勲章とベーカリアン・レクチャーシップを二つとも授与されているからね。すごい名誉なんだよ、これは」

ぼくのわきを通って、ゴム引きの布の前にひざまずいた。「この膨張部分を、あそこにあるフレームに取り付ける。そしてそのフレームから、おれたちの乗り込むゴンドラを吊り下げるんだ。ゴンドラには航行用の翼とオールを取り付けることになる」

「そのゴンドラが、気球全体を空中に留めるんですね？」

「いや、ゴンドラは気球の舵取りをして、方向を定めるんだ。気球を空中に浮かべる役割を果たすのは、ガスさ。水素ガスだ」

ぼくは先を知りたくて、じっとティッチの顔を見つめた。それまで水素ガスのことは、ほとんど教えられていなかったのだ。

ティッチはフレームに組み付ける軽い木造の部品の山から何かをとりだそうとしていた。細い棒がぶつかり合って、関節が触れ合うような音をたてる。ぼくはごわごわの布地にさわってみた。それは分厚いゴムの被膜に覆われていて、何か死んだ生き物の体のような手ざわりがした。

「水素ガスをな、その大きな袋状の物の中に送り込むんだ。いいかい、水素ガスの分子の重量は周囲の空気より軽い。そのため、空中に舞い上がる力を与えてくれるんだよ」

ティッチの髪の生え際のあたりは、長時間陽光にさらされたせいか、切り傷のように紫色に見えた。

「ようし、実際にその原理を見せてやろうか。おい、フィリップ！」大きな声で呼びかけた。

フィリップさんが片手を額にかざして振り返る。

「水素ガスの働きを、実際に見せてやろうか？」ティッチは叫んだ。

フィリップさんは手を振りながら、こちらにのっそりと近づいてこようとする。

「いや、そこにいてくれ」ティッチはいとこに指示した。「おまえもだ、ワシントン。おまえもフィリップのそばにいるんだ」

ぼくは十五歩ほど離れたフィリップさんのところに近寄った。ティッチはと見ると、レヴァーがたくさん突き出た大きな金属製のボンベのそばにひざまずいている。

フィリップさんが、この暑熱では身動きするのも苦痛なように、ゆっくりとぼくのほうを向いた。

「おい、サンドイッチはどこにあるんだい？」

「え？」

「サンドイッチだよ。どこに置いたんだ？」

ぼくは背後に、水素ガスのボンベをいじっているティッチのほうに、目を走らせた。サンドイッチが入っている鞄は、ティッチがひざまずいている位置から五フィートほど離れた黄色い枯草の中にあった。フィリップさんを見上げると、頼むから、と言いたげな目でこちらを見ている。眼下の野原を見下ろせば、幾列も並んだサトウキビが風になびいていた。背後では、ティッチの操作するレヴァーが、盆にのったコップのようにカタカタ鳴っている。その高さから眺めると、山麓を覆う木々はみな糸のように細く見えた。この頂上にはもう何度も登っていたけれど、登るたびに眼下の光景には圧倒されてしまう。サンドイッチ入りの鞄は、ティッチが水素ガスに点火する前に、とってこられるだろう。そう思って、ぼくは鞄のほうに駆けだした。

そのとき、背後でボーンと物すごい音がした。びっくりしてティッチのほうを振り向くと、まるでガラスの雲が爆発したかのように熱い空気の塊が押し寄せてきた。熱い、と思ったときには体ごと空中に持ち上げられ、乳白色の閃光に包まれて頭から地面に叩きつけられていた。大きな翼が空気を叩くような音がして、耳ががーんと鳴った。

そして何も聞こえなくなり、ぼくは奈落の底に沈んでいった。

それからどれくらい闇に包まれていたのだろう？　何が何だかわからなくて、右側に寝返りを打つと、肋骨が軋むように痛んだ。自分自身の吐息が、とても大きく聞こえた。両目が何かひんやりしたものではなく、圧迫されていた。でも、目がひらかない。

するとドアのあく音がして、足音が近づいてきた。ぼくは顔を左右に振った。

「ここは、ダホメなの？」ぼくはそっと呼びかけた。「ここはダホメなの、キット？」

長い沈黙。

「ねえ、キット？」

「ワッシュ」と、ティッチの声がして、ぼくはハッとした。怖かった。ぼくは死にきれずに二つの世界のあいだで宙ぶらりんになっているのかな、と思った。完全には死ねなくて、ふうわりと闇に浮かんでいるのだろうか。「気分はどうだい？」ティッチがつづける。それではっきりとわかった。ぼくはまだフェイス農園にいるのだ。死んではいなかったのだ。

ベッドがぎしぎしと軋んだ。ティッチがすわり直したのだ。でも何も言わず、闇の中でただ息をしている。それから、低く咳払いして、ティッチは口をひらいた。「ちょっと予想外のことが起きてしまってね。あの高度なら酸素も十分希薄になっているはずだからテストも可能と思ったんだが、甘かったよ」それから、低い声で、つっかえながら、ティッチは事の次第を説明した。あのとき、慎重に水素ガスを放出したところ、空気が沸騰して爆発を招いたこと。ティッチの上着に火が移ったけれど、すぐひざまずいて、なんとか脱ぎ捨てたこと。それで、手と手首に最小限の火傷を負っただけですんだこと。そして、すごい耳鳴りを覚えながら周囲を見まわすと、ぼくの姿が見えたこと。ぼくは混乱のあまり、爆発の中心点のほうを向いてしまっていたらしい。

「でも、おまえの体は」と、ティッチは静かな声で言った。「幸い、ほとんど無傷だったよ」

ぼくは何か言おうとしたのだけれど、急に怖くなった。まるで上唇と下唇を縫い合わされてしまったように、口の右側がひらかないのだ。そっと手をあげて顔をまさぐると、包帯がぐるぐると巻かれていた。

「おまえは運がいい。あれほどの爆発だったから、即死していたとしてもおかしくないんだから」

ぼくは何も言わなかった。唾を呑み込むのも苦しかった。

「でも、どうしておまえはあんな近くにいたんだ？　フィリップと一緒に見ていろ、と言ったのに。フィリップは無傷だったぞ。てっきりおまえもフィリップと一緒だと思っていたんだ。フィリップのそばにいろ、とおれは言っただろう、ワッシュ」

そのとき、ぼくはフィリップさんのことを思いだした。あの並外れた食欲のことも。あの閃光も思いだした。頭の中が破裂したような苦痛のことも。

首が重しで押しつぶされそうな感じで、不思議と感覚がなかった。顔を横に向けたとき、膿か血のようなもので枕がべとついているのに気づいた。

「サンドイッチ」と、ぼくは言った。

「なんだって？」ティッチは低い声を返した。「いま、何て言った？」

ぼくはまた唇を舐めようとした。すると、そこもずきずきと疼きだした。

「サンドイッチを、とってこい、と言われて」

しばらく沈黙してからティッチは言った。「なるほど」

そうすればすこしは痛みが薄らぐのではないかと思って、ぼくは歯を食いしばった。でも、痛みは引かなかった。なんとか口を動かして、ぼくは言った。「あの、顔を見てみたいんだけど。どうなってるのか、知りたいんです」

ティッチの静かな息遣いが顔の上で聞こえた。ぼくの願いについて、じっくり考慮してから、ティッチは言った。「まだ早い。辛抱するんだ。自然に治るのを待ったほうがいい」

「お願いです、ティッチ」

ティッチは息を止めてから、低い声で言った。「ワッシュ。それだけは無理だ」

「お願いです。お願いですから」ぼくの声はかすれていた。

その声に、ティッチは何を聞きとったのだろう？　沈黙がつづいた。そしてとうとう、ぼくには感じとれた、ぼくの上に、ティッチがかがみ込むのが。ざらついた指で、ティッチは包帯を剝がしはじめた。

ああ、その瞬間の痛かったことといったら。あの瞬間を、ぼくは金輪際忘れられないだろう。最初はぼくの顔の肉にくいこんでいた包帯。膿のこびりついた包帯。そしてとうとうガーゼが剝ぎとられて、ひんやりとした空気と光をぼくは感じた。あまりの明るさに左目がひくついた。その瞬間、暗い影も見えた。剝がされた包帯は、ほんの一部だったのかもしれない。

褐色に日焼けした、皺の刻まれたティッチの顔が目に入った。目蓋にも皺が目立って、いつもよりずいぶん老けて見えた。弱々しく笑って、ティッチは言った。「科学はおまえの顔に痕跡を残したようだ、ワッシュ。おまえはその犠牲になったんだな」

「顔を見たいんですけど、ティッチ」

「嘘を言ってもはじまらない。ひどく変わってしまったよ」

「見せてくれますか？」

「もうすこし先にしたほうがいい」

「お願いです、ティッチ」

一瞬ためらったものの、ティッチは部屋から出て、数分後にもどってきた。手にした小さな鏡を、ぼくの顔の上にかざした。ぼくの目から六インチほど離れたところで、顔が揺れていた。

なんと奇怪な生き物が、ぼくを見返したことか。片手をあげて頰にさわってみた。ぞくっとした。まるで生肉みたいな手ざわりだったからだ。しかも、顔の右側の一部が欠けている。それでも、ぼくの目はそこに吸い寄せられた。ピンク色の筋の走る白い奇妙な肉。脂肪の浮いた羊の肉みたいだった。

傷口の縁は黒っぽい瘡蓋(かさぶた)で囲まれ、その内側に麦のおかゆのような、黄色い新しい瘡蓋ができかけている。右の目はぼんやりと視野に入ったけれども、瞳だけが青白く、あとは血で真っ赤だった。呪わしい幽霊の目ってこんなんじゃないか、と思ったのを覚えている。

ティッチが軽く咳払いをした。「これから、まだまだ治っていくそうだよ。時間と共によくなるそうだ」胸のポケットから白いハンカチをとりだして、ぼくの目の下を拭いてくれた。

「ぼく、泣いてるんですか？」ぼくは訊いた。自分ではわからなかったからだ。

「いや、傷が泣いているのさ」ティッチは優しい声で言った。「そういうことだ」

怪我をしたのは初めてではないけれど、これほどひどい傷を負ったことはそれまでになかった。いちばん最近の怪我は、ビッグ・キットに負わされたものだった。

あれは、もっと涼しい季節の頃のこと。ビッグ・キットは湿疹が悪化したため、きつい労働の班から、ぼくら子供たちの混じる、すこし軽めの労働の班に移されていた。そのときもぼくと一緒にサトウキビの畑で働いていたのだが、キットの手にしていた鎌の先が偶然ぼくの足に触れたのである。ねえ、気をつけて、とぼくは言った。

すると、あの、不思議なオレンジ色のキットの目が、ぐっと細くすぼめられた。「なんだって？」

ぼくは唾を呑み込んで、言った。「その鎌さ。ぼくの足をこすったんだ」

キットの顔の表情がぴたっと静止した、あの奇妙な一瞬のことは忘れられない。そのとき労働監督はぼくらの左手のほうにいて、しゃがれた声で何か怒鳴り散らしていた。暑く乾いた畑を覆う空気には、砂糖が燃えるようなにおいが漂っていた。サトウキビよりまだ背の高いキットは、何かに憑(つ)かれたような無表情な顔でぼくを見下ろしていた。

ぼくの心臓はにわかに早鐘を打ちはじめた。

キットはのっそりと一歩前に踏み出した。次の瞬間、肋骨の下あたりに痛烈な痛みが走って、うっと息がつまった。よろよろと背後に後ずさって、そのまま仰向けに地面に倒れた。耳ががーんと鳴っていた。熱い地面の熱が鼻をなぶり、口中に血の味がした。暑い陽光をもろに浴びながら、口々に何か叫びながら右往左往する女たちの影を、ぼくはぼんやりと眺めていた。それからゆっくりと戸板にのせられて、日の照りつける畑のあいだを運ばれていった。

肋骨が三本折れていた。それくらい強烈で素早かったのだ、キットのひと蹴りは。だれにやられたんだ、と監督たちに訊かれても、わかりません、で通したので、キットが罰を受けることもなかった。でも、息も満足にできないような痛みに幾晩も苦しんだ末に、どうにか元の体にもどって、ぼくは療養部屋からぼくらの小屋にもどされたのだった。

胸に包帯をしたままぼくがもどっても、キットはぼくと目を合わせようとしなかった。その晩、ぼくがうつらうつらしていると、顔にだれかの手が触れた。低くすすり泣く声もした。ビッグ・キットだと知って、ぼくはどうしようかと思った。キットはひんやりした手でぼくの額を撫でながら、ささやいた。

「可愛い子」キットは何度もくり返した。「可愛い子」

キットはそんなに強く蹴りつける気はなかったんだ、とそのときわかった。ぼくがいないあいだ、キットはひどく苦しんだようだった。額を撫でるひんやりしたキットの手ざわりを感じながら、ぼくは目をつむったのだった。

10

一日、一週がのろのろとすぎていった。長時間ベッドに寝たままでいると、以前キットに折られた肋骨の古傷がまた痛みはじめる。ぼくはそこを撫でさするしかなかった。顔の火傷のほうは黒い瘡蓋に覆われてきて、右目がもっと見えるようになった。痛みも薄らいで、周囲の事物の黒い輪郭が視野に入ってきた。ティッチからは、ゆっくり休めと言われていた。口には出さなかったけれど、ティッチは自分の誤算を深く悔いているようだった。

冷たい水入りの壜がそばに置かれたベッドで、ぼくは終日うつらうつらしていたのだが、ティッチはその間コーヴァス・ピークに何度も登って、各種の部品の修理に当たっていたらしい。夜になるとぼくの部屋にやってきて、修理の進捗ぶりや、各種の計算結果、〝クラウド・カッター〟の組み立ての様子などを話してくれたりした。ぼくは何も言わずに壁を向いて、黙って耳を傾けていた。体力がさらに回復すると、ぼくはベッドから起きて、ちいさな図書室まで歩いていけるようになった。そこで水生生物に関する本をとりだして、興味深い挿絵を静かに眺めるのが、なんと楽しかったことか。ときには説明文も読もうとするのだが、難しい単語が多くてつっかえてしまう。それよりはやっぱり、息を呑むように美しい、本物そっくりの挿絵を眺めるほうがずっと楽しかった。ぼくのお気に入りは、幼生期がすぎると殻がなくなる、軟体動物の一種のウミウシだった。あんなに色彩豊かで美しい生き物は、めったにいないと思う。

そのうち、ある日のこと、ぼくはとうとうポーチに立った。灼けつくような直射日光を浴びて、ひりひりとしみる痛みに耐えながら、目を細くすぼめて東方のコーヴァス・ピークを眺めた。その頂上には、この世のものとは到底思えない、不気味な怪物のような球体が、長いロープにつながれて浮かんでいた。水素ガスで膨らまされた、ティッチご自慢の〝クラウド・カッター〟だった。ぼくはすぐ後ろを向いて、部屋の中にもどった。

この目は完全に元にもどらないのではないか。そう思うと怖くてたまらなかった。自分でも正視できないほど醜くなった顔が、怖かった。でも、それよりも何よりも、この火傷のおかげで自分はもう使い物にならない人間になってしまったのではないか、それがいちばん怖かった。

ティッチはぼくのそんな不安に耳を貸そうとしなかった。ぼくに会いにくると、いつも優しく、忍耐強く、力づけてくれる。異様なくらいに優しいそんな心遣いを、ぼくはどう受け止めればいいのかわからなかった。会えば必ず、うん、ずいぶん回復したな、もうすぐ仕事にもどれるぞ、と言ってくれる。おまえがいないおかげでずいぶん仕事が滞っているんだ、とも言い添える。この数週間、満足なスケッチがまったくできていないのだそうだ。

ぼくは何も言わなかった。

するとティッチは、あの事故の後ずっと気にかけていたらしい疑問を口に出した。「あの日、おまえが初めて目をあけたときのことだが」――すこしためらってから――「おまえはあのとき、自分がいったん死んで、アフリカで蘇ったと思ったのかい？」

しばらく沈黙してから、ぼくはゆっくりと、ぼくら奴隷たちのあいだに根づく古い信仰のことを説明しはじめた。そう、囚われの身で死んだ人間は、その後生まれ故郷で蘇るのだという言い伝えのことを――。

ティッチは一言も口を挟まず、熱心に聴き入っていた。それからゆっくりと、優しい口調で言った。「でも、おまえはここで生まれたんじゃないか、ワッシュ。ここがおまえの生まれ故郷だろう」

でも、キットが、ぼくをアフリカのダホメにつれてってくれると約束したんです、とぼくは答えた。すこし間を置いて、ティッチは口をひらいた。「いや、おまえの身にそんなことが起きるとは思えないね、ワッシュ」

頭ごなしに否定する口調に、すこし傷ついて、ぼくは黙り込んだ。

「それは迷信というものだよ、ワシントン。人間は死んだら、もう何もないんだ。ただ暗闇に包まれるだけさ。いつまでもずっと、永遠にな」

ぼくの胸の中で、何かがよじれた。頭が混乱して、もう何もかも払いのけたくなった。ぼくは壁に向き直った。

ティッチは親切のつもりで、ぼくに良かれと思って、ああいうことを言ったのだろう。それはわかっていた。


フィリップさんの対応は、ティッチとはまったく別だった。火傷を負ったぼくの顔を初めて見たとき、フィリップさんの顔からさっと血の気が引いた。ぼくは両足をぴったり揃えて暗い廊下に立っていたのだが、フィリップさんの反応を見て、かえって全身が震えだした。フィリップさんは厳粛な面持ちで首を振った。「ずいぶんと醜い顔になったもんだな」その声にはしかし、悪意は感じられなかった。ぼくを見て精神的な苦痛を覚えたように、その顔は悲嘆に沈んでいた。「クリストファーの指示を聞かずにあの装置に近寄ったりするから、そんな目にあったんだ」低い声で、フィリップさんはつづけた。「何かしろと命じられたら、そのとおりに従ったほうがいい。そのほうが、おまえも危険な目にあわずにすむ。まあ、おまえもこの先、二度とああいう過ち（あやま）は犯さないだろうけども」

「はい、わかりました」

「ならばよし」まだ明らかに動揺している声で、フィリップさんは言った。

その胸中にあるのは罪悪感なのか、それとも単なる悲哀なのか、ぼくにはわからなかった。でも、フィリップさんはああいう人だから、その関心はすぐ料理のほうに向かった。彼の不満を解消するために、ティッチは兄の使っている厨房の奴隷の一人を呼び寄せた。やってきたのは、ぼくも名前だけは知っている女だった。汚物を見るような目つきでぼくを睨みつけた。話しかけてきたときの声は素っ気なく、嫌悪感が丸出しだった。エスターという名の女で、右頬に白い切り傷が残っており、鼻梁にも白い絵の具の線を引いたような傷跡が残っていた。

フィリップさんは、エスターがこしらえた最初の料理、魚のスープをペッと吐きだして席を立った。二皿目はタラと根菜をパン皮に包んだものだったけれど、それもちょっと口をつけただけで、まずそうな顔で床に落とした。三皿目はうんざりしたように中身をテーブルにあけ、四皿目はエスターを無理やりそこにすわらせて彼女自身にそれを食べさせた。

さすがのティッチも、見てはいられなくなったらしい。フィリップさんが席を立とうとすると、細長い手を伸ばして押し留めたのだ。「いいかい、フィリップ、明日の晩はどうあってもおれと同じものを食べてもらうからな。それがいやなら、もうエスターは兄のもとに返してしまう。するとあんた、これから毎晩、おれの作るオランデーズを食べなきゃならないぞ」

だが、翌日の晩、フィリップさんはそういう目にあわずにすんだ。農園主のエラスムスさんから、一緒に食べにこないか、とお招きを受けたからだ。エラスムスさんは何週間か熱病で苦しんだ末に、とうとう回復したのだ。それを知ったときは、なんとがっかりしたことか。だって、彼が死んでいたら、この先何人の奴隷の命が救われるかわからなかったのだから。いざとなったらティッチが代わって農園の管理にあたることになるだろうから、奴隷たちの暮らしもずいぶんと楽になっただろうと思う。でも、その望みも絶たれたのだった。

農園主はかなり痩せて顔も青白く、目のまわりには隈ができていた。けれども機嫌はとてもよく、きびきびした口調でぼくらを迎えた。ぼくもティッチの指示で同行し、醜い火傷の残る顔をさらしてティッチの椅子の背後に立った。でも、給仕などしなくていい、楽にしていろ、とティッチには言われていた。給仕役には他の奴隷たち――ふだん農園で働く奴隷たち――が何人か集められていた。その連中を見ていると、ぼく自身がもうずいぶん前、ビッグ・キットと一緒にこの部屋で給仕役を命じられた晩のことを思いだした。そこにはぼくの知らない、背が高くて痩せぎすの、灰色の髪の女奴隷と、ちいさな男の子の奴隷もいた。ああ、あのときのぼくらもこんな風だったんだなあ、とつい思った。女奴隷はひどい虐待を受けた跡をその体に留めていた。右肩の、盛り上がった腱(けん)の一部を切断されてしまったらしいのだ。それで、歩くときは肩をすくめるような格好になっていた。つんのめるように歩きながらこっちを見るので、ぼくもなんだか落ち着かなかった。見ていると、彼女はなんとか男の子の奴隷の負担を軽くしようと気をつかっていた。重い皿は自分が運び、その子にはもっと楽な仕事をさせる。まさしく、あのときのキットがぼくに対してそうだったように。一度彼女は、主人たちに背を向けた隙に、ぼくに向かって皮肉っぽく笑った。ほんの一瞬だったから、ぼくの見間違いだったのかもしれない。ぼくはすぐに視線をそらして、キットのことをもう思いだすまいとした。

奴隷たちはみな怯えているようだった。テーブルに触れないように、互いにぶつからないように、緊張して歩く彼らの影が白いテーブルクロスの上を移動する。その体は汗と土のにおい、刈りたてのサトウキビの青くさいにおいを微かに放っていた。男の子の奴隷は、ぼくのほうをちらとも見ない。醜い火傷を負ったぼくは、怪物のようにしか見えないのだろう。ご主人様たちの語り合う声が、馬車のわだちの音のように途切れずにつづいている。

「この屋敷、改装しようという気はないのかい?」フィリップさんが、もぐもぐと噛むあいだに顔をあげようともせずに訊く。「部屋の改装が専門の、腕のいいドイツ人を知ってるけどね。そう手間はかからないはずだ」

農園主は顔をしかめた。「何のために改装するんだ? 黒んぼどもが、もっと悪臭をまき散らせるようにか?」

「ロンドンから改装の専門家を呼び寄せるという手もある。素晴らしい眼力を備えたやつを知ってるがね。その男、グロヴナーの館の半分を、十三か月で改装しおおせたよ」

農園主は長々と満足げにあくびをした。灰色の髪のひとふさが眉間に垂れさがった。「それはそうと、クリストファー」と、弟のほうを向いて、「おまえがここで暮らして、もう何か月にもなるだろう。こんなに長居をするとは驚いたよ。ひとつ所にじっとしてはおれんおまえなのに。このぶんじゃ、年内はここに居つづけるつもりかな」

フィリップさんが皿の料理をスプーンですくって言った。「このイガイはすこし煮すぎだな。どういうつもりなのか」

「おかげさまで、〝グラウド・カッター〟のプロジェクトは順調に進んでいてね」ティッチが、ワインのすこし残ったグラスを傾けながら言う。

「本当か？」農園主が悠然と応じた。この件を、彼がいったいどう思っているのか、その口調からは判断できなかった。そのうち突然、農園主は鋭い目をぼくのほうに向けた。しばらくじっとぼくの顔を注視してから、またテーブルに視線をもどして、「これほどの罰をくらわせるとは、この小せがれ、いったい何をやらかしたんだ？」

「いや、偶然の事故だったんだよ、兄さん」

農園主は、さもありなん、といった身振りをした。「まあな、黒んぼどもを扱う際は、ときに感情を抑えられなくなることもあろうさ。おれにもその経験はある」

ティッチは苛立たしげな顔でフィリップさんのほうを見た。「本当に事故だったんだ。その場にはフィリップもいたし。彼にも訊いてみたらどうだい」

当のフィリップさんは、皿に残った料理をしきりに指ですくいとって舐めていた。「うん、わたしがどうしたって？」

「あの事故の件さ。ワッシュが顔に火傷を負った」

「ああ、あれか。うん。あれはまずかったよな」

「で、どうなんだ、クリストファー」と、農園主がティッチに言った。「こんなざまになった奴隷、まだ使いでがあるのか?」

「じゃあ、兄さんはどうしろと?」

そのとき、フィリップさんがフォークをテーブルに置いた。「うん、なかなか良かった。こうでないとね、料理は」早口で言ってから、指についた脂をテーブルクロスで拭いて、どっかと椅子にもたれかかる。「実はだな、クリストファー。それから、エラスムス。あんたら二人に話さなきゃならんことがあるんだ」

ティッチが不思議そうな顔でフィリップさんのほうを向く。ぼくも無意識にそうしていた。じゃあ、フィリップさんはぼくをこんな顔にさせた責任について、本気で告白するつもりなのだろうか?

フィリップさんは、何か踏ん切りをつけようとするような、一種思いつめた顔で、テーブルの皿を見下ろした。「実はだな、あんたらのお父上に関することなのさ」ひとつ、気難しげに咳払いをして、「お父上は」そこで口をつぐんだ。

「うん、父がどうしたんだ?」農園主が苛立たしげにせかした。「どうしたというんだ、父が?」

フィリップさんはまたテーブルに目を落とした。これから言おうとしていることがすべて、鈍い光を放つディナー・ナイフに刻まれているかのように。あの長身の女奴隷がワインをグラスにつぎ足そうとすると、わずらわしそうにそれを払いのけた。女奴隷はすぐ壁際に引き下がった。

「どうしたというんだい、父が?」ティッチも訊く。

フィリップさんは唇を歪めて、答えた。「遺憾ながら、お父上は亡くなられたんだ」

ぼくは重心を別の足に移し替えて、ぐっと背筋をのばした。

農園主は眉をひそめて、いとこの顔に目を凝らす。「父が、亡くなったって?」

「ああ、残念ながら。北極の観測基地で事故があったらしい。詳しいことはわからない」

ティッチはぱちぱちと瞬きしながら、言葉を探しているようだった。「どういうことなんだ、いったい」わけがわからないといった面持ちで農園主のほうを見てから、またフィリップさんのほうを向いた。「つまり、父がもうこの世にいないと?」

「残念ながら」苦しげな顔でフィリップさんは答えた。「実を言うと、それが今回わたしがここにやってきた本当の理由なのさ。あんたらの母上からの手紙も、預かってきている。詳しいことはすべて、そこに書かれているはずだ。この食事の最後のコースが終わったら、手紙を持ってくるよ」

ティッチと農園主は黙って顔を見合わせた。病み疲れていた農園主の顔は一段と青白くなっていた。しばらくのあいだ、その部屋では、奴隷の女が乾いた布でサイドボードを拭く音しか聞こえなかった。

「五週間だぞ」ほとんど聞こえるか聞こえないかの低い声で言ってから、ティッチは血の気のない顔をあげた。「あんたは五週間もここにいたんだぞ。その間、こちらで用意する食事をたいらげ、おれから貴重な時間をとりあげて——」

「いや、本当はすぐに伝えるつもりだったんだ。嘘じゃない」すこし言い淀んでから、フィリップさんはつづけた。「ただ、伝えるとしたら、あんたら二人に同時に明かしたほうがいいと思ったんだよ」エラスムスのほうを向いて、「でも、わたしが到着したとき、あんたはいなかっただろう、エラスムス。で、やっとあんたがもどってきたときは病気で衰弱していて、今夜になるまでだれとも会おうとしなかったじゃないか。今夜になってやっと、あんたら二人と同時に顔を合わせることができたわけだから」

「おまえ、さては意図的にこの件を隠していたな」農園主がぴしりと言った。「いまになっておれたちに意趣返ししようと、二枚舌を使っているんだ。犬畜生にも劣るやつだよ、おまえは。人間の屑だ」

同じ白人をこれほど罵倒するなんて。ぼくには異常としか思えなかった。農園主の顔をまともに見るのが怖くて、ぼくは目を伏せた。

「意図的だなんて、とんでもない。ずいぶん苦しんだんだよ、いままであんたらに言えなくて」

「聞いてあきれるな、いままで苦しんだなどと」農園主が押し殺した声で言う。

「わたしとしては――」言いかけてから、フィリップさんはテーブルで組んだ両手に目を落とした。

「本当に悪かったと思っているよ、あんたら二人には。こんなにつらい知らせはないし。あんたにも同情しているんだ、エラスムス――せっかくこの農園を掌握したところなのに、もう別れを告げなければならないなんて。がっかりもいいところだろうよ」

「別れを告げる？　この農園に？」ティッチが言った。

「そりゃそうさ。ここにはもういられないだろうからね、エラスムスは」フィリップさんは気の毒そうに、ちらっと、向かい側にすわる農園主の顔を見た。「母上はあんたを必要としているからな、エラスムス。父上の遺産の整理、グランボーンの館の立て直し。それにはおそらく相当の時間を要するだろう。一年か、二年か。すべてが片づくまでにはそれくらいが必要だ。わたしと一緒に帰国してほしいとの意向を、母上も明かしているんだ。実は、あんたが帰国するための船便も、すでに予約ずみでね」

農園主は射るような目でいとこの顔を睨みつけた。けれども、怒りはいくぶんやわらいだようだった。突然イギリスに帰国できる見通しがついたことの意味を、心中で推し量っているのだろうか。

ティッチは無表情にテーブルクロスを見下ろしていた。黄色いろうそくの光に照らされた肌は、透き通ったように青白い。椅子の背後では、二人の奴隷が幽霊のようにいったりきたりしている。

「しかし、おれの留守中、このフェイス農園はどうなる？」静かな声で農園主は言った。

「そりゃ、クリストファーがなんとかするだろう。あんたの留守をクリストファーはしっかり守ってくれるだろうと、母上も言っておられる。まさしくこういうときにクリストファーがこの農園にいてくれるのはなんとありがたいこと、と母上もおっしゃっていたよ。これも神さまの思し召しだとね。あんたはすぐ帰国して、父上の遺されたものの整理に当たる。その間の二、三年、このフェイス農園はクリストファーがなんとか管理してくれるさ。きっと収益も上げてくれるだろうと、母上は見ておられる。その点、母上はいささかも疑ってはいらっしゃらない。たとえ一時的に何か齟齬が生じたところで、いずれエラスムスがもどれば、すべて解決してくれるはずだ、とね」

農園主もじっくりとその件を吟味しているようだった。「まあ、一考の余地はあるか」と彼は言った。

「すべては母上の手紙に書いてあるから」フィリップさんが言う。

そのとき、ティッチがゆっくりと椅子を背後に押し下げた。男の子の奴隷が慌ててわきにどく。唇をぐっと引き結び、どこか遠くを見るような目つきで、ティッチはナプキンを膝からとりあげた。脂でぎとついた皿にそれをのせると、真っすぐ正面を向いてドアのほうに歩きだした。

「おいおい、クリストファー」農園主が呼び止めた。「もどってこいよ。思ってもみない深刻な事態が生じたんだ。二人で力を合わせて乗り切ろうじゃないか。お互いに慰め合って」

だが、ティッチは振り返らなかった。その後ろ姿に、みんなの視線が集中する。奴隷たちも頭を下げていたし、フィリップさんもすまなそうな、しかつめらしい顔で立っていた。ティッチが目の前を通りすぎたとき、ぼくは顔をあげたのだけれど、彼はこっちを見ようともしなかった。

ティッチは扉をあけ放したまま遠ざかっていった。

ぼくも後を追わなくちゃ、と思ったのだが、農園主の注意を引くのが怖かった。灰色の髪の女奴隷がゆっくりとこっちを向く。その力強い、オレンジ色の目を初めて正面から直視したとき、ぼくはあっと思った。身のすくむような苦痛と混乱に打ちのめされた。

女奴隷はビッグ・キットだったのだ。

どうしてわからなかったのだろう？　この数か月、ぼくは毎晩のようにビッグ・キットの安全を祈り、いずれはこの、血でどす黒く汚れたフェイス農園から彼女が解放される姿を夢見ていたのに。ティッチと暮らすようになった当初、ぼくを絶望から救ってくれたのもキットからもらった鉄の釘だった。あの水素ガスの爆発の後、暗闇の中で意識をとりもどしたとき、ベッドのそばでぼくの額に手を当ててくれたのもキットだったならばいいと思っていたのに。

それにしても、なんという変わりようだろう。ひどい虐待を受けて、別人のように痩せてしまっているし、こめかみの髪などは蠅の翅（はね）のような銀色に変わってしまっていた。あれから何十年もたったかのように、老け込んでしまった。でも、実をいえば、それ以上に変わったのはぼくのほうだったのかもしれない。それが情けない事実だった。

ぼくは両手をぎゅっと握りしめて、いまは痩せてひょろっとして見えるキットを眺めた。キットが男の子に気をつかっているのがよくわかる。彼女は男の子の一挙一動に終始注意を払っていた。ぼくには本能的にわかった、彼女は拳で握りしめるように、あの子に対して大きな燃えるような愛を抱いているのだ。いったいどんな性格の子なのだろう。年はせいぜい六、七歳ぐらいに見える。急に自分のなかに突き上げてきた痛みに気づいて、ぼくは呆然とした。

農園主とフィリップさんが立ちあがった。力なくすぼんだ農園主の肩を、フィリップさんは慰めるように抱いている。そして、ワインとパイプを居間に運んでくるようにガイアスに指示した。ぼくはなんとかキットの視線をとらえようとしたのだが、彼女はすでに部屋を去るように指示されていた。

で、力なく見守るぼくの前で、キットはサイドボードからナイフを一つかすめとり、男の子を従えて部屋を出ていった。

遠ざかっていくキットの背中を見送っているうちに、喉がカラカラに渇いて絶望的な気持になった。そのとき襟首をぎゅっとつかまれたので、背後を見上げると、農園主の血走った落ち着きのない目が見下ろしていた。

「まだいたのか、黒んぼ」一瞬、彼の濡れた深紅の口の奥が見えて、ぼくは縮みあがった。「弟はもう帰ったぞ。おまえもさっさと消えるがいい」農園主は言った。

II

ぼくは走った。思い切り走った。

ティッチの住まいまでもどってみると、部屋は暗くて、ろうそくもついていない。でも、ティッチの書斎の締め切った扉の下の隙間からは、明かりが洩れていた。じっと耳をすましても、ことりとも音がしなかった。ティッチはさぞ悲嘆にくれていることだろう。邪魔をしないことにした。ぼくはティッチから聞いて知っていたのだ、彼にとってお父さんは何物にも代えがたい存在で、人生そのものの中心なのだということを。

そのままティッチには声をかけずに闇の中を引き返し、黙って服を脱いで、ベッドに横たわった。

翌朝は早く起きた。静まり返った家の中でバケツを探し、水を汲んだ。いつもどおりフィリップさんの部屋の前までいって、水を入れた陶器の鉢と清潔なタオルを廊下の窓間(まどま)テーブルに置く。それからティッチの寝室の前で、同じ手配をした。でも、扉をひらくと寝室はがらんとしていて、ベッドにだれかが寝た形跡もなかった。

書斎に引き返して中を覗くと、ティッチがいた。マホガニーのテーブルに覆いかぶさるようにすわっていて、顎に埃がこびりついていた。インク特有の刺激的なにおいと、しめった肌のにおいが鼻をかすめた。部屋は重苦しく静まり返り、カーテンも無造作に引っ張ったままになっている。鍵のかかった窓に蛾がパタパタとぶつかる音がした。ティッチの肘のわきの書類の束は、インクで書かれた一枚一枚がミルフィーユのように波打ってくっついていた。ティッチが何を書いていたのかはわからない。たぶん、何かお父さんに関することだろう。そっと肩に手を置くと、ティッチはぶるっと震えた。それから体を起こし、ひそめた眉に愁いをたたえてこっちを向いた。

「ワッシュか」

「ここで寝てしまったんですね」ぼくは言った。「もう朝ですけど」

ティッチはシャツを着たままだった。左の袖口で口元をぬぐう彼に、ぼくは言った。

「何か食べるものを持ってきましょうか?」

ティッチは首を振った。「あれほどの人間、あれほどの頭脳を持った人間が――。まだ信じられないんだ。とても事実とは思えない。本当に死んでしまったんだろうか? おれは――」首を振って、悲しげにぼくのほうを見る。「とうとう〝クラウド・カッター〟を見てもらえなかった」

「きっと感心したでしょうね」ぼくは思い切って言った。

「その上、おれがこのフェイス農園に残って農場の管理をやれだって?」馬鹿にしたような顔で首を振った。「正気の沙汰じゃないよ、まったく」黒い髪を神経質そうにかきあげた。そうして皮膚が背後に引っ張られると、口の両脇から手綱で引かれるように、白い傷跡が浮きあがる。「母のことは愛してないわけじゃない。が、一筋縄ではいかない性格でね、あの女は。思い込んだら梃子でも動かないんだ。子供の頃、父が不在がちなのに気づいたとき、なぜだか理由がわからなかったんだが」そこでまた首を振った。

　ぼくは黙って、じっと立っていた。

　ティッチは微かに眉をひそめた。「しかし、まあ、他にどうしようもなさそうだな」

　ぼくはどう応じていいかわからず、しばらく沈黙をつづけてから口をひらいた。「朝食の用意をしたほうがいいですね」

「まあ、フィリップは食べたがるだろうよ」さも軽蔑したように言う。だが、すぐ思い直したように首を振って、「しかし、フィリップが悪いわけじゃない。父の死とは無関係だろうから」

　重要な知らせを隠していたフィリップさんに対して、ティッチがすごく寛容であることが、ぼくには驚きだった。

「お父さんのこと、本当にお気の毒です、ティッチ」ぼくは言った。

　そのとき、ティッチは急に気弱な表情を見せた。諦めと恐れの色が顔には浮かんでいた。

　なんだかいたたまれない気がして、ぼくは戸口のほうに歩きだした。自分が出すぎた真似をしているのではないかと、急に怖くなったのだ。けれども、まだ廊下に出ないうちに、ティッチから呼び止められた。振り返ると、ここにおいで、とティッチが手真似で合図する。

「これを、おまえに見せたくてね」

　ティッチは目の前の書類を整えた。ぼくはデスクに降りそそぐ光の中に首を突っ込んだ。インク壺の隣りには、くろずんだバナナの皮が三切れ、きちんと置かれている。ぼくは目を細くすぼめて、いちばん上の紙に記されたタイトルを読んだ。『西インド諸島における水素ガス駆動飛行装置の理論と実践に関する序言』。

　ぼくは驚きの声をあげた。「じゃあ、完成したんですね？　素晴らしいじゃないですか」

「もっとよく見てごらん」

するとタイトルの下の何かがぼくの目をとらえた。そこには明瞭な筆跡で、こう書かれていたのである――〝クリストファー・ワイルド著。挿画ジョージ・ワシントン・ブラック〟。

どういうことなのか、とっさには呑み込めなくて、ぼくはティッチの顔を見上げた。

ティッチはうっすらと笑った。「おまえもこれで、一人前の科学者になったのさ、ワッシュ。この論文が王立協会に届けば、まちがいなくそうなる」一息ついて、「ところで、昨夜、夕食の給仕役をしていたのは、おまえの知り合いのビッグ・キットだったんじゃないのか。ひどく痛めつけられた様子だったが、まちがいない。おれたちの目の前にいたんだ。おまえも気づいただろう?」

顔にかっと血がのぼるのを感じた。最初は気づかなかったんです、とは言いたくなかった。あとで気づいたときは、あんなにもひどい虐待を受けたと知って怖かった、とも言いたくはなかった。そしてまた、あの男の子とキットがあんなに睦まじくしているのを目前にして、平静ではいられなかったとも、言いたくはなかった。

ぼくの動揺ぶりは顔にも出ていたのだろう。ティッチはぼくの肩に優しく手を置いて、慰めるような顔で言ったからだ。「おれがここであげた成果は、科学面だけじゃないんだよ」静かに言って書類を繰り、下のほうから分厚い束を抜きだした。ぼくはそれを覗き込んで、タイトルに目を走らせた――『西インド諸島、バルバドスの農園において、黒人奴隷に加えられる非道な残虐行為の一覧』。

ぼくは不安になってティッチの顔を見た。

「おれはね、何の理由もなく実家から逃げ出したんじゃないんだ。逃げ出したのは間違いないが、単なる個人的な自由ほしさに逃げ出したわけではない」ちらっと、警戒するように戸口のほうを見て、「ロンドンにサミュエルという親友がいるんだが、そいつから、うちの一家が海外で経営する農園を訪ねる機会があるかどうか、訊かれたのさ。もしあるなら、そこで見聞きしたことをすべて記録してほしい、と頼まれた。われわれには仲間が大勢いるんだよ、ワッシュ。そして彼らの多くは、この残酷な制度をなんとか廃止して、黒人たちを解放したいと望んでいる。そのために、われわれが目撃した残虐行為をすべて記録して、いずれはそれを議会の有力者に手渡したいと願っているんだ」そこで一息つくと、ぼくの表情を読みとってから、細長い指で報告書の最後のページまでめくって見せた。「ほら、ここを見てごらん。昨夜この目で見たキットの例も、ここにちゃんと書き込んである。キットの悲惨な有り様を読んだら、だれしも心を動かされるにちがいない。また、おまえ自身があげている科学的業績も、有利に働くにちがいないさ」

驚きのあまり、ぼくは口がきけなかった。いったいいつ、ティッチにそういう観察をする余裕があったのか、ましてや、それを記録する余裕があったのか、見当もつかなかった。

ティッチの目の周囲の皮膚が、張りつめた。首をゆっくりと振って、ティッチはつづけた。「黒人だって神の創られし者だからな。当然、白人と同等の権利や自由を持っているはずだ。奴隷制度というやつは、われわれ白人の道徳的汚点以外の何物でもない。白人が天国に招かれるのを阻んでいるものがあるとしたら、まさしくこの奴隷制度だな」

その言葉の意味に、ぼくが本当に心打たれたのは、それから数年後のことだった。いまはただ、その文書が農園主に見つかったらどうなるんだという恐怖に、おののいていた。

「おれは兄に、おまえを永遠に解放してくれるよう頼もうと思っている」ティッチは言って、ぼくの顔をじっと見つめた。「どうだい、いやか？」

ぼくは驚きのあまり言葉も出なかった。

「どうしたい、今後も兄の所有物のままでいたいのか？」

「いいえ、ティッチ、それよりぼくは、あなたの所有物でいたいです」ぼくは熱っぽく言った。そのときティッチが浮かべた苦渋の表情の意味が、そのときのぼくには読みとれなかった。

「そうか」ティッチは言った。「そうか。ま、この件については、また後で話そう、ワッシュ。うん、そうしよう」

でも、ティッチはどこか困惑した表情を浮かべていた。まだ幼稚だったぼくには、その理由が理解できなかった。自分では、ティッチが喜んでくれることを言ったつもりだったのである。

「冗談だろう、クリストファー。よく見るがいい、その小せがれを。二目と見られぬ顔だろうが」

農園主は銃身の長い雉撃ち用の銃を肩に担い、右目を細くすぼめて引き金を引いた。灰色の煙がぽっと銃口からたちのぼった。「くそ」顔をしかめて銃を下ろし、肩を撫でてフィリップさんとティッチのほうを振り返る。その日、三人はコーヴァス・ピークの麓の丘陵で猟を楽しんでいた。

フィリップさんがあの訃報を明かしてから、まる一週間がすぎていた。その間の陰鬱な日々、ティッチはほとんど自分の部屋に閉じこもっていて、姿を現すのは、フィリップさんが夕食をすませてだいぶたってからだった。そんなある朝、農園主がやってきた。ぼくは震えあがって、急いでティッチを呼びにいった。ティッチは渋々と姿を現して、兄と向かい合った。

二人は午後いっぱいヴェランダで語り合っていた。飲み交わす温かいラム酒は、切らさないよう一時間ごとにぼくがフラスコにつぎ足していた。数時間にわたって物悲しい追憶にふけるうちに、二人の悲しみはかなり癒されたらしい。途中からフィリップさんも加わって、亡きワイルドさんの奇行や叡智について、三人で和やかに談笑しながら語り合っていた。

翌日は三人揃って狩猟に出かけようということになり、いま、こうしてコーヴァス・ピークの麓の茂みの奥深くに分け入っているのだった。

「この小せがれをイギリスに連れていくのは、かえって残酷な仕打ちというもんだ」農園主はつづけた。思いがけなく故国に帰れることになったいま、農園主は、死んだのが実父ではなく長寿を全うした飼い犬ででもあったかのように、上機嫌な様子だった。「そもそも、それが何の役に立つ？　まあ、いずれにせよ、帰るのはおまえではなくおれだからな。おれはもちろん、こんな小せがれをイギリスに連れていくつもりはない」

ぼくの頬が急に火照ってきた。イギリスにいく可能性など、ぼくはもちろん、ティッチから聞かされてはいなかった。

すこしためらってから、ティッチが言った。「しかし、フィリップの説明どおり物事が進むとは限らないからな。経済効率を考えたら、ぼくがイギリスにもどり、兄さんがここに残って農園の管理を担ったほうがはるかにいい。考えてもみろよ。イギリスの実家の連中が贅沢暮らしができるのはこの農園のおかげじゃないか。この農園の経営に支障が生じたら、どうするんだい？」

「決めるのは母上だからね、わたしじゃない」フィリップさんが言う。

農園主も譲らなかった。「正気の沙汰じゃないな、グランボーンの館に黒んぼの召使いを連れ帰るなど」青白い目で冷ややかにティッチを見やって、「考えてもみろ、クリストファー。いまいる正規の召使いたちは、こんな黒んぼの小せがれなど、生きたまま食らっちまうぞ。それでなくとも誇り高い連中なんだから、彼らは」

「正規の召使いって、だれのことだい？」

農園主はまた銃をかまえた。「グランボーン、ホークスワース、サンダレイ――どの屋敷の召使いたちも、それなりの格式を保っているんだ。おまえも知ってのとおり」

「召使いに関しては、われわれよりあんたのほうがずっと使い慣れているだろうからね、たしかに」フィリップさんがにんまりしながら農園主に言う。

「ああ、エラスムスより博識な男はいないさ」ティッチがぶっきらぼうに応じる。「特定の召使いたち、とりわけ女の召使いたちに関する知識なんぞはたいしたもんだ」

そのあてこすりに、農園主は顔をしかめた。「とにかく、由緒のある家系の屋敷に仕えるのは、彼らにとってもある種の特権だからな」

「そういう屋敷で仕える調理人などは特にね」フィリップさんが言う。

ティッチは皮肉っぽく笑った。「彼らにとっては、単なる格式よりも高い給料と手厚い待遇のほうがずっと大事だと思うがね」

「エラスムスにとっては、格式のほうがずっと大事なんだろうけども」と、フィリップさん。

「まあいい。とにかく、もっと大人になれ、クリストファー」農園主がぴしりと言った。「だれだって自分の地位の保全には心をくだくもんだぞ」

「ぼくはしないね」

「それは、いまのおまえにしかるべき地位がないからだ。やっぱり、この小せがれをおまえに与えるわけにはいかん。ここにいるあいだは、貸しておいてやる。だが、おれがイギリスからもどってきて、そのときまだこの小せがれが生きていたら、おれに返すんだ」銃の引き金にかけた指を引き抜いて振りまわしながら、「それよりも、どうなんだ、おれが送りつけた、この農園関連の帳簿にはちゃんと目を通したか？　いずれ、帳簿の読み方をマスターしなきゃならんぞ」

ティッチは顔をしかめて、フィリップさんのほうを見た。

「そうだな、あんたが勉強しなけりゃならんことはたくさんあるようだな、クリストファー」フィリップさんが言う。

「そんなことは、まだ決めちゃいないぞ」ティッチは言った。「この農園の管理を引き受けるかどうか、など」

「なんだか他にやりたいことがあるような口ぶりだね」フィリップさんが応じる。

「そもそも、母は財産管理の名人じゃないか。兄さんが留守のあいだも、母に手を貸してくれる人間はいろいろといたんだろう？　信頼できる店子とか、弁護士とか、会計士とか。他にも仕事を任せられるやつがいるはずだよ」

「しかし、母もいまや老齢なんだ、クリストファー」農園主は銃を下ろして、銃把を足元の硬い地面にのせた。それから、ワインのフラスコをよこせと手を伸ばす。ぼくは急いでその前に進んだ。「一定期間だれかの手を借りるのと、夫の死後も彼らに依存しつづけるのとは大違いだ。グランボーンでは何よりも秩序が優先するということを、すべての店子に知らしめなきゃならん。やはり、おれがいく。おまえを代わりにやるわけにはいかん。おまえがいったら、何もかも台無しになってしまうだろう」

「それは許しがたいと？」

「そうだ」

ティッチの口から、腹立たしげな、引きつった笑い声が放たれた。そんなティッチの声を聞くのは初めてだったので、ぼくはさっと顔をあげた。でも、ティッチは空を見上げていて、顔の表情は読みとれなかった。

「それに、エラスムスの乗る船は、もう予約ずみなんだから」フィリップさんが言った。その声は、ある種懇願するような気味を帯びていた。「今月末にはイギリスにもどらないと。本格的なハリケーンの季節が到来しないうちにさ」

「しかし、大切な人間がこの世を去ったんだぞ。これは冷厳な事実だ」ティッチが言った。「そんなに拙速に運ばなくたっていいじゃないか」

農園主が首を振った。「どうしてそんなにムキになるんだ、クリストファー。われわれとしては、母の要望を受け容れぬわけにいかんだろう。妥協の余地はないはずだ」

するとフィリップさんがのっそりと前に進み出た。そのとき初めてぼくは、いとこ同士のフィリップさんとティッチの肉体的外見があまりに対照的なのに気づいて驚いた。フィリップさんの肩はすごく幅広くて、その逞しさの前ではティッチがとてもひ弱に見えてしまうのだ。フィリップさんが太い手をティッチの肩に置くと、それだけでとても威圧的に見えた。

「とにかくね、エラスムスを連れてもどると、わたしは母上に約束したんだよ。それが果たされるかどうかに、わたしの名誉がかかっているんだ。そこのところを考えてくれんかな、クリストファー」

「ああ、そりゃ考えているとも」ティッチは言った。「あんたの名を汚すのは本意ではないよ」

農園主が瞬きした。「いいか、クリストファー、この悲しみをおれが共有していないなどと、一瞬たりとも考えてくれるなよ。彼はおれの父でもあったんだから。おれが悪者にされるのはごめんだ。おれの心配の種はただ一つ、グランボーンの荘園の将来なんだから。それはおまえだって変わらんだろうけども」

フィリップさんがその場にしゃがんで、黄色い石に片膝をついた。手にした銃をかまえ、狙いを定めて引き金を引いた。腹に響くような銃声で空気が震える。みんなの目がいっせいに薄青い空を見上げた。一羽の茶色い鴨が、何事もなかったように羽ばたいて遠ざかってゆく。

「くそ」フィリップさんはつぶやいた。

「それがロンドンで教える射撃法なんだな、フィリップ？」農園主が愉快そうに笑った。「しかも、日頃から、あれほど銃の手入れに熱心なおまえさんなのに……」わざとらしく首を振ってみせる。

「あんただって、撃ち損じただろうが」と、フィリップさんは言い返した。「幸運をものにしたのはクリストファーだけだ」

「なに、あれは科学実験で目を鍛えていたせいだろう」農園主は言った。「幸運とは無関係だろうよ」

ティッチは顔をそむけた。

フィリップさんは一つ咳をして、長く糸を引く黄色い痰を草むらに吐いた。それから暑い日差しに目を細くすぼめて、ティッチの顔を見た。「母上のことをようく考えてくれよ、クリストファー。母上も、いまではだいぶ弱っていらっしゃる——何とかその隙に乗じようと、ペテン師どもが手ぐすねを引いているだろうし。ごく実際的な側面に目を向けても、エラスムスに帰国してもらうことは至上命令なんだ。とにかく、荘園の維持管理のめどが立つまではね」

ティッチは答えない。

「弟はな、その大火傷をした黒んぼをおれがくれてやらないもんで、むくれているのさ」農園主が言った。「すっかりつむじを曲げてしまったとみえる」

フィリップさんが微笑した。「じゃあ、クリストファー、いっそのこと、その子をエラスムスから買い取ればいいじゃないか」農園主のほうを向いて、「どうだい、いくらならその子を売り渡す？」

「もういいよ、その問題は」ティッチの声は落ち着いていた。

「それにしても、その小せがれ、弟にとってどうしてそんなに貴重なんだろうな？」農園主が思案顔で言った。「まさかこいつが、人目をはばかる愛玩物になったわけでもないだろうが」一息つくと、農園主はことさら驚いた風な顔をして、ぼくのほうを見た。「どうだ、弟はおまえに、どうかと思うような手出しをするのか？　おまえは獣のようにあしらわれるのが嬉しいのか？」

「いい加減にしろよ、エラスムス」ティッチが吐き捨てるように言う。

フィリップさんが舌を鳴らして言った。「だからさ、その子をクリストファーに売ってやればいいじゃないか、エラスムス。それで万事片がつく。それでクリストファーの気も休まるならば——」

「だめだ」と、農園主が遮った。「そいつはできん」

「しかし、あんたにとっちゃ、この子はもう何の役にも立たないだろう。あの顔を見るがいい」

「ところがどうして」農園主は地面についた銃の銃口の上で細長い指を組み合わせた。肩をすくめて彼は言った。「ティッチはな、こいつに念の入った写生画の描き方を教え込んだ。それがたいそう役に立つのさ。年内には、リヴァプールからドクター・クィンがやってくることになっている。おれはな、多額の謝礼と引き換えに、十人の奴隷を彼の実験材料に差し出す約束をしてるんだよ。なんでも細菌熱の実験だそうだ。それを治療する予防接種の方法を開発しようとしているのさ、ドクターは。そのためにも、真に迫った写生画は役立つだろうからな」

突然、フィリップさんが地面に片膝をついた。と思うと、銃をさっと肩に担って引き金を引いた。またしても轟音が響き、金属臭がたちこめ、淡い茶色の煙がふわっと浮かぶ。遠くの空から、黒いしみのようなものが地に落下した。

犬が放たれた。何匹もの犬が狂ったように吠えながら灌木の茂みに飛び込んでゆく。

「どうだい、これなら文句ないだろう」フィリップさんが笑い声をあげた。銃を肩から下ろすと、ゆっくり立ちあがって、いとこたちのほうを向く。「見たかい、いまの？　これぞ名人芸と呼んでほしいね。ロンドン流の一発だ。ロンドン流の一発だぞ」

その翌日、天候が一変した。

空はにわかに曇って、紅茶の葉のような薄墨色に染まった。が、午後になっても雨は降らず、雲は何事もなかったように海のほうに漂っていった。翌日もまったく同じだった。ティッチは終始冷静な目で天候を観察し、毎日はるか離れた〝クラウド・カッター〟まで足を運んだ。ぼくは拙い語彙を駆使して、ティッチの熱心な観察結果を可能な限り忠実に記録した。

コーヴァス・ピークのあちこちで男女の奴隷が汗を流し、膝を草のしみで汚しながら、この地の奴隷特有の片言で互いに呼び交わしていた。頂上にのぼるたびに、ぼくは〝クラウド・カッター〟の威容に目を見張った。大きな穴を下向けた球体。そこから吊り下がった、ゴムの被膜の施されたゴンドラ。あれこそは美と驚異の結晶でなくて何だったろう。一つの季節が終わって、明らかにハリケーンの季節が訪れようとしていた。でも、ティッチはその事実を受け容れたくない様子だった。「嵐がくる前に、帆布で覆ってしまったらどうでしょう?」ぼくは言った。「あれをいったん麓まで下ろして、嵐が通りすぎてからまた頂上まで運び上げるのは大変ですから」

ティッチは不思議そうな顔でぼくを見た。次の冬までここに留まるようにと、このぼくまでが勧めていると受け止めたらしい。意外そうな表情を隠さなかった。

でも、とにかく、また活気をとりもどしたティッチを見て、ぼくは胸を撫で下ろしていた。ティッチは生き返ったように本来の仕事に精を出して、問題解決に励んでいたからだ。お父さんが亡くなったと知らされた直後は、こんなではなかった。朝から晩まで憂鬱そうな顔をして、お父さんの死のことも、イギリスの荘園のことも口にしなかったのだから。それがようやく沈滞を脱して、元のティッチにもどろうとしていた。もちろん、実家からの圧力は常に意識の片隅にあったのだろうけれども。ここまでなしとげた成果を、お父さんに見てもらえなくなったのはなんと寂しいことか。それは、その後も事あるごとに口にしていた。お父さんと共有していた飛行への夢を、自分はとうとう実現するところまで漕ぎつけたのに、という趣旨のこともつぶやいていた。

「いま、必要なものは何だと思う?」目を大きくひらき、どこか遠くを見るような眼差しで、ティッチは言った。「北極の、父の永眠の地に、顕彰碑が立てられてしかるべきだと思うんだ。だれかが現地までいって、記念碑を立てるべきだよ。ただ一人、北極まで父に同行した男で、ピーターという助手がいるんだが、あの男はそういう心遣いができる人間じゃない。父は本当に、この世界の成り立ちについて啓蒙(けいもう)的な業績を遺したんだ。その父が、だれからも悼まれずにこの世から消え去って、いいものだろうか?」ぼくをちらっと見て、「そんなことは、絶対にあってはならない。間違っているんだ、本当に」

ぼくが何か言うのも待たずに、ティッチはまた腰をかがめて計測をはじめ、午前いっぱい、ぼくらは黙々と仕事に励んだ。数時間ほどたったとき、はるか遠くで悲鳴が聞こえたような気がした——断末魔の呻(うめ)きのような、しゃがれた、絶望的な声だった。ぼくは顔をあげて、風に揺れるサトウキビ畑を見下ろした。

　思えば、いまのような声は、畑で働いていた頃のぼくの日常にはつきものだった。最近はめったにその声を聞かなくなったことに思い当たって、ぼくは愕然(がくぜん)とした。苦痛と恥ずかしさで顔に血がのぼり、まだ完治していない皮膚がずきずきと疼いた。

　ティッチが空を見上げて、きょうは早めに帰ろう、と言う。ぼくらは口もきかず、疲労と失意に肩を落として、黄色く乾いた草むらを踏みしだいて下山した。

　コーヴァス・ピークの麓まで降りたか降りないかというとき、暑い午後の日差しに打たれて震えている人影が目についた。ティッチが先に立ち止まり、ぼくの胸を押さえて、止まれ、と合図する。二人で目を細くすぼめて、人影を眺めた。女の服の裾が、風にはためいて痩せ細った脛(すね)にまとわりついている。がに股の男の子がそばに立っていて、二人とも、顔が影になっているため表情が読みとれなかった。

　でも、女の顔には白い傷跡がくっきりと残っている。エスターだった。糊(のり)のきいた厨房勤めの白衣を着ていた。男の子の肩をつかんで、こちらに歩いてくる。無表情な目のわりには、ぐっと引きしめた口元に怒りがみなぎっていた。痩せ細った男の子の顔には見覚えがなかった。エスターにくっついて、海藻の茎を噛みながら歩いていたが、ぼくらに近寄る前にぺっと吐きだした。

「エスターじゃないか。何か用らしいな」ティッチは男の子に目を向けた。「おまえも用があるのか」

「はい」男の子は目を伏せたまま答えた。

　その子の靴はきれいに磨かれていたが、ブカブカだった。そのせいか、泥に足をとられた動物のようにぎくしゃくと歩いていた。

「それで？　何の用なんだ、いったい？」微風が吹いていていて、ティッチは帽子を手に持っていた。

エスターはぱちぱちと瞬きした。「エラスムスさまの命令で、あなたにお仕えする新しい子をつれてきました」

そのときになって気づいたのだが、エスターはきれいな声をしていた。低くて張りのある、歌うような声だった。

頭上では黒い雲が急ぎ足で通りすぎている。熱風をまともに受けながら、ティッチは顔をしかめていた。「でもな、おれは新しい子をよこせと要求した覚えなどないぞ」ゆっくりと言った。

「はい」

「おれはいまのワッシュで十分満足していると、エラスムスに伝えてくれ」

エスターは顔を伏せたまま動かない。

「どうしたエスター？　聞こえなかったのか？」

「エラスムスさまは、この子をそっちの子と交代させるように、と仰せです」エスターは頑固に言い張った。「その、火傷をした子を返せ、と仰せなんです」

ぼくはさっとティッチの顔を見上げた。

ティッチに動じた様子はなかった。「兄の意向はもうわかっている。これは、おれと、おまえの主人の間で、直接話し合うべき事柄なんだ。おまえを巻き込むなんて、けしからん」

「はい」

「もどって、おれが近日中に会いにいくと言ってたと伝えてくれ。それで話し合えば、片がつく」

だが、エスターは地面を睨みつけたまま怒ったような声で言う。「エラスムスさまはきつくお命じなんです。この子を連れ帰るわけにはいきません。その火傷を負った子をすぐにもどせ、と命じられているので」

「おれに命令しているのか、兄は?」ティッチの声は険悪な色を帯びはじめた。「じゃあ、その命令に反した場合はどうなるか、それについても兄は何か言ってるのかい?」

エスターは何も言わず、硬い表情のまま、冷ややかな目でティッチを見上げている。その顔には白い傷跡が走り、目はどんな感情も映していない。もしエスターがティッチの伝言をそのまま持ち帰ったら、ひどい折檻を受けるにきまっている。ぼくは無言でその場の成り行きを見守っていた。

ティッチもエスターの窮状を理解したようだった。ふうっと溜息を洩らすと、彼は男の子の肩に手を置いた。「よし、一緒にワイルド・ホールにいこう。エスター、おまえはワッシュと一緒に後からくればいい」各種の道具の入った袋を、ティッチはぼくに手渡した。「これを家まで持ち帰ってくれ、ワッシュ。それから、昼食の準備を頼む」そして、ずっと頭を垂れている男の子を、うんざりしたように見やった。「おまえ、名前は何というんだ?」

一息ついてから、男の子はかぼそい声で応じた。「ユージェニオです」

「ユージェニオか。よし、一緒にワイルド・ホールにもどろう」

二人は農園主の館に向かって歩きだした。どう見ても不釣り合いな二人の人間が、暗くなりかけた畑にとぼとぼと影のように入ってゆく。ふだんのティッチとぼくも、まさしくあんな風に人目には映っているのだろうな、とぼくは思った。

その後に起きた出来事を、どう語ればいいだろう? この七年間、あの午後について考えに考えを重ねてきたのだが、自分でも明確に把握できずにいる。ぼくはまだ小さかったし、すっかり動揺して混乱していたのはたしかだ。でも、あのとき何が起きたのか、こうとはっきり断定できないのも事実なのだ。それはぼくのなかで、歳月の経過とともに揺れ動いている。

あれからエスターと二人、どれくらい茂みの中を歩いていたのか、はっきりしない。ただ、午後も遅くなって暑さもおさまり、二人であまり口をきかなかったのは事実である。エスターは何か思案している風でもなく、特に不安な様子でもなかった。あれからかなりの歳月がすぎたいまにしてわかるのだが、エスターが終始沈黙していたのは、自分の意志を抑圧しなければならない憤りのせいだったのだ。というのも、エスターは実はとび抜けた知性の持ち主で、それを表に出せないことが大きな苦痛だったのである。エスターはときどき奴隷らしからぬことを口にした。顔の傷がそれを証明している。ティッチのいる前でも常に従順に、忍耐強く振る舞っていたけれど、その言動にはときどきティッチですら苛立って、おまえの分をわきまえろ、と言わずにいられないときがあった。

エスターは昂然と顔をあげ、かろやかに呼吸しながら歩いていた。ドレスの裾が雑草にからまった。しめった腕がぼくの腕に触れることもあったけれど、気にする素振りも見せなかった。頭上を舞う小鳥が、薄れゆく光の中で黒い影を描いた。立ち止まってひとつかみの野草を引き抜いてみると、押しつぶされた花弁が焼かれたパセリのような芳香を発した。ぼくはなんとか冷静になろうとしていた。ぼくを館に引っ張ろうとする農園主の身勝手な要求など忘れようとしていた。そうと決めると、心地よいおののきが体のなかを通り抜けた。

そのとき、どこからともなく大きなわめき声があがったのだ。

「おおい！　ちょっと待った！」

二人とも立ち止まり、薄れゆく光の中で振り返ると、あの人が大股に歩み寄ってきたのである。ぼくらは顔を見合わせなかった。代わりにぼくの目は、あの人の太い腕が抱える、油をさしたばかりの鋼鉄の筒の輝きに吸い寄せられていた。どんな攻撃にも耐えられるように設計された、ふてぶてしい、黒い、鉄の道具。フィリップさんの銃。高級な服をまとったフィリップさんは、赤いふしくれだった指で銃をつかんで、のっそりと近寄ってきた。表情は平静でも、目が異様に強い光を放っていた。近寄ってくる彼を前に、ぼくの心臓は早鐘を打っていた。

フィリップさんは、ぜいぜいと息をしながらぼくとエスターの前に立った。呼びかけてきたときの声は威嚇的だったけれど、いま目の前にいるフィリップさんは、灰色の空気にのしかかられたかのようにに元気がなく、勢いがなかった。額には黒い髪がへばりつき、こめかみのあたりに青筋が立っている。

しばらくじっとエスターの顔を見ているので、なんだか息苦しくなった。「おまえも館にもどったらどうだい」とうとうフィリップさんはエスターに言った。その声にも張りがなかった。

エスターは顎をあげて、無表情にフィリップさんを見返した。顔にくくりつけられた輪のように、傷が白く目立っている。ぼくのほうは見ようともせずに背後を向くと、エスターは黙って館のほうに引き返しはじめた。

ぼくはフィリップさんの背後に目を走らせた。ティッチはもうかなり遠ざかっていて、姿が見えない。おそるおそるフィリップさんの顔を見上げると、彼は顔をしかめていた。ガラス玉を思わせる目が、酒に酔ったように血走っていた。

ぼくは急に怖くなって、ぐっと唾を呑み込んだ。「ぼく、先にもどっていろ、とティッチに言われたんです。あなたももどるなら、ヴェランダにお酒をお持ちしますけど」

その声も聞こえないのか、フィリップさんはぼくの背後の灌木の茂みに目を走らせていた。ぼくはそっちを振り返った。でも、目に入るのは埃っぽい微風にざわめく黄色く乾いた草むらと、しだいに遠ざかってゆくエスターの後ろ姿くらいだった。そのうちフィリップさんはゆっくりとぼくを見下ろして、どこか引きつった笑みを浮かべた。

「よし。じゃあ、こいつを運んでくれ」

ぼくはびくびくしながら、差し出された包みを受けとった。「きょうは狩猟向きの天気じゃありませんよね」そう言ってみたのは、フィリップさんの狙いが何であれ、それを変えさせることができるかもしれないと思ったからだ。が、それは出すぎた真似だということはわかっていた。「雨になるかもしれないと、ティッチさんも言っていました」ぼくは言葉をついだ。

フィリップさんの顔がくもった。「おれに説教しようってのかい、おまえは」

一発殴られるのを覚悟して、ぼくは顔を伏せた。

でも、フィリップさんは、ついてこい、としか言わず、首を振りながらもぐもぐと言ったのだった。

「これだから、奴隷を増長させると、ろくなことが――」

ぼくらは黙々と歩いていった。コーヴァス・ピークをぐるっととりまく猟場の低木地帯に向かって、ぼくはフィリップさんの後についていった。ぼくは怖かった。怖くて満足に歩けないくらいだった。いったいフィリップさんは、何を目論んでいるのだろう？　狩りをするつもりなら、猟犬はどこにいるんだ？　エスターがこのことをティッチに報告して、ティッチがぼくを探しにきてくれるといいのだが。フィリップさんから預かった包みは意外に重たかったけれど、地面に下ろすのも怖くて、数歩進むたびに頭を下げて冷たい空気を首に当てていた。フィリップさんの銃がなるべく目に入らないように、視線はできるだけ遠くの低木地帯のほうに向けていた。

「おまえにとっては、さぞ安楽な暮らしなんだろうな」

ぼくはおそるおそるフィリップさんのほうを見た。「それは、どういうことですか？」

フィリップさんは答えてくれない。山の麓の岩にどっかと腰を下ろし、肉づきのいい太ももの上に銃を危なっかしくのせていた。

歩きだして一時間もたっていないのに、永遠の時が流れたように感じられた。そこはコーヴァス・ピークの麓のガレ場だったのだが、薄暗闇の中で早くもコオロギが鳴いていた。ここにくるまで、フィリップさんはただの一発も銃を発射せず、銃をかまえることすらしていなかった。歩調がどんどん遅くなり、広い肩は丸くすぼまった。目つきはぼんやりとして、焦点が定まらないようす。何か頭にのしかかっているように、表情も暗かった。何度かぼくのほうを見るのだが、その目には弁解するような、野外に出てきたことを悔いるような色が滲んでいた。銃を低く、太もものあたりに持っていて、それをフィリップさんが別の手に持ち替えるたびに、ぼくはおそるおそるその指先を見つめた。そしてすぐに目をそらすと、息を殺して、顔に触れる草の茎の数をかぞえた。

ひらたい岩場でひと休みする頃には、もう不安を通り越して、ぼくにはフィリップさんの声も満足に聞こえないほどだった。フィリップさん自身、そのときは憂い顔で、喉も渇いているのか、口数がすくなかったのだけれども。なんだか異様な静けさだと感じたのは、恐怖の裏返しだったのかもしれない。すわっている岩が太ももにくいこんで、痛かった。一日の名残りの暑熱の中で、野生のレモングラスの香りが鼻先をかすめ、脛が蚊に刺されていた。

フィリップさんは、遠方で微風に揺れているタマリンドを眺めている。その目は血走っていて、山の影に入っているせいか肌の色も灰色に見えた。有閑階級の人間にしては珍しく、フィリップさんの手首は赤くかさついているのだが、歯はやけに白かった。ただひたすら食欲を満たすためにのみ存在するような一個の風変わりな肉体を、ぼくは間近に見ていた。フィリップさんの肉体は海の泡もどきに頼りなく膨らんでいて、ちょっと押せば破れてしまいそうに見える。その体が放っているのは糖蜜と塩漬けのタラのにおい、熟れ切ったマンゴーのにおいだった。ぼくは不安でいっぱいの目をフィリップさんに注いでいた。

くろずんだ眉の下から、フィリップさんはこっちを見てつぶやいた。「おまえにとっては、さぞ安楽な暮らしなんだろうな」さっきと同じことをくり返した。「気をつかうことは、何もなかろうし。これからどうなるか、先のことを心配する必要もない。同じような日がこれからもつづくんだろうから。おまえはただひたすらティッチの段取りに従って暮らせばいいんだ。こんなに呑気な暮らしもあるまいよ」

自分の吐いている言葉の当否を、いちいち確かめながら話しているような感じだった。そのうち苛立たしげに、フィリップさんは首を振った。

ぼくはつとめて無表情を保って、沈黙を守った。

するとフィリップさんは息遣いも荒く手を伸ばし、太ももにのせた銃を持ち上げた。ぼくはその手を、黒い鉄の筒を握っている手の色を、じっと見ていた。

「可哀そうなことをしたな」ほとんど聞こえないような、低い声だった。ぼくのほうに顎を振って、「その顔さ」

膝にのせた手が微かに震えるのを意識しながら、ぼくはフィリップさんの顔を見返した。

「実はな、ここにくる数か月前、ウィーンにいたんだよ」押し殺した声で、フィリップさんはつづける。「ウィーンでは、パンが素晴らしい。世間の連中はパリのパンがうまいと言うが、まぎれもなく芸術的なレヴェルに達しているのは、ウィーンのパン粉だ。おそらく、イースト菌が別格なんだろう。もしくは、パン粉のこね方なのかもしれんな、秘訣は」静かに銃を見下ろして、「それと、ウィーンには素敵な墓地もあった。ある教会の敷地のはずれだったが。あの日はなぜか疲れていて、強い日光にあたっていたせいか頭痛もした。で、墓地を囲む鍛鉄のフェンスの前のベンチでひと休みして、パンを食べていたんだ」唇を舐めて、フィリップさんはつづけた。「周囲の通りは静まり返っていて、人気もなかった。しばらくすると、パカパカと馬の蹄の音が近づいてくる。それで顔をあげたんだ。その馬の体つきなんだが――どこか妙だった。白い毛の下の皮膚が、やけにピンク色に、病的に、輝いているのさ。そいつ、貧相な四輪の馬車を引っ張っていたが、車輪のスポークが折れていて、走るにつれバタバタと舗道を打っているんだよ。しかも、御者の姿がない」

そこで一息つくと、フィリップさんはしばらく自分の手を見つめた。「奇怪なこともあったもんだ、本当に」ぶつぶつとつぶやいて、「奇怪至極な話だよ。パカパカと馬は通りすぎてゆく。顔には何匹も蠅がたかっていた。折れたスポークが舗道をこする音と共に、馬は遠ざかっていった。あの薄気味の悪い蹄の音は、忘れられんよ」フィリップさんは首を振ってつづけた。「しばらくすると、一人の男が墓地の角をまわって姿を現した。いまの馬の持ち主だな、と思った。男は急ぐ風でもなく、ゆっくりと近づいてくる。背の低い、お粗末な身なりの男だった。緑色のフロックコートに、黄色いズボン。別の世紀から現れたような服装なのさ。そいつ、しきりとニンジンを噛んでいたのをはっきり覚えている。近づいてくると、帽子を傾けて挨拶をしかけた。が、途中で、こっちの顔をしげしげと見るんだ。ごく小さな目だったな。醜い目だった。

やあ、と言ったところ、そいつは黙ってこっちの顔を見つづけている。そのうちとうとう口をひらいて言うんだ。〝たったいま、あんたの墓の前を通りましたぜ。あんたの墓碑の前を通りましたよ〟。こいつ、くだらん冗談を言いやがる、と思ったね。するとそいつは、なおもつづけて、ニンジンをこっちの顔に突きつけながら言うんだ、〝いらっしゃい、お見せしやしょう〟。で、そいつの後について、墓地に入っていった。そいつは、中央の通りからなだらかに下った場所にあるヒマラヤスギの木立の前まで歩いていった。するとたしかに、そこには、このおれとそっくりの像が刻まれた墓石が立っていたのさ」

フィリップさんは一息ついて、太ももにのせた銃に目を落とした。「それはまぎれもなく、おれの顔だった。髪型も同じ、目も同じ、口元も同じ、顎の形までそっくりだった。どこをどう見ても、おれの顔なんだ。おれは墓石をじっと見つめた。その男は五十年前に亡くなっていることがわかった。おれの誕生日に、だ」

さじを投げたような面持ちで、フィリップさんは肩をすくめた。「これはいったい、どういうことか？」

ぼくは何も言えずに、もじもじしていた。

「何者なんだ、その墓の中の亡霊は？」フィリップさんは顔をあげた。そのとき、ぼくが何を言ったところで、その死んだような目は受けつけなかっただろう。彼の暗い瞳は大きく広がっていた。まるでぼくの体を突き抜けて何かを見ようとするように、そう、急にぼくが視線の邪魔になったかのように、フィリップさんはじっと目を凝らした。

ああ、その瞬間の恐ろしかったことといったら。ぼくは一刻も早くその場から逃げ出したかった。雑草の散らばる暗い茂みから，夕日を浴びて早くも銀色に照り映えつつある鬱蒼とした木々から、逃げ出したかった。頭上ではカモメの群れが啼きながら、海のほうに飛んでゆく。夕風を受けて、草も立ち騒ぎはじめた。

何かが変だった。突然、フィリップさんが銃を上に振りあげて立ちあがった。夕日を背に、黒い影が視野いっぱいに広がった。何が起きようとしているのか、ぼくにわかるわけがない。心臓が大きく鼓動するのを感じつつ、恐怖から逃れようと、ぼくは両手で顔を覆った。何か叫ぼうと口をひらいても、声が出なかった。

次の瞬間——鼓膜が破れそうな、すさまじい炸裂音。それから周囲は真っ白になり、銃声の余韻は瞬く間に薄れていった。空の底が抜けてカモメも消え、周囲には生の人肉とチョークの異臭がたちこめた。草は左右に揺れて、突風がぼくの濡れた顔をなぶる。不意に、鉄くさい血のにおいが鼻をかすめた。岩の上で、ぼくは自分を抱きしめるようにまるくなって、動くこともできなかった。耳をすまして彼の息遣いを聞こうとした。どんな音でも、動きでもよかった。濡れた小さなかけらが腕に貼りついているのを感じて顔をあげた。夕暮れの薄暗い光の中で、ぼくの体を覆ったものを見きわめようとした。

それは歯だった。骨片だった。ちぎれた顔の一部だった。ぞくっとしてそれをぬぐい払うと、ぼくは立ちあがった。全身が震えていた——恐怖におののいたのは、突然の暴力のせいではない。暴力なら、生まれたときから親しんでいたから、暴力のためではない。恐ろしさに震えあがったのは、一人の白人の死の現場に立ち会ったのがぼく一人という事実が頭に沁みとおってきたからだ。

服の汚れをはたき落とし、息もつまりそうになりながらも、目の隅に入るもの、彼の大きな白い手のひらや鈍い灰色に光る彼のブーツなどを、まともには見られなかった。それでも、そこを去る寸前に、やはり、ちらっと振り返らずにはいられなかった。断裁された革のように、彼の顔の肉が骨から垂れ下がっていた。遠くのほうでカラスが一声啼いた。

ぼくは一目散に駆けだした。

最初ティッチは、ぼくの発した一言片句もわかってくれなかった。「おまえが心配で、探しにもどってきたところだったんだぞ」ろうそくの灯された書斎にぼくが飛び込んでいくと、ティッチは言った。「しかし、どうした、何があったんだ?」彼は顔色を変えて、さっと立ちあがった。「どうした、ワッシュ。さあ——傷をみてもらったほうがいい。何事だ、いったい、そんなに血だらけになって」

自分がうわごとのように何か言っている声は聞こえたのだが、何を言っているのかわからなかった。漠然と意識したのは、部屋のぬくもりと、切りとったばかりのハイビスカスの微かな香り、それと、いつもぬぐわれたばかりのように見える壁のしみぐらいのものだった。歯がカタカタ鳴っているのはわかっていて、自分でもなんとか落ち着きをとりもどそうとした。

ティッチはぼくの前にしゃがみこんだ。「どこを怪我したんだ?」ぼくの体を調べながら、「傷口を見せてごらん」

まだ歯がカタカタ言っていたけれども、ぼくの血ではないのだということを、なんとかわかってもらった。

ティッチの体がこわばった。「ワッシュ」彼は静かに言った。

ぼくはつっかえつっかえ、なんとか説明した。ティッチの唇がゆっくりとひらいた。血の気のない顔が歪んだと思うと、急に彼は立ちあがって、黒い髪をかきむしった。そのまましばらく色褪せた絨毯を見つめていた。

と思うと、さっと立ちあがって額を撫でた。息遣いが荒くなった。彼の心の内は読みとれなかったけれども、それでかえって恐怖が増した。ぼくはわかってもらいたかった、自分は本当に何もしてないんだ、ということを。フィリップさんは自らあんなすさまじい最後をとげたのだと。そう、ぼくはその見物人に仕立てられたにすぎないんだ、と。でも、ティッチはもうわかってくれていた。ぼくはすでに何度も同じ証言をくり返していたのだ。でも、そのことだけはいくら強調しても、し足りないと思った。そのことを、ティッチに誤解の余地なくわかってほしかったのだ。

「エスターがな」と、ティッチは表情の読みとれない顔で言った。「おれと兄が話しているところへ帰ってきたんだよ。で、おまえがフィリップと狩りにいったと報告したんだ」

ぼくはまだ体の震えがおさまらず、何も言えなかった。

「どうしてフィリップは、おまえを一緒に連れていったのかな?」低い声で言う。

ぼくはまだ何も答えられなかった。

ティッチは何か考え込むような目つきでぼくを見た。「で、どこなんだ、場所は?」

ぼくは唇を舐めた。でも口をひらくことができたのは、もうすこしたってからだった。「あそこの猟場です。コーヴァス・ピークの林です」

「じゃあ、すぐそこに案内してくれ」

ぼくは何度も瞬きした——だって、どうしてもう一度あそこにもどれるだろう？

ティッチはしばらく瞑目していた。やがて目をひらいたときは、自分がまだそこにいることに驚いているように見えた。ゆっくりと近づいてくると、ひんやりした手をそっとぼくの肩に置いた。「おまえが教えてくれなきゃ、あいつを見つけられないじゃないか」

ぼくはふうっと息を吐きだした。どう言われたって、あそこにはもどれない。とてももどる気がしない。

「ワッシュ、頼むから」

結局、ぼくは戸口に歩み寄っていた。ティッチはひんやりとした夜気に備えて、フロックコートを着ている。戸口のところで、ティッチは眉をひそめてこちらを見下ろした。血の気のない顔が、引きつっていた。

ぼくはティッチの後から外に出た。ティッチはこわばった足どりで、ゆっくりと歩いてゆく。無理して歩いているようなその足どりは、あのときのフィリップさんとも重なって見えた。あのときフィリップさんは、最後にもう一度緑の畑のざわめきや悲鳴を味わおうとするかのように、重々しくも頼りなげな足どりで歩いていたのだが。

12

遠くからは、死体の全容が見えた。夜露に濡れた草を踏みしだいて、よじれた服のほうに近づくと、むごたらしい有り様が露わになった。まるで衣類の詰まったトランクの中身がぶちまけられたように、大小の布切れが近くの枝に引っかかっている。ショックだった。あのとき、ぼくは一部が損傷した彼の顔しか見ていなくて、周囲のそんな様子を目にするのは初めてだったからだ。周囲一帯に散らばる布切れは、すでに息絶えた星が最後に放つ色鮮やかな光彩のようにも見えた。突然、何の脈絡もなく、ティッチに初めて呼びつけられた晩のことを思いだした。望遠鏡を示して、いままでに反射望遠鏡で満月を見たことがあるかい、と言ったティッチの顔に浮かんでいた、なんとも言えない畏怖の表情。

猟場までの長い距離を歩くあいだ、ティッチは一言も発していなかった。いま、変わり果てたいとこの姿を見て、ティッチの顔は苦悩に歪んでいた。が、何かを叫ぶでもなく、言葉らしい言葉をただの一言も洩らさなかった。空き地の惨状の周囲を一巡すると、彼は濡れた目を光らせて、高い雑草のあいだに転がっていた銃をとりあげた。

ぼくはそれ以上一歩も先に進めなかった。肘の内側や膝のあたりに変なむず痒さが走って、息をするのも苦しかった。フィリップさんのぐしゃぐしゃになった赤い顔が眼前に甦った。血まみれの草の上に飛び散った、大ぶりの米粒のような歯や骨片も。そして耳には、彼が最後に発した、かすれた叫び声が聞こえた。彼の体が最後に倒れたときの、濡れた毛布が無造作に投げ出されたかのような、どさっという音も。そこまでくる途中、何かしきりにぶつぶつとつぶやいていた、あの奇妙な声音も耳に甦ったし、引きずっていた銃が雑草とカサカサこすれ合う音も甦った。銃身を握っていた彼の手の映像も甦った。においも甦った。そう、最後の瞬間に漂った、酸っぱい胆汁のようなにおいも。茂みを縫って進んでゆくフィリップさんの顔は本当に物憂げだったけれど、あの最後の瞬間、彼は、お昼前にヴェランダの揺り椅子ですごした時間や、肌の上で踊る蜂蜜のような光や、その柔らかなぬくもりなどを思いだしていたのだろうか。

いまさら死体に触れることは、ぼくにはどうしてもできなかった。

もちろん、ぼくはその晩、眠れなかった。いくら目をきつく閉じても、さまざまな映像が甦ってしまう。ぎゅっと握りしめた寝具に息を吐きかけながら、いまにも心臓が破裂しそうだった。あの行為自体に劣らず恐ろしいことだけれど、ぼくには、ティッチにはおそらく理解できないことが、理解できていた。自分から死を選ぶということは、扉をひらくということなのだ。それは、別の世界に解き放たれることなのである。

一方で、ぼくにはどうしても理解できないこともあった。なぜフィリップさんは、ああいう企てにぼくを引きずり込んだのか。ぼくの顔の火傷に同情する言葉を、彼は吐いてくれた。でも、そうした思いやりは、あの破滅的な行為がぼくの人生にもたらしたもので帳消しになった。なぜなら、まだ子供のぼくにもわかったのだけれど、彼の死はぼくの死をも意味したからである。なぜおまえは彼を見殺しにしたのだと、ぼくは責め立てられるにきまっていた。そうなったら、いくらティッチでもぼくをかばい切れないだろう。いずれ農園主がこの件を知り、ぼくがその場にいたことを知ったら、ぼくは殺されるに決まっている。ぼくに残された最小限の望みは、時間をかけずに、さっさと首を絞めてもらうか、斧をばさっと後頭部に振り下ろしてもらうことだった。なかなか死ねずに長時間悶えながら死ぬ――そんな苦しみから免れるように祈るしか、ぼくに残されたことはもうなかった。

何か物音がしたような気がして、ぼくは壁から向き直った。顔をあげて周囲を見まわしても、室内は静まり返っている。洗いたての石のようなにおいと、ぼく自身の汗のにおいがするだけだった。夜明けまでは、もう数時間しかないはずだった。また壁のほうに向き直りながら、ぼくは夢と消えてしまったビッグ・キットとの偉大な旅、ダホメへの旅のことを思って残念でならなかった。人間は死んだらもう何もない、ただ暗闇に包まれるだけだ、とティッチは言った。でも、そういう死が当てはまるのは、自分の選択によらない死、つまり、人に殺された場合の死だけだとぼくは思うようになっていた。自分から死ねば、やはりダホメへ旅立っていける。それなのに、ビッグ・キットはぼくと彼女自身を殺そうとしなかったから、ぼくにはもうティッチの言う〝ただ暗闇に包まれるだけの死〟しか残っていない。農園主の手にかかって無慈悲に殺されたらどうなるだろうと考えた。まだ熟れていない、青いリンゴのような味が喉に広がり、ティッチの言っていた〝ただの暗闇〟が見えるような気がした。

そのとき、またしても廊下で物音がした。何かカタカタという音、重いものが板の上を引きずられる音。ぼくは片方の肘をついて起き上がり、片足を床に下ろした。そしてとうとう、我慢しきれずに、廊下に一歩踏み出した。

ティッチだった。きちんと服を着ていたけれど、ブーツを折って小脇に抱え、裸足で歩いている。手にしたランタンの光が闇を切り裂いていた。足音を忍ばせて、部屋から部屋へと見てまわっている。心臓が高鳴っているのを意識しながら、ぼくはその後を追って彼の寝室に入った。

「ティッチ」そっと声をかけた。

彼はさっと振り向いた。見知らぬ人間に向き合うように、暗い目でじっとこっちを見る。それからうなずいた。「ああ、おまえか」低い声で言ったその口調から、ティッチが驚いているのがわかった。ぼくだとは思わなかったらしい。ティッチはランタンを高くかかげた。ふうっと息を吐きだしながら、ぼくはティッチの緊張した緑色の目と、その下の、封蠟のように浮きあがった赤い皮膚を見つめた。

「何をしてるんですか？」

「しいっ、静かに」ティッチはささやいた。ぼんやりした黄色い光を通して、急ぎ足で部屋を横切る彼の姿が見えた。デスクの上で何かを剝がしとる、キスのような音。それから、衣服のこすれ合う音や、紙を重ねるような音がした。室内はむしむししていた。

「ティッチ」ぼくは声をかけた。「どうしたんですか？」

「ここを出ていくんだよ、ワッシュ。静かに。エスターに気づかれないようにしないと」

「ここを出て、どこに？」

「セント・ヴィンセント島。セント・ルシア島でもいい。どこの島でもいい。風まかせにいくんだ」

ぼくはわかりかけてきた。「ティッチ」

「さあ、ワッシュ。おまえも着換えるんだ。持っていくのは本当に大切なものだけにしろ。他に必要なものは、ゆく先々で手に入れればいい。とにかく、音をたてないように」

「でも、船が港を出る前に、ぼくは鎖につながれてしまいますよ」

「船になど乗らんさ、もちろん」

ぼくはハッと息を呑んだ。「まさか、〝クラウド・カッター〟で？　こんな暗闇の中を？　本気ですか？」

ティッチはぼく用の旅行袋みたいなものに何かを突っ込んだ。「必要なものはもう詰めてある。おまえの写生用の鉛筆。ノート。衣類。拡大鏡」その袋をせわしげにぼくの胸に突きつけて、「他に必要なものがあったら、詰め込むがいい。ただ、あまり重量がかさばらないようにな」

ぼくは呆（ほう）けたように戸口に立っていた。

「何をしている、ワッシュ」ティッチはぼくを叱りつけた。「さあ、急ぐんだ」

めったに慌てることのないティッチの、ただならぬ口調に、ぼくは怖くなった。それまで気づかなかった物音が急に耳を打った——ひび割れた窓に吹きつける、ざーっという風音。

「食糧はもう詰め込んで、ポーチに置いてある」ティッチはささやいた。「重量の制約があるから、そうたくさんは運べない。しかし、あれだけで、どこか陸地に着陸するまで十分にもつはずだ」

じゃあティッチは本気なんだと思い知って、あらためて全身におののきが走った。おそるおそる廊下を歩くうちに、ティッチが払う犠牲の重みが頭にのしかかってきた。「お願いです、ティッチ。ぼくのためにそんな危険は冒さないでください。ぼくはどんな罰でも引き受けます。これから、エラスムスさんのところにいってきます」

ティッチはさっとぼくのほうに向き直った。「いいから着換えろ。急ぐんだ。もう時間がない」それでもぼくがためらっていると、いまに至るまでぼくの脳裡（のうり）から消えない言葉をティッチは口にした。「いいか、これはおまえだけのためにやるんじゃないんだ。おれはもう、こんなおぞましい場所に一日だっていられない。こんな暮らしをするために生きているんじゃないからな、おれは」

ティッチはぼくの心の底を見抜いてそんなことを言ったのだろうか？　自分は命を賭けているんだと言えばぼくは断るまいと思って、そう言ったのだろうか？

ぼくは眉をひそめた。「でも、〝クラウド・カッター〟は本当に飛べるんですか？」

「いま飛べなかったら、永久に飛べないさ。すでに一晩かけて、水素ガスで膨らませてある。さあ、もう何も言うな。急ぐんだ」

それでも、ぼくはもじもじしていた。

暗いなかで、ティッチは真っ向からぼくを見た。「いいか、おまえがフィリップと一緒だったことを、エスターがもう兄に報告しているんだ——エスターがおまえを軽蔑しているのはわかってるだろう？　こんどのことで、おまえに罪を負わせるためなら、あの女は何でもするぞ。エラスムスは、おまえがフィリップの死に一枚噛んでいると、本気で信じ込むことはあるまい——でも、おれからおまえを奪いとる手段としてなら、兄はそう信じているふりをするだろう。考えてもみろ、ワッシュ——こんどの不幸が起きる前から、兄はおまえを引き渡せと要求していたんだ。それが、こんなことになって、おまえはいったいどうなると思う？　おまえの身に何が待ちかまえていると思う？」そこで一息つくと、ティッチは語調を和らげた。「気の毒だとは思うが、おまえはおれたち兄弟間の醜いゲームに巻き込まれてしまった。こうなったからには、それはもう単なるゲームではすまされない」ゆっくりと、押し出すように息を吐いて、「もちろん、おまえが自分の進む道を選ぶのも自由だ。しかし、その場合は、どうするのが最適か考えろ。どうしてこういうことになったのか、よく考えて、いちばんいい道を選ぶんだな」

ぼくは迷った。ティッチの口調は淡々としていたけれど、その言葉には動かされた。ランタンの投げる光に一歩近づくと、ぼくは旅行袋をとりあげた。

むしむしした部屋は、一瞬、静寂に包まれた。それからティッチはランタンを顔に近づけて、ふっと明かりを吹き消した。

そうしてぼくらは逃げ出した。背負った荷物の重みによろめきながら、薄暗がりの中を駆けていった。

月の光は薄れていた。ティッチはまたランタンに火をともして、その上に薄いシャツをかけた。淡いオレンジ色の光を頼りに、ぼくらはつまずきながら、すでに何度も歩いている道をのぼっていった。手さぐりで、よろけながら、コーヴァス・ピークの頂上を目指して登ってゆく。灰色の空を背に、山の尾根が黒い見慣れない影を刻んでいた。近くにフィリップさんの死体が横たわっていると思うと、恐怖がつのった。あのときは、結局ティッチもバラバラの遺体を集められず、毛布をかぶせただけでもどってきたのである。ティッチは自殺の詳細を記したメモと、死体の横たわる場所を示した地図を、書斎のデスクに残してきていた。

ぼくはまだ怖くてたまらなかった。そんなにうまくいくわけがない。見つかるにきまっている。ぼくも、ティッチも。農園主はすでに何らかの監視の手段か見張りを配置していて、ぼくらが逃げ出したとすぐ勘づくにちがいない。そういう気がしてならなかった。でも、ティッチはそんな心配などしていないらしく、ただひたすら山を登ってゆく。彼の気がかりはただ、前途に待ちかまえる冒険の至難さだけのようだった。山頂をとりまく灌木の茂みに近づくと、ぼくはいまにも血染めの毛布が目に入るのではないかと、周囲に目を光らせた。でも、それはどこにも見つからなかった。

山頂にたどり着いて荷物を下ろした。顔は汗にまみれ、脚がわなわなと震えていた。風が吹いていた。〝クラウド・カッター〟はぎしぎしと大きな軋み音をあげながら、繋ぎ止めたロープを引きちぎらんばかりに揺れている。生温かい風は、鉄のような不快なにおいと雨のにおいを孕んでいた。時を置かずに動きまわるティッチの黒い影を、ぼくは見守っていた。低い唸り声をあげながら、ティッチはガス・ボンベを操作している。頭上高く気球が浮かんでいて、ガスの炎が暁闇の空を焦がしていた。

さあ、乗れ、とティッチが叫んだ。ぼくは慌てて、触手のようにオールが両側に突き出ている、籐造りのゴンドラの中に転がり込んだ。舵板に似た、四枚の奇妙な翼が風に軋んでいた。それはなんと奇怪な眺めだったことか。死ぬにきまっているという恐怖が、体のなかを突き抜けた。

ボルトやナットの締まり具合をチェックしながら、ティッチは一度手を休めてぼくのほうを見た。奇妙に落ち着き払った眼差しだった。ぼくは何も言わず、ティッチも無言だった。そのまま黙りこくって、彼は準備作業にもどった。

「じゃあ、いいな、ワッシュ」ティッチはとうとう言った。

「はい」震えながらぼくは答えた。

次の瞬間、それ以上一言も発することなく、ティッチはボンベのつまみをまわした。ごうっという轟音と共にひときわ太い火の柱が気球の中に噴き上がり、球体を覆うゴム引きの布がバタバタと震えだした。すさまじい震動だった。ぼくの歯もカタカタと鳴っていた。火柱を吸い込んでいる黒い大きな口を、ぼくは固唾を呑んで見上げていた。

急に煙が周囲にたちこめて、油が燃える臭いが充満した。そのとき、ティッチがゴンドラの縁から身をのりだして、ゴンドラを地面に繋ぎ止めているロープを一本、また一本と切り離しはじめた。籐造りのゴンドラが雑草の上を引きずられてゆく。ざーっという、神経をかきむしるようなその音しか、もうぼくの耳には聞こえなかった。

薄明かりの中で、ティッチの顔の輪郭がぼんやりと見えた。目は黒い影に隠れ、白い歯だけが浮きあがっている。下腹部がぎゅっと引きつって、思わず〝クラウド・カッター〟の櫂（かい）受けにしがみついた。周囲の空気が雄たけびをあげ、空が襲いかかってくる。ぼくらは上昇しはじめた。

それから目に飛び込んできた光景は、到底うまく言い表せない。いまにものしかかってきそうだった空が下に去り、頭上には赤い光の裂け目が巨大な目のようにひらきかけていた。周囲の空間はまだ黒々としていたけれど、ぼくらは早くも風に運ばれて海の方角に飛翔していた。下を見ると、半分刈ったサトウキビの畑がぼんやりと横たわっていて、収穫したサトウキビが女性の髪の隙間のように白く輝いていた。

あのとき、ぼくは何を感じていたのだろう？　ああいう瞬間、人は何を感じるものなのか？　ぼくの胸は驚きと恐怖できりきりと痛んだ。驚きはどこまでも膨らんで、息もできないほどだった。〝クラウド・カッター〟はくるっと回転し、どんどんその回転の速度を速めながら空高く上昇してゆく。ぼくは泣きはじめた——体の底からこみ上げるものにせかされるまま、声もなく泣いていた。もうティッチの顔は見ず、果てしなく広がる世界に目を凝らした。空気がしだいに冷たくなって、肌をくまなく覆ってゆく。黒い影と、赤い光と、轟然と噴き上げる火柱。そして狂熱。その中心を目指して、ぼくらは何ものにも遮られず、奇跡のように舞い上がっていった。

第二部

漂流

1832

I

島を離れて一時間もしないうちに、ぼくらは暴風雨に遭遇した。突然、すさまじい咆哮と共に突風が襲いかかり、ゴンドラが激しく左右に揺すぶられた。反射的に何かにつかまろうとしながらも、ぼくはよろよろと背後の櫂受けにもたれかかった。ティッチは前方に身を投げ出して、バラストをつかみながらぼくに叫んでいる。でも、闇の中で目がきかず、ぼくにはただ揺れ動く彼の顔と、口の動きしか見えなかった。

でも、いま考えると、ティッチはそのとき、ぼくほどには驚いていなかったのだろうと思う。黒い闇に舞い上がってからの彼の振る舞いを振り返ると、そうとしか思えないのだ。ティッチは最初、晴雨計をコツコツと叩いて何か低く叫んでいた。それからひざまずいてゴンドラの中を這いまわりながら、荷物の中身を選り分けていた。そして必要性の低いものを舵棒の前に積みあげていたのだ。突風に襲われてすぐ、ティッチがその荷物の山にとりついて片端から外に投げ落としていたのが、いまも忘れられない。

風に髪を吹きあおられながら、ティッチはぼくに顔を寄せて叫んだ。「もっと上昇して、この暴風をやりすごすんだ。上にあがるぞ、上に！」ぼくがとっくにその措置を心得ているかのように、指を突きあげた。

強風が横なぐりに叩きつけてくる。背後に吹き飛ばされたティッチは、張り綱を必死につかんで身を支えている。「だめかもしれんな、ワッシュ！　だめかもしれん！」

ぼくは目を閉じた。

ティッチの思いとは逆に、ぼくらは降下していた。暴風を突っ切って、どんどん落ちてゆく。雨が降りはじめて、横なぐりにゴンドラに叩きつける。ゴム引きの気球の被膜が雨に打たれてピシピシと鳴る。ゴンドラはなおも下降していった。カヴァーで覆われたランタンは、まだ〝クラウド・カッター〟の船首に固定されていた。ぼくはゴンドラの縁にしがみついて下を見た。はるか下で黒い荒波がうねっている。降下速度がどんどん増してゆく。

「ティッチ！」ぼくは叫んだ。「ティッチ！」

聞こえないらしい。彼の腕をつかんで、はるか下方の海面を指さした。白い波頭のあいだに、一瞬、光が見えたのだ。それはチカッとまたたいたと思うと消えてしまい、海はまた一面黒い波濤に覆われた。いまの光は幻だったのだろうか。周囲はまた黒い闇に呑み込まれた。

ティッチは昇降用の綱をつかんで、なんとか〝クラウド・カッター〟を制御しようとしている。と、眼下の、大きくせりあがった荒波のはざまに、斜めにかしいだ木造の物体が見えた。船だった。黒い船の影がせりあがったと見るまに横に傾き、また波の頂上に運ばれたのもつかのま、下になだれ落ちて姿を消した。一瞬後に、また船首が波を割って現れた。ぼくは息を呑んで向き直り、狂人のような形相で綱を操っているティッチを眺めた。そのとき、わかったのだ、ティッチはまさしくその船に向けて、〝クラウド・カッター〟をまっしぐらに降下させようとしていることが。

次の瞬間、ぼくらは急角度で船のマストに激突し、横にかしいだ。そして大小の木片を雨のように浴びながら甲板にぶつかった。と思うと、一瞬宙に浮いてから、再度甲板に激突した。〝クラウド・カッター〟はずるずると甲板の上を引きずられ、また宙に浮きあがってから逆さまになって、甲板に叩きつけられた。めりめりっという音と共に舞い上がった木片が、四方八方に落下した。

ぼくは目がくらんで首を振った。何か温かいものが頰を伝い落ちていた。自分が逆さまになっていることに、そのとき気づいた。全身が、もつれた綱にからめとられていた。そのとき、やはり雨に濡れて逆さまになっているティッチの顔が見えた。ぼくに向かって何か叫んでいる。それからまた暗闇しか見えなくなった。

〝クラウド・カッター〟は呻き声をあげながら甲板の端に向かってすべりだした。

「ワッシュ！」ティッチが叫んだ。彼は狂おしい形相で綱を引っ張っている。それでも、ぼくの体は自由にならなかった。〝クラウド・カッター〟は強風にあおられて、一瞬、ふわっと浮きあがった。みぞおちのあたりが引きつった。

「手を放せ、綱から放せ、ワッシュ！」ティッチが叫んでいる。彼は〝クラウド・カッター〟の船首に足を突っ張って、全身を反り返らせていた。

船が大きくもちあがって、巨大な波の壁をのぼり切ろうとしている。ぼくは逆さになったまま黒い闇を見つめていた。世界が発狂したかのようだった。

そのとき、風雨を裂いて、一個の人影がよろめきながらティッチの背後に現れた。黒い顎ひげを生やした大男だった。ひげから雨滴をしたたらせながら、男はつんのめった。片手に大きな斧を引きずっている。こちらに近づいてきた。と思うと、上体を反らせて斧を振りかぶり、はっしと振り下ろして、ぼくにからみついていた綱を断ち切った。ぼくは前方に投げ出され、雨に打たれながら四つん這いになった。ぜいぜいと喘いだ。

甲板は冷たく、つるつるとしていた。ぼくはわずかに顔をあげた。

大男はくぐもった声で何かわめいていた。ティッチも叫んでいた。

横なぐりの突風に気球が舞い上がって、船べりを乗り越えていった。引きずられたゴンドラが垂直に浮き上がってから後方に投げ出された。獣の咆哮のような、すさまじい断裂音があがった。見ていると、ゴンドラは前部甲板に積まれていた樽の山に激突し、そのはずみで宙に浮きあがった。次の瞬間には嵐に呑み込まれてしまい、大小の木片と黒い闇だけを残して船外に消えた。その間終始ぼくらは、ランタンの光の下、銀色に輝く雨に打たれていた。

2

こうしてぼくらは死を免れた。

斧を持った大男は、この船の船長だった。生まれはドイツだが、いまはベネディクト・キナストと名乗るイギリス人だった。歳は七十にはなっているだろう。顔は深い皺に刻まれ、血管の浮きあがった褐色の手をしていた。全身ずぶ濡れで息も絶え絶えのぼくらを、彼は嵐の中から引きずりだして、ぎいぎいと軋む船倉に引っぱり込んだ。そこでは何人もの船員が暗がりで動きまわって、ロープをしっかり結んだり、昇降口(ハッチ)の戸を閉めようとしたりしていた。でも、船が大きく揺れるたびに昇降口から海水が流れ込んで、ぼくらの足元で渦巻く。

ベネディクトさんの頭上の梁(はり)からは、ランタンが一つ吊り下がっていた。揺れる明かりの下でこっちを向くと、ベネディクトさんは気色ばんで怒鳴った。「おまえらのおかげで縦帆(たてほ)が壊れちまった。食糧庫もやられたしな。この嵐の中を、あんな妙ちくりんな装置に乗って、いったい何をやらかしていたんだ?」

「あれは〝クラウド・カッター〟という気球さ」ティッチは言った。

「どんな名前だろうと、知ったことかい。それを、よりによって、おれさまの船の甲板に落下させやがった。ぜんたい、何者なんだ、おまえは?」彼はティッチにくってかかった。

「その質問はそのままそちらにお返ししたいね」ティッチはやり返した。「それに、あんたの船はぼくの〝クラウド・カッター〟に損傷を負わせるどころか、全壊させてしまったじゃないか。あんたの言う〝妙ちくりんな装置〟を新たに作り直す費用は、当然、負担してもらえるだろうね」

船長は大きな赤い手で、濡れた顎ひげをしごいた。ぼくの肩越しに、背後にいる船員に向かって、

「おい、スリップ、甲板にもどって、樽をしっかりつなげ。これ以上の損害を蒙ったら大事だからな」それからまたティッチの面上に目を据えて言った。「この船はな、天の星同様に揺るぎなく、順調に航海していたんだぞ。そこへ、おまえのろくでもない装置が落っこってきやがった」

「船長！」二人目の船員が上のほうで叫んだ。「ボートが流されてしまいそうです！」

「しっかりとロープでつなぐんだ、役立たずめが！」大声で叱咤した。

「ぼくらはね、船長、完璧に気球を操って飛んでたんだぜ」大男の怒鳴り声などどこ吹く風、ティッチは何くわぬ顔でつづけた。「嵐を避けて、計算どおり、低空飛行をしていたんだ。そこへこの船が突っ込んできた。甲板のランタンはどこについてるんだい、船長？　どうしてあんな無茶な進み方をするんだ？」

「このろくでもない嵐の中を」ベネディクトさんは罵った。「ろくでもない風船のお化けなんぞが突っ込んできやがって」

ティッチはそれまで、低い天井にぶつからないように頭を下げていたのだが、ぐっと両手をのばして頭上の梁をつかんだ。そうして体を支えながら、怒気をみなぎらせて言った。「あんたのこの船、怪しい密輸船と断じたとしても、だれからも非難されないだろうな。こんな嵐の中を無灯火で航海する船なんて、それ以外に考えられないじゃないか」

「言葉に気をつけな、命が惜しかったら」

「ああ、そちらもな」ティッチは言い返した。

大きく揺れる船内で、二人の男は睨み合っていた。二人とも、体のバランスを崩すまいと足を踏ん張っている。ぼくのみぞおちは引きつっていた。だって、目の前の船長は、この嵐さえ逃げ出しそうな、猛々しい巨漢なのだ。

「肝っ玉が据わっていることは認めよう」船長は言った。「名前は？」

ティッチは黙っている。

「言えないのか？」ベネディクトさんは言った。「するってえと、だれかに追いかけられてるんだな？二人して、どこから逃げ出してきた？」

「ぼくの名はクリストファー・ワイルド」ティッチは重々しく相手を睨みつけて言った。「王立協会会員にしてコープリー勲章の受勲者、ベイカー大学の教授、ジェイムズ・ワイルドの息子だ」

ベネディクトさんは、ふん、と息を吐きだして頬をすぼめた。「王立協会ときやがったか」

「ここにいる友人からは、ティッチ、と呼ばれているがね」

嵐はまだ吹き荒れていたけれど、この船倉にいる三人を囲む空気はどこかほどけて、緊張も薄れたようだった。ベネディクト船長は、ぼくに皮肉っぽい笑みを向けて、唸るように言った。「友人ねえ、おまえがな。実のところは、〝持ち物〟なんじゃねえのかい、坊主？」

ティッチは梁を握っていた手を放して、ぼくの肩をつかんだ。「たしかに、この少年はぼくの〝持ち物〟だ」ティッチの口からそういう言葉を聞くと、ぼくの胸はざわついた。「ところが、この子には科学的な絵図面の描き手としての素晴らしい素質がある。だからぼくは、この子に肉体労働をさせて才能をあたら浪費させたりせずに、ぼくの助手として才能を活用する道を選んだのさ。この子は航空力学の理論を図表化する上でも、素晴らしい才能を発揮するんだ。だから、あんたも、あんたの部下たちも、敬意をもってこの子を遇したほうがいい。ぼくにはイギリス政界の有力者の知人がいてね、ぼくがいずれ提出する報告書にもしっかり目を通すことになっていることも、言い添えておく」

ベネディクトさんはパイプの吸い口を嚙み嚙み言った。「何をごたいそうな。おれの目には、この小僧、どこにでもいる黒んぼの奴隷にしか見えねえぞ」

「科学の第一法則はね、船長、外観を疑って本質を見きわめることなのさ」

船は大きく縦に揺れ、また左右に揺れる。「本質なんぞ糞くらえだ」船の震動なぞいっこうにおかまいなしに、ベネディクトさんは言った。「あんたにはしっかりと、応分の修繕費を払ってもらうからな、クリストファー・ワイルド。本質の話はそれからにしてもらおうじゃねえかい」

ぼくは頭から出血していた。ベネディクト船長が海水で冷たく湿らせた赤いハンカチを渡してくれたので、それを傷口に押し当てると、ヒリヒリと疼きはじめた。船長の説明によれば、この船にはちゃんと船医が乗り組んでいるのだが、いまは体調を崩して船室に閉じこもっているのだという。船長は渋い顔で、「その船医に手当てをしてもらいな」と言った。忙しい船員たちの邪魔をするんじゃねえぞ、とも言い添えた。

「さあ、いってきなよ」と、ベネディクト船長は吐きだすように言った。「二人とも、手当てをしてもらってこい。あんたら二人に、このおれの船の中でくたばられたんじゃ、いい迷惑だ。さあ、いってこい」

何かがぶつかり合う音がして、甲板で船員たちがわめいていた。

「でも、どこなんだい、船医がいるのは?」船はまた大波を駆け上ろうとしているらしく、問いかけるティッチの膝も揺れている。

「あんたらに道順を教えるほど、おれさまは暇人だと思うのか?」ベネディクトさんが吠えたてた。それでも彼は教えてくれた。「ハンモックが並んでいるわきを真っすぐいくんだ。そして最初の梯子をのぼれ。床を汚している胆汁のにおいで部屋はわかるだろうよ」いったん立ち去りかけてから、船長は首を振ってつぶやいた。「これはな、三本マストの小型の帆船なんだ。ちょっと歩きゃ、もう目の前は大海原よ」

ティッチはうんざりしたようにぼくをかえりみた。その消耗した顔を見て、一連の出来事が彼に与えた打撃の深さがよくわかった。ティッチは先頭に立って、暗い廊下を進んでゆく。狭い廊下の壁にぶつかったり、ひょいと頭をすくめたりしながら、進んでいった。近くの壁に吊り下がったランタンが揺れていて、ぼくらの影を壁に投げかける。封をされた木箱が一つ、突き当たりの壁にぶつかって、くるぶしまで達する海水の中にひっくり返った。

あのフィリップさんの、めちゃめちゃになった顔が唐突に脳裡に甦って、ぼくはぞっとした。やっぱり、ぼくらは逃げ切れないんだろうな、と思った。きっと、あのときの血がまだぼくの体には付着しているのだろう。

二度目のノックで、老船医が船室の扉をあけた。その顔を見た瞬間、ぼくは息を呑んだ。何がなんだかわからなかった。というのも、ぼくらの前にはベネディクト船長が、うーっと呻きながら立っていたからである。服もさっきとはちがって乾いていたし、頭髪も後ろにひっつめられていたけれど、苦しげな表情を別にすれば、顎ひげも同じだし、じめついた咳払いをするところも同じだった。「何の用だ？」船医は大声で言った。

「なんだ、船長か？」ティッチが言った。

そのとき、ぼくは目の前の男の左手の指が数本欠けているのに気づき、面くらって首を振った。

男は後ずさって首を振り、中に入るようにぼくらに促した。「ここで手当てしてもらえと言われたんだな？　ようし、診てやろう。おまえさんたち二人とも、この船の甲板に天から落下してきたろくでなしだろうが。さあ、入るがいい。せめてその子の頭に包帯ぐらい巻いてやらんことには、弟もへそを曲げるだろう」

「ねえ、見てよ、ティッチ」ぼくのびっくりしたことと言ったら。「顔がそっくりですよ」

「わかった。双子なんだよ、ワッシュ」

「そのとおり」船医が言う。「さもなきゃ、このわたしには説明できかねる出生の秘密でもあるんだろうさ。さあ、そこにすわって」かすかに笑って、ティッチに言った。「船医のテオ・キナストだ。

船員どもを泣かせる大本さ」こんどはぼくのほうに向かって、「しっかりと傷口を見てやるから、そう震えなさんな。ふむ、これくらいなら、その顔の火傷と比べりゃどうってことはない。それにしても、ひどい火傷を負ったもんだな、その顔は」

床が絶えず揺れるので、ぼくは狭いベッドの枠をしっかり握っていた。彼が傷口を処置しているあいだ、歯をぐっと嚙みしめて、悲鳴が洩れそうになるのをこらえた。

手当てをしながら、船医はぶつぶつとつぶやいた。「どこかの神さまみたいに天から落下するとは、この子もさぞや肝をつぶしただろうよ。迷信にとり憑かれている者もいるからな、こういう子供らの中には」一つ咳払いをして、ティッチのほうを向いた。「あんた、名前は?」

「クリストファー・ワイルド」

「この子はあんたをティッチと呼んでたな」

ティッチは眉をひそめた。「ティッチと呼んでたな」

ティッチは眉をひそめた。「この少年はワシントンというんだがね。ああ、この子にはぼくをティッチと呼ばせているよ」

船医はぼくらを等分に見て、唸るように言った。「それで、ワイルド君、あんたはいったいどういうつもりでこの荒れ模様の中を飛んでいたんだ?」

頭皮に何かを塗りつけられて、ぼくは悲鳴をあげた。

「我慢するんだ、このくらい」ぼくを叱りつけたけれど、その声音は決して意地悪そうではなかった。あらためて、大儀そうにティッチのほうを見て、船医は言った。「船員たちの話じゃ、わたしの弟はこの少年のことを逃亡者と見ているそうな。あんたは正当な所有主からこの黒人の少年をかっさらってきたのだろう、とね」

「いや、正当な所有主はぼくなんだ」ティッチは受け流すように言った。「あんたの弟さんにも説明したとおり、この少年は農園におけるぼくの助手でね。ぼくの飛行装置の組み立てを手伝わせていたのさ」

「で、その農園とやらはどこにあるんだい？」

「セント・ルシア島のホープだが」

「どうしてれっきとした農園主が、肝心の農園をほったらかしにして、あんな飛行装置に血道をあげるんだい？」

「ぼくは農園主じゃない――さまざまな機械農具を扱う奴隷たちの監督をしているんだ。ぼくはそもそも機械技師の教育を受けているもんでね。農園の物的資産を自由に利用する権限を与えられているし、その合間に自分で考案した飛行装置を完成させる許しも得ている。もし成功すれば、農園の日々の作業にも多大の貢献をなし得たはずだからね、あの装置は。この少年は、ぼくの助手として貸し与えられたんだ。現に彼は、飛行装置を組み立てて初飛行を実現する上で、大きな役割を果たしてくれたし」

「しかし、その風船はいまや海底に沈んでいるんじゃないのかい」

「あれは風船とはちがう」

船医はうんざりしたように笑った。

「失敗なしに成功はあり得ないからね」ティッチが言う。

「まあ、待ちたまえ」椅子の背にもたれかかると、船医は好奇の眼差しをぼくに向けた。その黒い目は深く落ち窪んでおり、長い鼻は陰険そうだった。眉は険しい崖のように突き出ている。そういう剣呑な印象の顔でありながら、黒い目は優しく思慮深げな色をたたえている。ぼくのような人間にはまず向けられることのない温かみが滲んでいるので、ぼくはその目がかえって怖かった。

朝の海は静かに凪いでいた。船内は、タールと吐瀉物と海水の臭いがした。ぼくはまたしても眠れず、殺風景な狭い船室の寝棚で、もつれた毛布にくるまりながら、ティッチと並んで横たわっていた。疲労困憊していたティッチは、横になるなりもう鼾をかいていた。激しい労働から解放されたからだろう、その寝顔は大赦を受けた人物のように安らかだった。ぼくは、前夜、ティッチがついた嘘を思いだしていた。ぼくは彼の所有物だと言うのを聞いたときの、胸のざわめき。もちろん、あれはその場を切り抜けるための方便だったのだろうが、いざ耳にすると、突然現実がくつがえったような不安な気分にさせられた。もっと奇妙な気分がしたのは、もしティッチがああいう人ではなかったらと考えると――というか、ティッチが平等思想に目覚める前だったら――まさしくあの話のとおりだっただろう、と気づいたときだった。

ティッチが身じろぎした。すると骨が軋むような音をたて、顔も憔悴のあまり青白かった。彼は起き上がって、頬をごしごしこすった。一瞬、その顔には前夜の苦悩が甦ったように見えた。ぼくの視線に気づくと、自嘲気味に笑って彼はつぶやいた。「とにかく、おれたち、やってのけたじゃないか、ワッシュ。奇跡もいいところだ」

ぼくは笑みを返したけれど、フィリップさんや農園主のことが頭から離れなかった。悪いのはこのぼくだとティッチが見なしているはずはなかったけれど、彼のいとこの暴力的な死の唯一の目撃者がぼくなんだと思うと、やっぱり不安だった。その結果、二人してのこの逃避行がはじまったのだから、その点でも平静ではいられなかった。もう一つの心配は、キナスト兄弟にいつ真相を見抜かれはしないか、という点だった。あの兄弟は、ぼくらがどこから逃げ出してきたのか、事の真相を、どうかして探り当てはしないだろうか？　そうなったら、ぼくらをどう扱うだろう？　波にあおられて船が軽く揺れている。顔を洗って口をすすごうと、ぼくは静かに起き上がった。

それからしばらくして、ぼくらは船長室の小さなテーブルを前にして、船医と向かい合っていた。ぼくもティッチも、食欲はほとんどなかった。「弟はね、あんなふうに万事粗暴なやつだが、心根は優しいんだよ」船医は言った。彼の目の周囲には隈ができていて、肌の色も不健康そうだった。「あいつの話だと、あんたらは次の寄港地までわれわれに同行するそうな。たしかに、それがいやならサメの餌食になってもらうしかないからな」くっくっと小さく笑って、「ま、心配しなさんな、ハイチに着けば、あんたらをセント・ルシアまで連れ帰ってくれる船が難なく見つかるだろうから。この船の最終目的地、アメリカのヴァージニアまで同行したいというなら別だが、ま、それは望まんだろうし」

ティッチははっと目をあげて、金属製のカップを握りしめた。何か突発的な感情が、その顔をよぎった。「ヴァージニア、ねえ」ゆっくりと言って、「とすると、あんたたちは三角貿易をしているのかな？」

「といっても、野蛮な奴隷貿易をしているわけじゃない、念のために断っておくが」ぼくのほうはちらとも見ずに、テオさんは言う。ぼくらは黙って、彼の詳しい説明を待った。が、それ以上船医は何も言わなかった。

ティッチもてっきり話題を変えるだろうと思ったのだが、そうではなかった。「とすると、あなた方はどういう交易をしているんだろう？」

テオさんは落ち着きなく体を揺らした。「ラム酒、黒糖、砂糖といったものを西インド諸島で買い入れる。それをアメリカのヴァージニアで売って、麻やタバコを買い込むのさ」そこで気まり悪げに顔を曇らせた。「わたしはただこの船に乗り組んで、船医の務めを果たしているだけでね。この船がどこにいこうと、何を運ぼうと、何の関心もない。給料は変わらんのだから」

「払うのは弟さんなんだ」

「いや、この航海の勧進元さ。弟はこの船の船長であって、船主ではない」

「さぞや風変わりな暮らしだろうね、船医という務めは」

「わたしは常時この船に乗り組んでいるわけではないからね。本業はチロポディストだから。今回は、弟のたっての要望で乗り組んでいるだけさ」

「チロポディストというと」興味を誘われたように、ティッチが言った。「足の治療専門の医師のことだね」

テオさんは粗雑な木造の椅子から半ば身を浮かした。手を伸ばしてラム酒のグラスをとると、赤い舌を覗かせて縁を舐めながら、「そのとおり、よくご存じだな。もちろん、わたしはふつうの外科医としての修業も積んでいる。船医として、なんら問題はないんだ。足の治療医という本業は、まあ、わたしの趣味のようなもんでな」

この人物、ぼくらにすべてをさらけだしているわけではないはずだ。それはわかっていた。そのいかがわしさの根源が何なのかはさておき、すくなくとも、この船が奴隷貿易船ではないという言明は、信じられるような気がした。だいたい、こんなに小さな船なのだから、奴隷などどこに隠していても、すぐわかるはず。いずれにせよ、ぼくらだって脛に傷もつ身なのだから、これ以上この問題を突っつかないほうがいいと思った。船の動きにつれ、天井の梁がぎいぎいと軋む。船員たちが甲板でわめく声や、走りまわる足音がする。小さな舷窓を通して、淡い光が射し込んでいる。テオさんは棚から海図をとりだしてテーブルに広げ、船の現在位置を確認するようにティッチに促した。

「実を言うと、ヴァージニアにはごく親しい友人が住んでいるんだ」ティッチは言った。ぼくはちらっとその顔を見上げた。「この船がそこに向かっているんだとすると、それこそ天恵というべきかな。差し支えなかったら、ぼくら二人、全行程、ヴァージニアまで乗せていただけないだろうか？　金なら十分の用意があるし、航海中、可能な限りお役に立てるよう努めるので」

「しかし、そんなに長期間、あんたの農園を留守にして、問題はないのかね？」なにげない顔でテオさんは訊いたけれど、怪しんでいるのは明らかだった。

「それは大丈夫。それよりヴァージニアで友人と再会できたら、〝クラウド・カッター〟の再建にも大いに役立つはずさ。この友人は気球の操縦の名人なのでね。農園には手紙を書いて、この顚末を伝えておこうと思う。長期休暇の許可が出るのは間違いないよ」

なるほど、というようにテオさんは咳払いをした。が、ティッチの言葉を疑っているのは明らかだった。「この件については、弟と話し合わんとね。アメリカに到着するまでには、まだいくつもの港に寄港しなきゃならんし、何週間もかかるだろうから」指の欠けた手で海図を示しながら、「それはそうと、あんたの飛行装置、あんたの〝クラウド・カッター〟だが、この嵐に遭遇しなかったら、どこを目指す予定だったたんだね？」

ティッチはすぐには答えなかった。話をなんとかそらしたくて、ぼくは間の悪い沈黙を破った。

「あのぅ、その手の指は、どうして欠けたんですか？」

「ワッシュ」ティッチが低い声でたしなめる。

でも、テオさんは顎ひげをしごきながら、じっとぼくの顔を見つめた。「これかい？　ナイフで切断されたんだよ。フランスとの戦争中、フランス人にやられたんだ。実に切れ味の鋭いナイフだったな。フランス人からの、迷惑至極な贈り物さ」

それまでの人生で、双子に出会ったことは一度もなく、あの最初の日、初めて二人を見たときには、なんだか太陽の上を雲がよぎったように、落ち着かない気持がしたものだ。ぼくとティッチはその日、船の中を歩きまわった。途中でひと休みした。狭苦しい図書室で本や海図を読んだ。そして寝床に入った。フィリップさんや農園主のことは、二人とも口に出さなかった。ぼくらを固く結びつけていた絆、つまり、いつ真相を見抜かれるかもしれないという不安についても、二人とも口にしなかった。

二日目の朝、ぼくはティッチより早く目覚めた。淡い朝の光の中で深く息を吸い、前夜与えられたハンモックで揺れているティッチをひとしきり眺めてから船室を抜け出すと、甲板に向かった。頭の傷はまだ痛かったけれども、傷自体はそうひどくなかった。甲板で肌に感じる光は輝かしく、透き通っていて、ぼくは突然、塩気を孕んだ冷たい風に頬を撫でられていた。着ている服も、はたはたと鳴っていた。青い海は目の届く限り四方に広がっていて、まるで全世界が海水に呑み込まれたかのようだった。周囲では船員たちが忙(せわ)しげに立ち働いている。ロープをとぐろのように巻いたり、帆柱の索具をよじ登ってはするすると降りたり、はたまた甲板を洗ったり。二人の大工が板を鋸(のこぎり)で挽(ひ)いて、前日〝クラウド・カッター〟が激突して破壊された手すりの隙間をふさいでいた。そういう情景でもなければ、あの暴風雨は幻だったとしか思えなかっただろう。前部と後部の帆は風を孕んで大きくふくらみ、船は軽快に波を突っ切って白い航跡を曳いていた。

この日以降、船長とその兄の船医の姿はめったに見かけなくなった。それはぼくに大きな安堵をもたらすと同時に、新たな危惧をも植えつけた。なぜなら、ぼくらの不時着の真相を詮索される心配は薄らぐ一方で、あのキナスト兄弟はぼくらをひそかに官憲に突き出そうとしているのではないか、という不安も生まれたからである。

日がたつにつれ、そんな懸念をなんとか払拭(ふっしょく)しようとしながらも、ぼくは決して警戒心を解くことなく、用心深い観察を怠らなかった。夜になるとスケッチ用紙と鉛筆をとりだして、記憶をもとに、あの兄弟の顔を描いてみることもあった。二人の似ている点より似ていない点をはっきりさせようと、記憶をたよりに描いてみる。でも、たいていうまくいかなかった。生身の二人は違いがはっきりしていて、個性もしゃべり方も独特だった。ところが、いざ腰を据えて描こうとすると、どうしても同じ褐色の顔、同じビーズのような疑り深そうな目になってしまう。どう頑張っても同じ結果に終わってしまうのだ。結局、さじを投げて、ぼくは果てしなく広がる海を描きはじめた。甲板の手すりまでゆっくりと歩いて、逆巻く波濤に目を走らせる。ハイチ港に到着したときは、ティッチと一緒に船に残って、大きな木箱を船員たちが埠頭に投げ下ろすさまを描いた。どの木箱も海草がこびりついて、くろずんでいた。

海の上でゆったりすぎてゆく日が重なると、思いは自然と不快な記憶にもどってしまう。地を這うように広がるハバナの町並みを遠望したときは、フィリップさんの突然の死と、その後に展開されたに相違ない光景のことを考えてしまった。ビッグ・キットやガイアスのこと、フェイス農園に残してきたすべての男女のことを思いだした。あんなにも苛酷で残虐な世界がいまもこの世に存在するということが、不思議だった。命知らずの男たちが風まかせに大海原を航海しているとき、水平線の彼方ではあんな悪夢のような暮らしを強いられている男女がいる――どうしてそんなことがあり得るのか？　ぼくのためにティッチが冒した危険のことも、考えた。自分の愛する父親を失ったばかりだったのに、ティッチはぼくを救おうと心を砕いてくれたのだ。生きていることの不思議さを思うにつけ、命の尊さがあらためて身に迫ってきた。

そんな思いにひたっていると、自分はいま一人ではないのだということもつい忘れそうになる。ぼくは背後に立つティッチをかえりみた。まばゆい陽光を浴びながら、ティッチは細長い指で赤らんだ顔を撫でつつ眠たそうに目をしばたたいていた。

「絶好の航海日和（びより）だな」疲れた笑みを浮かべて、ティッチはぼくの背後の広漠たる海に目を走らせた。それから顔をあげると、高くそびえるミズンマストを見上げた。そこでは陽光を浴びて小さな人影が身軽に昇り降りしている。

「ああいう暮らしもあるんだ。猿みたいに動きまわっているぞ。ほら、見るがいい」

ぼくはマストを見上げた。

「もう数日で、この船はアメリカに着くはずだ」ティッチは言った。

ぼくはじっと彼の顔を見つめた。彼が何かを隠しているのはわかっていた。ぼくは声を落としてたずねた。「あの人たち、気づいていますかね？」

ティッチは肩をすくめて、ぼくのほうに向き直った。「さあ、わからん。しかし、おれたちがどの島の、どの農園から逃げてきたかはわかっちゃいないだろうし、また、わかってもらっても困る」

ぼくは心配になって、ティッチの顔を見上げた。「ぼくたち、アメリカに着いたら、ヴァージニアで暮らすんですか？」

ティッチは悲しげに笑った。「いざあの地の実態を見たら、おまえでも、あそこに住む気にはならないだろうよ、ワッシュ。まあ、あそこから出発する船はいくらでもある。ボルティモアから出る船に乗れたら最上なんだろうが」怪訝そうにティッチの顔を見返したぼくに、彼はつけ加えた。「ボルティモアというのは、沿岸をすこし北上したところにある町だ。大きな町だぞ。船がたくさん寄港する町だ」

ぼくはうなずいた。「で、そこからどこに向かうんですか？」

「この世界は広いんだ」ぼくの顔を覗き込むように見て、「何か食べたかい？　下に降りて、まだ朝食にありつけるかどうか、見てみよう。夜が明けてだいぶたったから、もうろくなものは残っちゃいないだろうが」

ベネディクト船長は、その後ぼくと顔を合わせても話しかけてこなかった――黙って、ぼくの背後に視線をそらしてしまう。でも、お兄さんのテオのほうは、聞く耳を持っているようだった。アベ・マリア号がフロリダ沿岸に近づくにつれ、キナスト兄弟の数奇な経歴がすこしずつわかってきた。

二人の父親は、プロシアの〈ハノーファー・フット連隊〉の士官だった。一七五六年、同盟国イギリスのジョージ二世がフランスに宣戦布告すると、父親は徴兵されてイギリス海峡を渡り、イギリス連隊の指揮下に入った。双子の兄弟は、そのときまだ生後数か月の赤子だった。二人は母親と共に、父親が駐屯しているケント州のメイドストーンに移住した。それからの数年間、ケント州は二人の少年の目に、好天の日がめったにない、無情な土地に映った。片言の英語しかしゃべれない余所者に対しては、冷たい土地だった。二人にとって英語の単語は、奥歯に挟まる、嚙み切れないドイツ語のようだったという。互いにそっくりな顔立ちと銀髪は、地元の少年たちの嘲笑の的となった。

戦争の最後の年にコレラが流行し、両親が二人とも亡くなると、キナスト兄弟は狭苦しい汚れた部屋にたった二人残された。二人は食べるものを求めて、ずだ袋を手に町をさまよった。一週間後、両親の治療にあたった医師が現れ、二人がみなしごになったことを知って自分の大邸宅に連れ帰った。

「そういう慈善行為に、われわれは慣れていなかったんだがね」テオさんは説明した。「概して世間は身寄りのない子には冷たいものさ。と言えば、おまえさんにもわかるだろう」

「ご両親はどうなったんですか？」ぼくは静かに訊いた。

テオさんはすこし目をそらして、つづけた。「貧民の墓地に埋葬されたよ。あの年の夏、行き倒れになった者はみんなそうだった。それっきり、あの墓は訪ねたことがない。死者はそもそも、生者には何の未練も持っとらんしな」

双子を引き取ったイギリス人の医師夫妻には子供がなく、二人を自分たちの実子として育てた。二人の教育にも力を入れ、それぞれが望む世界に進めるよう努力した。ベネディクトさんは父のように陸軍に入りたかったのだが、結局、英国海軍に入隊し、五年勤めたあげく除隊して、商船隊に加わったのだという。兄のテオさんのほうは、最初はエディンバラ、後にロンドンで医学を学んだ。その際、人間の足の機能に興味を誘われた。とりわけ足の骨の形態、歩行の原理に関心を抱いたのだが、足の治療だけでは食べていけないことにも気づいたらしい。

「くる日もくる日も植木職人の足のいぼを切除したり、肉に食いこんだ爪を摘出したりする。そういう爪はな、フラスコの中で、醜悪なフジツボのように威張りくさって鎮座しているわけだ」口元に微かな笑みを浮かべて彼は言った。それから、指の欠けた、生々しいピンク色の手で、三口ほど矢継ぎ早に酒をあおって、「そういう仕事を毎日つづけていると、生きるのがほとほと億劫になってくるんだ。どう思うね、そういう暮らしを？」

何か言おうとして頭を絞ったのだが、結局、ぼくは沈黙をつづけた。

「ある晩のことだった。わたしの雇っている会計士の治療にあたることになってな――実にいい男だったんだが」テオさんはつづけた。「その会計士が治療用の椅子にすわる。そのときは、周囲がしんと静まり返ったような気がするものなんだ。わたしはメスを用意した――足の治療医として、毎日くり返していたとおりに――ところが、その日に限って両手がこわばっていた。会計士は見るからにそわそわしている。わたしはぐっと精神を集中して、メスを彼の踵に沈めた。その瞬間、会計士は地獄に落ちたような悲鳴をあげたもんだ」

ぼくはぶるっと震えた。

「まさにその瞬間から、人間の足への興味が薄らぎはじめたのさ。うまく説明できんのだがね。治療用のボウルには、悪臭を放つ膿がたまっていた。その臭いを嗅いだとき、よくもまあこんな汚らわしいものを毎週飽きずに見ていたもんよ、という思いが湧いた。それからというもの、その種の治療を行うたびに、頭の中で雷鳴のような音が轟くのさ。気が変になりそうだったな」

ぼくはうなずいた。

「それからしばらくして、ようやくその音も聞こえなくなったんだが、すると、それと入れ替わるように、あれが起きたのさ」

ぼくはすこしためらってから、たずねた。「〝あれ〟っていうと、何が起きたんですか？」

「なに、世間でざらに起きるものさ。女だよ」

「女って、〝起きる〟ものなんですか？」

「ああ、運がよければ、おまえさんにも必ず起きる」

どういうことなのか、ぼくにはよくわからなかった。「なんだか、恐ろしいことみたいですね?」

知り合って間もない白人に向かって、だいそれたことを言ってはいけないと思いつつ、ぼくはささやくように訊いたのだった。

テオさんはさっと、鋭い眼差しをぼくに向けた。「そうかい?　ふうむ。どうやら、わたしの言い方がまずかったようだな」

アベ・マリア号は三本マストの帆船で重量百五十トン、大きさのわりには重たいほうだった。イギリスで艤装が施され、船体は北極圏の航行にも耐えるべく強化されていた。

テオさんが、そういう情報をみんな教えてくれた。ぼくがさぞ感心するだろうと思ったのかもしれない。いずれにせよ、船は大波をものともせず、コンパスの指示どおり真っすぐに走った。ティッチと顔を突き合わせることもめっきり減ったけれど、ときどき図書室で彼が難しそうな本とにらめっこしている姿を見かけることは何度もあった。船長を相手に、彼が何やら深刻な顔で話し合っている姿も見かけた。きっと、ぼくらの抱えている問題をうまく切り抜けようとしているのだろうと思って、ぼくは遠巻きにしていた。だから、ぼくはぼくで気楽に船内を動きまわって時間をつぶしていた——梯子をのぼって上からスケッチしたり、木樽や網のあいだを通って下甲板からスケッチしたり。実を言えば、ぼくはこの船の一員になった最初の日から、船員たちの働きぶりに感心していたのだ。みんな、年齢は同じくらいで、互いに言葉を交わすことはほとんどないのに、あたかも一つの有機体のようにすべきことを心得ていて、いつも一体となって働くのだ。甲板の掃除をし、磨きをかけ、ロープを結び、結び直し、折りたたみ、ほごし、ボルトや留め金をゆるめ、締め直す。そうして木箱や帆やロープや滑車の手入れをする。それを一心不乱にやり遂げるので、見ているこっちが眩暈を覚えるくらいだった。で、ぼくはぼくなりにこの船のすべてをスケッチするのが自分の仕事と決めて、寝棚から狭い船室から船底の船倉から、目につくすべてを画用紙に描いていた。その間も船は着々と自由の天地、ぼくの名前のもとになった国、途方もない未来を抱えた偉大なアメリカに近づいていた。

この船に乗り込んで六十八日目のこと。船尾でひなたぼっこをしていると、ティッチが近づいてきてにっこり笑った。

「毎日、忙しくしているようだな」

「ええ、猫みたいに」ぼくは答えた。「だれにも見られずに、船中を歩きまわっています」

ティッチはお日さまを仰いでまぶしそうに目をすぼめてから、こちらに向き直った。「おれはもっぱらベネディクト船長と話し合っていたよ」静かな口調でつづけた。「楽しい語らいだった。お互いの家系や家族のことを残らず語り合ったんだ。おまえのことも、いろいろと訊いてきたぞ、船長は。おまえの胸のFという烙印を見てから、特に興味をそそられたらしい」

ぼくは表情を変えまいとつとめた。

「もうすぐこの船はノーフォークに着く」安心させるような口調で、ティッチは言う。

もちろん、それが何を意味するのか、ぼくにはよくわからなかった。

ティッチはいろいろと説明してくれた。船はチェサピーク湾に進入すること。ぼくらはそこで下船すること。従って、そこからは自由の国アメリカの法律に従わねばならないこと。「〝自由〟という言葉の意味するところはだな、ワッシュ、人によって異なるんだ」あらためてぼくに教え諭そうとするような口調だった。それから、思案顔で、「おれは友人と再会するのが楽しみなんだが」

「その、ヴァージニアのお友だちって、どういう人なんですか?」ぼくは思いきってたずねた。「お話を聞いていると、何かのお仲間みたいですね? やっぱり、気球の操縦士なんですか?」

「それもある」周囲の海は群青色で、風になびくティッチの髪に陽光が降りそそいでいた。「まあ、会えば、面白い人間だとおまえも思うだろうよ」

上陸する前夜、ぼくは上甲板に立って、西のほう、ヴァージニアが横たわっているに相違ない方角を眺めていた。空気がそれまでとは違っていた。においが違うのだ。断崖や、その背後に広がる農地の腐葉土のようなにおい。それと、何か別のにおい。それと名指せない酸味のある刺激臭。波に揺られて上下する、闇に包まれた甲板で、ぼくは手すりを片手でゆるやかに握り、顔を上向けて目を閉じていた。すると背後で何かが甲板をこする奇妙な音——木の葉が風でざわつくような音——がした。びっくりして振り返ると、パイプの火の投げる微かな明かりに、いびつな顔の輪郭が浮かびあがった。ベネディクト船長だった。パイプをくわえて舷側板の前に立ち、ひたとこっちを見据えている。

ぼくは怖くなって、目を伏せたままそのわきを通りすぎようとした。

「テオとはしょっちゅう話し合っているそうだな」

突然言われて、ぼくは裸にされたような気がした。「ええ、いろんな話を聞かせてもらいました」やはり目を伏せたまま、蚊の鳴くような声で答えた。

「だいぶ元気をとりもどしたと見える。おまえの友だちのように」

ぼくは何も言わずにうつむいていた。

「しかし、おまえが友だちと呼ぶあの男、実はおまえのご主人様なんだろうが」

ぼくは顔をあげて、真っ向から船長の顔を見返した。両手はそのとき、微かに震えていたのだけれど。

そんなぼくの様子など、船長は気にも留めていない様子だった。「ところで、おまえはこのアベ・マリア号をどう思う？　まあ、まずまずの船だ。多少ガタついてはいるが」自分でも納得したようにうなずいて、暗い海上に視線を向けた。「この船、もともとはな、私掠免許状を与えられて敵国の船を攻撃する私掠船だったのさ。ところが、海軍の野郎、二年前に一方的に免許状をとりあげやがった。この船、決して大きいとはいえん図体だが、なに、それで困ったこともない。一本マストのスループ船と互角の大きさでも、速さはその倍も出るからな。ま、いまはともあれ、だ。どうだい、おまえの目にはどう映る？　これでも、いまは立派に大西洋を股に稼いでいるんだ」暗い目つきで、ぼくをちらっと見て、「おまえも見てのとおり、奴隷なんぞ運んじゃいない。運んでいるのは砂糖とタバコだ。それでもな、風を背に受けて走っている限りは、たっぷりと稼いでいるのよ」

どうして突然、ぼくに向かってそんなことを言うのか、わからなかった。お兄さんのテオさんが、〝弟は粗暴に見えて、心根の優しいやつなんだ〟と言っていたことを思いだした。いま話しているベネディクトさんは、心根の優しい部分が表れているのだろうか？

そのとき、こちらに近づいてきた当直の船員を呼び止めると、船長は手を振って船尾のほうにまわらせた。「どうだ、いまの船員を見たか、坊主？　この船の乗組員はみんな同じ年頃で、一歳とちがっちゃいない。不思議だと思わないか？　変だと思わなかったか？」

ぼくは黙っていた。

「実はな、あいつらはみんな孤児なのさ。乗組員、一人残らず、だ。連中の孤児院が閉鎖されて、みんな路頭に迷ったとき、おれが引き取ってやったのよ。それが間違っていなかったと知ったのは、おれがペルシャ湾のアブ・ゼール沖で溺れかけたときだった。なんとそのとき、あいつらの中から五人も海に飛び込んで、おれを救いあげてくれたんだ。いいか、五人もだぞ。まあ、あれからもうだいぶたつが。この船から去ったやつもいれば、まだああして残っているやつも大勢いる。どうだい、この話を聞いてどう思う？」

ぼくは怖くて、すぐには答えられなかった。

「あの、みんな、あなたを尊敬しているんだと思います」低い声で言った。

「おうさ」ベネディクトさんは薄く、皮肉っぽく笑うと、ごく静かな声で言った。「おまえが逃亡奴隷だってことは、先刻承知しているんだ。おまえの友だち、ミスター・ワイルドはおまえをかっさらった盗人だってこともな」

ぼくはピクリとも動かずに立っていた。いま船長が言ったことは、ぼくらがこの船に不時着した際、すでに彼が匂わせていたことだから、目新しいことではない。

暗闇の中、風に吹かれてつんのめるように進む船の甲板で、ベネディクトさんはひたとぼくを見据えて言葉を継いだ。「セント・ルシアとは、聞いてあきれら」ゆっくりと首を振って、「おまえの生地は、セント・ルシアよりはずっと南東にちがいない。そう、さしずめバルバドスか、グレナダあたりで育った黒んぼの奴隷よな」

心臓が割れ鐘のように鳴っていて、ぼくはいまにもよろよろと転倒してしまいそうだった。海面からは、うっすらとしたもやがたちのぼっている。

「いったい何者なんだ、いまのおまえは？」急に優しさを帯びた声で、ベネディクトさんが問いかける。

ぼくはすくみあがって、顔をあげた。

「人間という生き物なのか、本当に？」

すっとぼくの顔に手を伸ばす。が、顔の半分の、火傷した部分に触れた瞬間、火にあぶられでもしたかのように、ざらついた手をさっと引っ込めた。驚愕のあまり、ぼくは身動きもできず、彼の指の感触に麻痺して突っ立っていた。ベネディクトさんの手ざわりはひんやりと柔らかく、思いがけないことに、底知れぬ悲しみを伝えてきた。

3

ノーフォークの街は臭かった。波止場にはさまざまな臭いが充満していた。タバコ、鉛、潰された葦、そして綿。綿の枝にはえぐられた目玉のように、丸くて白い綿の莢が光っていた。鼻をつく臭いは他にもあった。甲板員たちの薄汚れた体の放つ臭い。羊の肉のシチューの臭い。道路わきの下水溝でくさっている臓物の臭い。泥とテレピン油の臭い。そして薄汚いドレスを着た娼婦たちの毛穴から滲み出るすえた香水の臭い。長い航海の後で陸地に立ったぼくは、それらすべての臭いに圧倒されて、頭がふらつくほどだった。ぼくは呆けたように、口をあんぐりとあけて周囲を見まわした。

なぜなら、そんな悪臭を放っていながらも、ノーフォークは壮大な街だったからだ。騒音と雑踏。道路を走りまわって立ち働いている男たち。造船所に面した、雲つくような三階建ての、レンガ造りの倉庫群。何から何まで、残らずスケッチできたらどんなに素晴らしかったことか！　身動きできない荷車のあいだを馬が割って入り、大きな素通しの荷台を備えた馬車の御者席では、酔っ払った男たちが口汚くわめき散らしている。一八〇四年に街を焼き払った大火のことはティッチから聞かされていたけれど、いまはその痕跡などどこにも見当たらなかった。

結局、あのキナスト兄弟の背信を恐れる必要は、まったくなかったのである。すくなくとも、ぼくらはそう信じて船を降りたのだった。あの兄弟がぼくらの話を疑っていたのはたしかだと思う。でも、ベネディクト船長が気にかけていたのは、嘘の内容そのものではなく、そんな嘘をつかれてコケにされること自体であるのが、だんだんわかってきていた。つまり、何よりも体面を気にしていたのだ。彼は彼で自分の運命をまっとうする必要があり、兄のテオさんはテオさんで自分のあずかり知らない厄介ごとに足をすくわれるのを望んではいなかった。だから、あの二人がぼくらに望んだのは、なるべく人に見られずに下船し、アメリカの土を踏んだ経緯について人に語る場合は、彼らの船や彼ら自身の名前を表に出さないこと、だった。二人はぼくらの窮状に、彼ら自身の子供の頃の窮境との共通点を見出して、ぼくらを傷つけることも、トラブルに追いやることも、望まなかったのだった。

ティッチは言った。「それでも、用心するにこしたことはないからな、ワッシュ。見ず知らずの他人はなるべく信用しないことだ。人間は忘れやすい動物だし、何より先に覆されるのは慈善的行為なんだから」

こうしてティッチとぼくは、船の甲板から無事に港に降り立ったのだった。港内にひしめく何隻もの船、かしましい騒音、ぼくはしばしば唖然としていた。波止場に沿って、油臭い煙がたちのぼっていた。網でくるまれた木箱が暗い海上越しに埠頭に放り投げられる。そして至るところで、男たちがだれに命じられることもなく、おのれの運命に従って歩きまわっている。これがアメリカなんだと、ぼくは賛嘆の思いに包まれた。

ああ、しかし、男ならだれもがこういう自由を享受できるわけではなかった。とりわけ、ぼくのような男は。

ティッチとぼくは、なるべく目立たないように、薄暗い波止場を往き来する人々のあいだを縫って歩いた。ティッチは信じていた、しかるべき筋に問い合わせれば、彼の言う〝とても興味深い男〟、亡くなったお父さんの大親友にして学者仲間、ミスター・ファロウという人物を訪ね当てることができるだろう、と。ぼくは船乗り用の衣類の束を抱えて、塩漬けのハムの包みを背中に負っていた。それは、あの気むずかしいベネディクト船長が、アメリカにうまく溶け込めるようにと、何枚かのコインと共に渡してくれた餞別(せんべつ)の一部だった。

ティッチはぼくを賑やかな街頭の日当たりのいい一画に残して、道路を渡っていった。郵便局も兼ねている宿屋で、いろいろと問い合わせるためである。道路の向こうの暗がりに消える彼の背中を、ぼくはじっと見守った。ファロウさんとかいう人の住所の記された紙を手に、長身の、ぼさぼさの髪のティッチが闇に呑み込まれてゆく。ぼくはすぐわきの店の軒下で待つことにした。その薄暗い店の軒先には、文字の薄れた、ひび割れた看板がかかっていた。白い山高帽をかぶった男が、店から出てきた。ぼくは驚いて顔をあげた。なぜなら、ひらいた扉の隙間から、刺激的な甘いにおい、ぼくのかつての暮らしを象徴するにおいが漂ってきたからだ。

砂糖。

ぼくは一歩近寄って、埃まみれのウィンドウに手をつくと、額をガラスに押しつけた。黄色、金色、緑色、さまざまな色の紙に包まれたキャンディの箱がずらっと並んでいた。たった一度ブリッジタウンに出かけたときに見かけた黒い甘草(リコリス)のひねり棒や、赤い飴(あめ)ん棒も。コーン状の紙の容器に、白い羽毛のような砂糖を盛りつけたものもある。ウィンドウのガラスは朝日に温められていて、額を人間の手に撫でられているような感じがした。ビッグ・キットの肉厚な、やわらかい手のひらを思いだした。

そのとき――。

「顔をどかしな、小僧！」

一瞬、異次元の二つの世界に挟まれたような気がして、ぼくは生温かいガラスに顔を押しつけたまま、動けずにいた。

すると、いきなり脇腹を殴られて、喘ぎながら二、三歩よろめいた。声を失ったのは、苦痛よりも驚きのせいだった。灰色の頬ひげを生やした、薄青い目の男が、すごい顔で立っていた。白いエプロンをかけていて、シャツの袖はくくってある。前歯が黄ばんでいた。

何かを追い払うような仕草をして、男は言った。

「失せろよ、黒んぼ。汚い鼻を、うちのウィンドウに押しつけるんじゃない。わかったか？」

ぼくは怖くなって、一歩後ずさった。

男は顎をあげて、ぼくが背負っているハムに目を走らせる。「そいつを盗んできたのか？　おまえ、逃亡奴隷だな？　だれと一緒なんだ？」

　また、ずいと前につめ寄ってくる。大きな柄の男ではなかった。でも居丈高で、こういうタイプの男はフェイス農園にも何人かいた。いちばん残忍なのが、こういうタイプの男なのだ。「その顔はどうした？　手痛いお仕置きをくらったと見えるな」

　ぼくはすくみあがって、両目を閉じた。それで男が消えてなくなるわけではなかったのだが。ティッチはいまどこにいるのか。その瞬間、たとえ自由の大地だとはいえ、知った人間の一人もいない、未知の世界の秘める底知れぬ恐ろしさを、ぼくは思い知らされていた。

　胸をしたたかに痛打され、さらにもう一発くらい、次の一発を待ちながらも、痛みはまったく意識にのぼらなかった。が、それっきり三発目がこなかった。不思議に思って目をあけた。

　ティッチがいた。帽子を手に、ネクタイを乱して割って入り、憤然とぼくのことを指さした。「この子に何てことをするんだ！」小柄な菓子屋の店主を睥睨（へいげい）するように見下ろして、「どういうつもりなんだ、いったい？」

「そうかい、あんたの物なのかい、この小僧は？」どぎまぎした顔で店主が言う。

「この子が何をしたというんだ？」

　店主は咳払いをして、顎を撫でた。「悪かったな。逃亡奴隷じゃなかったのかい」

「誤解して申しわけありません」

「なんだって？」

「誤解して申しわけありません、だろう。そのとおり、おまえはとんだ非礼をおかしたんだよ」

　そのとき、モーニングコート姿の男がふらっと店に入っていった。店主はしかめっ面をしてぼくを睨みつけた。「あんた、こいつにハムを運ばせるなら、ちゃんと鞄に入れて持たせたらどうだい。そんなむき出しで担がせるから、逃亡奴隷とまちがえられるんじゃないかい」

ふんと顎を突き出してから店のほうに向き直って、入っていった。

恐怖ですくみあがっていたぼくは、安堵のあまり、その場に、汚い道路に、ぺたっとへたりこみそうになった。でも、ティッチがぼくの脇の下に手を差し入れて、悲しげな表情でぼくをそこから連れだしてくれた。

最初ティッチは、何か不都合が生じたということは、おくびにも出さなかった。

妙に気軽な口調で、彼は、これから会いにいく人物の住所を突き止めた経緯を説明してくれた。正式な名前は、エドガー・ファロウ。聖ジョン教区の教会の墓守をしているのだという。その教区は十マイルほど西、エリザベス川沿いの、なだらかにうねる草原と林の狭間に位置しているらしい。ぼくらは軽快にさえずる小鳥の啼(な)き声を背に、陽光を浴びながら歩いた。ティッチは黙りがちで、何か考え事をしているようだった。

「ファロウさんに再会するんで、落ち着かないんですか？」彼の心中を推し量って、ぼくはたずねた。

「実はな、生身の彼と会ったことは一度もないんだよ。彼、最初は王立協会における父の同僚でね。おれ自身はつい数年前から、文通をはじめたんだ。お互いに気が合って、たちまち熱心に文通を交わすようになった。彼の頭脳はね、ワッシュ、それは明敏なんだ。驚くほどさ」歩きながら、息をはずませてつづけた。「おまえは別に心配する必要はない。自然界の原理について、ちょっと独特の見解を抱いていてね、彼は。その道をどこまでも究めようとしている。その点では、われわれとそう変わらない」一息ついて、「ただ、彼の関心の対象は、航空力学ばかりではないんだ。専門は、死体解剖学なのさ。人間の死体の研究者なんだ」ぼくが意外に怖がっていないと見たのか、ティッチはつけ加えた。「ファロウさんはな、人間の肉体が腐っていく条件とその過程の研究者として名高いんだ」

ぼくは気味悪くなって、ティッチの顔を見上げた。「じゃあ、教会なんかに好かれる人なんですね」

「そのとおり」こちらの言いたかったことを誤解して、ティッチはうなずいた。「会えばきっと、いろんな矛盾を抱えた人なんだな、とおまえも合点がゆくだろうよ」

ぼくらは歩きつづけた。日差しが暑くなった。

「落ち着かないようだな」と、ティッチ。

「いいえ」ぼくは答えた。「あ、でもたぶん、そうです」

「フィリップのことを思いだしているんじゃないのか」静かな口調でティッチは言う。

ぼくはうなずいた。

するとティッチは微かに眉をひそめて、埃っぽい赤土の路上で立ち止まった。内ポケットから、ぼろぼろの紙をとりだして、「実はな、おまえに見せたくはないんだが、郵便局の壁に貼ってあったんだ」案じるようにぼくの顔を見て、ティッチは読みはじめた。

黒人の子供、ジョージ・ワシントン・ブラックを捕らえた者に、報奨金千ポンド。本人は小柄、顔に火傷の跡。終身奴隷。着衣は新品のフェルト帽、黒の木綿のフロックコートとズボン。新品のストッキングと靴。正規の所有者ではない、奴隷解放論者の白人と同行している可能性あり。この白人は長身、黒髪、緑色の瞳。生死を問わず、この凶暴な奴隷を捕らえた者には、千ポンドの報奨金を進呈。

イギリス領西インド諸島のバルバドス島フェイス農園、エラスムス・ワイルドの代理人

ジョン・フランシス・ウィラード

荒れた道路に、ぼくは金縛りにあったように突っ立っていた。ティッチの持っている紙にじっと目

を走らせる。ショックのあまり、全身が麻痺していた。

ティッチがぼくの腕をとって、満開のハナミズキの木陰に誘った。晴れ渡った頭上の空で、心地よさげに小鳥がさえずっていた。

「郵便局の局長は話し好きのやつでね」ティッチは言った。「この紙を掲示したのは何者なのかとおれは訊いたんだが、その人物は名乗らなかった、と言う。じゃあ、そいつの人相、これを貼ったのがいつ頃だったのか教えてくれと迫ると、ごく最近、数日前だったと教えてくれた。茶色の髪、同じく茶色の目、長身で肉づきがよく、日焼けした顔だったというんだ」

ぼくはさっとティッチの顔を見上げて、次の言葉を待った。

「そういう風体の男には、心当たりがない——どこにでもいるような男なんだろう。ただ、その紙にのっている名前、兄の代理人だとかいうジョン・フランシス・ウィラードという名前には、心当たりがある」

「何者なんですか?」

「おれと兄がバルバドスに到着したとき、兄は何回か公式の晩餐会を催したんだ。ジョン・ウィラードという男は、二回ほど顔を見せていた」

「奴隷捕獲人なんですか、そいつは?」

「というか、厄介事引受人みたいなものだ、と自分では言っていたな」なんとか記憶を呼びもどそうとするかのように、ティッチは目をきつくつぶった。「それなりの教養もある、物柔らかな口調の、礼儀もちゃんとわきまえた男だった。最初は近くの農園の帳簿係をしていて、それに飽き足らなくなったらしい。それで、一種の、国境をまたいだ賞金稼ぎを専業にしはじめたようだ」ティッチは首を振った。「話しっぷりを聞いていると、奇妙な感じがしたな。なんだか畑違いの仕事をしているようで。たかがギャンブルの借金逃れをした男を探すのに、たいそうな長距離をこなすんだ、というような話をしていたっけ。島から逃亡した奴隷の行方を突き止める話もしていた。他国の法律の穴をくぐって行動するのが愉快だというようなことを、身振り手振りで話していたよ。他国の司法の網をかいくぐったとしても、決して罪に問われないとか」眉をひそめてつぶやいた。「あの話しぶりだと、相当あこぎなこともしているんだろう、きっと」

ぼくは黙って両手を見下ろしていた。

「どうした、ワッシュ」

「千ポンドの賞金だなんて」ぼくは大きく息をついた。そんな多額の金など、想像もできなかった。

ティッチは低く唸った。「兄はこんなことをするやつではないと思っていたが。人は見かけによらぬもの、というからな」

ぼくは何も言わなかった。半分口をあけた包みの中のハムの表面を、銀蠅が歩いている。それをじっと見つめていた。

「かなりの額であることはたしかだよ」ティッチは首を振った。「しかも、それが全部というわけじゃあるまいよ。ウィラードはおそらく、すでに手付金をもらっている。経費という名目にせよ、な。で、首尾よくおまえを兄に引き渡せば、さらに報酬が加算されるんだろう」ぼくのほうを向いて、「でもな、おまえも察しているだろうが、兄は、フィリップがああいう最期を遂げたことにおまえが一枚噛んでいると本心から思っているわけじゃないさ。こういう手を打っているのは、単におれに対する腹いせだと思わないか？」

ぼくを慰めたくてそんなことを言っているのだとしたら、みじめな失敗だった。何か妙なものがおなかにとり憑いたように、ぼくはそのときひどい吐き気に襲われていたのだから。「あのぅ、いっそぼくをイギリスに連れていってもらえませんか？」かぼそい声で、思い切って訊いた。「そのほうが安全なような気がするんですけど」

ティッチは気むずかしそうな顔でぼくを見た。「懸賞金ってやつに、国境の壁はないんだ、ワッシュ。いったん賞金稼ぎが動きだしたら、司法当局も手出しができんからな。それに、率直に言って、こんどの場合賞金の額がでかすぎる。これで一儲けしようというやつが大勢出るだろう」

考えに考えたあげく、ぼくは思い切って言ってみた。「じゃ、あなたが同じ額を払って、そういう連中を——」

「買収するというのかい？　ウィラードをはじめ、強欲なハゲタカどもを？　それはどうかな。ウィラードなんかは、いったんその金を懐に入れたら、知らん顔をしてまたお前を追いかけるだろう、さらに千ポンド稼ごうとして。だいいち、懸賞金の餌に食いついてくるやつらは何人くらいにのぼると思う？　その連中すべてを買収できるほどの金など、おれには到底用意できんし」砂利の上で重心を別の足に移すと、ティッチは咳払いをした。「おれは次男坊として生まれたから、家からもらう手当てもわずかなんだ。兄のように一家の財政資金に手を突っ込むこともできんしな」

それ以上言葉も交わさずに、ぼくらは路上にすわり込んで暑熱に打たれていた。そのうち、一台の荷馬車がガタゴトとやってきて、年老いた御者が、よかったらお乗りなせい、と言ってくれた。ティッチは御者の隣りにすわり、ぼくは革の袋を持ってうしろの荷台に乗り込んだ。ハムの大きな包みは干し草の上にのせた。馬車を引いているのは、ふさふさした灰色のたてがみの雌馬だった。血走った目が、ぎろっとこちらを見た。御者はタバコを口いっぱいに頬ばっていて、道路にペッと唾を吐いてから手綱を振りはじめた。馬車はゴトゴトと走りだす。御者が何か話しかけてきたらいやだなと思ったのだが、幸い何も言わず、ときどき唾を吐くだけで黙り込んでいた。

考えてみると、この数か月、ぼくの中ではごく緩慢に変化が生じていたのだろう。ティッチにいろいろと感化された影響で、自分はもうあらゆる不幸をかなぐり捨てたとぼくは思いはじめていた。そう、暴力からも逃れられたし、理不尽な死からも逃れられたと思いはじめていた。それだけでなく、自分はもっと高尚な目的のために生まれたんだ、地球の貴重な宝物の数々を描くために生まれたんだ、とすら思いはじめていた。自分という存在は、まごうかたなき自然界の秩序の一部とすら思いはじめていたのである。それはなんと途方もない妄想だったことか。なぜって、ぼくはやっぱり、一介の黒人の少年にすぎなかったのだから——未来もなく、慈悲や慈愛の一片もかけられていない存在にすぎなかったのだから。ぼくは何者でもなかった。だから、無慈悲に狩り立てられて、何者でもないままこの世から消し去られるのだろう。

日を浴びて、ゆっくりと背後に通りすぎてゆく緑の絨毯を、ぼくはぼんやりと眺めていた。広大でのどかな、春のヴァージニアの田園。その広漠とした大きさは、ただただ驚きだった。小さな森の前を通過したときは、白い花の放つ、みずみずしい芳香に圧倒された。畑で働く奴隷たちの姿もちらほら見えて、彼らの汗ばんだ肉体を眺めながら、ぼくは言いようのない罪悪感に包まれていた。

馬車はとうとう、道が二股に分かれる地点にさしかかった。降り立ったぼくらに、御者は、あっちにいきなせい、と東の方角を指さす。いつのまにか斜めに傾いた太陽の光を背中に浴びて、ぼくらはとぼとぼと進んだ。二人の長い影が、黒々とぼくらの前に伸びていた。

ちょうど上り坂の分岐点にさしかかって、枝道のほうを眺めると、聖ヨハネ教会が目に入った。低い塔を一つ備えた、白い下見板張りの小さな教会だった。その横には、風雨に痛めつけられたフェンスに囲まれて墓地が広がっている。坂を登っていくと、黒衣の人影が腰を折って墓石のあいだを歩いていた。ティッチがぼくからハムをとりあげて、ゲートの前に立った。

「ファロウさん」彼は呼びかけた。「エドガー・ファロウさん」

男は帽子の幅広のつばをもちあげ、顔をしかめて叫び返した。「きょうは間に合ってるがね。しかし、一夜の宿なら提供できますぞ」

ティッチは微笑した。「いや、ぼくらは行商人じゃない。でも、一夜の宿はお借りしたいですね。

ぼくの顔はご存じないでしょうが、ファロウさん、ぼくの筆跡ならご存じでしょう。ぼくはクリストファー・ワイルドです。飛行体上昇時の圧力変化と、それが人体に与える影響について、この二年間、あなたと文通してきました。父のジェイムズ・ワイルドは、王立協会におけるあなたの同僚なんですが」

男はハッと棒立ちになって、帽子を脱いだ。それで、ひょろっとした長身であることがわかった。大きな卵形の顔、つやのない黒い髪。その髪がいくぶん禿げあがっており、もじゃもじゃの眉の下の黒い丸い目の下には、寝不足のせいか、隈ができていた。唇には血の気がなく、表情も生気に乏しかった。男は墓の穴を迂回して、足早に近寄ってきた。

「これはこれは、生身のクリストファー・ワイルド君か」と、重苦しい声で言った。「しかし、いまは西インド諸島にいるんじゃなかったのかね。〝クラウド・カッター〟はどこにあるんだい？」

「いまは海の底ですよ」ティッチは笑った。「ぼくらはいま、こうして、陸の上ですがね」

「海の底に？　いったい、どういうわけで？」

「嵐に襲われたんです」

「ほう、嵐にかね。たしかに、そういう季節だからな」墓守だという男は、もぐもぐとつぶやいた。それから、ぼくのほうを見たのだが、その黒い目は焦点が定まっていなかった。ぼくが目に入らないのか、何度も瞬きする。それから、うんざりしたように眉をひそめたが、つづいて口から洩れた声は奇妙に弱々しかった。「たしかに、嵐の季節だ」ゆっくりとくり返した。「そして、尋常ならざることが、何かと吹き寄せられてくると見える。さあ、どうぞこちらに、お二人とも。話は中で」

4

「さあさあ、こちらに。わたしは墓石を東方のエルサレムの方角に向けていてね。死者たちの蘇りが歓迎されるように」ばしんと扉を閉めると、彼は鍵をかけた。ひんやりとした薄暗い部屋だった。彼の手のひらや爪の下にこびりついた、しめった土のにおいがした。そのにおいに重なって蒼いもやのように漂っているのは、長期間放置された酢漬けの甕からたちのぼるにおいに似た臭気だった。ぼくは小鼻に皺を寄せた。「もちろん、それはくだらんたわごと、愚かな迷信だがね、ワイルド君」墓守はつづけた。「そうすることで、教区民たちはみな満足する。わたしが妙なこだわりからあれこれ詮索するのを、彼らはいやがるんだ」

　小さな黒いストーヴの前で立ち止まると、エドガーさんは短い薪をとりあげた。そこで不審そうにぼくのほうを向いて、「さてさて、一緒にお連れになったこの少年は何者なのかな？」

「ジョージ・ワシントン・ブラックといって」ティッチは答えた。「最近までフェイス農園で働いていた者です」

「口は堅いんだろうね？」

「それはもう。ぼくの命を賭けてもいいですよ」

　ぼくはさっとティッチの顔を見た。あまりにもあっさりとぼくらの関係を、この、まだ会ったばかりの男に打ち明けるので、びっくりしたのだ。事の重大性が、ティッチはまだよくわかっていないのだろうか。

「あまり安直に命を賭けないほうがいいと思うがね、ワイルド君。これはわたし自身、試行錯誤を重ねて学んだ教訓だが」

墓守は二度舌を鳴らして奇妙な音を発してから、くるっと背後を向いて部屋の奥に進んだ。「この部屋は、わたしが食事をしたり、睡眠をとったり、体を洗ったりするところでね。こっちのドアの向こうは、日頃研究に使っている事務室。そして、その廊下を真っすぐいくと、教会だ。それから、この戸は――」と、そこで二度、彼は重いブーツで床を踏みつけた。「地下室に通じているんだよ」

「突然うかがったのに、こうして受け容れてくださって、ありがたく思っています」ティッチが言った。「とてもさっぱりした、素敵なお宅ですね」

エドガーさんは一歩、ぼくのほうに近寄った。「わたしが一種特異な、世にも稀な研究に従事している男だということは、ワイルド君から聞いていると思うが」

ぼくは一瞬ためらってから答えた。「はい、死体の研究をしていらっしゃるんだとか。それしか聞いていません」

エドガーさんはティッチに向かって眉を吊り上げてみせた。

「この子は物事を見きわめる目を持っていましてね」ティッチは微かに笑って見せた。「この子自身、それは認識しているはずです」

墓守はぼくの顔をじっと見てから、また舌を二度鳴らした。「なるほど、この子がね」低い声でつづけた。「子供であるという状態が、わたしは好きになれなくてね。子供でいるあいだは、おそろしく無力で、それがゆえに不自然で、人間としての暮らしと相容れんのだな。だから、本来親切に扱われてしかるべきときに、だれからも排除され、打たれ、騙されて、ひどい災難にあう。そしてまた、子供は自力では何もできないがゆえに、良き相談相手、良き親を必要とする。ところが、昨今、良き親など、夏に降る雪ほどに稀な存在だと思うが。やれやれ――」悲しげに微笑んで、「この件に関する限り、わたしはどうやら偏見の塊らしい」

「あなた自身、物心ついたときには孤児だったんですよね」ティッチが言った。

墓守の顔に翳がさし、青白い、広い額の眉がくもった。そのとき、ぼくらはまだ戸口のそばに立っていて、もっと中へと勧められるのを待っていたのだが、その誘いはいっこうにかからなかった。ぼくの目は、たった一つしかない窓に釘で留めてある黄色いモスリンの布に漂った。カーテン代わりのその布を通して、外はすでに暗くなっていることがわかった。

「ときおり」エドガーさんはつづけた。「洗礼の儀式の際、わたしは祭壇に立って、すこし離れたところから赤子の顔を見守る。あれが耐えられんのだな。柔らかな肌。あどけない表情。人を頼り切ったつぶらな瞳。いっそ、この神の館で、この純真な魂がただちに天に召されてしまえばいいと思ったりするんだ。そう、この純真さを永遠に保つために、神の腕から別の神の腕へと」

ティッチは不思議そうな面持ちで墓守の顔を見つめていた。そのうち、「なるほど」と言ったものの、後がつづかなかった。

エドガーさんの顔に、じんわりと笑みが浮かんだ。「はてさて、わたしとしたことが。あんた方は大切なお客人だ。すぐに寝床を用意しよう。さあ、もっと中に、さあ。よろしかったら、お二人はここでお寝みになるといい」

ぼくらにろうそくを預けると、墓守は地下に通じる跳ね上げ戸に歩み寄った。大きな鉄の環を握って戸を引きあけると、彼は地下の暗闇に消えた。驚いたことに、彼は何の明かりも手にしていなかった。やがて地下の奥まったところで、何かをがたぴしと動かす音がした。

ろうそくを手にしたティッチが、それを高くかかげて、ゆっくりと室内を見まわす。そして無言のままエドガーさんの事務室の狭い扉をあけて中に入った。ぼくも後につづいた。あの酢漬けのようなにおいがいっそう強くなった。

そしてぼくは、ティッチの左の肩越しに、ろうそくの光に照らされたあれを、見たのだった。フランス式に楕円形をしている、縁の高い洗面器。そこに張られた薄墨色の液体の中に、白い、ほっそりとした人間の腕が横たわっていた。陶器のように白い肌に灰色の血管が浮きあがっていて、手首には糸が巻きつけてある。明らかに小ぶりの、女性の手だった。肉が肥大しているのか、それはろうそくの明かりの下、ぶよっとして見える。親指が切断されていて、へこんだ切断面に金属片が押しこまれていた。

「何ですか、これ？」ぼくはささやいた。「こんな薄気味の悪い――」

「どう見ても」ティッチは小声で言った。「切断された人間の腕だな」

ぼくは思わず低く唸って、ぞくっとしながら首を振った。「でも、残りの部分は、どこに？」

「ここにはどうせ長居はしないから」ティッチはもうくるっと背を向けて、その部屋から立ち去りかけていた。彼はろうそくを元の場所、戸口のわきの小卓に置いた。

「今夜は、どうしてもここに泊まるんですか、ティッチ？」

「静かに」

「あの人、気が狂ってますよ。頭がどうかしています」

「狂人の家ですよ、ここは」

「死体の研究をしているんだ、と言っただろう。言ったはずだぞ」

「静かに」ティッチはまた小声で言う。

「ここを出たほうがいいです」ぼくは抗（さか）らった。「あんなひどいことをするなんて。こんな恐ろしい家に泊まるくらいなら、ウィラードとかいう賞金稼ぎに見つかる危険を冒してでも、町にいったほうがいいです」

「そうあせることはないって」

そのとき、どこからともなく墓守のエドガーさんが姿を現した。顔は青白く、黒い目の表情も読みとれなかった。「お待たせしてしまったな」低い声で言う。ぼくは心臓がどきどきしていた。彼はいつからそこにいて、ぼくらの会話をどれくらい聞いていたのだろう。
「まずは旅装を解いていただいて、それから食事と参ろうか」

ポテトとサヤマメ、それからぼくらの持参した塩漬けのハムという、質素ながら充実した食事だった。ぼくはエドガーさんの様子をじっと見守りながら、その正体を見きわめようとしていた。でも、とにかく、ティッチがこの人物の無害なことを保証している以上、ぼくもやたらと疑うことはできなかった。

エドガーさんはハムを細心に、小さくカットして、肉片をフォークで食べはじめた。「あんたがいらっしゃることは、ちゃんとわかっていたのだよ、ワイルド君」むしゃむしゃと噛みながら彼は言った。「朝の祈りの際に、ひらめいたのだ。というか、それを感じたのだな。神がわたしの肉体に、その力を植えつけたもうたのだよ」笑みを浮かべ、またむしゃむしゃと噛み、微笑する。「だが、このハムの到来までは予見できなんだ」

「エドガーさんはな、肉体の機能を研究していらっしゃるんだ、ワッシュ」ティッチがぼくに言う。

「肉体にはこまやかな情報が蓄えられているとおっしゃる」

「まさにそのとおり」エドガーさんは早口で言った。「たとえば、あんた方の肉体に加えられた徴しをひと目見ただけで、あんた方の人となり、日頃の習慣はおろか、これまでの人生体験そのものまで、わたしには見えてくるからね。つまり、われわれの肉体は、われわれの頭脳が見逃していた真実をしかと記憶しているんだな」そこで、ぐっと目を細くすぼめてぼくを見た。「たとえば、あんただ。あんたは突然の爆発、あんたにとっては不可避の爆発によって火傷を負ったことは明白だな。その耳たぶの毛を見れば、爆発の瞬間にあんたが身をよじったことがわかる」それから、不意にティッチのほうを向いて、「それからワイルド君、あんたのその口元の傷だが」

ティッチは不安そうな顔で手を止めた。「その傷は明らかに幼年時代、四歳から六歳にかけての期間に負ったものだろう。おそらくは鍛鉄製の、きわめて太い針金があんたの口中に突っ込まれて、こう引き抜かれた」エドガーさんは自分の青白い指を左右の頬に添えてから、さっと上に走らせた。「おそらく、そんな風にして二、三分いじめられたあげく、針金から解放してもらえたんじゃないのかな。その結果、上皮、基皮、真皮は傷ついたものの、幸い皮下組織は無事だった」

エドガーさんの目は、ランタンのオレンジ色の光を反映していた。何か考え込むような面持ちで、彼はしばらくぼくの顔を見据えていた。すわっている椅子がぎいっと軋んだ。

「お見事な推測ですね」あまり熱のない口調で、ティッチは言った。それから急に咳払いを一つして、ぼくらの冒険のことを語りはじめた。嵐に巻き込まれた経緯を語り、アベ・マリア号の甲板に不時着した顚末を語る。あの船の実名まで明かしてしまったのが、ぼくにはショックだった。不安のあまり、ぼくはじっとうつむいていた。つづいてティッチが、フィリップさんの死や、ぼくの首にかけられた懸賞金のことまで話しはじめたとき、ぼくはそら恐ろしくなって彼の顔を見上げた。

ティッチはフォークを置いて、ポケットからあの手配書をとりだし、脂のにじんだテーブルクロスの上に広げた。エドガーさんは黒い目を大きく見開いて、それに見入った。

「ウィラードか」頭を振ってつぶやいた。「この人物を見分ける術はあるのかな、もしこの近辺に姿を現した場合に？」

「金髪に鉄縁の眼鏡。大きな青い目」すこし考えこんでから、ティッチはつづけた。「髪を痛そうなくらいにぎゅっとひっつめて分けている。片方の目の焦点が定まらないらしく、目玉が終始ぎょろぎょろ動いていて、滑稽な感じがする」

エドガーさんは熱心に聴き入っていた。

「黒人の少年が長途の旅をするのは容易なことじゃないだろうね」

「でも、本人にとっては大変ためになるかと」

エドガーさんは眉をひそめた。「あんた方がここにくるということは、だれにも知られていないんだろうな」

「アベ・マリア号の船長には、郊外に住む科学研究関連の知己を訪ねる予定、とは話しましたが。それ以上詳しいことは、何も話していません」

「だとすると、このヴァージニアにはそう長期にわたって滞在することはできまい」

「ええ、たしかに」そのとき二人のあいだに、何かの了解事項のようなもの——ぼくにはその意味も汲みとれない了解事項のようなもの——が無言裡に交わされたような気がした。ぼくはまた怖くなって、じっとしていられない気分だった。

「フェイス農園は、もともとお父上のものなんだね？」

「実は母方の係累、母の兄からぼくに譲渡されたものです」

「だとしても、あんたはそういう経緯を父上に知らせたほうがいいんじゃないのかね。おそらく、父上は父上で何らかの手を打とうとするだろうし」

ティッチは浮かない顔をしていた。額に刻まれた皺が、琥珀(こはく)色のろうそくの光に浮かびあがった。

「すると、まだご存じないんですね。父は亡くなりました。八か月前に」

エドガーさんは腑(ふ)に落ちないようだった。「亡くなった？」

「ええ。北極の観測基地で。父の助手が母に手紙で知らせてきたんです。いとこのフィリップがフェイス農園までやってきて、教えてくれました」

エドガーさんは無表情な目で宙の一点を見据えたまま、テーブルの上で長い指を互いに巻きつけたりほどいたりしていた。と思うとやおら立ちあがり、狭い部屋の奥に消えてから、白い封筒を手にもどってきた。表には達筆で彼の名前が記されている。エドガーさんは無言でその封筒をティッチの前に置いた。

ティッチは不審そうに眉をひそめ、中の書簡を引き出して読みはじめた。ぼくは黙って、向かい側のエドガーさんの、すこし引きつった唇を眺めていた。微笑、とまではいかない。でも、葬儀の席でしばらくぶりに会う叔母に挨拶する人間が浮かべるような、皮肉っぽい愉悦めいたものが、その顔には浮かんでいた。

ティッチの顔からは血の気が引いていた。ゆっくりと顔をあげて、彼は言った。「これはたぶん、ピーターの筆跡だな、父の助手の」それから、苛立ちをまじえた口調で、「二通ありますが、それぞれの筆跡はどうなんでしょう？」

エドガーさんはティッチの手から書簡をとりあげ、骨張った細い指で二つに分けた。そして無言のまま、二つの書簡をテーブルに並べて置く。「左側は父上の手紙。右側は彼の助手、ピーター・ハウスの手紙だ。二通、同時に送られてきたんだがね」

オレンジ色のろうそくの光に首を突っ込むようにして、ぼくらは二通の手紙を見比べた。いずれも筆記体の文字だが、筆跡には明確な違いがあった。ピーター・ハウスの筆跡はどこか堅苦しく、飾りっ気がなくて、どの文字も強風にあおられたように右にかしいでいる。ティッチは青いインクの跡を指先でたどった。

「おそらく」エドガーさんが口をひらいた。「父上の手紙は亡くなられるずっと前に書かれた。それを助手のハウスが、自分の手紙と一緒に投函したんじゃないのかな」

ティッチは深刻な顔で口元を引き締めて、頰の内側を嚙んでいた。「しかし、父はこの手紙の最後から二行目で」弱々しい声で、彼はつづけた。「ぼくのフェイス農園における滞在が一年近くに及んでいることに言及しています」思いつめたような表情で、彼は顔をあげた。「つまり、この手紙はごく最近書かれたものですよ」

「はてさて、どう解釈したらいいものかな」エドガーさんはつぶやいた。「しかし、わたしも科学の徒として、事実は必ず突き止められると信じているがね」

ティッチはどこか虚ろな表情で、髪を両手でかきむしっている。その苦悩は手にとるようにわかった。最初、父上の死の報に接して、彼はしたたかに打ちのめされた。ところがいま、その父上がまだ生きている可能性が浮上したのだ。一縷の希望がわきあがってきて、悲嘆の傷口がかえって広がったとしてもおかしくない。

ぼくが肩に手を置くと、ティッチは疲れた笑みを浮かべた。「このつづきは明日にしませんか。朝の陽光に当たれば、もっと頭も冴えるかもしれない」

「それもそうだな」エドガーさんは言った。

ふうっと大きな吐息を洩らすと、ティッチはぎしぎしと鳴る椅子から立ちあがった。信じられないような出来事というものは、そうめったには起こらない。科学に一身を捧げる人間なら、なおさらそう思うだろう。でも、だれが見ても、ティッチが奇跡を信じたがっているのは明らかだった。

ぼくらはまず体を洗った。それからテーブルを部屋の一方に寄せて逆さまにし、暖炉の前に寝床をつくった。その後、ぼくらの寝る区画とエドガーさんの寝る区画の間に即席のカーテンを垂らし、外部世界をうまく閉めだすことができた。ぼくらが占めたのは部屋の奥半分で、隅のほうに地下に通じる跳ね上げ戸があった。当然だと思うけれど、横になってもティッチはなかなか寝つけないようだった。

カーテンの向こう側では、エドガーさんがときどき舌を鳴らしながら、あの女性の片腕が置かれた小部屋に入ったり出たりしている気配が感じられた。

「お父さんは本当に生きていると思いますか？」ぼくはささやいた。

ティッチはくるっと向こうに寝返りを打って、答えてくれない。

「助手のピーター・ハウスさんという人に、手紙で問い合わせたらどうでしょう。はっきりしたことがわかると思いますけど」

「その話は明日にしよう、ワッシュ。もう遅い」

さぞ気が立っているだろうと思ったのだが、ティッチはすぐに眠り込んだ。ぼくはなかなか眠れなかった。あのエドガー・ファロウという人物が、薄気味悪くて仕方がなかったのである。

ティッチのお父さんは、寒い北極で死なずに生きているかもしれない。それも気がかりだったけれど、ぼくにとってもっと気がかりだったのは、ぼくの行方を追っているジョン・フランシス・ウィラードという男のことだった。どんなやつなのだろう、その男は？　ぼくはまだ子供だったけれど、怪物のような姿態の人間を思い描くことはなかった。牙のような歯をむきだし、壊れた眼鏡の奥では青い目が不気味に光っている。身の毛のよだつような声を発して、指先には黒い鋭い爪がついている――そんなお化けのような人間を、ぼくは思い描きはしなかった。本当の悪人はどういう顔をしているか、ぼくはよくわきまえていたのだ。そいつはいかにも善良そうな顔をしているにきまっている。見たところ、ごくふつうの男だろう。そういうやつだからこそ、襲いかかってくる瞬間も予知できないのだ。目を閉じてそいつの容貌を想像してみると、これといって特徴のない、青白い顔の男が浮かんできた。もうこれ以上生きてゆくのもいやになった。

それから、ぼくは眠りに引き込まれたのだと思う。ふと目を覚ますと周囲は暗闇で、ぼく自身の荒い息遣いが聞こえた。部屋の空気は凍りついたように冷たくて、目に見えるようだった。暖炉の火はすっかり燃え尽きていたから、時刻は夜半をすぎていたにちがいない。

どうして目が覚めたんだろう？　この寒さのせいかな？

でも、そのとき聞こえたのだ、ザザッという音が。バケツを手で撫でるような音だった。ぼくはハッと起き上がって、耳をすました。

だれかがいる。暗闇で息をしている。

ティッチを揺り起こそうとして伸ばした指先が触れたのは、だれもいない寝床だった。

「だあれ？」ぼくは低い声で言った。「エドガーさん？」

ぎいっと蝶番（ちょうつがい）が軋む音。次の瞬間、ランタンに火をともす気配がして、仄（ほの）かなオレンジ色の光が床にこぼれた。ランタンを手にしているのは、やはり墓守のエドガーさんだった。もう一方の手にはシャベルを――尖（とが）った先を上向きにして――持っている。暖かそうなウールの外套（がいとう）を着ていた。

「びっくりさせたかな？」彼はささやいた。「怖がらなくてもいい」

「ティッチはどこです？」哀願するようにぼくは訊いた。「ワイルドさんはどこにいるんです？」

「おいで。彼のところにつれていってやろう」

不思議だと思うだろう、ぼくはなぜあんなにも素直に起き上がって彼の後から寒い戸外に出、暗い墓地を歩いていったのか。ぼく自身、不思議に思う。なぜって、ぼくはまだ子供で、エドガーさんの半分くらいの背丈しかなく、おまけに、彼のことをまったく信頼していなかったのだから。

ぼくがつれていかれたのは、ぱかっと口をあけた墓の前だった。そこで彼がランタンを傾けると、斜めに闇を裂いた光に照らされて、墓穴に立てかけられた梯子が浮かびあがった。墓穴はきれいに四角に掘られていて、その底に、粗い木の表面の蓋に覆われた箱――棺（ひつぎ）――が見えた。

「大丈夫だよ、怖がらなくとも」低い声で墓守が言う。「ワイルド君はこの下のほうにいるんだ。会いたければ、案内してやろう」

ぼくはおずおずと後ずさった。墓守から目が離せなかった。

エドガーさんは笑った。ランタンの光が、歯のない黒い口腔を照らし出した。

「これはな、墓ではないのだよ」大きな声で言う。「入口なんだ。通路なのさ。未来への入口だ。怖がらなくてもいい。闇から立ちあがるには、まず闇に降りなければならんだろう」

「ティッチはどこなんです?」ぼく自身の耳にも、その声は震えを帯びて、かぼそく聞こえた。

だが、墓守はすでに背中を向けて、墓の中に降りかけていた。手にしたランタンが小さく揺れていた。その姿が完全に消えてしまうと、ぼくの目にはもはや彼を呑み込んだ土中から洩れるぼんやりとした光しか見えなかった。暗闇が急にぼくを押し包んでくる。とうとうぼやっとしたランタンの光も消えてしまった。

「エドガーさん?」どきどきしながら、ぼくは呼びかけた。

返事がない。仕方なく雑草を分けて進み、墓穴の縁に立って、中を覗いた。

墓はからっぽだった。

墓守は完全に消えてしまった。よくよく見ると、棺の蓋と見えたものはその下の穴をふさぐ板戸で、それもいまはわきにどかされて墓穴の壁に立てかけられていた。その下にあいた穴には二つ目の梯子がかかっていて、穴の下の深い土中に延びている。その底では、墓守の持つランタンが放っているのか、もわっとした弱々しい光が闇を照らしており、しかもその光は、こうしているいまもどんどん薄れてゆく。

ぼくはもう呼びかけはしなかった。素早く梯子にとりついて下に降り、降り切ったところでひざまずくと、顔を逆さにして遠ざかる光を目で追った。よく見えなかったけれど、二番目の穴は横に延びる別のトンネルの入口らしかった。空気はひやっとして、いやな臭いがした。ぼくはシャツの襟をかき合わせた。

奥のほうで人声がした。何を言っているのか、聞きとれない。トンネルはしめった黒土を四角くえぐって掘られていた。ぼくは中腰になって、おそるおそるトンネルに入っていった。

十歩も進まないうちに、地表から露出している大きな岩にぶつかった。それを乗り越えると、急に明るいランタンの光に照らされて、ぼくは思わずその場にうずくまった。

「とうとうきたか？」

ティッチだった。

そこは急に広がっているとはいえ天井が低すぎて、立ちあがるのは無理だった。地下を掘削して作った長細い部屋で、周囲の壁と天井が、頑丈な木材で補強されているのがわかった。床も板張りだったが、湿り気もなく乾いている。そのいちばん奥に、ランタンをあいだに置いて、ティッチとエドガーさんがすわっていた。それと、二人の黒人逃亡奴隷が。

二人の黒人の素性はひと目でわかった。なぜそう断定できたのだ、と人は問うかもしれない。でも、自分自身彼らにまじって暮らし、自由を夢見ることもできず、ただ逃亡の噂と囁きと呟きだけを寝る前に聞いて育った少年が、まちがえるはずがないではないか。二人のわなわな震えている指先、ギラギラ光っている白い目を見るだけで、ぼくにはわかった。そう、呼吸する息さえ自分のものではないように、ピクリとも動かない二人の肩を見るだけで、ぼくにはわかった。

「さあ、こっちにこいよ、ワッシュ、こっちだ」ティッチが言って、ぼくを招き寄せる。「いろいろ話し合わなきゃならないんだが、時間があまりない」

ぼくは眉をひそめて、ゆっくりと前に這っていった。部屋の隅に排泄用のバケツが置いてあって、その臭気に思わず顔をしかめた。奥には二つの袋が置かれており、くるくると巻いた二つの寝床が壁に寄せて立てかけてある。二人の逃亡奴隷は猜疑と憐憫の入り混じった目で、じっとぼくを見る。奇妙な恥じらいを覚えながらも、ぼくは、太い首の、手に瘡蓋のできている、二人の屈強な黒人を真っ向から見返した。

「この二人、明日の夜に出発するそうだ」ぼくの視線を受け止めて、ティッチが静かに言った。「これはアダム、隣りがエゼキエル」

二人の逃亡奴隷は沈黙を守った。小柄で細身のほうがエゼキエルで、疲労のにじんだ、善良そうな目をしていた。もう一人のアダムのほうは、いかにも辛酸をなめてきたような、猛々しい雰囲気をまとっていた。険しい目つきで、ぼくのほうを睨みつける。それにはとり合わずに、ぼくはティッチとエドガーさんの目を見比べて、説明を迫った。

「この二人、月末までには北に逃れているはずなんだよ、ワッシュ」ティッチがつづけた。「そこまでいけば、もう自由の身だ。自分で自分の人生を選べる暮らしが待っている。そこがイギリス領アッパー・カナダなら、この二人は自動的にイギリスの臣民になる」

「もうすこし正確に言うと」墓守のエドガーさんが口をはさんだ。「数年前に、ある法律が成立してね。アッパー・カナダに到達した奴隷は、だれでも自動的に解放されることになったのだ」

「そうか、あなたは逃亡請負人なんですね」ぼくは言った。フェイス農園にいた頃、ぼくはブリッジタウンのさる醸造業者にまつわる噂を聞いたことがあった。その業者の扱う酒樽には、酒以外の物も詰め込まれることがあるというのだ。ぼくらはその話をあまり信用しなかった。ビッグ・キットなどはふんと鼻を鳴らして、一笑に付したものだ。「そうだね」と彼女は言った。「哀れな黒人を助けたがっている白人もいるそうだから、ま、なんとも言えないけどさ」唇を歪めて、そう言っていたっけ。

ティッチがすこし眉をひそめて、身をのりだした。「もちろん、大きな危険が待ちかまえているのは間違いない。アダムとエゼキエルには現に追手がかかっているそうだから、すでに危険と隣り合わせらしい」

ティッチの真剣な口調を聞いて、ぼくはあらためて二人の顔を眺めた。エゼキエルはさっきからうなだれて、すり減った靴をじっと見下ろしている。でも、もうこんなところまで逃げてきたわけだから、強い意志と勇気の持ち主なのだろう。アダムの目は、すでに人殺しもやってのけたように鋭く光っている。フェイス農園にも、こういう目をした男はいた。召使いの女を殺したと噂されていた、ある革職人などがそうだった。その男は後に、胸にナイフを突き刺された姿で井戸のわきで見つかったのだが。

ティッチは咳払いをして、口をひらいた。「このリスク、挑んでみる価値は十分あると思うな。どうだい？　どう思う、ワッシュ？」

そうか。ティッチが何を言いたいのか、そのときわかった。でも、ぼくにはそんな気は毛頭なかった。「何を言いたいんです、ティッチ？」

「声が高いぞ」エドガーさんが言う。彼は気づかわしげに、ぼくの背後のトンネルのほうを見ていた。でも、そんな彼の懸念など、ぼくは気にも留めなかった。

しばらくじっとぼくの顔を見据えてから、ティッチは言った。「これはおまえのためなんだ、ワッシュ。おまえもこの際、アッパー・カナダを目指したほうがいい」

驚きのあまり、ぼくは声も出なかった。

ティッチは首を振った。「おれは北に向かうつもりなんだよ、ワッシュ。北極を目指すつもりだ」

「でも――」

「おれは、父の身に何が起きたのか、正確なことを知りたいと思っている。父が本当に永眠したのなら、その地を自分の目で確かめたい」一息ついて、「よく聞いてくれ、ワッシュ。おまえにとって、これは千載一遇のチャンスだと思わないか？」

ぼくは無言でティッチの顔を見返した。ぼくはてっきり、この先もティッチと旅をつづけるものと思っていたのに。

「そりゃ、ぼくも馬鹿じゃありませんから」

「もちろんだとも」

「この二人と一緒にいく機会を逃したら、ぼくは生き延びられないだろう、というんですね」

逃亡奴隷のエゼキエルが、顔をあげた。その目に浮かんでいる憐みの情に気づいて、顔がかっと熱く火照った。ぼくは言わずにいられなかった。「でも、そうとは限らないと思うんです。生き延びる道は絶対にあるはずです」

「おまえの首に懸賞金をかけたのは、兄のエラスムスだ。プライドの高い男だから、絶対に諦めまい。おまえがおれと一緒にいる限り、兄はどこまでも追いかけてくる。おまえにとっての最良の道は、アッパー・カナダの自由主義者たちのあいだにまぎれこんでしまうことだ。おまえと同じ自由な黒人たちの共同体にまじってな」

ぼくは二人の逃亡奴隷を睨みつけた。何もかもこの連中のせいだ、という気がしたのだ。突然、ビッグ・キットが口にしていたことが頭に甦った——奴隷とちがい、自由の身になった人間は何でも自分の意志で選ぶことができる。日頃の暮らしのどんな局面でも、自分の意志で左右できる。何が起ころうと、自分が認めなければ従う必要はない。

ぼくはもう奴隷ではない。自由な人間になったはずではないか。

ぼくは腹を据えて、ティッチの目を見返した。「ぼくが自由な人間なら、行く先は自分で決められるはずですよね」

「ああ、そうだよ」

「たとえ北極に潜伏しようと決めたとしても」

エドガーさんが不審そうにこちらを見る。

これは勇気ある選択なんだと、ぼくは信じ込んでいた。これは信頼と感謝をこめた行為、これまでに——戸惑いながらも——受けた親切にいまこそ応える行為だと、子供ながらにぼくは思い込んだのだ。自分に残された家族はティッチしかいないと、そのときのぼくは確信していたのである。たぶん。そう、たぶん。いまになっても、ぼくははっきりと断言はできない。あのときぼくをとらえていたのは、骨の髄まで沁みとおった不安と、もしティッチと別れて一人で危険な旅に出ようものなら、前後の見境なく恐怖に襲われて自分の喉を掻っ切るといった、突拍子もないことまでやってしまいかねない、という思いだった。

ぼくは絶対に後に引かない決意で、板の上にすわり込んでいた。そんなぼくを、ティッチは苦しげな表情で見つめた。ぼくの決意にすっかり戸惑って、呆気にとられていたのだろう。でも、彼はもうそれ以上何も言わなかった。

5

あれがぼくの人生の分岐点だったのだろうか？　ヴァージニアでの、あの運命の夜以来、あのとき下した決断の是非について考えなかった夜は一夜もない。もしあの黒人たちと行を共にしていたら、ぼくの人生はどうなっていただろう？　結局、あの黒人たちはどうなったのか——手に入れた自由を賢明に行使したのだろうか、それとも愚かに使ってしまったのだろうか？　あれからエゼキエルとアダムにどんな運命が待ちかまえていたのか、ぼくは知らない。二人は背後に何を残してきていたのか。夜ごとの眠りの中で何を夢見ていたのか。抱いていた願望は時と共に薄れたのか、それとも完全に消えてしまったのか。ぼく自身の経験に照らして、薄れたり消えたりすることは決してないと思う。いまでもぼくは、友人として付き合った連中のだれもが懐かしい。いまも生きている者は、数えるほどになってしまったけれど。

あの日の翌朝、ティッチとぼくはエドガーさんの教会に別れを告げて、ノーフォークに引き返した。あのまま居続けても意味がなかったし、ティッチは北極地方に向かう船を一刻も早く見つけたいと願っていたからだ。

ぼくの胸を占めていたのは怒り——裏切られたという思い——だった。それは当時のぼくにはまだなじみのない感情だったから、口に出しては言えなかった。でも、ノーフォークまでもどる途中、ぼくはティッチと一言も口をきかなかったし、目を合わせもしなかった。ティッチがぼくの将来を慮（おもんぱか）って、解放された身分を確実なものにしてやろうと思ってくれたのはわかる。でも、当時のぼくの、善悪を判断する基準に照らせば、それはぼくと袂（たもと）をわかとうとする行為としか思えなかったのだ。ティッチはぼくを見捨てようとしている。そう思うと、たまらなかった。ぼくは彼にとって、だれよりも忠実な仲間だったのに。いま振り返れば、気をまわしすぎたのかもしれない。でも、考えてもみてほしい、ぼくは鎖につながれて流血を見ながら育ち、ほんの思いつきの情けをかけられても傷つく少年だったということを。そして、そういう暮らしの中にティッチが入ってきたのだ。彼はそれから静かな目でぼくを観察し、ぼくのなかに何かしら光るもの、外部世界への好奇心と、知性と、ぼく自身気づかなかったスケッチの才能を見出してくれたのだ。あの黒人たちとカナダに向かっていたらどんな運命が待ちかまえていたか、わからない。でも、あのとき、ぼくのなかには、ティッチと暮らす未来しか描かれていなかったのである。それは一つの決断だった。ぐずぐずしてはいられなかった。だから、迷わずにそう決めたのだ。

もし、いま、同じような選択を迫られたら、ぼくはやっぱり同じ道を選ぶだろうか？　わからない。ただ、ぼくがもしビッグ・キットから学んだことがあるとしたら、それは、常に前を向いて何かをつかめ、ということだ。過去はもうとりもどせないのだから。

ぼくらは北に向かう船を探しまわった。その結果たどり着いたのが、カリオペ号という船だった。アベ・マリア号より小型ながら、装備その他はずっと新しい船だった。船長はマイケル・ホロウェイという男だった。奴隷商人ではないけれど、いまだに人種的な差別意識の抜けない人物だった。生まれも育ちもチャタヌーガだけれど、その町にはあまりいい思い出はないようだった。小柄だが、ずんぐりとして恰幅(かっぷく)がよかった。酒は飲まず、代わりにいつも熱い紅茶の入ったカップを手元に置いていた。

補佐役のジェイコム・アイベルという男は、船長と同じ町で育ったらしいのだが、珍しく船長の抱いているような偏見は持っておらず、ぼくと話すときもごく普通の人間と話すような態度を崩さなかった。何かというとホイストやピノクルといったトランプ・ゲームにぼくを誘いたがった。黒く太い口ひげを生やし、暑い日差しで唇が焼けたような口元をしていた。この人物のほうをぼくは気に入っていたけれど、船長と同じく信頼はしていなかった。

この乗船に先立って、ティッチはエドガーさんから贈られたお金で衣類その他の装備品を買い整えていた。それから二日後、強風の下、カリオペ号は出航した。甲板の手すりに立って、左舷(さげん)から響く陰鬱な轟音(ごうおん)を聞きながら波止場に目を走らせたとき、板張りの道路に立ってじっとこっちを見上げている人物がいるのに気がついた。

すこし腹の出た小太りの男で、薄茶色の帽子を目深にかぶっていた。黒っぽいスーツをきちんと着こなしており、遠くて目つきまではわからなかったけれど、さぞ鷹(たか)のように鋭い、残忍な色を浮かべているのでは、と思った。息がつまって、隣りに立つティッチの袖を二度引っ張った。でも、ティッチが手すりに身をのりだしてそっちを見たとき、男はすでに人混みの中に消えていた。

船はアメリカの海域の波を切り裂いて、順調に北に向かっていた。日輪がとうとう水平線を離れた。

ぼくとティッチはハンモックにくるまっていた。ぼくが訊きもしないのにティッチが説明してくれたところでは、船長は相当額の謝礼と引き換えに当初の予定を変更し、大きく迂回してハドソン湾の交易所に寄港することに同意してくれたらしい。ティッチは目を輝かせ、口を歪ませて笑いながら語ってくれた。ぼくも仕方なく笑みを返していた。

こうして船は、くる日もくる日も大波に浮き沈みしながら北に向かって進んだ。ティッチは多少ともあのウィラードのことを恐れているのか、それよりも生きている父上を見つけたい一心でいるのか、ぼくは深く考えなかった。ただ、まだ子供だったぼくは、ティッチを信頼するしかなかった。ティッチに保護されている限りは安全だ、と信じ込んでいたのである。

ノーフォークから船出したときは、思いがけず胸に、ある種の喜びも湧いていたような気がする。甲板に立てば見渡す限り青い海に白波が立ち、船尾の航跡の上を白いウミドリが舞っていた。風に帆がはためき、何事もなく日が替わって、やがて到来する変事のかけらすらまだ見えなかった。

船がラブラドル沖のどこか、暗い水面の海域に達したとき、ティッチがとうとう質問を発した。「北に向かうには、まだ季節的にも早すぎるんじゃないのかい？」ある日、船長室での昼食の席でのことだった。顔触れはいつも四人と決まっていた。ホロウェイ船長、アイベルさん、ティッチ、それにぼく。船長の態度はすこし軟化していて、ぼくもその席に参加を許されるようになっていた。といっても、発言は許されなかったし、船長は依然としてぼくの顔の火傷への不快感を隠さなかったのだが。いつも笑みを交えた穏やかな口調でぼくに話しかけてくれるのは、アイベルさんだった。一段と寒い海域に船が進入してからすでに何日かたっており、太陽もそう高くは昇らなかった。ぼくは四六時中、夜眠るときですら、手持ちのシャツを全部着込んだ上に、甲板長からもらった分厚いコートを着込んでいた。

「たしかに早いだろうな」ソーセージを切り分けながら船長が言った。「そもそも、どの船よりも先にこの海域に達しようというのが、われわれの狙いなんだから」

ティッチはラム酒をすすった。「ぼくはこの海域での航行にはうといんだが、海氷が危険なことくらいはわかる。安全は確保できるのかい？」

「しかし、危険も冒さずに大儲けをしたという話など、聞いたことがないからな。あんたはどうだ、アイベル？」

「ああ、聞いたことはないな」とアイベルさん。

しばらく皿の上でナイフが踊る音がつづいた。ティッチが首を振って言った。「そもそも、あんたたちのこの航海の目的は何なんだ？　よかったら教えてもらえるかい？」

「それはあんたの知ったことじゃあるまい」ホロウェイ船長は答えた。

ティッチはうなずいた。「それはたしかに、おっしゃるとおりだが」

するとアイベルさんが、すこし眉をひそめて言った。「しかし、ここまできたら、隠すこともあるまいが、マイケル。もう、こうして遥かな洋上にいるんだ、支障はなかろうよ」

船長は顔をしかめて顎ひげをしごいた。

「おれたちはね、ある捕鯨船の残骸を探しているんだよ」船長の沈黙を同意のしると見たのか、アイベルさんが唐突に言った。「ああ、〈マグノリア・ライオン号〉という捕鯨船の残骸をな。この船は二年前の十一月、北極圏のバフィン島沖の氷海で、氷に押しつぶされて難破したんだ」

ティッチは特に驚いた風でもなかった。「でも、残骸はもうそこにはないだろう。さらに北方まで氷に運ばれたんじゃないのかい？」

ホロウェイ船長は目を細くすぼめた。「するとあんた、氷塊の移動なんかには詳しいのかね？」

ティッチは首を振った。「いや、氷塊は移動するという事実くらいさ、知っているのは。海流のコースなどは、まるでわからんし」

「それはまあ、どうでもいいことでね」アイベルさんが言った。「実は、あの船が遭難したとき、乗組員たちが避難する前に、燃料用の石油樽をいくつも船から運びだしたんだな。難破地点の近くの小島まで運んで、避難所の下に埋めたらしいんだよ。石油はいまもそこにあると、わたしらは見ている。島は動いたりせんからね、ワイルドさん」

「そのとおり」と、ホロウェイ船長。

ティッチは愉しげな笑みを浮かべた。「なるほど、それではあんたたちの果報は約束されたようなものだ。一攫千金は間違いなしだね」

「そう願っているがね、われわれも」ホロウェイ船長は応じた。

「実は一年前に、ある老人と知り合ったのさ」アイベルさんが後を継いだ。「その男、膝が無残に腫れ上がっていた。わたしの父親の旧友だったらしい。生涯を船乗り一筋ですごした男なんだ。その男は以前、暴雪に閉じ込められてひどい凍傷を負った。結果、爪先を切断する破目にもなったようだ。で、その男、マクベインというスコットランド人なんだが、あるときヨークシャーから捕鯨船――さっき言った〈マグノリア・ライオン〉――に乗って船出した。そして氷雪に阻まれて難破するんだが、そのとき積んでいた石油の量や、その貨幣価値など、洗いざらい話してくれたんだよ、わたしに。だが、最初は、そんな話を聞かされてもなんとも思わなかった」

「ところが、だろう……」ホロウェイ船長がいかつい手を振って先を促す。

「あるとき、わたしは彼の死の床に呼ばれてね。彼、ある晩居酒屋での乱闘に巻き込まれて、膝を悪化させてしまった。ひと目見て、もう余命いくばくもないと、わかったよ。看病をしていたのが年寄りの未亡人で、黒衣に身を包んだ、彼の妹だった。アグネスという名前だったな。彼を哀れに思って、何かこっちにもできることがないか、とわたしは妹にたずねた。妹はわたしを別室に残して、兄のマクベインと最後の語らいをしにいった。その部屋で、わたしは奇妙な手書きの地図がテーブルにのっているのに気づいたんだよ」

「それこそは、難破地点を示す地図だったのさ」ホロウェイ船長が口をはさんだ。

「難破地点と、石油樽のありかも、その地図は示していた」アイベルさんが言った。「そのときは、わからなかったんだがね。そこへアグネスがもどってきて、わたしが地図を見ているのに目を留めた。そして、その地図がいかに貴重なものか、教えてくれたのさ。地図に記された書き込みなら、自分はすべて説明できると彼女は言う。それと、彼の兄は本来航海士で、苦労して南に逃れてきたときも星座の位置を正確に読むことができたんだ、ともね。地図は正確そのものだと彼女は言う。その地図に頼れば、どんな船でも石油樽にたどり着ける、というのさ」

「じゃあ、そのアグネスという女性、洗いざらい打ち明けたんだね？」興味を誘われたように、ティッチはたずねた。

「ああ、何もかも包み隠さず――石油樽を見つけた暁には、利益の一部を彼女にまわすという条件つきで」

「そのマクベインとかいう男が明かしたこと、なかなか興味深いじゃないか」ティッチは言った。

「星々の季節ごとの位置など、彼はどうやって読んだのだろう？」

「なんなら地図をここに持ってきて、あんたに差し上げようか？」ホロウェイ船長が吐き捨てるように言った。

　ティッチは肩をすくめた。「いや、ぼくは金には興味がないから」

「しかし、七つの大罪ともいうだろうが」と、アイベルさん。「人間だれしも、金に対する欲望から逃れられんと思うが」

「それでこの船は、難破地点に向かっているわけか」ティッチが応じた。「その石油樽を盗もうと？」

「いや、盗むのとはちがう」ホロウェイ船長が断言した。「ただ、獲得するんだ」

ティッチが不審そうに眉を吊り上げると、アイベルさんが言った。

「そこがこの一件のうまみというやつでな。捕鯨船の船主には、すでに保険金が支払われている。だから、所有権を主張することはもうできんのだよ」

「だとすると、それは保険会社の所有物になるのでは？　権利上も？」

ティッチが問い返すと、ホロウェイ船長は鼻を鳴らした。「なに、財貨救出法ではそうはならんのさ。そいつは難破船の残骸も同然だからな。通りがかりの船は自由に漂流物を拾いあげてかまわないんだ」

「避難所の床下に積まれている石油樽は、漂流物に数えられるのかい？」ティッチが訊き返した。

船長もその友人も、そうは思っていないことが表情から読みとれた。

「あんたは肝心な点を見逃しているね、ワイルドさん」皮肉っぽく笑いながら、アイベルさんが答えた。「保険会社側が、それをわれわれから回収しようと図ったとしよう。しかし、そのときにはもう、われわれはそれを高値で売り抜けているさ」

「そいつらの主張する所有権など、カモメの糞ほどの価値もない」ホロウェイ船長がにたっと笑う。

「仮に裁判に持ち込まれたところで、ダラダラと長引いたあげく何が待っていると思うね」アイベルさんが言った。

「なるほど」ティッチは笑って、皿に残っていた最後の堅パンをとりあげた。「だとすると、ぼくらはあんた方にめぐり合えて、すこぶる幸運だったことになるね。こうして、だれよりも早く北極に向かえるんだから」

がぶりと嬉しそうに堅パンに食らいつくと、ティッチは満面の笑みを浮かべて、船長とアイベルさん、そしてぼくの顔を満足そうに見まわした。

空気は氷の茨のように冷たくなって、ぼくらの頬を突き刺した。頬がつねられるように痛かった。船がなおも北上するにつれて、暗い海面に奇抜な形をした宮殿のような氷山が見えてきた。ぼくはそれまで、氷など見たこともなかった。ましてや、こんなに途方もない氷の塊などは。魅入られたように、ぼくは屈折した光を放つ氷山を眺めた。それはなんと美しく、悲しげで、神々しく見えたことだろう！　息を呑むようなその美しさを、ぼくはなんとか絵に写しとろうと試みた。そのときぼくらは生者の世界を離れて、あのウィラードの手も届かない死者と精霊の世界に入ろうとしているように見えたからだ。ぼくらは氷河の河口の前も通過した。泡立つ海面で、巨大な氷山が身震いしては砕けていた。海面下で何かと衝突しないかと半ば恐れながら、ぼくらはゆっくりと海峡に沿って進んだ。

鯨がざばーっと海面に浮上し、勢いよく潮を噴き上げてから、また冷たい海面下にもぐってゆく。ぼくは手持ちの服を全部着込んで甲板を歩きまわった。それでも寒いため、手をぱんぱんと叩いた。黒人の少年が丸々と着ぶくれして、よたよた歩いているのだから、はたから見たらさぞ滑稽だっただろう。船員たちはぼくを指さして、マスコットのペンギンだ、と言って笑った。あとでアイベルさんから、本にのっているペンギンの絵を見せてもらったときは、ぼくも噴きだした。

南に向かうオンボロの小型帆船とぼくらがすれちがったのは、ノーフォークを船出して二週間くらいたったときだったろうか。アイベルさんは小声で悪態の言葉を吐き、ホロウェイ船長はペッと唾を吐いたが、ぼくらの船はスピードをゆるめもせず、船員たちも彼らに大声で呼びかけたりしなかった。ティッチの説明では、その船はたぶん湾内のどこかで越冬したので、いまは一刻も早く温暖な海域にもどりたがっているのだろう、ということだった。

「じゃあ、船長の石油樽を横取りした恐れはないんですね？」ぼくが訊くと、ティッチは笑って、白い息を吐きだしながら言った。「それはないだろう、たぶん」

それ以上、ぼくらはその件を話題にはしなかった。でも、その海域を一海里進むごとに、とても身軽な、自由な感じが、ぼくらの胸中に広がっていった。ぼくとティッチは、ときどき目を合わせては意味もなく笑い合った。

こうしてぼくらは北へ北へと進んだ。ティッチはすでに、ハドソン湾の西岸にある貿易会社の交易所を目的地として伝えてあった。さらに何週間かがすぎると、氷原はぎらつく陽光に照らされ、雪丘が風に吹かれて奇妙な羽毛のような姿に形を変えた。極寒の海域に近づくにつれ、ぼくら四人、ティッチ、ホロウェイ船長、アイベルさん、それにぼくは、互いに相手から顔をそむけるようになった。あたかも寒気がぼくらの体の奥深くまで浸透したかのように。そしてまた、あたかもぼくら一人一人が、狭い船内で、だれにも邪魔されない孤独を求めているかのように。ぼくはともすればあのウィラードのことを、フィリップさんのことを、フェイス農園ですごした長い歳月のことを、思いだしていた。そう、ぼくらの喉に遠慮なく入ってくる赤い埃のことを。サトウキビを刈るぼくの背にたまる、むず痒い汗のことを。そしてまた、ぼくの肩を優しくつかむビッグ・キットの熱い手の感触のことを。

とうとうぼくらはハドソン湾の交易所に近づいた。

暗い海面は凪いでいたが、大小の氷片があちこちに浮かんでいた。ティッチはホロウェイ船長とアイベルさんの幸運を祈って、二人と固い握手を交わした。それからぼくらは縄梯子を降りて、波に揺れるボートに乗り込んだ。

みすぼらしい、やや傾いた木造の小屋を目指して、ボートは進んだ。その小屋が交易所だった。

中に入ると、ウィスキーのにおいをぷんぷん漂わせた白髪の男がぼくらに挨拶した。実際にはまだ若いその男が、交易所の主だという。彼が受付けのカウンターに両手をついてのしかかると、手首のあたりの皮膚がひび割れていて、瘡蓋で覆われているのがわかった。ピンク色のガラス玉のような目を細くすぼめて、男は言った。「だれですかい、お探しになっているのは？」

ティッチが、服に張りついた氷片を払いもせず前に進み出た。「ジェイムズ・ワイルドというイギリス人の博物学者だ。最西端の基地ですでに亡くなったという説もあるんだが。その真偽を確かめたくてね」

交易商は鼻水を拳でぬぐって訊き返した。「だれですと？」

ティッチは苛立たしげに眉をひそめた。「ジェイムズ・ワイルドだよ。この地域に、イギリス人の博物学者はそう何人もいないと思うが」

交易商は低く唸って、ぼくらをねめつけるように見た。「つまり、その人物なんですかい、あんたの探しているのは？　それとも、他にだれか？」

「だから、ワイルドだったら。ジェイムズ・ワイルドだよ、探しているのは」むっとした口調でティッチは言った。「彼が最後に露営した地点を教えてもらえると、助かるんだがね」

交易商はランタンの光でピンク色に輝く目で、じっとぼくらの顔をねめまわす。

ティッチはうんざりしたようにぼくの顔を見てから、男のほうに向き直った。「どうだい、まだわからないかい？」

すると男は無言のまま背後を振り返り、外の雪中に一人立っている男に大声で呼びかけた。それから、またぼくらに向かって、ろれつの怪しい声で言った。「あの男が見えるね。あの男は自分の尻みてえに、道順をよく知ってまさ。あの男についていきゃ、間違いねえでしょうよ」

ティッチは警戒の色のこもった目で、いぶかるようにそっちを見た。黒い人影は、ぼくらに突然気づいたようにこちらの視線を受け止めた。ゆっくりと、本体から離れる影のように、ふらっとした足どりでこちらに近づいてくる。

「ああ、間違いねえよ」交易商はくり返した。「あいつと世捨て人のような老人は、気心が知れてるようだったからな」

「気心が知れてる？」ティッチは気をそがれたようにつぶやいたが、その視線は雪を踏んで近づいてくる男から離れなかった。男は長いナイフを腰のベルトに差していて、長身のエスキモーのように見えた。

　交易商が、瘡蓋の張りついた太い手首で鼻の下をぬぐう。「あいつはあの爺さんの奴隷でしょうよ。あるいは女房役か。まあ、そんなもんだ。この土地にあんまり長くいるんで、半分エスキモーになっちまった。エスキモーみてえに暮らすようになったら、もう白人とは言えませんや」

　ぼくのほうはちらとも見ずに、上機嫌な口調で言った。

　驚いたことに、ティッチは交易商に礼を言うと、表に出て雪の上を歩きだした。

　交易商はそっちを見ようともせずに、また酒をあおりはじめる。

　ぼくは急いでティッチの後を追った。遠くにいた男が近づいてくるのを、どきどきしながら見守る。男は雪の上に足跡を残しながら、近づいてくる。ぼくはティッチのほうを見た。きっと逃げ出すんじゃないかと思ったのだが、ティッチは容赦ない寒気のなかで立ち止まったまま、風に逆らって目をすぼめている。

　それにしても、なんと不気味な男だっただろう！　なんと大柄で、亡霊じみていたことか。脂じみたカリブーの毛皮をまとっていたが、その体からは乾いた泥濘のようなにおいが放たれていた。痩せ細った長身で、こけた頬には風雨に刻まれたような深い皺が走っており、灰色の艶のない顎ひげが伸び放題に伸びている。顔には点々と茶色いほくろが浮いていて、高くとがった鼻の右側には、膿を孕んでいかにも痛そうな、てかてかと光る腫れ物ができていた。目は髪の毛と同じ灰色。その目で無遠慮にティッチを見やる目つきは、険しい審判を秘めているようで、ぼくは落ち着かなかった。

　すると突然、ティッチが男の両手をつかんだ。男のほうも、驚愕と苦悩すらこもったような顔でティッチの手を握り返す。二人は静かに笑いながら、そうして立っていた。男の笑い声はアザラシのそれのように朗らかで楽しげだった。でも、一言もしゃべらず、ティッチも無言のままだった。

　そのエスキモーのような男こそは、ティッチの父親の助手、ピーター・ハウスだったのである。その日は偶然、届いたものを受けとりに交易所にやってきたところだったらしい。なおも見守っていると、一歩後ずさったティッチが、両手を優雅に動かして奇妙な仕草をしはじめた。男のほうも同様の仕草をしながら胸をパンと叩き、指先で不思議な形を描いて見せる。その手には深い皺が刻まれ、手首には灰色の毛が密生していた。ティッチは、わかった、わかった、というように何度もうなずいて見せる。ぼくは馬鹿のように突っ立ったまま、度肝を抜かれて二人を見つめていた。

　ティッチは何度も瞬きしながら涙をぬぐう。その表情は安堵と幸福感に満たされていて、その顔からぼくは、お父さんがまだ生きているのだと覚った。

　そのまま何も言えないでいるぼくを、ピーター・ハウスは灰色の目で値踏みするように見た。そして一瞬、それとわからないような笑みを浮かべると、ぼくの手から二人分の食糧の入った袋をとりあげた。そしてくるっと背後を向くなり、袋を肩に負ったまま汚れた雪を踏んで遠方の橇に向かって歩きだした。

「ピーターが露営地までつれてってくれるそうだ」彼の後をぼくと一緒に追いながら、ティッチが言った。「父は生きているんだよ、ワッシュ。生きているんだ」

　叫ぶような声を聞いて、ぼくは奇妙だなと思った。「でも、あの人、たしかにそう言ったんですか？」

「ピーターはな、口がきけないんだよ、ワッシュ。だから、手話で会話するのさ」

　その声には安堵が滲んでいたが、新たな発見でかえって虚脱感を覚えたのか、疲れがどっと押し寄せたような顔をしていた。冷たい手をぼくの肩に置いて、ティッチはぼくらを待っている橇のほうを眺めた。初めて気づいたのだが、そこには褐色の顔をしたエスキモーの道案内人が立っていた。ぼくらが近づいていくと、その男は知的な目で静かに目礼し、ピーターさんから荷物を受けとって橇にしっかとくくりつけた。ぼくらは荷物みたいに扱われて、早く乗れ、と促された。

逞しい犬たちに向かって、道案内人が大声で出発の命令を下す。橇はがくんと前にすべり、ぼくらは風音の渦巻く広大な雪の原野を走りだした。

6

それにしても、あの寒気のすごかったことといったら。あの後何年も、あの寒さの夢を見たくらいだ。あの寒さには色もあったし、味もあった――それはありがた迷惑な皮膚のようにこちらを包み込み、じんわりと締めつけてくるのだ。せっかく治った肋骨の痛みもぶり返したくらいで、息を吸うこともままならないほどだった。

ぼくらを運んだのは、顎を濡らした数頭の犬に引かれる、奇妙な形をした橇だった。ティッチ、ピーターさん、それにぼくは橇の真ん中にすわり、その背後に道案内人が立って、しゃがれた叫び声で犬たちを駆り立てた。橇の滑走部がぎしぎしと軋む音に、ぼくは耳を傾けていた。ほどなくぼくらは雪にすっぽり包み込まれて、身動きもできなくなった。生まれてこのかた、この世にそんな場所があるとは夢にも思わなかったし、雪というやつがこれほど威力があって、広範囲につもるものだということも知らなかった。ナイフのように突き刺さる風に吹かれて、雪は尖塔(せんとう)にもなり、絶壁にもなり、深い渓谷にもなった。しかも、そのすべては――と、凍りつきそうになる目蓋をわずかにひらいてぼくは考えた――そのすべては、単なる水でしかないのだ。

アイベルさんからは、雪ってやつは白くて冷たいんだぞ、と言われていた。でも、雪は白くなんかなくて、あらゆる色相に変化した。青くもなれば緑色にもなり、黄色にも茶色にもなった。通りすぎる絶壁によっては、仄かなピンク色に彩られているところすらあった。空の光が変わるにつれて、周囲の雪の色もまた深まり、新たな色彩を帯びた。ちょうど海の色が決して青一色ではなく、絶えず色調を変えているように。

寒気もまた単純に寒いだけではなかった。それは熱を奪い、血液の温かさを完全に消し去る結果、体温すら奪われてしまったように感じられてくる。風が吹きつのると、それはサトウキビを刈りとる恐ろしい鎌のように皮膚を引き裂こうとするのだ。

ぼくらは最初北に向かい、それから西に針路を変え、また北に向かった。一度止まったのは、犬たちを休ませるためだった。道案内人はあらかじめ氷の中に突き刺しておいた杭に彼らをつないで、互いに喧嘩するのを防いだ。細い目を閉じてすわり込んだ犬たちは、丸いふわふわの毛の塊みたいで、その毛が風に吹かれて逆立っていた。その精悍なたたずまいを写しとろうと、ぼくは素早く鉛筆でスケッチした。道案内人がぼくらみんなに小さな四角い肉の塊のようなものを配った。ティッチに言わせると、鯨の肉の脂身なんだそうだ。かじってみると脂っぽくて、むかつくような味がしたけれど、文句は言わなかった。

そこまでの道中、ぼくらは何を背後に残し何を新たに獲得しようとしているのか、ティッチともほとんど話し合わなかった。ぼくはフェイス農園での暮らしのことばかり思いだしていたけれど、いまとなっては、それはもう遥かな、遠い、むごたらしい夢のようにしか思えなかった。

朝のまだ暗いうちに出発したぼくらは、終日走りつづけ、途中何度か休息した。ようやく目的地に到着したのは、また暗くなりかけた夕方近くだった。途中ティッチを見ていて気づいたのは、生きているお父さんとの再会という事態に戸惑っているのか、時間がたつにつれ落ち着きをなくしていることだった。そして、とうとう目的地に到着したのだとわかったのは、道案内人が大きな五つの雪の吹きだまりの真ん中あたりで犬たちを停止させたときだった。橇の滑走ブレードがしゅっと音をたてて止まった。顎ひげに雪を凍りつかせたピーターさんが先に降り、ぼくらが背もたれ代わりに使っていた木箱を下ろしはじめた。橇の荷物が次々に下ろされるあいだ、ティッチとぼくはもじもじと体を動かしていた。

舌が口の中で冷たく膨れあがっているような感じだった。長時間、橇の上で凍てついた沈黙にひたっていたせいか、ぼくの声はかすれていた。「着いたんですね?」と、ぼくはティッチに訊いた。「ここがお父さんの露営地なんですか?」

そのときになってわかったのだが、雪の吹きだまりと見えたものは、実はお椀を伏せたような形の、氷でできた住居だったのである。それが五つ、無秩序に並んでいた。ぼくはびっくりして、死者の蘇りの現場に投げ出されたように怖くなった。橇からすべり降りてなんとか立ちあがると、その住居の入口に垂れさがった獣の皮をちらっと眺めた。ピーターさんが指先を素早く動かしてから、三番目の住居を指さした。

「あれはね、ワッシュ、〝イグルー〟と呼ばれている。先住民の住居さ」顔に垂れさがった、脂っぽいアザラシ皮のフードをわきによけて、ティッチが緊張した声で言った。「あの氷が断熱材の役割を果たすため、中はすこぶる暖かいんだ」

本当のことを言っているのだとは、すぐには思えなかった。でも、ぼくはすでに、不可解な現象をたっぷり見てきていたから、いまさら驚くこともなかった。この世はそれほどに魔訶不思議な場所なのだ。こんなことを言ったら、なんと非科学的なことを言うんだ、とティッチは嘆くかもしれないが、それはもうどうでもよかった。とにかく、そのときのぼくは、このただならぬ寒気のおかげで、せっかく治った肋骨の痛みまでぶり返し、半ば朦朧としている熱帯生まれの少年だったのだから。ぼくは振り返って、暗くなりかけた雪原に視線を走らせた。あのウィラードが、なんだか別世界の呪いのように思われた。実際、ぼくらはそのとき地の果てにきていたのである。

ティッチはもう雪を踏み分けて、三番目のイグルーに近づこうとしていた。入口で立ち止まってピーターさんをかえりみたその目は、どこか不安そうだった。でも、ピーターさんとエスキモーの道案内人は、犬たちをハーネスから放して一列の杭につなぎ直しているところだった。

なおもしばらく躊躇していたものの、ティッチは入口の前にひざまずいて獣の皮のカーテンを一方によけ、そのまま膝立ちで中に入っていった。

ぼくは雪の上を駆けだした。足をすべらせながら入口の前で止まったときは、心臓がどきどきしていた。深く息を吸い込んで中に入った。

内部は薄暗く、煙でもやっとしていた。獣脂の燃える臭いが漂っている。

「もしもし？」ティッチが低い声で言っている。奥のほうでガタガタという音がしたと思うと、また静寂がもどった。「だれかいませんか？」

入口で両手をついたまま、ぼくは首をのばしてティッチの前方を見透かそうとしていた。

そのとき、ちらっと見えたのだ、暗がりの中で立ちあがった男が。その男こそは神話に包まれた人物、ワイルド家の偉大な当主、王立協会の会員にしてコープリー勲章とベイカー勲章の受章者、その学識によって息子の胸に絶えざる向上心の火をともし、ぼくらをして危険もかえりみず、命を賭して氷原を横断させた当の人物だった。そう、その男こそはかつて彗星の氷の表層に関する論文によってソルボンヌ大学を混乱に陥れ、その学識が十二か国語に翻訳された人物、かつてタルタル人のジョークとインカ帝国のサラダを賞賛した人物だった。その男はまた、道具の使い方は道具の形状によって決定されるべきではないという理由から、かつて三歳の息子に、ナイフを手にしたらそれですくいとり、スプーンを手にしたらそれで切り刻むように教えた人物でもあった。そしてその男は千の生涯を送り、重いイギリス製のブーツで五つの大陸の土を踏みしめたあげく、それぞれの土壌を採集してのけた——まさにその人物を、ぼくは初めてこの目で見たのである——イグルーの低い入口に、雪にまみれたままひざまずいて。そのときまじまじと目を凝らしたわけは、その人物が意外に小柄で、太っているばかりか、もじゃもじゃの頰ひげに隠されている顔が、生気にあふれながらも、気の毒なくらいに醜かったからだ。

彼のほうでも、丸顔をかすかにしかめて、じっとぼくらのほうを見た。そのとき気づいたのだが、彼の前歯は上下とも二本ずつ欠けていて、代わりに木製の義歯が嵌めこまれているのだった。

ティッチとぼくは生きて帰れない場所にきてしまったのではないか、という危惧を、ぼくは振り払えなかった。

ティッチは最初、驚きのあまり呆然としているようだった。それからひしと父親に抱きつくと、苦痛に襲われたかのようにしがみついて離さず、そんな彼の背中を、父親のワイルドさんが当惑したように撫でさすっている。そのうちさっと身をほどくと、ワイルドさんはぼくらに向かって、ついてくるように手振りで示した。そして、ぼくのほうはちらとも見ずに、優雅な身ごなしで入口をくぐってイグルーの外に出てゆく。ぼくはティッチの後につづき、ティッチは父親の後につづいた。その足どりは酔っ払いのように危なっかしく、ふらついていた。まだ驚きのショックから立ち直れないのか、足をすべらせたことも一度ならずあった。無理もないと、ぼくは同情した。数か月ものあいだ、死んだとばかり思っていた父親の元気な姿をまのあたりにしたのだから、動揺するのも当然だったと思う。

そこからぼくらが案内されたのは、五番目のイグルーだった。中に入ると、数人のエスキモーたちが、白っぽい、何か妙なものを食べている最中だった。ぼくらを見るといっせいに顔をあげたけれど、その視線はティッチを通りすぎてぼくの上に集まった。無理もないと思う。ぼくは冬の海のように肌が黒くて、顔には無残な火傷を負っている少年なのだから。彼らの目にはさぞ奇怪な生き物に見えたにちがいない。エスキモーたちは無言で、ぼくの動きを目で追っていた。

その場でどうにか落ち着いたとき、ティッチは初めて口をひらいて何かしゃべろうとした。

ワイルドさんはすぐに手をあげた。「わかっとるよ、おまえがここにきたわけは」

ティッチはちらっとエスキモーたちのほうを見てから、ためらいがちに言った。「いや、おわかりにはならんでしょう、お父さん」

「おまえがやってきたのは」生き生きと輝く目を大きくひらいて、ワイルドさんは言った。「わたしが死んだと思ったからだろうが」

ティッチとぼくは黙って顔を見合わせた。二人とも、行く手に何が待ちかまえているか、あれこれ神経を悩ませたおかげで、疲れ切っていた。狭苦しい部屋の、薄暗い光に照らされたティッチの顔は、頬もげっそりこけて、やつれていた。獣脂の臭いのこもるその部屋は熱がむっとこもっていて、耳にはエスキモーたちがしきりにくちゃくちゃと嚙む音しか聞こえない。その男たちは、ワイルドさんの小さな露営地を支えている働き手だった。ワイルドさんとピーターさんは世間との絶縁を望んでいたらしいのだが、白人二人がだれの手も借りずにこんな僻地で暮らしていくのは不可能だったのである。ピーターさんはエスキモーの人たちの手を借りて、ワイルドさんの必要とする資材を交易所から調達していたらしい。ワイルドさん自身は、エスキモーたちとほとんど交わらなかったようだ——エスキモーたちは、言ってみれば、ワイルドさんが死を免れるための保険のようなものだったのだろう。ピーターさんはワイルドさんの代理人も同然で、事実、ワイルドさんが意思を疎通し合う唯一の相手だったらしい。ひっそりとしたイグルーの中、会話のために活発に動く二人の両手が、オレンジ色の光の下、賑やかな影を投げていた。助手のピーターさんは親密な、優しい態度を隠さなかった。何かというとピーターさんの体に触れていたし、一度などはピーターさんのうなじの灰色の髪を優しく引っ張ったりしていた。二人が手話でしゃべっているあいだ、ティッチは黙って自分の手を見つめていた。ランタンの橙色(だいだいいろ)の光の下、彼は居心地が悪そうに顔を赤らめていた。ピーターさんはイグルーの中に入っても、またすぐにエスキモーの一人とお使いに出かけた。

「いろんな噂が出回ったことは知っとるよ」偽の情報に接してどんなにショックだったか、ティッチがあらためて説明しようとすると、ワイルドさんは言った。「最初に気づいたのは、メキシコの学者仲間から、わたしの生死を問い合わせる手紙がピーターのもとに届いたときだったな。それには取り合わずにいたところ、こんどはドイツから二通目の手紙が届いた——ハイデルベルクに住む友人から、わたしの逝去を悼む手紙が届いたのさ。しかし、そういう噂がまさかおまえとおまえの母親のもとにまで達しようとは思わなかった。どうやらわたしは、人間の愚劣さの底知れないことを過小評価していたようだ。これには実際慄然としたね。そこまで噂が広まると予期していたら、わたしは当然、そういう出鱈目(でたらめ)を打ち消す手紙をおまえたちのもとに送っていたよ。いまからでも遅くない、さっそくおまえの母親のもとに手紙を送らなきゃならんな」

「でも、いったいだれがそんな出鱈目をでっちあげたんでしょう？　どうしてぼくらのところにまで、そんな噂が届いたんでしょうね？」

「こんな高地にきたおかげで、おまえの耳は聞こえなくなったのか？　わたしには皆目わからん、と言っただろうが」

ティッチは黙っていた。

彼の父親の上唇が、木造の義歯の上でヒクついた。なんとか笑おうとしているのだな、と察しがついた。「とにかく礼を言うよ、クリストファー。はるかこんな僻地までできてくれたおまえの情熱に対して。もっとも、こうなると、それも無駄骨だったかもしれんが」

ティッチはじっと自分の両手を見下ろしている。しばらくのあいだ耳に入るのは、厚着の男たちが身じろぎする音くらいのものだった。

するとティッチが口をひらいた。「母に手紙を出す際は、ぼくがここにきたことは伏せてください」

「またしてもお忍びでやってきたわけか」ワイルドさんは低く笑って顎を掻いた。「おまえも変わらんな、クリストファー」

途切れがちの二人の会話を、ぼくは眠たいのを我慢して聞いていた。そのときのぼくの目に、二人はどこか朦朧とした、実体のない亡霊のように映っていた。

そのうちハッと目が覚めた。ティッチとぼくに、寝床用の厚い毛皮と獣脂のろうそくが押しつけられたのである。寝床の毛皮の下には板が敷かれていたのだが、こんな荒れ地でどこから板を手に入れるのか不思議だった。これもまた、交易所に立ち寄る商船から調達するのかもしれない。

イグルーの奥には、側面に数字の焼き印の入った木箱がいくつも積まれていた。それを動かさないように横になると、疲れがどっと押し寄せてきた。

「ねえ、ティッチ」ぼくはもぐもぐと言った。「お父さんを最初に見たとき、どう思いました？　びっくりしたのと、嬉しさと、両方感じているように見えたけど」

「嬉しいというより、驚きのほうが強かったかな。あの瞬間の驚きは忘れられないよ。それと、久々に父と会って、あらためて感じたな――この人はなんと複雑な人物なんだろう、って」肩をすくめて、

「まあ、昔からそうだったが」

「ぼくは、露営地がこんなに大きいとは意外でした」

「おれもそうだよ」

「お父さん、ずいぶん長い間ここにいるんですね」

「生涯ずっと、と言っていいだろう。実際にここにくる前から、気持はここにいたようなものなんだから」

「で、これからどうします、ティッチ？　ぼくたち、ここにかくまってもらえるんでしょうか？　そうしてもらえるとしたら、どれくらい？」

「まあ、眠れよ、ワッシュ」ティッチはつぶやいた。「話し合う時間は、この先いくらでもある」

「うん、そうですね」ぼくは毛皮の中深くもぐり込んだ。

「ぐっすり眠るんだな」ティッチは言う。

　ぼくはそうした。


　あのイグルー、あの氷の家は、たしかに暖かくてすごしやすい避難所だった。翌朝目が覚めたとき、とても気分がよかった。心地よい、青いぬくもりの中で、自分がどれくらい寝すごしたのか、見当もつかなかった。ティッチは先に起きていて、もう姿はなく、毛皮がきちんと巻かれて寝床に置かれていた。

　昨夜は雪が軽く降ったらしい。ティッチがイグルーの前から雪をかき分けていった跡が残っていた。足跡をたどってゆくと、二番目のイグルーの前に着いた。中に入ると、ティッチがお父さんと並んで胡坐（あぐら）をかいている。それが朝食なのか、二人で灰色のつるんとしたものを食べていた。

「ワッシュか」ティッチが控えめな笑みを浮かべた。「さあ、入れよ。この食べ物は苦いけれども栄養がある。こうやって、つまんで食べるんだ」

　笑いながら口に入れて嚙んでいたが、嚥（の）み込もうとしたときぶるっと彼が震えたのを、ぼくは見逃さなかった。

「他に何もないんですか？」

ぼくがたずねると、ワイルドさんが答えた。「これはそううまいものじゃないが、食べつづけていると、死と隣り合わせの場所でも生き延びることができる。嘘だと思ったら食べてみるがいい」

ぼくはむさくるしい格好の年老いた科学者の顔をちらっと見たけれど、冗談を言っているのかどうかはわからなかった。

灰色の食べ物は、サイコロのような形に無造作にカットされていた。そっと手にとると、舌をのばしておそるおそる舐めてみた。

「じっくりと味わうものじゃないんだよ、ワッシュ」ティッチが笑った。「二度ほどさっと噛んだら、ぐっと嚥み込んでしまうんだ」

「その味にもしだいに慣れてくるから、心配要らんよ。わたしも最初は好きになれなかったんだが、何度も食べているうちに、気にならなくなった」ワイルドさんはふっふと含み笑いを洩らした。

「で、最初はだれに勧められたんです？」ティッチが訊いた。「あの従者ですか？」

「ピーターかい？」

「いえ、あのエスキモーです。橇でぼくらをここに連れてきてくれた」

「ああ、ヘシオドか。あの男はわたしの従者ではないぞ」ワイルドさんの顔から、笑みがすっと消えた。どこか咎めるような、妙な眼差しで、彼は息子のティッチの顔を見た。ぼくにはだんだんわかってきたのだが、ワイルドさんは感情の変化が激しい人で、その変化がぼくは怖かった。「おまえならとっくにわかってくれたと思っていたがな、クリストファー」

ティッチは顔を赤らめた。「つまり、ヘシオドはお父さんやピーターの雇い人じゃないってことですね？」

「ヘシオドはな、いつも思うがままに行動している男なんだ。〝従者〟という言葉は、彼の母国語にはない。だから、それがどういうものか、ヘシオドには理解できんはずだ」ワイルドさんは眉をひそめて、何か黄色い粉を目の前の氷にふりかけた。見ていると、黄色い粉は表面から中に沁みとおって、しだいに広がってゆく。「ヘシオドは、この地元の種族に属している男ではないのだ、クリストファー。ずっと西方で暮らしている種族の一員でな。幸い、われわれのことを、あの交易所に巣くうダニどもよりはずっとましな人間と見なしてくれている」

「どうして、あそこにいる連中がダニなんですか、ワイルドさん？」ぼくは静かにたずねた。

ワイルドさんはおくびを洩らして訊き返した。「何だって？」

「どうしてあの連中はダニなんですか？」ぼくはくり返した。

「なぜならば、実際、あの連中はダニも同然だからさ。しょうのない酔っ払いで、悪知恵が働き、自分の女を船乗りたちに抱かせたりするんだからな」ぶっきら棒に言い放った。カリオペ号の荷下ろし作業の際、カヤックで乗りつける連中をぼくは見たことがあるけれども、そんな連中はそうざらにいるわけではなかった。あの酔っ払いの交易商を別にして、ここで出会った連中はみんな勤勉で、律儀な連中ばかりだとぼくは見ていた。でも、そのことは自分の胸にしまっておいた。

「ヘシオドって、変わった名前ですね」ぼくは代わりに言った。

「あの男の本名ではないからな。ここの先住民のあいだでは、あの男、偉大な詩人と見なされているため、古代ギリシャの詩人の名前で呼ばれている。あの男の本名となると、とてもわれわれにはうまく発音できんのだよ」ワイルドさんは口元を大きく左右に引っ張った。そうして渋面をつくり、木製の義歯をむきだしにして、何度かしゃがれた唸り声を洩らした。「それしか言えんよ、いまのところは」

「面白い話ですね」ティッチが言った。「ぼくの耳には、彼らの言葉はボルネオの先住民のそれのように聞こえるけれど」

「まさか！」彼の父は呆れたように言った。「いいか、そういう見解は、ここの住民たちの、喉の奥にこもったような発音をよく聞いてから言うんだな。よりによって、ボルネオの先住民の言葉とは！おまえには、民族的な音声を聞き分ける耳がないと見えるな、クリストファー」

「ぼくは航空力学の研究に専念したほうがいいんでしょう」顔を赤らめて、ティッチは答えた。

「おまえはいまもその研究をつづけているのか、バルバドスで？　あの、空気よりも軽い飛行装置の研究とやらを？」

ティッチはいくぶん驚いた様子だった。「じゃあ、兄のエラスムスが手紙か何かで知らせたんですね？」

彼の父親は肩をすくめた。「なに、あいつが書き送ってきたのは、おまえが農園の資源を食いつぶしている、ということだけさ。詳細は明かさなかったが」低く含み笑って、「おまえたち兄弟、いつまでそうやっていがみ合っているのやら。エラスムスの話が出たから言うが、この数か月、あいつからは何の連絡もないぞ」

ティッチは眉根を寄せた。「あなたが死んだと思い込んでいるからですよ、お父さん」

「なるほど。そうだろうな、きっと」

見ていると、ティッチはすこし体を揺らして咳払いをした。彼の研究成果、ぼくらの研究成果について、ひとくさり説明しようとしているらしい。でも、ティッチが口をひらくより先に、ワイルドさんがまたしゃべりだしていた。

「わたしの本当の助手はな、ピーターだ。ヘシオドじゃない」ぼくに向かって、真実を説き聞かせるように言う。「彼はもうかれこれ二十二年間も、わたしに付き添ってくれた。いまじゃ実験道具を選んでくれるのも彼だし、道具の輸送、標本の採集にあたってくれるのも彼だ。わたしが北の荒野にさまよいこんで出てこられなくなるような事態を、未然に防いでくれるのも彼だしな。ピーターこそは長年にわたる真の相棒だったよ」

伏し目がちに聞いているティッチの顔には、ちょっと悔しそうな表情が浮かんだ。彼の父が言葉を切ると、ティッチは初めて顔をあげた。

ワイルドさんはなめし革のような肌の、太い手をぼくのほうに向けた。「おまえにとっての、この少年と同じようなものだ。おまえの相棒なんだろう、この子は」

「いいえ、必ずしもそうじゃありません」ティッチは軽くいなすように言った。それから、無言で外を行き交う男たちに目をやって、「でも、もったいないじゃありませんか、ここに住む連中と意思を疎通し合って、彼らの文化、彼らの歴史を知ろうとしないのは。語学の達人のお父さんが、どうして彼らの言葉を覚えようとしないんです？」

だが、ティッチの父親はすでに背中を向けていて、ページがよれよれになった革装の本の山をしきりにかきまわしていた。

ティッチは一つ咳払いしてから、父親の背中に向かって言った。「ぼくらがどういう手段でここにたどり着いたか、お父さんはきっと信じられないと思いますよ。飛行装置と組み合わせるゴンドラを描いたお父さんの図面、ぼくがあれに改良を加えたのを覚えていますか？　もう三、四年前のことだけど？」

「待てよ、どこに置いたかな？」ワイルドさんはつぶやいて、相変わらず本の山をかきまわしている。

ぼくに対して気まずそうに笑ってから、ティッチはまた父親の背中に向かって言った。「ぼくは、〝クラウド・カッター〟とそれを命名したんですけど、覚えてますか？」

ワイルドさんは依然本を選り分けながら、低い声でつぶやく。「うん、あれか。あのお粗末な飛行装置だろう。覚えているとも。まさかおまえ、あれを本当に製作しようと試みたわけじゃあるまいな？」

「試みたどころか、お父さん、ぼくとワシントンは、あれを本当に完成させたんです。そして、フェイス農園の小高い山の頂上から飛び立ったんです」

ワイルドさんは、まさかというように、目を大きく見ひらいた。「で、いまどこにあるんだ、それは？」

ティッチは膝に目を落とし、ぱちぱちと瞬きしながら恥ずかしそうに微笑んだ。「残念ながら、海の底ですがね」

「でも、あの嵐に遭わなかったら、ずっと飛んでいられたんです」ぼくは思い切って口をはさんだ。「偶然の事故だったんですよ。あの気球、本当に信頼できる乗り物でした。あれをごらんになったら、あなたもきっと、よくやった、とおっしゃったと思います」

ワイルドさんはぼくとティッチの顔を見比べながら含み笑いを洩らす。その声が、もじゃもじゃの黒い顎ひげに吸い込まれた。「そうかそうか、しかしまあ、当面、おまえたちには飛行士よりポーターであってほしいもんだ。ピーターがきょうの早朝に出かけたんで、おまえたちに装備の運搬を頼みたいんでな」

こうして日々がすぎていった。時間は短く、暗く、飛ぶようにすぎて、夜が慌ただしく訪れた。ティッチはあれっきり〝クラウド・カッター〟を話題にはせず、彼の父も特に詳しく問いただそうとはしなかった。代わりに二人は家族のことを話題にしたのだが、その態度はどこかよそよそしかった。ティッチは万事皮肉っぽく、距離を置いて話している感じで、その態度はフェイス農園で父の死に接したとき、あれほど悲嘆にくれた人物のそれとは思えなかった。たぶん、原因はお父さんの態度にあると、ぼくは見ていた――なにせワイルドさんは壊れた機械が心臓に埋め込まれているような人物だったから。愛情を表現しない、というわけではない。表現の仕方に一貫性がなかったのである。

何時間も語り合う二人のかたわらで、ぼくは耳を傾けた。そして、想像もしなかったような、ティッチの少年時代のエピソードの数々を知った。それから、彼の母親に関する逸話。一家でパリに旅したときの出来事を知った。一家のイギリスの邸宅にある、毒花でいっぱいの温室のことを知った。それから、少年時代のエラスムス・ワイルドに関する破天荒な逸話。なんとそのとき彼は、弟のティッチを誘って敷地内の湖で全裸で泳ぎ、そのままの格好で屋敷内を走り抜けて、召使いたちを仰天させたのだという。そしてまた、ある晩、エラスムスとティッチはアフリカ先住民の呪術師になったつもりで体中に絵の具を塗りたくり、食堂の家具を中庭で燃やして、奇声を発しながらそのまわりで踊るうち、仰天した母親からバケツの水をぶっかけられたのだとか。ティッチがお父さんに連れられて、ノリッジのラニラ・ガーデンで催された気球の飛翔イヴェントを見物に出かけたときの話も、ぼくは聞いた。そのとき光り輝く球体となって空に浮かんだ気球は、ゆっくりと下降して海に墜落してしまったらしいのだが、その際お父さんは飛行士が溺れそうになるのを目前にガスの原理の説明をつづけ、事故をまのあたりにしたティッチが震えだすのもかまわず、グランボーンに馬車で引き返す途中まで、説明をやめなかったのだという。そしてまた、小学校十年生の頃のティッチの逸話も、ぼくは聞いた。当時のティッチは病弱で体重がいっこうに増えず、それで悶々としていたとき、兄のエラスムスから、〝チビ〟を意味する〝ティッチ〟という仇名をつけられたのだとか。病弱の対策として、医師たちは瀉血を勧めたらしいのだが、母親が頑としてそれを拒んだらしい。

「だからおまえは、母親に命を救われたも同然なんだぞ」急に優しくなった口調で、ワイルドさんは言った。「実にもって聡明な女性だったよ、あれは」

ぼくは急に好奇心に駆られて、ワイルドさんの顔を見た。このずんぐりとしてむさくるしい醜男が美しい妻と並んでいる姿を頭に描こうとしてみたのだが、どうしても像が結ばなかった。それをよそに、ワイルドさんは妻アビゲイル・ワイルドの思い出を語りはじめる。若き日のアビゲイルとリヴァプールで出会った舞踏会で、二人は夜の明けるまで、手書きの地図の不完全さと標準版大陸図の欠陥について語り合ったのだとか。アビゲイルと会った瞬間から彼は、青春時代を通してひたっていた孤独が必ずしも自分の運命を決するとは限らないと覚ったらしい。その言葉に対して、ティッチは何の反応も見せず、ただこう言っただけだった――「あの頃、午後になるとイタリア語の個人レッスンを受ける母の姿を、ぼくと兄はよく眺めていたものでした。あれほどに美しいと思った女性は、見たことがありません」

「しかし、当時のおまえたちはまだ頑是ない子供だったんだぞ」ワイルドさんは言った。「美の何たるかもわからなかっただろうが」

「いえ、何が美しいか、子供は直感的にわかるものですよ」ティッチはやんわりと反駁した。「それを忘れてしまうのは、大人のほうです」

7

氷原を暴風が吹き荒れる日もあって、そんなときは雪が横なぐりに吹きつけた。助手のピーターさんは毎朝雪を踏み分けて出てゆき、夜になるともどってくる。たぶん、あの交易所に向かうのだろうが、断言はできない。その振る舞いを観察しているうちに、ぼくにはわかってきた。彼はとても知的で、繊細な人なのだ。そして、こうと決めたことは必ず実行する。でも、なぜワイルドさんのような扱いにくい人間のために生涯をささげる気になったのか、それがどう考えても謎だった。

午前中、ワイルドさんは第四イグルーでさまざまな実験に従事する。そこは各種の氷を顕微鏡で観察するための部屋だった。ワイルドさんは氷の中で発見した極小生物について、長々と語って飽きることがない。丁寧に名札をつけた、骨片入りの箱を指して、それらの採取源である巨大な動物について語る。彼はその動物を〝セイウチ〟と呼んでいた。かと思うと大きく反り返った巨大な角をぼくに見せて、氷の下で暮らしている白い鯨からとったんだ、と説明する。

あるとき、その日もぼくはそうした標本をスケッチしていた。それはもう何回も行っていたのだが、突然、ハッとしたのである――爪にいつも泥がこびりついているこの細い指先。この指先は、自分ながら、なんて細やかな写生をやってのけていることか。一つ一つのスケッチが、絵というよりも、幽(かす)かに艶めいたインクで描かれた、各標本の妖しい死後の姿のように見えたのだ。この数か月のうちに、自分はこれほど成長していたのか。芸術においても人生においても、こんなに成長していたなんて。

うなじに息を感じて振り返ると、意外にもワイルドさんがぼくの肩越しにスケッチを覗き込んでいた。ぼくはびくっとして、小柄なワイルドさんのほうに向き直った。魚のにおいのする息が喉の奥でぜいぜい鳴っているワイルドさんと向き合うと、ぼくはいつもどきっとしてしまう。息子のティッチと同様彼も明るい緑色の目をしているのだが、その目はティッチのそれよりも小さく、冷ややかで、針のように光る点が瞳の中にある。ぼくの手元を見下ろすその目は、ぼくの描いた絵の描線をくまなく分析しているかのようだった。

「ふむ」驚きと冷淡さのまざり合ったような声だった。「こいつは感心した」

そして笑いかけたのだが、むきだした木製の義歯と歯茎を見たとたん、暴力でも振るわれたような気がして、ぼくの中の何かが萎縮した。賛嘆と同時に嘲りをも、ぼくは感じたのである。これはこれは、妙な動物がたいしたことをやってるぞ、とでも言っているような、そう、やれやれ温室の植物が口をきくとはな、とでも言っているような、そんな感じが伝わってくるのだ。

毎日午後になると、ぼくはスケッチをやめて、ティッチやワイルドさんと一緒に近所を歩きまわった。ワイルドさんが近所のあちこちに仕掛けた各種の小さな罠をチェックするためだ。ある日の午後、ぼくらはホッキョクグマの深い足跡を見つけた。それから数時間もその跡をたどって、広々とした氷原に達したとき、足跡はとだえた。そのとき、ワイルドさんはわれに返ったように暮れなずむ空を見上げた。その目には急に警戒の色が浮かんだ。ぼくらは急いで数マイルの道を引き返し、地平線が暗闇に覆われる寸前に露営地にたどりついたのだった。

あの露営地で目にするのは、実際、興味深いものばかりだった。でも、観察していて何より引きつけられたのは、ティッチという人の奇妙な人間性だったと思う。その頃になると、ティッチはしだいに内にこもるようになっていった。彼とお父さんのあいだには、深い愛が、目立たないからこそぼくなど入り込めない愛が、あったのだろうと思う。でも、愛というものの常で、それは翳を帯びた、苦しみと混乱の伴うものでもあったのだ。そんな関係にあって、ティッチはあまりにも積極的であったがために、あまりにもたびたび傷ついたのではないだろうか。

見ていると、ティッチはそのうち徐々に、悲哀に、緩慢な絶望のようなものに、とらわれていったようだ。お父さんのことで悩んでいるのは明らかだった——お父さんの心をどうつかんだらいいか、フィリップの自殺が因で、ぼくらが世間の目から隠れようとしていることをどう説明したらいいか、それで悩んでいるようだった。毎晩、暗いイグルーの中で、毛皮にくるまって横たわると、ぼくはティッチの呼吸に耳を傾けた。彼のなかで、まるで熱のように不安が増幅しているのが感じとれた。心配だった。

とうとう、ぼくは黙っていられなくなった。「お父さんに全部打ち明けたらどうです、ティッチ」ぼくは闇に向かって言った。「お父さんにも、洗いざらい知ってもらったほうがいいですよ」

「考えてみると、何から何まで罠だったような気がするんだが、どうだい?」ティッチは言った。「あれは罠だった、エラスムスが、フェイス農園を逃れておれをあそこに縛りつけるために、フィリップと謀って父の死をでっちあげたんじゃないのかな」

「そんな馬鹿な。お父さんだってその噂のことは知っていたわけだし。それはないと思うな」

「まあな、そうだろうな」ティッチはつぶやいた。

「いっそ、何もかもお父さんに打ち明けたほうがいいですよ、ティッチ」

闇の中で、ティッチは苦しげに息をついて、何も答えなかった。


その晩、ぼくは数か月ぶりにビッグ・キットの夢を見た。そこはサトウキビ畑のはずれで、小さな虫の群れが夕暮れの大気の中を飛びまわっていた。キットの頭は、まるで後光のような、青白い、もやっとした光に囲まれていて、表情がよく読みとれなかった。そのうちキットは手を伸ばしてぼくの手をつかんだ。すごく冷たい手だった。ぼくは厚い毛皮の裏地のついた手袋をキットにわたした。周囲には雪がつもっていて、一面、真っ白だった。キットの顔には、暗い、厳粛な、物問いたげな表情が浮かんでいた。美しい顔だった。その顔につい見惚れているぼくに、キットは言った。

「おまえはね、あたしの眼なんだよ」

そして自分の顔に指先をもっていくと、両の目玉をぐいと中に押し込んだ。するとそこから、青い光が放たれた。

ぼくはそのとき——奇妙なことだけど、事実なのだ——ある種の安らぎと幸福感に包まれた。信頼、という大きな贈り物がぼくに差し出されたような気がしたのである。

暗闇の中で目が覚めると、ぼくは泣いていた。

翌朝、ティッチがお父さんと採集箱の点検に出かけたとき、ぼくは同行しなかった。その代わり、露営地の端のほうにいって、エスキモーの男たちの視線を意識しながら、イグルーを細部まで生き生きとスケッチすることに熱中した。

その日の午後、お父さんの実験用イグルーからもどってきたティッチは、薄暗いぼくらのイグルーの中にすわって、重たい服を脱ごうともせず、じっと分厚い手袋を見つめていた。ぼくも、まだ体が温まらなかったから、外出姿のまま、手袋の親指のところにあいた小さな穴を針と糸でかがっていた。ティッチのほうをちらっと見ただけで、話しかけなかった。二人してそのまま沈黙の行をつづける間、外では風が吹き荒れていた。

とうとうティッチが身じろぎして、紅潮した頰を撫でながら苦々しげに言った。「家族ってやつがどんなものか、おまえ、知ってるかい?」そこでこちらを向くと、しばらくじっとぼくの目を見つめた。「家族のいないおまえには、わからないだろうな、それがどんなものか。だからきっと、家族とはいいものだと思っているんだろう」ティッチは両膝をついて向きを変え、低い氷の棚から背囊(はいのう)を引っ張り出した。そして、そこに食糧を詰めはじめた。

「じゃあ、お父さんに話したんですね?」ぼくは気になってたずねた。

ティッチは黙々と食糧を背囊に詰めつづける。

「何て言いました、お父さんは?」

それでもティッチは答えず、薄暗闇の中で膝の位置を変えただけだった。

「まさか、ぼくたちを追い出したりはしないでしょうね、お父さんは? ぼくはフィリップさんの死にまったく関わっていないって、伝えていただけたならいいんだけど。それと、あのウィラードという男の件も――」

ぼくの声は薄れて消えた。

ティッチはそこで初めて手を休めた。すこし反り返るようにして、ぼくの顔を見つめる。「フィリップが死んだことを伝えたとき、父はなんと言ったと思う? どんな言葉を吐いたと思う? こう言ったんだぜ、父は――〝あの若者は要するに、頭を使いすぎたんだな〟」わびしげに笑って、「おれたちが相手にしているのは、そういう人間なんだよ、ワッシュ。それがおれの父親なのさ」

ぼくは遠慮がちに訊いた。「で、ウィラードという男については、わかってくれましたか？　あいつが何をしようとしているのか？」

「父はな、自分が生きていることを、エラスムスや母に知らせたくないらしいんだよ。あの二人をびっくりさせたくないと、何度も言ってるし。たぶん、このまま二人に知られずにすんだほうがいい、と思っているんじゃないかな。父が死んだと、あの二人が思いつづけてくれれば、父は二人に気兼ねせずに、このままピーターとここで研究をつづけていけるってわけさ」ひび割れた唇を舌でしめして、つづけた。「でも、この先もエラスムスにフェイス農園の管理を任せたかったら、お父さんが現に生きているという証拠を示さなきゃならんでしょう、とおれは説明した。ぼくの説明だけじゃ、あの二人は信じませんよ、とね。父はその問題には関与したくないらしくて、〝おまえの兄のビジネスに口出しするつもりなど、わたしには毛頭ないんでな〟と言うのさ。本当にそう言ったんだぜ。自分の研究の経費がどこから出ているのか、父は十分わかっているんだ」ティッチはいまいましげに唾を吐いた。「おれの家族なんて、そんなもんなんだよ、ワッシュ。それがおれの血の絆ってやつさ」ティッチは首を振った。「問題の噂を流した張本人が父だとわかったとしても、おれは驚かないね」

ティッチの言い分を完全には理解できないまま、ぼくはじっと彼の顔を見つめた。胸がざわついていた。

「おれはもう、この世のどこにもいたくないんだ」吐き捨てるように、ティッチは言う。「わかるか？イギリスにもいたくないし、アメリカにもいたくない。西インド諸島にもいたくない。もちろん、ここになんかいたくない」

そのときだった、ぼくの胸中で急に不安がふくらんだのは。ぼくらはいま、言ってみれば、地球の頂点にいるのだ。ここよりいい隠れ場所などあるはずがない。ぼくはなんとか笑みを浮かべた。「いまあがった場所には、ぼくもいたくないな。でも、じゃあ、どこにいればいいですかね？」

ティッチはまたぼくから顔をそむけて、黙り込んでしまった。急に怖くなって、ティッチの横顔のぼんやりした輪郭を眺めた。薄暗い光の中に、口の両端から白い髪のように走っている傷跡が浮かびあがっている。本当はもっと言いたいことがあるんだろうな、という気がした。そう、いま吐き出した憤懣以上に彼を駆り立て、絶望の淵に追いやっている何かが。ティッチ父子がもっと何かを語り合ったのだとしても、それは彼の苦悩を深めただけだったのかもしれない。

「ねえ、ティッチ」ぼくはそっと言った。「ぼくはどこにでもついていきますから」

ぼくを見返したティッチの目は、赤く血走っていた。

「ぼく、どこにでもついていきます」

「頑固なやつだな、おまえは」彼の表情が、ぼくには読みとれなかった。ティッチは分厚い手袋をはめた手で、ぼくの両手を握りしめた。ランプの獣脂の残りがけむって、部屋がいっそう暗くなる。小さなイグルーの中で、ぼくらはひざまずいて向き合っていた。「おれという人間がどう変わろうと」ティッチはとうとう言った。「きっとおまえはわかってくれると思っている」

どういう意味かわからずに、ぼくはティッチの顔を見返した。

「いいかい、おまえの人生はおれのものじゃない。いいね？　おれは、ここまでついてこいと、おまえに頼んだわけじゃない」そこで咳払いをした。「でも、おれたちはこんな北までやってきているんだ、ワッシュ。解放奴隷が暮らしやすいアッパー・カナダほどではなかろうと、ここにいればおまえは安全なはずだ」ティッチはぼくににじり寄った。その目は苦悩の色を浮かべていた。「ピーターとも、すでにいろいろな取り決めをしてある。大丈夫、あいつがおまえの安全に気を配ってくれるよ。おまえが使える金や食糧も、預けてあるから」

「どういうことですか、ティッチ？」

でも、ティッチは食糧などの詰まった背嚢を手にして、ぼくに背を向けた。そして背嚢をイグルーの外に押しやると、自分も外に這い出して、寒風吹きすさぶ雪原を歩きだした。

雪は鋭い角度で吹きつけていて、どうにかイグルーから這い出たとたん、ぼくは風に吹き倒されかかった。あたり一面真っ白で、目がくらみそうだった。雪をついて降りてくる不思議な光も、凍りついているように見える。ぼくは肩を丸めて、前方を見透かした。ティッチの歪んだシルエットが見えた。背嚢の重さとバランスをとり、肩を一方にかしげて南に向かっている。ブーツの足跡は、すでに新たな雪で覆われていた。ぼくは躊躇せずに進んだ。フードをきつく引っ張って顔を覆い、歯を食いしばってティッチの後を追った。

でも、こんなところで、一人でやっていくなんて。そんな恐ろしいこと、できっこない。この白い荒野。身を切るような寒さ。しかもぼくはまだ十四歳で、この世にだれ一人頼れる者もいないのだ。だからぼくは、重たい革のブーツの中の足が引きつりそうになりながらも、深い雪をついて、ひたすら彼の後を追った。でも、無理に急ぎはしなかった。ティッチの姿を見失わないようにすれば、それでよかった。

ヴァージニアで墓守のエドガー・ファロウさんのところにぼくを置き去りにしようとしたときと同じだ。ティッチはまたぼくを置き去りにしようとしている。こんどもやはり、そのほうがぼくの安全のためだという口実をかまえて。

しばらくすると、ティッチは立ち止まった。降りつのる雪の中、手袋をはめた手をぱんぱんと叩いて周囲を見まわした。ぼくはすこし離れたところで、ぜいぜいと息をしていた。

「おまえ、幽霊みたいだぞ」ティッチは叫んだ。「もどれよ、露営地に」

風が雄たけびをあげ、雪がさらに強く吹き荒れている。もう夕方に近づいたはずだが、光はさほど薄れず、ただ揺らいでいるだけだった。

まるで世界が消失したかのように、すべてを忘却の彼方に追いやる雪の中で、ぼくらは立ち尽くしていた。

「この先、おまえがおれの頭から消えることはないだろうよ、ワッシュ」ティッチは叫んだ。「たとえここで別れて、おれが悲嘆に沈んだとしても」

何を言おうとしているのか、ぼくにはわからなかった。でも、ティッチはこの猛吹雪の中に突っ込んでいって自殺するつもりでは——なんだかそんな気がした。「ねえ、もどりましょうよ」ぼくはそう叫ぶしかなかった。「とにかく、この吹雪がおさまるのを待って、それから二人であの交易所までいきましょう。どうかしてますよ、このまま先に進むなんて」

ティッチの顔がぼくには見えず、ただパタパタとはためいている革のフードの音が聞こえるだけだった。ティッチはまた叫んだ。「いいからもどるんだ、ワッシュ」

ぼくは後ろを振り返った。ぼくらの足跡はもう雪に覆われてしまい、あたり一面、雪煙がもうもうと舞っていた。

「もどる道がわからなかったら、そこから動くな」ティッチが怒鳴っている。「だれかが探しにきてくれるだろうから」

「二人とも、ここにいたほうがいいですよ」ぼくは叫び返した。「ここで、この荒れた天気をやりすごしましょう！」

ティッチは、かついでいた背嚢を雪の上に置いた。

「ようし」

叫びはしたけれど、ティッチはこっちを向いたまま一歩、二歩と、吹雪の中に後ずさってゆく。

ぼくは二、三歩進んでその背嚢をつかみ、なんとか担ぎ上げて、よろめいた。

「待って」ぼくは叫んだ。「これ、重すぎて」

「そうだろう」ティッチはまた叫んだ。が、すぐこちらに背を向けて、風音に聴き入るかのように吹雪を見つめている。と思うと、白い虚無の奥に向かって歩きだした。

「ティッチ！」ぼくは悲鳴をあげた。

ティッチはさらに白い闇に入り込んでゆく。すべてを忘却の淵に追いやる咆哮（ほうこう）がたちまち彼を押し包み、呑み込んでしまった。そうしてティッチはぼくと歩んだ人生の舞台から静かに去り、あとかたもなく消えてしまったのである。

第三部

ノヴァ・スコシア

1834

I

ぼくは泣きだした。涙はすぐに凍りついて、縫合糸のように頰を突っ張らせた。ティッチの足跡は、もうきれいに消えていた。後ろを——後ろと思われる方角を——振り返ると、ただ白い大気が舞っているばかり。ぼくはあっち、こっちと振り向いた。目蓋(まぶた)は焼けるように熱く、鼻先はすでに麻痺していた。恐怖が体のなかを走り抜けた。ここから逃れる道はどこにもない。ここで死ぬんだ、と思った。

それから何が起きたのか？　ほとんど記憶がない。だれかの手が腕に触れ、どこかに引きずられて、猛り狂う風の中を運ばれていった。一面の猛吹雪。そして、砕け散り、煙のように消えてゆく光。口中の、錆(さび)のような氷の味。でも、そのどこまでが事実だったのか？

けむったようなオレンジ色のぬくもりの中で、ぼくは目が覚めた。片肘をついて体を起こすと、アザラシの皮が寝台とこすれ合う音がした。朦朧(もうろう)としたランタンの光の中にワイルドさんがすわっていて、安物の鋼鉄のナイフで太い棒をけずっていた。ぼくは起き上がった。

「しばらくは体中が痛むぞ」ワイルドさんは言って、皮肉っぽく笑った。「しかし、まあ、足の爪先と手の指は切断せずにすむだろう」

「ティッチは」ぼくは太い棒に目を据えた。それから、ぐっと唾を吞み込んで、「あの、ティッチは——？」

ワイルドさんは手を休めて、険しくも明るい目でぼくをじっと見た。「あの、愚かなわたしの息子のことか——」怒った口調で言いかけて、口をつぐんでしまった。

ぼくは震えながら首を振った。「そうです。ティッチは、あの……まだあそこに？　吹雪の中にいるんですか？　ワイルドさん、あの——」

だが、ティッチの老いた父親は、黙々と棒をけずりつづけている。薄暗い光に浮かぶ彼の顔を見て――口をへの字に曲げて、なんとか怒りを抑えようとしているその顔を見て――この人はぼくよりもずっとティッチのことをわかっているんだ、という気がした。なんだか落ち着かなかった。ティッチはこの人の最愛の息子なのだということに、否応なく気づかされたのだ。

「あなただったんですか、ぼくを助けてくれたのは？」ぼくはとうとう言った。

ゆったりと体を起こすと、しばらくじっとこちらの顔を見据えてから、ワイルドさんは言った。「いや、わたしじゃない。ピーターだ。おまえさんは幸運の首飾りを首に巻いて生まれたらしいな。あと一時間、発見が遅れていたら、氷雪の中に埋もれていたところだぞ」また棒をけずる仕事にもどった。皺だらけの手が震えていた。「男たちが探しに出てから、もう数時間もたつ。そろそろ報告が届くだろう」一つ咳をしてから、頬ひげを引っ張った。

ぼくはワイルドさんの顔に目を凝らした。そう、旧約聖書の神のように頑固そうなその顔に。たぎるような怒りを秘めた目を伏せると、老人は棒の上に身をかがめて、またけずりはじめる。

ぼくが次に発した声は、自分の耳にも穏やかに聞こえた。「どのくらいたったんでしょう？　ぼくはどれくらい寝てたんですか？」

ワイルドさんは答えない。時間だけがすぎてゆく。それから何時間もたった頃、ピーターさんとエスキモーの男たちがもどってきたのだが、ティッチの姿はなかった。翌日、夜明けとともに男たちはまた捜索に出かけた。が、ティッチはやはりもどらなかった。その頃から、ワイルドさんは目に見えて落ち着きを失っていった。あまり眠らず、十分な食事もとらず、ただ手だけを動かして何かこまごまとした仕事をしていた。標本採集にももう出かけず、熱心に何かをけずったり、イグルーの入口に立って地平線の彼方を眺めたりしていた。

そのうちある朝、ワイルドさんはとうとう我慢ができなくなったらしい。彼はまず、大きな緑色の袋に野外耐久生活用の各種の用具を詰め込んだ。それから無毛の皺だらけの両足を、油を引いたカリブーの皮のブーツに突っ込むと、とてつもない重量の袋をかついで雪に埋もれた荒野に踏み出していった。エスキモーの男たちが止めようとしても耳を貸さず、寄ってくるな、と怒鳴りつける。ピーターさんが、言うとおりにしろ、と手真似で男たちに伝える。そしてピーターさんは、それと説明しがたい微妙な慈しみのこもる仕草で準備をすると、五十歩くらい遅れてワイルドさんの後を追った。もちろん、ワイルドさんまで行方不明にならないように、ついていったのだ。

その頃ぼくの胸を締めつけていたのは、底知れぬ不安だった。毎夜、捜索に出た男たちが手ぶらでもどってくるたびに、胃袋が引きつるような思いでほつれた藁布団の端をむしり、ティッチの生還を祈った。

数日たって、ワイルドさんとピーターさんが、遮るものとてない明るい原野を踏みしめて、一緒にもどってきた。ぼくのほうに近づく前から、ワイルドさんの荒々しい息遣いが聞こえた。ひび割れてすりむけた唇を通して、苦しそうな息が吐き出された。

「手がかりは何もなかったんですか?」イグルーの入口に着いたワイルドさんに、ぼくはたずねた。

その声が聞こえたのか聞こえなかったのか、ワイルドさんは無言でぼくのわきを通り抜けた。寒気に耐えながら渋面を保ち、体は小刻みに震えていた。ぼくも彼の後からイグルーに入った。けむったように薄暗いなか、ワイルドさんはカリブーの皮の服を脱ぎ、木綿の下着も全部脱いで、裸のままそこにうずくまった。密生した灰色の体毛の下に透けて見える、汗ばんだ白い肌。それを見たとたん、目をそらしたくなって、ぼくはうつむいた。

「愚かなやつよ」ワイルドさんは罵った。そして、いらなくなった衣類で体を拭きはじめた。「あいつは逃げ出すのが得意だった。子供のときからそうでな。木の上やどぶなどに身を隠した後で、しぶしぶともどってきおる」

でも、苦悩を押し隠しているワイルドさんの顔を前にすると、こんどばかりは彼も、息子がもどってくるとは思っていないのではないかという気がした。

ぼくは顔をそむけた。ぼく自身、その瞬間、自分は完全に見捨てられたのであり、もはや自分でわが身の安全を図る以外ないのだ、と思い知らされたからだ。白い荒野に姿を消したティッチは、もう二度ともどってこないだろう。

ワイルドさんは咳払いをしてから言った。「おまえは、何も心配することはないぞ」静かに言って、ぼくの肩をつかむ。その手を見て、ぼくはワイルドさんの顔を見上げた。

驚いたことに、彼の目には憐みの色があった。目は輝いていたが、そこにあるのは怒りではなかった。こちらに背中を向けると、ワイルドさんは無言で服を着換えはじめた。ぼくは膝小僧を抱いて、イグルーの壁にもたれかかっていた。

「暮らしに必要なものは、ここには十分にある」ワイルドさんはつづけた。「食糧もあれば、衣類もある」苦しげに咳をしてから、口に拳をあてて唸るようにつづけた。「この前見せてもらった鯨の角のスケッチは、本物に生き写しだったぞ。見事な出来だったぞ。おまえさんには、やってもらう仕事がもっとあるかもしれん」そこで首を振ると、それだけのことを言うのにも疲れた様子で、何かぶつぶつとつぶやいてから顔をそむけた。

それから数時間たったとき、ワイルドさんの様子が急変した。そのときはピーターさんと暮らしているイグルーの藁の寝床に横たわっていたのだが、痩せ細った老軀を毛皮に包んで、ぶるぶる震えていた。ときどき、高熱で汗ばんだ顔のまま起きあがっては毛皮を払いのける。だが、すぐにまた毛皮をひっつかんで横になってしまう。淡い光を放つランタンを手に、ピーターさんが出たり入ったりするたびに、雪の上で光の帯が揺れた。長年の盟友のために、ピーターさんは感染病の進行をつとめて抑えようと、各種のスープをこしらえてはチンキ剤を調合した。

だが、その後何日たってもティッチはもどらず、彼の父親の健康も元にもどらなかった。ピーターさんは、盟友の介護も日課の一つと覚悟しているように恬淡（てんたん）としていたけれど、その灰色の目はしだいに落ち着きを失い、長身の体もこわばって、なにかと唐突に振る舞うことが多くなった。ぼくは毎朝彼と連れ立って、露営地周辺に置かれた標本採集箱を見にいったのだが、それはもっぱら自分の直面している問題を忘れたいためだった。でも、これという標本は見つからず、ぼくらはただ黙々と周辺を歩きまわって、氷結した滝などを見てすごした。

午後には、交易所に向かうピーターさんに代わって、ぼくがワイルドさんの介護に当たった。老人は目をきつく閉じ、痩せた体をちぢこませて、浅い息をしながら横たわっていた。その老軀のなんと変わり果てていたことか。緑色の目は落ち窪み、血のにじんだ唇は何かひそかな楽しみを味わっているかのように、めくれあがっている。そして、できたてのバターを思わせるにおいが肌から放たれていた。耳を縁どっている灰色の毛を見ているうちに、この姿を記録しておきたいという衝動が湧いて、ぼくは鉛筆とスケッチブックをとりにいった。

描きながら、ぼくはティッチのことを、白い荒野のどこかに横たわっている彼の姿を、思い描いた。どう考えても、ティッチがまだ生きているとは思えなかったのだ。ぼくは頭を切り替えて、ウィラードやフィリップさんのことを考えた。あの日、山の麓の草むらを血に染めたおぞましい死体の姿が甦った。そのとき、ふと思った――そうだ、フィリップさんがああいう最期をとげたからこそ、ぼくの新しい人生が切り拓かれたのだ、と。なぜってティッチは、いとこの死がぼくに及ぼす危険を察知したからこそ、敢えてぼくと共に農園から脱走したのだろうから。あの突然の死がなければ、ぼくは間違いなく農園に留まっていたにちがいない。そしてティッチが本国に帰っていたら、ぼくの暮らしはどうなっていただろう。あのまま農園に、あの奴隷小屋にもどっていたら、ぼくは〝黒いイギリス人〟として、仲間の奴隷たちから軽蔑と憐憫の目で見られていたにちがいない。すでにしてぼくに代わる少年を可愛がっていたビッグ・キットにしたって、ぼくには見向きもしなかっただろう。その上、エラスムスさんがイギリスからもどってきたりしたら、ぼくに襲いかかる苦難は並大抵のものではなかったはずだ。

ぼくはまたワイルドさんに視線をもどして、はっとした。吐息が聞こえない！　こちらを向いた顔は、目に見えない膜にきつく覆われたように動きがなかった。片方の黄ばんだ腕が、おなかに置かれていた。彼はこと切れていた。

ひところ流れた、ワイルドさんが死んだという噂は、いまや現実になり、ティッチが防ごうとしていた事態が避けられないものとなった。ぼくは寒気に震えながら、ピーターさんとエスキモーたちがワイルドさんの遺体を運び出すさまを眺めていた。時間は着実にすぎてゆく。ぼくはそれまで、西インド諸島の温暖な気候と塩気を孕んだ海の大気しか知らなかった。それがいまや、どんな毛布も、獣の皮も、焚き火の熱も防ぎきれない寒気に震えて、狭いイグルーに閉じこもっている。もちろん、ピーターさんやエスキモーたちはぼくを守ってくれるだろう。でも、ティッチも、その父親もいなくなったいま、その厚意もいつまでつづくかわからない。で、しばらくたつと、ぼくは自分の持ち物をまとめはじめ、夕方にもどってきたピーターさんに、ここを出ていきたいという意思を伝えた。

ピーターさんは、最愛の友、苦楽を共にした盟友を亡くしたばかりだったのに、初めて会ったときと変わらず沈着で親切だった。ワイルド父子が残したもので、何か欲しいものがあれば何でも持っていってかまわない、と彼は手話で言ってくれた。そして、ぼくが選んだ、海洋生物の生態を記した革装の本に加えて、ワイルドさんの物だったという拡大鏡もいくつか持たせてくれた。それに、ティッチが置いていったという現金入りの革袋と、良質の食糧もたっぷり添えてくれた。いよいよ出発の時が訪れると、ピーターさんは、一瞬息がつまりそうなくらい強くぼくを抱きしめた。ぼくは彼とヘシオドの手で橇に乗せられた。ピーターさんが犬たちに鞭をふるう。橇は白い極寒の荒野に向かって走りだした。

いざ交易所に着くと、ピーターさんはぼくの肩をぴしりと叩いてから、厳粛な面持ちでぼくの顔を見た。ぼくが背を向けようとすると、待てと合図し、服の内懐から小型の望遠鏡をいくつかとりだした。それはティッチ自製の、奇妙な黒いつまみのついたコンパクトな望遠鏡だった。それを、手袋に包まれたぼくの手のひらに置くと、ぼくの頰を一度優しく叩いてから、くるっと背を向けて立ち去っていった。

2

ティッチは、アメリカ独立戦争時に最後までイギリスに味方した〝ロイヤリスト〟たちのことをよく話題にしていた。で、ぼくは彼らの支配地を目指すことにした。そこならきっと安全だろうと思ったからだ。北の辺境の地で、酔っ払った交易商たちにからまれないようにびくびく暮らすこと数週間、ぼくはようやくカナダ東部のマリタイム諸島に向かう船にもぐりこむことができた。黒人の少年がたった一人で航海するのだから、心細いことこの上もなかった。船長に見つかれば、アメリカの〝奴隷州〟に向かう船とすれちがう際に、売っ払われるかもしれない。そのため、なるべく船長に見つからないように努めた。ジョン・ウィラードやその手下たちと遭遇するのも、怖かった。連中に見つかったら、殺されるに決まっているからだ。ある晩、甲板の片隅で青黴の生えかけたチーズを食べていると、皺だらけの顔をした船員が近寄ってきた。きっと殴り飛ばされるのだろうと思って、びくびくしながらそいつの顔を見返した。するとそいつは、太いパンのような手でぼくを抱きかかえるなり、ロープで索具に縛りつけたのである。それから周囲を飛び跳ねて、ラム酒を奢ることをぼくに誓わせるまで脅しつづけた。それからというもの、船員たちと言葉を交わすのはなるべく控えて、甲板にも極力出ないようにした。もっぱら狭い船室に閉じこもることにしたのだ。その部屋で、船が緩やかに上下するのを感じながら、持ってきた唯一の本、ティッチが大事にしていた、海洋生物の生態を記した革装の本を読みふけった。

　船員たちは、自由港として知られた多くの島々のことをよく話題にしていた。でも、ぼくが憧れたのは、あくまでもノヴァ・スコシアにおける〝ロイヤリスト〟たちの暮らしだった。だからまず南を目指し、それから暗い波濤を越えて東に向かい、下船してからは荷車や馬車を利用して陸地を旅した。そしてとうとう、希望に燃えて、ノヴァ・スコシアのシェルバーンにたどり着いたのだった。ところが、話に聞いていた自由で豊かな暮らしの果実は、最初にここにきた連中によって食べ尽くされ、すり潰され、その果汁も最後の一滴まで絞り尽くされていた。シェルバーンは雨の多い陰気な土地柄だった。泥だらけの道路をうろついているのは、ぼろをまとって青白い顔をした、アメリカ独立戦争を戦った兵士たちの、尾羽打ち枯らした子孫たちだった。土地は狭く、物資は欠乏していて、黒い肌の人間には満足な食べ物もなかなか手に入らなかった。ぼくは短期間、ちいさな水産工場で働いた。でも、農園で何年も働いた体験や、波止場で見かけたジョン・ウィラードの記憶から、ぼくの正常な神経はささくれ立っていた。そのため、どこにいっても安心できず、いつも苛立ち、知らぬ間に、出口のないふさぎの虫にとりつかれていた。恐怖が、そう、抑えがたい恐怖が、いつも頭にのしかかっていたのである。恐怖の種は、ウィラードやその配下たちだけではなかった。海沿いの町にはいつも誘拐者が横行していて、雨もよいの灰色の夕暮れには、解放された黒人をかっさらって奴隷州行きの船に引きずり込む。そして再び奴隷にしようと目論んでいるのだから。

最大の危険はそれだったけれど、他にも危険はいくらでもあった。不満をかこつ白人たちはあちこちにいて、彼らより安い賃金で職を奪おうとする〝黒い悪魔〟どもを懲らしめようと、虎視眈々と狙っていた。ある晩、薄暗い酒場の片隅で、汚い錫のカップで発酵酒を飲んでいたときのこと。ちぎれた影のように何者かが背後に忍び寄ってきて、ぼくの喉をいきなり締めつけにかかった。ぼくはそいつと、外の往来で、小石を跳ね飛ばしながら取っ組み合った。そのうちどうにか小石を掌中に握りしめ、そいつの目にぐいぐいとねじ込んでやった。そいつは悲鳴をあげ、ぼくはその場から逃げ出した。見物していたやつが後で話してくれたところでは、そいつはただのごろつきだったらしい。堕落した聖職者の成れの果てだったらしいのだが、ぼくはあのジョン・ウィラードから間一髪逃れたような心地だった。それ以降、ますます警戒心が増し、孤独感がいや増した。

そういう毎日だったのである、その頃は。自分でも火打石のように怒りっぽくなっているのがわかった。いつも気持がくさくさしていて、どんなに眠っても薄れない不安感に胸が締めつけられていた。ある日の午後、町を歩いていてブリキ板を拾った。そこに映った自分の目はどんよりと濁っていて、どこか凶暴そうだった。このままでいったら、いつ人を殺すか、あるいは殺されるか、わからなかった。

そのときのぼくは、いつしか十六になっていた。ピーターさんからもらったお金は、とうに使い果たしていた。で、所持品をまとめると、またさすらいの旅に出た。その頃、ぼくはジョゼフ・クロフォードと名乗っていた。そうすれば、別の人間の皮をかぶっていられそうな気がしたからである。でも、他人からその名で呼ばれても即座に反応できず、いつも身がまえていなくてはならない。それがつらくて、また元のワシントン・ブラックにもどってしまった。結局ぼくが落ち着いたのは、比較的平穏な、眠ったような町、ベッドフォード・ベイスンだった。そこで皿洗いや洗濯屋の手伝いの職にありついた。スケッチはまだつづけていたけれど、熱意は薄れていた。いくら励んでも、以前のような慰めは得られず、ただうら悲しい気分に襲われるだけだったからだ。しばらくして、ぼくは調理人の見習いの仕事を見つけ、自分に調理の才能があることに気づいた。一八三四年も終わる頃、ぼくは除隊した兵士たちやニュー・ファウンドランドの失業中の漁師たちが寄りつく食堂の調理人の職にありついた。調理場では客に顔を見られないように、いつもカーテンの陰で働いていた。醜い火傷の跡のある顔を客に見られたら、客足が遠のきかねないと店主が気を揉んだからである。仕事は重労働で、自分の時間はほとんど持てず、スケッチは完全に諦めざるを得なかった。自分では気がつかなかったのだが、ぼくはそのとき、人生の長い沈滞期に入っていたのだ。むりもないと思う。そのときのぼくは、自分の素性を示すいかなる証明書も持たない少年、いわば〝歩く影〟に等しかったからだ。時がたつにつれ、疎外感は深まる一方だった。ぼくのような生き物の拠り所などどこにもなかった。ぼくはいくぶんでも合理的な思考法とスケッチの才に恵まれているとはいえ、見た目は化け物のような顔をした黒人の少年、ごく微かな影にも怯えて逃げまわるしかない一介の孤児にすぎなかったのである。

いつかティッチの父のワイルドさんに言われたことがある――おまえさんは幸運の首飾りを首に巻いて生まれたらしいな、と。幸運というやつは、いつか自動的に外れて苦しみから解放してくれる、手枷(てかせ)のようなものなのかもしれない。転機がいつだったのかはわからない。でも、それはしだいに熟していって、ある朝目覚めると、ぼくの胸には揺るぎない確信が宿っていた――いまの暮らしの環境を絶対に変えたほうがいい。さもないと、自分は死んでしまう。

ぼくはもう子供ではなかった。十七を目前にした若者になっていたのだから。それもあって、波止場で不定期の仕事につくことにした。それは自分なりの計算から選んだ仕事だった。働く時間は自分が決め、余暇を自分の好きなようにすごす――それを念頭に選んだのである。そのとき頭にあったのは、以前、ビッグ・キットが洩らした言葉だった。本当に自由な人間というのはね、働きたくなければシャベルを放り捨ててもいい、気に食わないことを訊かれたら、答えなくたっていいのさ。その定義を思いだして、ぼくは本当に自由な人間になろうと心に決めた。しかし、ティッチに庇護されていた頃の、ぬるま湯的な暮らしの思い出を断ち切って、いざ白人社会の苛酷な現実と向き合うと、なんと多くの不条理を思い知らされたことか。黒んぼ、黒んぼと蔑まれ、波止場のネズミも同然に蹴りつけられて――黒い肌であることが、すでにして一つの重荷だったのに、醜い火傷を負った顔は、生きていくことをほとんど耐え難いものにした。ある晩など、酒場の裏の小路で、毎日一緒に働いている白人の同僚に殴り倒され、小便をひっかけられたことまであった。

その頃になると、もうティッチを思いだすことはほとんどなかったけれど、夜、寝床に横たわったときなど、あの顔や声が自然に甦ってくることもあった。その可能性はまずないと思いながら、もしかしてティッチはあの雪原で生き延びたのではないか、と考えたりした。死後の世界に対する彼の否定的な考えや、フィリップさんの死に接したときの動揺ぶりを考えると、ティッチまでがああいう生の終わらせ方を選んだのは、驚き以外の何物でもなかった。ひょっとすると、ぼくはティッチという人を正しく理解できていなかったのかもしれない。そんな気もした。

あの奇跡が起きたのは、いちばん気持がふさいでいたときだった。ぼくはそのとき、ある商船の荷下ろし作業に雇われていた。もう真夜中だった。木箱を積んだ小舟を波止場に向かって漕いでいたら、突然、奇妙な光景に出くわしたのだ。波荒い海上に、明るい閃光が走った。と思うと、もう一度、さらに一度と閃光が走って、彗星でも爆発したかのような黄色と緑色の光が海水の上に点滅した。

思わず舟べりにもたれて、目を凝らした。海面は木のテーブルのようになめらかで、奇妙に透き通って見えた。そのとき商船の灯火が照らし出した眺めの、なんと奇妙で不可思議だったことか！　そこには傘を広げたような、緑色の透明な物体がたくさん浮かんで、呼吸をするようにふわふわと揺れていたのだ。隣りには黄色いものが、その隣りにはまた別の色のものが、幾つも、幾十も浮かんで、暗い海面を彩っていた。

以前、ティッチとフェイス農園の近くの海を訪れた際に、クラゲは見たことがあった。でも、あんなに多数の、しかも、あれほど多彩なクラゲが一面に浮いているのを見るのは初めてだった。どんな光も透過できないような、果てしなく広がる黒い海。その表面に、まるで女性の靴下のようにかろやかに、幾十、幾百というクラゲが燃えさかるように浮かんでいる。息も止まるような眺めだった。ぼくは小さな舟から身をのりだして、極彩色の炎に彩られた海面に目を凝らした。

沖仲仕の大将が、何をぐずぐずしてやがる、早く漕ぎ寄せろ、と叫んでいる。ぼくはわれに返って漕ぎはじめた。ひるがえるオールが海面の光を散らした。

当時身を寄せていた下宿屋にもどると、ぼくは紙と絵の具をとりだして、数か月ぶりにスケッチをはじめた。ほのめくろうそくの明かりの下、目蓋に残る光景をなんとか再現しようとした。が、できなかった。あれこそはまさしく光彩の爆発で、さながら音楽の音色のように揺れ動く光のきらめきは、とても絵筆で再現できるものではなかった。

3

そしてある日、目覚めると、ぼくの少年時代は終わっていた。外見は同じながら、中身はまったくちがう人間になっていたのだ。あの、驚きに感応する心、旺盛な好奇心はどうして薄れてしまったのだろう？　ぼく自身がそれには驚いていた。その頃ぼくは、〈ファマートン食品商会〉の配達人の定職を得ていた。就業時間は、午前の半ばから夕方近くまで。その結果、塩気を孕んだ爽快な大気の中でスケッチを楽しむ時間を再び持つことができた。

何年も遠ざかっているうちに、スケッチの腕がなんとなまっていたことか。かつてのぼくは天与の才能に恵まれていたことを、あらためて思い知った。とにかく、何の訓練も受けていない、十一歳の奴隷の少年が、風にそよぐ椰子(やし)の葉や、アマガエルや、シミだらけの毛むくじゃらな、いかつい人間の足などを、あれほど生々しく描くことができたのだから。かつてはごく自然に発揮できた才能を、ぼくはあらためて鍛え直さなければならなかった。手指の動きを鍛え直さなければならなかった。でも、だからといって意気消沈することはまったくなかった。それどころか、描きたいという衝動が甦ったこと、それに伴って安らかな感情も甦ったことに、感謝したい思いだった。

たぶん、そうして昔の精神状態にもどれたからこそ、新たな友人を持とうという気にもなったのだと思う。彼の名前はメドウィン・ハリス。一八三四年の十二月にぼくが移り住んだ下宿の管理人だった。一八一五年に、旧アメリカ人戦犯収容所、メルヴィル島監獄に、両親が難民として移り住んだ頃からこの地で暮らしてきたというから、彼のノヴァ・スコシア暮らしはもうかなりの長期に及んでいたことになる。ある時期、彼は別の地で暮らそうとして、ナイアガラの滝に近い、苔(こけ)むした庭まで備えた、絵のようなホテルのウェイターとして働いたことがあるという。驚くべきことに、給料は白人の同僚たちと変わらなかったらしい。それでも彼は、恵まれたその職をなげうって、幼時から慣れ親しんだ地にもどってきたのである。そしていまは、ぼくの寄宿する、古びた貧相な下宿屋の管理人をしているわけだが、それでも彼は、いまの仕事につけたことを意志の勝利の結果であるかのように話す。

「たとえネズミどもが逃げ出したって、おれはここにいるぜ」にやにや笑いながら、メドウィンは言う。「たとえ、ここが瓦礫(がれき)になっちまったとしてもな」

そして、ペッとブーツに唾を吐くと、ピカピカになるまでハンカチで磨きあげる。

メドウィンを友と呼ぶのは、たぶん、正しくはない。むしろ飲み友だちと呼んだほうが当たっている。だから、ときどきトラブルにも一緒に巻き込まれた。ビッグ・キットやティッチやフィリップのことを思いだして憂鬱な気分になると、ぼくは彼の部屋に押しかける。そして彼の与太話を聞いていると、気分がほぐれてくるのだ。ジョン・ウィラードのことは決して話さなかったし、メドウィンのほうでも自分の一身上の秘密に関わることは決して明かさなかった。

メドウィンは長身だった。ぼくよりかなり背が高く、丸太のような腕をしていて、首回りなど頭より大きいくらいだった。ぼくより五歳上だと言っていたけれど、彼の身の上話などから推して、もっと年上だったのだろうと思う。日頃はとても物静かで、臆病そうに見えるくらいだったから、そのいかつい外見との差がかえって気になって、この男はいつもこちらの出方をひそかに窺っているのでは、という気にさせられた。事実、そうだったのだろう。でも、ときどき与えてくれる現実的な忠告は理にかなっていて、有益だった。ビッグ・キットにはわかってもらえなかったようなぼくの沈黙も、理解してくれた。とはいえ、彼のなかには百パーセント信頼できない部分があるのも事実だった。

悪人ではなかったと思う。が、善人でもなかった。当時、あの辺で暮らしていたのは、人生の厳しい現実を身をもって学んだような男ばかりだったのである。

イギリスが去年、西インド諸島に徒弟制度を導入したと聞いて、それは奴隷制度の完全な廃止の印しとみて――すくなくとも、ぼくらはそう信じたから――メドウィンとぼくは祝杯をあげに出かけた。

不潔な酒場に二人で腰を落ち着けて、だれかが持ち込んだらしい密造酒を飲んだ。よく晴れた、気持ちのいい夕暮れだった。海産物のにおいがあまりに強烈で、奥の小部屋にも腐敗した血のような異臭がこもっていた。メドウィンはアメリカ人だったから、徒弟制度の知らせも大した意味はなかったのだが、西インド諸島生まれのぼくにはどんな意味を持つかわかっていて、酒を奢ってくれたのである。

それから二人は黙り込んだ。メドウィンは軽く口笛を吹きながら、見るともなく周囲を見まわしていた。

ぼくの頭には、フェイス農園でなじんだ連中の顔が現れては消えていた。ガイアスの顔。そして、とりわけビッグ・キットの顔。こんどの制度の導入でビッグ・キットも完全に自由の身になったとすると、その暮らしはどうなるのだろう？　ぼくと同じように、キットもたった一人、これというあてもなくこの世をさすらうのだろうか？　それとも、何か身を立てる道を見つけるのだろうか？　としたら、どこを目指すのか？　こちらから探そうとすれば、見つかるだろうか？　いや、そもそもぼくとの再会など、キットは望むだろうか？　そのとき、ふと思ったのである、もしかするとキットはもうこの世にはいないかもしれない、死んでしまったかもしれない、と。どうしてだか、わからない。でも、その思いはぼくの頭に忍び込んで、鉛のように重たく、苦痛を伴って居すわった。一口、酒をすすったとき、手が震えているのに気づいた。

メドウィンもそれに気づいたのかもしれないが、何も言わなかった。代わりに彼はすわったまま背を伸ばし、ポケットからほつれたハンカチをとりだして、太い指でそのへりをいじりだした。

どこからともなく二人の黒い顔の男が現れたのは、そのときだった。二人はぼくらのテーブルの両端にすわった。頼りなげに吊るされたランタンの薄黄色い光に照らされて、黒光りする二人の額と、濡れて歪んだ口元が浮かびあがった。見たことのない男たちだった。一人は禿げ頭で片脚が湾曲しており、もう一人はかなりのチビなのに手だけがやけに大きかった。そんな容姿でありながら、二人はぼくのほうを醜悪な生き物でも見るような目つきで見る。

「どうだい、この黒んぼの顔？」背の高いほうの男が、ろれつのまわらない口調で連れに言った。

「ひでえや、こいつは」相手が言った。その男の吐息は、げろのような臭いがした。

「だれがこんな野郎を入れたんだ？」最初の男がぼくの顔に目の焦点を合わせようとしながら叫ぶ。

「馬車に引きずられたようなツラをしてやがってよ」

「なあ、黒んぼ、いっそひとおもいに殺してもらったほうがよかったんじゃねえのか」

向かい側のメドウィンが笑いかけているのがわかった。

「何を笑ってやがるんだ？」背の低いほうの男が言う。

「見ろよ、この野郎、ニタニタ笑ってやがる。抜け作みてえによ」

「そんなにおれたちの顔がおもしれえか？　その首、へし折られたくなかったら、とっとと出ていきな。さもないと、叩っ殺すぞ」

「なんでこんなゴミどもと同席しなきゃならねえんだい、おれたち？」

「まったく、うす汚ねえ屑だな、この二人は」

「こいつらと口をきくだけで、こっちの口まで腐っちまわ。もうやめたぜ、口をきくのは」

「何だって？」メドウィンがいきなり声を張りあげたので、二人の男は一瞬、毒気にあてられたように押し黙った。

背の高い男のほうが、黒い唇を舐めて言った。「だからさ、てめえら黒んぼと口をきくのはやめた、と言ったのよ」

「何だって？」メドウィンはくり返す。

「てめえ、耳が聞こえねえのか？　てめえらとはもう口をきかねえと言ったのよ」

メドウィンはぼくに向かって笑いかけた。「なあ、まともな口のきき方ってのはどんなものか、こいつらに教えてやろうか？」

次の攻撃を風圧のように感じとって、ぼくは目を閉じた。メドウィンがグラスをテーブルに叩きつける音がした。ぼくは目をあけた。メドウィンが、仰天した男の顔に、つづけて連れの男の顔にも、ギザギザのグラスの縁を振り下ろしていた。

4

当時、あの町の風儀はそんなふうだった。目立たない無法状態とでもいうべきか、それはしばしばグロテスクなくらいだった。白人と黒人間の反目も緊張を孕んでいたけれど、それに輪をかけて恐ろしかったのは、黒人同士の確執だった。何か残酷な仕打ちをされたら、それを倍にして返すのが当たり前だったのだ。ときどき、ぼくは、あのフェイス農園の荒れ果てた小屋からまだいくらも遠ざかっていないのではないか、という気がするほどだった。

とにかく、どんな争いにも巻き込まれまいと、ぼくは万全の注意を払った。でも、メドウィンのような、生きる糧を求めるように喧嘩を追い求める男を友としている限り、それは難しい相談だった。それでも、ときに彼と付き合って楽しいこともあったけれど、ぼくはしだいに自分一人の殻に閉じこもるようになり、折からの春の季節、まだ朝の暗いうちからスケッチに出かけることが多くなった。

鉛筆、絵の具、それに自分で考案した小さな折り畳み式の椅子を袋につめると、ぼくは下宿屋の裏手の、まだ人影もない荒れた道を歩いて暗い入り江に向かう。その時間、その界隈(かいわい)はぼくだけのものだった。ときどき猫が小路に走り込み、どこかの戸がガタガタと鳴り、どぶに落ちた木の葉がこすれ合う。ジョン・ウィラード、フィリップ、ティッチ——だれもがもう別世界の人間だった。ぼくは町を離れて、岬の先の入り江に向かう。海藻の貼りついた岩を小波がひそやかに舐める音を聞きながら進んでゆくと、ほどなく入り江の浜が見えてくる。

　だれもいない静かな世界は、なんと素晴らしかっただろう。その時節、潮はまだ引いていることが多かった。ぼくはそっと靴を脱ぐ。そして、まだ荷物を持ったまま、濡れた海藻の香りのする大気の中を、冷たく濡れた岩を踏み越えて進んでゆく。太陽が水平線を突き抜けたばかりなので、光はまだもやっとかすんでおり、砂浜は忘却の彼方まで広がっているように見える。波打ち際は白く泡立っていた。スケッチ用具の入った袋を下ろすのはそのあたりだ。ズボンの裾を折り返し、息を思い切り吸い込んで水に入ってゆく。

　最初の朝日が射しそめる頃、潮溜まりはとてもにぎやかだった。もやった空気を貫く光が、水中のすべての生き物を輝かせる。人間の肉体を思わせるピンク色のイソギンチャクが、何かをねだるように触手をひらいている。脱皮直後のカニ、小さなソフト・シェル・クラブが目を立ててそそくさと走るかと思えば、葉状帯を華麗にひろげたウミエラが鎮座していることもある。さらに沖のほうに進んでいくと、緑色のウニや、大型のカニや、毒を持ったイソギンチャクにお目にかかることもある。さいわい、クラゲはあまりこの付近の海には姿を見せない。クラゲは触手に毒を蓄えているものが多く、危険を察知すると、その触手で突き刺して、大の大人も失神させてしまうことがあるのだ。

　ぼくの人生が突然、次の転機を迎えたのは、海水がひどく冷たい、ある静かな朝だった。ぼくは太ももの半ばぐらいまで海に入っていた。めくり上げたズボンの裾はもうびしょ濡れで、割れた貝殻や小石が素足の裏に食いこんだ——そのとき、ふと、だれかの気配を背後に感じたのである。でも、振り返ってみるとだれの姿も見えず、ぼくは依然一人ぼっちだった。が、光線の移ろいと共に、遠くのほうの岸辺に人影がうっすらと見えた。そのシルエットはしだいにはっきりとした輪郭を帯びはじめた。その男は、ぼくがスケッチ用具を置いた地点から半マイルほど離れたところに一人で立っていた。その瞬間、警戒の念が湧いたのはたしかだが、見知らぬ男が砂の上に画架を立てはじめたのを見て、すこし安堵した。ジョン・ウィラードによる手配書を見て煽(あお)られた男が、こんな面倒な場所まで迫ってくるとは思えなかった。いずれにしろ、その人影は、ぼくが頭に描く賞金稼ぎの風体よりはずっと背が低く、小太りだった。不安に駆られながらも眺めていると、男はおもむろにスケッチ用具をとりだして、のんびりと描きはじめた。

その頃、ぼくは日ごとのスケッチに純粋な喜びを感じて、心から解放感にひたっていた。絵を描いているときはすべてに満ち足りていて、自由な時間を満喫していた。だからこそ、せっかくのその自由が、突然出現した男に踏みにじられはしないかと心配だった。その朝は、男に近づこうとはしなかったし、先方もこちらに歩み寄ってくる気配を見せなかった。ぼくはさっさとスケッチを仕上げると、急いでその場から立ち去った。

ところが翌朝いってみると、またその男がきているではないか。くそっとつぶやくと、広げはじめたスケッチ用具をそくさとたたんで、何も描かずにその場から立ち去ってしまった。せっかく見つけた入り江だったのに、突然何かに汚されたような気がして、空気までがいやな臭いを放ちはじめた。その次の朝いってみると、またしても同じ男がきている。ぼくの世界は、結局、こうして奪われてしまうのだろうか。怒った素振りで、その男のほうに手を振り上げてから、ぼくは海水の中に入っていった。すると、その男は手を休め、額に手をかざしてこっちのほうを見る。それから、何か親密な挨拶をするようにその手を振ってみせた。でも、遠く離れていたから、その意図はわからなかった。

ぼくはそれを、咎め立てするような仕草と受けとった。ただ、考えてみると、向こうもぼく同様に、絵を描くのを、そう、全(まった)き自由にひたれる時間を、楽しんでいるだけなのかもしれない。そんな人間を悪者と決めつけていいのだろうか？　ぼくだって、こうしてスケッチを楽しむ時間以外には、何一つ高価なものなど持っていない人間なのだ。もしかすると、前世では、お互い仲間同士だったかもしれないではないか。そんなことを考えているうちに、自然と二人は毎朝長い砂州を隔てて挨拶してからお互いのスケッチに没頭するようになった。すると、そんな風に親密な時間を共有しているぼくらが、町なかで会っても気づかない他人同士でいるのは、かえって不自然なのではないかという気がしてきた。それに、向こうがどういう絵を描いているのかも気になる。といって、ここでまただれかと面倒な人間関係を結ぶのも気が進まなかった。

そんな宙ぶらりんの状態を引っくりかえしたのは、ぼくではなかった。ある朝、海中からヤドカリを一匹つまみあげ、その銀色の殻をスケッチしていると、スケッチ用紙の上を黒い影がよぎり、低くはずんだ声が言ったのだ。「まあ、素晴らしい。お上手なのね、あなた」

ぼくは木の椅子を軋らせて振り向いた。男、ではなかった。朝日に目をすぼめながら、ぼくは初めて彼女の顔を見た。

ちょっとキツネのような、小麦色の面立ち。細くすぼめた目。その顔がぼくに笑いかけた。ぶかぶかのズボンをはいて、裾を膝までまくり上げている。まろやかで強靭（きょうじん）そうな、日焼けしたふくらはぎ。ぼくは目をあげた。大きなつばの男物の帽子の下、うなじのあたりで、黒髪が短く刈り上げたようにピンでまとめられている。とても小柄な女性だった。左手にはギプスがはめられていた。でも、だいぶ前に骨折してからそのまま放置しておいたのか、表面が薄汚れていた。絵の具にまみれた、なんともないほうの手で、ぼくが描きかけのまま画架のわきに置いておいたイソギンチャクの絵を指さした。

「あたしの絵とは大ちがい。これと比べたら、あたしの絵なんて、見ちゃいられないわ」

ぼくはびっくりした顔をしたのだろう。というのも、彼女はすぐにせわしなく笑って、こう言ったからだ。「驚かせちゃったみたいね、ごめんなさい」

「いや、別に驚いちゃいないけど」

「じゃあ、呆気にとられた、と言ったほうがいいかしら。本当にごめんなさい。あたし、何でもずけずけ言う癖があって」それから、小さな手を差し出した。一瞬の間があってから、ぼくは慌ててその手を握った。

「あたしは、ターナ・ゴフ。よろしく」

「ぼくは、ジョージ・ワシントン・ブラック」

「ああ、なるほどね。最初に大統領はデラウェア川を渡ったのよね。それから、ラブラドル海に出るんでしょう」

「そういうジョークは初めて聞くな」

「あら、あなたって本当にまじめな方なのね」気軽に笑って、「悪いけど、あたしはちがうの。お願いだから、ジョージ・ワシントン・ブラック、あたしの厚かましいところは大目に見てちょうだい。この二週間、あたしたち毎朝、並んでスケッチをしていたわけじゃないでしょう？　だから、せめて名前くらい教え合ったたっていいじゃないかと思ったのよ」陽気に肩をすくめてみせた。

ぼくは砂浜のほうに目を走らせた——彼女の画架がぽつんと寂しげに立っている。「ぼくはてっきり、きみは男だと思っていた」言ってから彼女の表情を見て、馬鹿なことを言ってしまったと後悔した。「いや、あまりにも遠くて、よく見えなかったもんだから。気にさわったら、ごめんなさい。いまだったら、そんな間違いは——」

でも、彼女の顔には奇妙な笑みが浮かんでいた。「しょうがないわよ、ワシントン・ブラックさん、あたしはズボンをはいてるんだし——男に間違えられたって、仕方ないわ。別に、気になんかしてないから。だって、これまで、もっと近くからあたしを見た人に、もっとひどいことを言われたことが何度もあるし」

気まりの悪い沈黙の中で、ぼくはじっと彼女の顔に目を凝らした。肌は黄金色で、鼻にかけてゴマのようなそばかすが散っている。目はとても落ち着いていて、知的なきらめきがある。白人ではない。というか、すこし有色人種の血が混じっているようだった。どこの生まれなのだろう？　お人形さんのような体つきから、どこかひ弱な、幼女めいた雰囲気もある。でも、か弱い女性ではなかった。話しっぷりは威勢がよかったし、大人びたところもある。断言はできないけれど、ぼくよりもいくつか年上、そう、十九か二十くらいかもしれない。顔立ちは覇気にあふれているし、ふっくらとした赤い唇は濡れているように蠱惑的だった。

「ねえ、どうしたらそういう風に描けるのか、教えてもらえないかしら？」

ぼくはびっくりして、息を呑んだ。「でも、ミス・ゴフ、ぼくは——」

「どうだっていうの？　あたしには上達の見込みがない？　そんなこと言わないで。まずはあたしの描いたものを見てから、判断してもらえないかな」

ぼくは戸惑った。上達の見込みがないなんて、そんなこと、頭にものぼっていなかったからだ。

「あなたにお月謝を払ったっていいし」

「とんでもない」ぼくは首を振った。「月謝なんて」

「どれくらいお礼したらいいか、二人で決めましょうよ」

「お礼？」

「じゃ、いいわね。教えてくださるのね。嬉しい」

彼女の強気な顔、下唇の上にわずかに覗く前歯を見ているうちに、ああ、これでせっかくの孤独な朝も失われてしまうのかと、ぼくはある種の絶望感に襲われた。急に目の前が暗くなったのを覚えている。

潮風に吹かれて、知らない人間と一緒に絵筆を走らせる——なんと風変わりな体験だったことか。

しかも、その、知らない人間とは、女性なのだ。

彼女については、本当に、ほとんど何も知らなかった。それでも、ぼくは毎朝決まった時間に起きて、一段と不安定な気分で町なかを歩いてゆく。そして、すでに渚に立っている彼女を見つける。こっちに気づいた彼女はいいほうの手を振り、ぽってりとした幼女のような手をスカートのひだに突っ込んで、ぼくが近づくのを待つ。最初の出会い以降、彼女はすこし女性らしい装いをするようになっていた――といっても、それはまだ当時の〝基準〟にはほど遠く、着ている服も流行りの服ほど派手しくはなかった。ぼくは静かに挨拶を交わして彼女の隣りに立ち、スケッチ用具を砂上において、服の袖をまくる。それから二人して海水に踏み込んでゆくのだ。目につく生き物、カニ、魚、カサガイ、ナメクジ、ミミズやヒトデなどを指さすと、彼女はそばかすの散った小鼻に皺をよせて、すべてを記憶に留めようとするように目を細くすぼめる。

あの頃の日ごとの朝を、どう描写すればいいだろう？　彼女は瓢軽(ひょうきん)で、率直で、船乗りのように舌がまわり、その声も勇ましかった。珍しいことに、生まれたところは南太平洋のソロモン諸島だとかで、それがどうしてこんなに荒涼としたノヴァ・スコシアなどにやってきたのか、詳しいことは明かさなかった。異母兄弟が五人おり、みんな彼女より年上だとか。母親は彼女を産んだ際に亡くなった。彼女はそれをなにげない口調で話したけれど、心に引っかかっていることは見てとれた。手首を骨折してしまったのは二か月前。なかなか治らないので、気にしているのだとか。

「おかげで、絵を描くのもすっかり下手になっちゃったの。これなら、両足を骨折したほうがまだマシだったわ」薄く笑って、「どうしても、どこかを骨折しなくちゃならないならね」

「何かと不自由だろうね、それじゃ」

ぼくが言うと、

「本当よ、すごく束縛されちゃって」肩をすくめて答えた。「あたし、子供の頃から、行動の自由を束縛されるのがいやだった。いまはこんな具合で。やりたいこともできないし。でも……」そこでまた肩をすくめてみせる。

彼女はぼくのことを洗いざらい知りたがった。びっくりするほど熱心に知りたがるので、どうしていいか迷ってしまうほどだった。ぼくの醜い顔の裏に、彼女はいったい何を見ているのか。それが推し量れなかった。ときどき、こちらが何か言うと、彼女は真剣そのものの目つきで聞き耳を立てる。でも、そのとき彼女を駆り立てているのは憐憫でも病的な好奇心でもなく、なんとかしてぼくの意識の中に入り込もうとする意欲だった。他人と相対するとき、ぼくは自分の異相を、相手への不本意な警告のように意識するのだけれど、彼女にとって、それはごく当たり前の、見慣れた仮面であるかのようだった。ぼくの顔の裏に、彼女は自分自身の苦しみと再生の徴(しる)し、致命的な傷の受容の証(あか)し、生きつづけようとする意志、を見ていたらしい。

でも、彼女にどんなに詮索されようと、ぼくは自分の過去を明かさなかった。その代わりに、自分で会得した絵の技法について話した。水彩絵の具の使い方について。どんなときに薄め、どんなときに濃くすべきか。どんなときにチョーク・パステルを使うといいか。その場合、最適の画用紙はどれか。彼女は模範的な優等生のように、そのすべてを吸収しようとした。ときにはメモを走り書きし、ときにはしゃがれた声で自分の失敗を笑った。

ぼくはもともと、他人の顔の細部まで見定めようとするタイプの人間ではない。でも、彼女に対しては別だった。彼女のすんなりとした喉のうぶ毛に目を留め、長くて黒い睫毛に見惚れた。小麦色の耳たぶをゆっくりと這いのぼる朝の光を追う自分が、気まり悪かった。

そのうち、彼女と一緒にいることを楽しんでいる自分に気づいて、ぼくは愕然とした。彼女の話しぶりが実に軽妙で、それに気をとられるあまり、彼女が実は多種多様な無脊椎動物に精通していて、海洋生物に関してはぼくよりずっと博識であることに、しばらくのあいだ気がつかなかった。彼女が手首を骨折したのだって、標本採集のため、この入り江の浅瀬にもぐっていて、うっかり腕を海底の岩にぶつけてしまったのが原因だったらしいのだ。そんな彼女に、ぼくは海洋生物のことまで教えようとしたのである。自分の迂闊さに気づいたときは、恥ずかしくて顔から火が出そうなくらいだった。

「でも、何でも教えてくれ、ってきみが言うもんだから」ぼくはしどろもどろに言った。

「ああ、それは絵を描くことに関してよ、ジョージ・ワシントン。カタツムリなんか、あたし、自分の声みたいに詳しいの。あたしが知りたいのは、カタツムリそのものではなくて、その描き方」

「そうだったのか」ぼくはがっかりして、顔をそむけた。

　そのときだった、彼女がつとぼくの手を握ってきたのは。あまりにも唐突だったので、ぼくはぎくっとすくみあがった。でも、手は引っ込めなかった。

「絵のことは、何でも教えてちょうだい」低い声で言われた。実際、あんなに驚いたことはない。ぼくは気もそぞろで、馬鹿みたいに彼女の顔を見つめていた。

　その目は細くすぼめられていた。そばかすの散った顔に、うっとりとした笑みがよぎる。ショックだったのは、ぼくのなかに欲望が目覚めたことよりも、彼女の小麦色の顔にも、それがまぎれもなく浮かんでいることだった。もちろん、そんなに生々しい感情を、女性からあからさまにぶつけられたのは、生まれて初めての体験だった。そうして彼女を見つめているうちに、ぼくのなかには一種の自信のようなものが生まれてきた。自分の広い肩幅、堂々とした身の丈、低く男っぽい声を、ぼくは意識した。そのときぼくは、揺るぎなく、欠けるもののない、一個の男になったのである。

　彼女の目がぼくの右頰に注がれた。愛おしむような、やわらかな表情で、彼女は静かに言った。

「その傷、どうしてついたの?」

　鋭く見きわめようとする彼女の目を、ぼくはじっと見返した。ごく微かな笑みと、タバコのヤニに薄く染まった歯。彼女の体もまたタバコのにおいをうっすらと放っていた。それから、汗のにおいと、ラヴェンダーのような花の香り。掌中にある冷たい手を、ぼくは意識した。新しい木綿のような、粗い感触の肌。あたたかな吐息。ドレスの生地を通して伝わる、心臓の鈍い鼓動。一歩進んで彼女を身近に感じると、熱い液体のようなものがぼくの体を駆けめぐった。もう一歩進んで、さらに身近に彼女を感じたかった。すると、急にぼくの荒い吐息が耳を打ち、狼狽(ろうばい)がぼくを押しつつんだ。素早く遠方の浜に建つ小屋に目を走らせる。彼女の服の粗い生地を指先で感じながら、ぼくは彼女の手を放した。

するとと彼女も、悲しげな笑みを浮かべて黒っぽい小屋のほうに顔を向けた。もはや耳には、ぼくらのあいだで静かに波打つ水の音しか聞こえなかった。

「絵の具の粘度を変えるにはね」ぼくは言った。その声はかすれて、自分の声ではないように聞こえた。「牛の胆汁を使うんだ。ぼくはグリセリンのほうが好みなんだけど――」

そこで口をつぐんだ。

彼女は何かしら考え込むような顔をしていた。が、しばらくするとスケッチブックをとりあげて、メモを書きつけはじめた。

5

「白人女ってのは、悪魔も同然だぞ。やめとけ、やめとけ」

「いや、白人ともちがうんだよ」ぼくは答えた。「そうじゃないと思うんだ。きみはどんな女性を頭に浮かべているんだい？　どんな白人女を知ってるんだ？」

メドウィンはただ両手をひらいて、肩をすくめてみせる。

ぼくは下宿屋の歪んだ木造の階段にすわって、酒のグラスを手に、澄んだ夜気の中でメドウィンのご託宣を聞いていた。背後の大きな部屋からは、調子っぱずれのアイルランドの舟歌が流れていた。大きな歓声や笑い声も聞こえた。

ぼくはちょっとターナの名前を出しただけなのに、メドウィンはすぐ話を遮ったのである。

「おまえ、まだ苦労がし足りないってのかよ」メドウィンは首を振って言う。「気は確かか？　だいたい、なぜその女はこんなところで暮らしているんだ？　ある日気が向いて、ふっと煙に乗っかってここまでやってきたとでもいうのか？　だいたい、その女、ソロモン諸島生まれだというんだろう？　何かおかしくないか？　自分じゃどう説明してるんだい、その女？」

「いや、説明なんかしてないよ」

「やっぱりな」そらみたことか、と言わんばかりの口調だった。

「きみの鑑識眼は素晴らしいよ」ぼくは皮肉を込めて言った。「タダで相談にのってもらうんじゃもったいない。ちっちゃいピンク色のひさしのついた、占いの屋台でも往来に出したらどうだい。そこでご婦人どもが失くした帽子のありかなんぞを、鑑定してやればいいんだ」

「いいか、よく聞けよ、そんな馬鹿な真似をするから、朝起きてみると喉を掻っ切られたりしてるんだ。そんな女にたぶらかされるから、はらわたをかっ捌かれたりするんだよ」口に当てた拳に向かって強く咳き込んで、メドウィンはつづけた。「いいか、おまえがどういう男か、考えてみろ。顔にはロブスター・サラダみたいな火傷の跡だ。それに人並みの、社交的な会話などからっきしだめだろうが。そんな男にどんな用があるというんだい、その女が？」

ぼくはさじを投げて肩をすくめた。たしかに同じようなことを、自分でも考えはしたのだ。ぼくには色恋の経験などほとんどなかった。それまでに精神的に愛した女性はたった一人、あのフェイス農園で働いていたエミリーだ。バルバドスを逃れて以降の四年間に、抱いた女は、実は、二人いる。一人はどこから見ても素晴らしい女性、もう一人は娼婦だった。その女が娼婦だとわかったのは、すべてが終わってからのことだった。素晴らしいほうの女性はヴィヴィアン・ハッチャーという名前で、波止場で働く父親のところに彼女が温かいランチを運んできたときに知り合ったのだった。その父親とは同じ沖仲仕として数週間働いた仲だった。だから、彼の素性はほとんど知らず、わかっていたことと言えば、ジョージア州メーコンの出身で、アメリカ独立戦争ではイギリス側で戦い、いまでは波止場での貨物の積み下ろしでわずかな収入を得ている、ということくらいだった。ヴィヴィアンは十四歳だった。黒い肌のおとなしい女性で、ゆっくりとこちらを見上げる大きな瞳が魅力的だった。ぼくらはよく彼女の暮らす下宿屋の背後の草むらで午後をすごした。紙袋から甘いお菓子をとりだして食べては、互いの体を触り合った。ある日、そのことを知った父親は、ぼくの頭をぶっ潰してやると脅した。彼がぼくを蔑む理由は、ヴィヴィアンがぼくに魅きつけられている理由とまったく同じ、つまり、ぼくの顔の醜い火傷だと、すぐにわかった。父親はそれを、〝見るも汚らわしい肉屋のまな板〟と呼んだのである。

縁の欠けたぼくのグラスに、メドウィンがまたジンをつぐ。彼は黙って酒をすすり、ぼくはグラスを手中でくるくるまわしながら、黙ってすわっていた。

「ターナはね、軟体動物について、すごく詳しいんだよ」ぼくは沈黙を破って言った。「きみには想像もできないだろうけど」

「おれが想像できるのは、オークの古木の枝から首を吊られてぶらさがってるおまえの姿だな」からのグラスの縁を舐めながら、メドウィンは言った。「それとか、馬車に引きずられて地面を這ってるおまえの姿だよ。その女が、果たしてこういう酒の密造法を知っているのかどうか、そんなことはどうでもいい。とにかく、その女と会うのはもうやめろ、いいな？　その浜辺には、もう金輪際近づかないこった」

ぼくはぶるっと震えて、グラスの酒をすすった。

メドウィンは、耳ざわりな声で笑った。「その酒はおれがこしらえたんだ。気に入ったか？」

「うん、いまつとめている会社と同じくらいにね」

「そんなに気に入ったかい？」愉しげに笑って、「そうだ、そういや、おまえの留守中に、訪ねてきた男がいたぞ。白人でな。背の低い醜男だった。おまえよりひどい面をしていたよ。といや、どんなにひどい面かわかるだろう」

みぞおちのあたりが、恐怖で引きつった。「何て言ってた、そいつ？」

「なあに、たいしたことは言わなかったさ。えらく口数のすくない男でよ。最初はてっきり、おれに言いがかりをつけにきたのかと思ったんだ。ほら、このあいだの晩ぶちのめしたやつらの仕返しか何かかと思って。ところが、その男、何か知りたいことがあるみたいで。変な野郎よ。口調はやわらかいんだ、どこかの後家やガキみたいに。ちょっと気どった口ぶりでもあったが。体格はたいしたことはなかった——あれなら、簡単にぶちのめしてやれたよ。それはいいんだが、何かこう、こいつとは近づきになりたくねえ、って感じがしたたな」

「どんなことを言ってた、そいつ？」なるべく平静を保って、ぼくは訊いた。

「いや、特に何にも。ただ、おまえのことを知りたがってたよ。おれは何も知らないと答えると、おまえはいつもどってくるか、とたずねるんだ。やけに目端のきく感じの野郎だった。おまえのことなんざ何も知らない、とおれはくり返したんだが、そいつが言うには、おまえはたしかにこんな立派な下宿屋に出入りを許されるようなやつじゃないんですが、だとさ。とっとと出ていきやがれ、とおれはそいつに言ってやった。どこか他所をあたってみろ、とね」

ぼくは努めて平静を装ってメドウィンの顔を見返したのだが、動転ぶりは顔に表れていたと思う。

「あの野郎、何かおまえの秘密を握ってるんじゃねえのか？　何かやばい秘密を。おれにとっちゃ、どうでもいいことだが」肩をすくめると、ぼくのグラスを指さした。「どうだい、もう一杯？」

その晩、明け方近くになっても、ぼくは不安に締めつけられながらベッドに横たわっていた。いったん寝入っても、寝返りばかり打って、熟睡できなかったのだ。もつれた、しめった毛布にくるまったまま、何もできずにいた。

本当は、この数週間、毎朝くり返していたことをしたかった。スケッチ用具をまとめてあの浜辺にゆき、ターナに会いたかった。ターナがひんやりした手をぼくの掌中にすべり込ませた、あの日を再現したかった。こんどはターナをぐっと抱き寄せ、腰をターナの太ももに押しつけて、ぼくを、ぼくの欲望の徴しを、ターナに感じさせたかった。ターナのすんなりとした小麦色の首筋に口を押しつけて、彼女の鼓動をぼくの舌で感じとりたかった。でも、現実には、この部屋から一歩も踏み出すことができない。こっちはウィラードのことなどほとんど忘れていたのに、あいつのほうではぼくを探しあてたのだ。

あいつに相違ないと、断定できるわけではない。でも、あいつではないと、断言できるわけでもない。メドウィンも言っていた。物柔らかな口ぶり、小柄な体軀、思わせぶりな物腰――あいつにまちがいない。しめったシーツの上に仰向けに横たわったまま、ぼくは荒い呼吸をくり返していた。

でも、いったいどうしてあいつは、あれからこんなに長い歳月がたっても、ぼくを狩り立てようとするのだろう？　エラスムス・ワイルドは、どうしていまだにぼくをつかまえたがるのか？　あれから本当に長い月日がたって、西インド諸島ではとっくに奴隷貿易が廃止されたというのに？　そもそも奴隷制自体が――アメリカではいまだに黒い影を曳いているとはいえ――西インド諸島では廃止されているのだ。怨恨だって、そういつまでもつづくものだろうか？　もちろん、邪悪な人間の心はそう簡単には読みとれないが。ぼくにわかっているのはただ一つ、自分は恐怖のあまり、この下宿屋から出ることすらできないということ。そして、いまの願いはただ一つ、ピンで束ねられたターナの艶やかな黒髪に触れたい、ということだけだった。

いま振り返ると、あのとき、どうして自分をとりもどせたのかわからないのだが、ぼくはベッドから起き上がると、スケッチ用具をまとめはじめた。そしてなんとか不安を押し殺して、下宿屋を後にしたのだった。ガタピシする戸口を出て足を向けた先は、あの浜辺だった。

だが、いってみると、浜辺には人影一つなかった。

砂利まじりの砂浜を一望してみても、目に入るのは木々の影だけで、あたり一帯静まり返っている。小刻みに震える手でスケッチの用意を整えながら、しばらく待ってみた。探していたのはウィラードの姿というより、ターナの姿だった。でも、だれもやってこない。一時間ほどしてから、用具をまとめて裏道伝いに下宿屋に引き返した。自分の部屋にもどると、用心深く窓の外を見ながらゆで卵の朝食を素早くすませた。その日は、勤め先のファマートン食品商会に顔を出すつもりだった。その食料品配達の仕事だけは、どうしてもつづけたかったからである。そのためには、天気の如何にかかわらず、配達の予定があろうとなかろうと、顔を出す必要があったのだ。で、象牙の柄のキッチン・ナイフを懐に、帽子を目深にかぶって、ぼくは出ていった。

仕事は何事もなくこなしていくことができた。でも、もしかするとウィラードのやつ、食料品の配達を偽名で注文してぼくをおびき寄せようとしている可能性もある。その考えを、頭から閉めだすことができなかった。それぞれの配達品を縛ってある紐をわきによけて、ペン書きの宛名に目を走らせた。ミセス・スティーヴン・ブラッチ。ミスター・レイモンド・グライムズ。ミスター・ジェイムズ・スミス。この最後の名前などはいかにもありきたりで、偽名くさい。その住所にある薄汚れた下宿屋の戸口に近づきながら、ぼくは胸がムカつくのを覚えていた。でも、戸をあけて顔を出したのは、三十がらみの、早くも頭髪が薄くなりかけた冴えない男だった。ぼくの手から砂糖の配達品を受けとりながら、その男は平手打ちをくらったような表情で、ぼくの醜悪な顔を見つめた。

その日、下宿屋にもどったぼくは、何時間も不安や警戒心にしめつけられたあまり、疲れ果てていた。ナイフをそばに置くなり、ベッドに倒れ込んだ。

翌朝もターナは浜辺に現れなかった。ぼくも浜辺には長居せず、ずっと自分の部屋に閉じこもって、配達に出かけるときだけ外に出た。その次の日も、ターナは現れなかった。ぼくの心はすっかり乱れて、いまでははるか昔に思えるあの朝、いったんは握ったターナの手をあんなにも無造作に放した自分を呪った。もしかすると、あれは狂おしいほどの孤独が織り上げた幻覚だったのだろうか――ぼくをさらし者にし、自由で安らかな精神状態を破壊し、ぼくを横道にそらそうとする幻覚だったのだろうか。もしかするとターナがぼくの前に現れたのはウィラードの差し金だったのかもしれない、という考えも不意に湧いた。ターナはウィラードの一味で、ぼくの警戒心を解いて、捕らえやすくするための囮（おとり）だったのだろうか？　いや、それはあまりにも突飛すぎる、馬鹿馬鹿しい妄想だと思い直した。最後に会った日のターナのたたずまいを、あらためて頭に浮かべた。あの美しい小麦色の頬を照らしていた光、枯れた雑草と塩のにおいを孕んでいた空気。

いたずらに日がたっていった。ときどきドアをノックする音が聞こえても、応じなかった。たぶんメドウィンだったのだろうが、危険を冒したくはなかったからだ。週末が近づくと食糧が尽きてしまい、二日ほどは何も食べずにベッドの中ですごした。そのうち体中の筋肉がしこり、めまいも覚えはじめて、やむなく起き上がった。裏道をとぼとぼと歩いて、四分の一マイルほど離れた空き地で商っている果物売りの屋台の前に立った。ウィラードにすこしでも似ている者がいないかどうか、周囲の人混みを見まわした。そんな人間はいそうになかったから、果物を買うことにした。オオスグリの籠からうまそうなやつを選んでいると、不意にタバコとラヴェンダーの香りがした。顔をあげて、まさか、と思った。けれども、ターナだった。ターナ・ゴフに間違いなかった。小柄で肉感的な体をゆったりとしたドレスに包んで、カートに積まれた虫食いリンゴの山を無表情に見下ろしていた。

通りすぎる人がちらちらと彼女を見ている。風変わりな装いを見て、声もなく笑う者もいる。でも、ターナのほうではまったく気にしていない様子だった。夕まぐれの光に照らされて、顔立ちがくっきりと浮かびあがっている。そこには何の緊張感もなく、あの生真面目さも薄れていた。はっきり見てとれるのは、その目に宿る知性と、その顔全体がかもしだしている、新鮮な空気に触れる官能的な喜びくらいのものだった。

あの平穏な安らぎをかき乱す権利が、ぼくにはあるのだろうか？　でも、あれからすでに一週間近くがたっていて、毎朝失意の目覚めを味わうたびに、ぼくの苦しみは深まっていた。で、服の袖口をきちんと直し、素早く唇を舐めると、ぼくは人混みを分けて近寄っていった。ところが、二、三歩進んだだけで、軽い吐き気に襲われた。自分はいったい何を言えばいいのだ？　いったい何を自分は望んでいるのか？　ターナはきっと、愚かな子供を見るようにぼくを見ることだろう。彼女に見つからないよう、ぼくはそそくさとポテトとリンゴの売り場のあいだをすり抜けて逃げ出した。

6

ぼくは臆病者だった。それは否定のしようがない。でも、あの頃のぼくは悩みが多すぎて、何一つまともな行動がとれなかったのである。

あれから数日後、ファマートン食品商会に顔を出すと、小麦粉と砂糖の袋、それと婦人用の服の生地の配達を命じられた。それ自体はごくあたり前の配達で、特に変わった点はない。だが、包装の包みに記された配達先の名前に、ぼくの目は釘付けになった。

ミスター・ゴフ。

　そのときだった、自分が彼女の家庭環境のことをぜんぜん考えていなかったことに気づいたのは。目の前が急にぼんやりとくもって、暗くなった。そうか、ターナには夫がいたんだ。

ほぼ一時間ほど——通常の二倍近くの時間——をかけて、ぼくは赤い土の小路の奥に建つ小さな家を探し当てた。そのときも用心して、ふだん通らないような道を選んでいったのである。すこし胸苦しかったけれど、それはウィラードに出会うのと同じくらいに、その住所でどんな人物に出会うのか、不安だったからだ。とうとうたどり着いた家は、薄青く塗装された、屋根が長く背後に傾斜したソルトボックス・ハウス（塩入れ型の家）で、周囲を背の高い雑草と、紫色のチョークチェリーの花の咲きこぼれる生垣に囲まれていた。ポーチには前方の車輪がねじれた、奇妙な鉄の押し車のようなものが置かれていた。ぎしぎしと軋む階段をのぼって、藁編みのマットでブーツの泥をこすり落とす。マットはすでにボロボロになっていて、剝がれた藁の小片がすり減ったポーチの板に散らばっていた。

　ノッカーでドアを叩くと、家の中でくぐもった男の声がした。と思うと、いきなりドアがぱっとひらき、その勢いに押されて、ぼくは後ずさった。男は急に射した陽光がまぶしいのか、青白い顔をしかめている。年配の、小柄でずんぐりとした人物だった。黒い目で、瞬きもせずにこちらを見上げたのだが、その目には瞳がないように見える。狂信者の目だ。

「何の用だ?」男の歯はとても小さく、義歯のようにも見えた。用心深そうな目で、まさぐるようにこちらを見る。

「お届け物なんです」ぼくは宛名を確かめるように、ちらっと荷物を見た。「ゴフさんですね？」訝（いぶか）しげにぼくの手元を見てから、男は背後の暗がりに向かって叫んだ。「おーい、おまえの荷物が届いたぞ」じれったそうに眉をひそめて、「これで全部か？　全部なんだな？」ぼくが答える間もなく、背後の玄関ホールに後ずさる。

ぼくは、前にもこのポーチに立って同様の品を配達したことがあったような、妙な既視感に襲われた。

男はつまらなそうに手を振って、入ってこいと命じる。どうしようかと一瞬迷ってから、ぼくは思い切って質素な玄関ホールに踏み込んだ。ひんやりとした部屋は、かすかにレモンの香りがした。男はちょこまかと、子供のような歩調で歩く。あっという間に足を踏み入れた居間には、古びて何の愛想もない家具が並んでいた。一方の隅の、高い窓の下に置かれた椅子は、壊れた脚が間違った位置につけ直されていたし、表面のすり切れたソファに置かれた赤いシルクのクッションは、ところどころ、中身の羽毛がはみ出している。でも、何より驚かされたのは、部屋中に大小の箱が散らばっていることだった。無造作に置かれた箱の中には、ヒトデやカニなど、浜辺で見かける生き物たちの干からびた標本のようなものが入っている。奥の窓の下に押し込まれた松材の机の上にも、妙なものがのっていた。乾燥したタツノオトシゴが、箱の中で中途半端にピンで留められていたのである。

男はその机に歩み寄るが早いか、積んであった書物の山を、ぽってりとした手で、いきなり床に払い落とした。バタンと落下してばらばらにページのめくれた本の周囲から、埃が舞いあがった。

「さあ、そこに置いてくれんか」男は机の上の空いたスペースを指さした。「うちの食糧庫はいま、ぎゅうぎゅうにつまってるんでな」

言われたとおり配達品をそこに置いてから、ぼくは床に落ちた本をとりあげた。腰を曲げてそのうちの一冊の書名を見て、ぼくは反射的に口走っていた。「素晴らしい本じゃないですか。そんなに粗末に扱っちゃ可哀そうです」

男は鋭い目つきでぼくの顔を見た。「ほう、そういう本が好きなのかね？」

あの大火傷をした後、仕事を休んでぶらぶらしていたとき、ぼくはフェイス農園の図書室で、この手の本を読みふけっていたことがあるのだ。男の顔を見上げて、ぼくは言った。「ええ、大好きなんです、こういう本。同じ著者の『脂肪動物と頭足類：過去と現在』っていう本、知ってますか？　それも素晴らしいんです。ぼく、本文は読めなくて挿絵を見ただけなんですけど、うっとりするくらいでした。たぶん、著者が挿絵も描いてるんだと思うけど。あれはすごい才能です――細部まで、すごく明快で。でも、たぶん、あの著者の描いたものでは、なんといっても『輝かしいウミウシ類』が最高で――」

言いかけたところで、ぼくの声はかすれてしまった。男の顔に目を据えたまま、ぼくはゆっくりと立ち上がった。

「まさか、あなたは……あのゴフさん――」低い声で、ぼくはつづけた。「あのG・M・ゴフさんなんですか？　そうなんですね？」

男は顔をしかめていた。が、ややあって、そうだが、と低く唸るように答えた。G・M・ゴフ。彼こそは、ぼくがめったにとり憑かれない宗教的情熱をもって熟読した本の著者、当代最高の海洋生物学者その人なのだ。彼の挿画における陰翳は、ときに現実離れしていると思われるくらい独特で、大胆な素描は糸のように明快な描線のおかげで実に豪奢に見えるのである。

「じゃあ、科学なんぞに関心を持っとるのか、きみは？」いくぶんやわらいだ口調で彼は言った。

「どの分野なんだい、学んでいるのは？」

「海洋生物です。あなたのような権威の前では、口にするのも恥ずかしいですけど」

「だとすると、これはめったにない幸運な出会いだな」渋い表情は変わらなかったが、すこし喜んでいる様子もかいま見えた。こちらを見る目は異様なほど黒くて、夜の底なしの海面のようだ。

「でも、どうしてこんなところにいらっしゃるんですか？　あなたのような方は、てっきりイギリスの荘園みたいなところでお暮らしなんだろうと思っていましたが。ここに定住していらっしゃるんじゃないでしょうね？」

「調査だよ、きみ、調査のためさ。ここでは標本を採集しているんだ。それがすんだらイギリスにもどる。ここでは素晴らしいウミユリが見つかるのでな」

「ええ、ええ、まったく」ぼくの口調には、すこし熱意がこもりすぎていたかもしれない。太陽の上を雲がよぎったのか、室内がすこし薄暗くなった。

インクのしみのついた手のひらを黒いチョッキでこすって、ゴフは言った。「いやいや。なかなかに学識のある、興味深い若者だな、きみは。これは失念しとった——で、名前は？」

「ジョージ・ワシントン・ブラックです」

「ジョージ・ワシントン」

「ブラックです」

「なるほど」

「友人からは、ワッシュ、と呼ばれています」

ゴフは一息ついて、何事か考えこんでいる様子だった。と思うと、「突然、異なことを言うと思われるかもしれんがね。わたしと娘には、近しい縁者がいないのだ。よくできた妹が二人いるんだが、それぞれイギリスとフランスに住んでいて、ここには日頃親しく付き合う相手もおらんのさ。それはともかく、明日の昼時に、ボートで海に漕ぎ出そうと、ターナと二人で考えていたところだった。あすは土曜日だから、どうだね、きみも一緒に付き合わんか？　なに、危険なことなど何もない。ただボートで漕ぎ出して、うまいランチを楽しもうというわけさ。ちょうどいま、わたしの新著のための観察記録をまとめているところでね」低く唸って、「しかし、まあ、急な話だ、きみにも先約があるだろうし」

ぼくの耳にはたった一語、娘、という言葉しか入らなかった。娘。彼の娘だったのだ、ターナは。ぼくはほうっと安堵の吐息を洩らした。「いえ、そんなに素晴らしい午後のすごし方なんて、他にありません」

ゴフの顔には、ちょっと歪んだ、奇妙な笑みが浮かんだ。

「そいつはよかった。素晴らしい。では、明日、入り江で落ち合うとしよう。ぴったり正午でどうかな」それから、もぐもぐと何か言って眉をひそめると、もうぼくがその場にいないかのように机に向かって腰を下ろした。

ひんやりした海辺の大気の中で、ぼくは立ち止まった。波打ち際に小型のボートが一艘、斜めに傾いて砂に埋もれている。なんとかそのボートを海に出そうと苦労している二人の人影を、ぼくは遠くから眺めた。女性のほうは包帯をした手でオールを漕ぎ座に嵌めようとしており、もう一人が——黒い服を着たゴフに間違いない——ボートの姿勢を直そうとして側面を押している。二人の背後では海が明るく波打っており、白い泡が陽光に輝いていた。

ぼくはゆっくり近づいていった。ぞくっとするように寒い日で、空は青く澄みわたっていた。ぼくのブーツが濡れた砂をみしみしと踏みしめ、抱えたスケッチブックの留め金がカタカタと鳴る。腐った海藻の、すえたいやな臭いがした。執念深いジョン・ウィラードの影は、はるか遠くに感じられた。

まだそばまで近寄らないうちに、女性のほうが顔をあげた。その距離からでも、つばの広いボンネット帽の下の顔がはっきり見えた。そばかすの散った小麦色の頬、かすかに黄ばんだ歯。砂地に立ち止まって、ぼくは自分の心臓の鼓動を聞いていた。他には何も、波の音さえも、聞こえなかった。

ぼくに気づいても彼女はにこりともせず、ぼくが顔をそむけるまで怒ったようにこちらを睨みつけていた。でも、ゴフの顔はぱっと明るくなって、独特の皮肉っぽい笑みを刻んだ。「いいところにきてくれたな」大きな、ごつごつした手を差し出してきた。この日、ゴフは奇妙な形の眼鏡をかけていて、こちらをまさぐるように見る目がやけに大きく見えた。「さあ、ブラック君、手を貸してくれ」「こんにちは」二人に声をかけて、ぼくは正式に紹介されるのを待った。ターナは何も言わない。ゴフも彼女を紹介しようとはしない。ぼくはボートのわきに立って、押しはじめた。

「ほう、絵の具を持ってきたんだな？」ゴフは、ぼくが砂の上に置いたスケッチブックのほうに顎をしゃくった。「わたしの娘も、わたしに代わってスケッチをしてくれるんだ。まだまだ新米で、数か月前には、慣れないあまり手首を骨折してしまったんだがね。つい先週まで、娘は早朝この浜までやってきて、潮だまりを描いていたんだよ。なかなか大胆なところがあってな、このターナには。毎日、朝早く家を出ているのに、わたしは数週間も気づかなんだ。で、おまえの身に何かあったら困る、わたしも一緒にいこう、と言ったところ、ターナは何と言ったと思う？　自分の自由が侵されるくらいなら家にいる、と、こうさ」

ぼくはちらっとターナに目を走らせた。彼女は包帯したほうの手を、もう一方の手のすんなりした指で握ったまま、こちらを見ようともしない。

ぼくは、もうそろそろ紹介されるだろうと思って、ゴフのほうに向き直った。

ゴフは静かな黒い目でじっとぼくの顔を見た。指紋で汚れたメガネのレンズの奥で、瞳が揺れていた。

「じゃあ、出発するとしようか」その口が言った。

ターナが帽子のつばの下からちらっとこっちを見る。苛立っているような目つきだった。

でも、たとえ不快そうな眼差しでも、その目に見つめられただけで、ぼくの全身にぞくっと震えが走った。ぼくは顔を伏せた。

　あの午後、ぼくらはなんと奇妙な舟遊びをしたことか。ぼくの心は終始欲望と驚きと悩みに揺れていた。スケッチの用意をして、目に入った魚を描くと、ゴフがそれを覗き込んで、感心したような唸り声を洩らした。この数か月、ぼくはそれなりに腕をあげていたから、ずっと以前の少年の頃のように上手に描けるようになっていた。あの頃、あんな年端のいかない少年だったのに、あれほどうまく描けたのを思いだすと、自分ながら不思議だった。あんなに幼稚だったぼくが、いまでは大人も同然の若者になっている。ぼくのなかでは、ずいぶんといろいろな変化が起きていたのだ。

　ターナが遅い朝食代わりのお弁当を持ってきていて、うっすらと日のさす曇り空の下でそれをひらいた。ゆで卵と黒パン、それとスモーク・サーモンを、無言で父親とぼくに配る。ぼくとゴフは交代でボートを漕ぎ、気がつくといつの間にか沖合いに出ていた。見渡す限り海原が広がっていて、遠い海面に映っていた小屋の影もとうに消えていた。

「きみには子供がいるのかね？」ゴフが訊いた。

　これにはちょっと返答に詰まった。ぼくの年齢を考えれば、いかにも突拍子もない問いかけではないか。

「いえ、いません」

「ああ、そうか。しかし、子供とはいいものだぞ、異論を呈する者もいるかもしれんが。ここにいる娘は、二十数年前、わたしがミノカサゴの研究のためにソロモン諸島に渡ったときに生まれたんだ。母親というのが、まあ激しい気性の、意志強固な、素晴らしい女性でな、思慮にも長けていた。このターナも、母親の良い面を受け継いでいる。実は、あの島を離れるとき、ターナも一緒に連れだす気はなかったのだ。それではわたしが、ミノカサゴの標本同様に、ターナも採集したように見られはしないかと思ってな。ターナが、本来生まれ育った社会から離れて成長するような事態も、好ましいとは思えなかった。ところが、母親が急逝してしまったために、ターナを置き去りにするわけにはいかなくなったのさ。それはともかく、わたしにとって、ターナは大いなる救いだったよ。娘がいてくれるとどんなに助かるか、きみには想像もつくまい。この老いた父親同様、ターナは海洋生物に大いなる情熱を傾けている。わたしの研究の真のパートナーなのだよ」

ターナは嬉しそうでもなく、といって不快そうでもなく、父親の長広舌を聞いていた。ぼくはターナのやわらかな息遣いと、スカートの下の脚の動きを意識していた。ぼくの膝頭が偶然彼女のそれに触れたとき、熱い激情が股間に走り、慌てて帽子を膝に置いて、衝動がおさまるのを待ったくらいだった。ターナの髪は、いつものように、帽子の下でピンでまとめられていた。ターナみたいに自由な精神の主が、どうしてそんな見苦しい窮屈な髪のまとめ方をするのだろうと、そのときも思った。仄かな明かりのともる夜の寝室の窓際で、ターナがピンをはずす様子が頭に浮かんだ。そのとき肩に流れる黒髪は、さぞや美しいことだろう。こめかみに垂れた一筋二筋の髪は、きっと、うっすらとタバコのにおいがするのだろう。

会話ははずんだけれど、しゃべるのはもっぱらゴフとぼくだけで、ターナはこちらに横顔を向けて黙々と食べていた。娘のそんな様子に、ゴフはまったく気づかない様子だった。指先をなめなめ、ゴフはセイリッシュ海のドリドウミウシについて語った。そのドリドウミウシは、背中にリング状の、収納可能な驚くべき鰓を備えているのだそうだ。彼はまたコウイカの筋肉収縮についても語った。その収縮により、信じられないことに、コウイカは黄色から赤、赤から黒へと体の色を変えるらしい。オアフ沖のエメラルド・グリーンの海では、間一髪、イルカンジクラゲに刺されるのを免れたらしいのだが、それをまるで名誉ある美しい死を逃れて損したような口調でゴフは語るのだった。

「所属する社会が変われば、死の概念もまったく変わってくるからね」ゴフはつづけた。「実は、ソロモン諸島に着いたときのわたしは、身内の喪に服している真っ最中だった。わたしには、ヘンリエッタ、ジュディス、ミランダ、と、妹が三人いるのだが、あのときは末の妹のミランダが毒を呷いで自殺した直後でな」ゴフは首を振って見せた。自殺、と聞いて、ぼくはぶるっと震えた。あのフィリップさんのことを思いだしたからだ。「その後親しくなった島民たちと雑談にふけっているとき、わたしは物のはずみで、ミランダの死のことを打ち明けてしまったんだよ。すると、驚いたことに、彼らはみんな笑いだしたんだ――腹を抱えて大笑いするのさ。あれは実にショックだった。てっきり彼らはわたしの言うことを誤解してるんだろうと思った。それで、もう一度わたしは説明を試みた。すると、ますます腹をよじって笑い転げるのさ。

　実はだな、誤解したのはわたしのほうだったんだ。彼らにとって、生とは、われわれが想像もできんくらい神聖なものなのさ。だから、その生を自ら進んで終わらせようとする者がいるなどとは、まったく慮外のことなんだな。滑稽千万な行為なのさ。そのとき、わたしは思い知ったんだ、われわれが後生大事に信奉している価値、わたしがイギリス人として崇め奉っている価値基準は、決してこの世で唯一無二のものではないのだということを。この世には多様な生き方があるのであって、ある信念を別の信念の上位に置くことは何かを失うことに等しいのだと、わたしはそのときにまごうかたなく理解した。何が正常で何が異常かという議論は無意味であって、この世のあらゆるものには価値があるんだ。まあ、価値とは言わないまでも、探求する意義があるのさ」

　彼のように優れた科学者がそういう考えを抱いているのは素晴らしいことだと、ぼくは思った。むしゃむしゃとパンを頬ばっているゴフを見つめているうちに、この人物に対する深い親愛感が自分のなかに生まれていることにぼくは気づいていた。

　でも、彼の、娘に対する態度まで気に入ったわけではない。最初からずっと沈黙を守っていたターナは、ランチを終えると紙と羽根ペンをとりあげて、父親が大声で口述する観察内容を筆記しはじめた。

ぼくはたずねた。

「で、いまは主として何を研究なさっているんですか、お差し支えなかったら教えてください」

ゴフはいま、ボートの真ん中に立っていた。一方の手には足をくねらせているカニを時計のゼンマイのように持ち、もう一方の手には海藻を持っている。「いまの研究テーマは、地球の実際の年齢と天地創造説の矛盾の探求でな。物理的な証拠の解明というよりは、哲学的な探求と言ったほうがいいかもしれん。この世には天地創造説を完全に否定する証拠が果たして存在するや否や、それが知りたくてたまらんのでね」水滴のついた眼鏡の奥から、ゴフはぼんやりとした目つきでこちらを見下ろした。ぼくはその続きを待ったのだが、ゴフにその気はないらしく、ただ掌中の海藻をじっと見下ろしている。

この世のあらゆるものには価値があるという言葉と、現在の彼の研究テーマは矛盾するのではないかと思いながらも、ぼくはたずねた。「とても深遠なテーマだと思います。で、そのためにいま、特に集中して集めている証拠とは、どういうものなんでしょう?」

するとゴフは、何かぶつぶつとつぶやきながら突然ひざまずき、くねくねと足をくねらせているカニを娘の膝に放りだした。

ターナは驚いた表情も見せずに、それを柔らかな手でとりあげた。

「父はね」その日初めて口をひらいたターナが、ごく事務的な口調で言った。「いずれロンドンで開く予定の展示会に備えて、ここ〝新大陸〟の標本をいろいろと集めているの」

ぼくはターナの顔を――おそらくは熱心すぎる眼差しで――じっと見つめた。ターナもぼくの目を真っ向から見返した。ゆるやかに揺れるボートの上で、ぼくらは無言で互いの顔を見つめ合った。ターナの顔は穏やかで、静かすぎるほどだったけれど、その静けさの裏には苛立ちが覗いていた。いいほうの手には、活発に動くカニが握られたままだった。ぼくは何も言えなかった。ゴフははるか遠くにいるように感じられた。

そのうちターナは軽く眉をひそめると、ボートの船べりから手を伸ばして、小さなカニを海に返してやった。

次の日曜日、ぼくらはまた同じようにしてすごした。あの父と娘がきまって軽い口喧嘩をするのを見ているうちに、ぼくにはすこしずつわかってきた。ゴフがぼくに示す親密さは、ありきたりのものではなく、かなり屈折したものなのだということが。

ターナはすこし軟化したけれど、あくまでも〝すこし〟だった。そして、ときどき辛辣なジョークを言い放ってみせる。どこか超然としている父親は、そのジョークには気づかない様子だった。二人が一緒にいるところを見るのが、ぼくにはなんと苦痛だったことか。常に真剣そのもので探求心に燃え、気位が高く、俗事には無関心なゴフ。そして、聡明で口が悪く、内にこもっているようでいて、自己中心的な父親には献身的なターナ。二人とも知的で善良な人間であることはたしかだけれど、お互いの感情には無頓着で、性格には天地のひらきがあった。ぼくは二人とも大好きだったが、二人が一緒にいるところを見るのはつらかった。

たぶん、あれは嫉妬だったのだろう。ときとして二人をうとましく思う原因は、それだったのだ。ターナには父親がいる。ぼくにはいない。ターナが父親との絆をわずらわしく思ったとしても、その絆から得られる慰めははるかに大きかったはずだ。振り返ってみると、嫉妬がたしかに大きく作用していた。でも、ゴフがときとして娘につらく当たるのはたしかで、そんなときのゴフをぼくは激しく嫌悪した。

ぼくだってゴフには認められていないのだから、と思うことがあっても、それは一時の気休めにすぎなかった。科学を生(なま)かじりしている、一人の書生も同然のぼくに、ゴフが好感を抱いてくれたのはたしかだ。でも、陶然とターナを見つめているぼくにゴフが気づいたとき、彼の粗削りな狂信者の顔には反射的に苦々しい色が浮かび、ぼくら二人のあいだに割って入ろうとするのだ。そんな彼を、責めることはできなかった。ぼくを衝き動かしていた欲望は、元奴隷というぼくの出自同様に明瞭だったからだ。ゴフは各種の偏見とは無縁だったけれど、一つだけ例外があって、それはわが身を流れる血を守ることに関連していた。自己中心的で自己顕示欲が強く、娘はそこにいて当然と見なしているゴフだが、彼にとってターナは明らかに、彼とこの現世をつなぐ最も重要な絆であることはたしかなのである。その絆を、ゴフはどんな外敵からも守り抜くつもりでいたのだ。

ぼくはゴフを尊敬していた。心から尊敬していた。でも、ターナに対する欲望を押し殺すことはどうしてもできなかった。一日を通して、どこで仕事をしていようと、ターナの顔が頭に浮かんだとたん、何もできなくなってしまう。そして、それほどに自分をさいなむ欲望の残酷さを嘆くのだった。どう努めても成就できっこない恋情に引きずりまわされるのは、なんと不条理なことかと思った。そのときのぼくは、人間の心というものを何もわかっていなかったのである。空しい欲望に翻弄される自分が情けないと思ったし、認めることもできなかった。ぼくは始末に負えない、エロティックな夢に搦(から)めとられていた。夜中にふと目が覚めると、ぼくはシーツに欲望の丈を放っていて、生きている徴(しる)しに戦慄を覚えながらも、自分に恥じ入るのだった。

7

ある晴れた朝、下宿屋を出て仕事にいこうとすると彼女がやってきた。

そのとき、ポーチにはメドウィンがすわっていた。朝の熱気が半端ではなかったから、大きく胸をはだけていた。薄茶色の肌と、胸の黒い巻き毛が露わだった。ぼくが部屋の外に出ていくと、メドウィンはなにげない目で見やり、ゆっくりと庭先のほうに向き直って顎をしゃくってみせる。

そこに、彼女が立っていたのである。棘(とげ)のあるブラックベリーの茂みのはずれ、庭先からすこし中に入ったところに。すぐにターナだとわかった。小麦色の肌、小柄な体。じっと見つめられると、遠くからでも陽光に刺し貫かれたような気のする鋭い眼差し。

低い舌打ちの音を聞いてメドウィンを見下ろすと、彼は首を振っていた。カタカタと鳴る紅茶のカップと新聞をとりあげて、メドウィンは吐息をつきながら立ちあがった。

「見てな、結局は血を見ることになるぜ」吐き捨てるように言うなり、ぼくのわきをすり抜けて家の中に入ってゆく。

ぼくは唇を舐めて、ターナのほうに近寄っていった。びっくりして、気もそぞろだった。ターナの前に立ったときは、恐怖さえ感じて息をはずませていた。

「どうしてここがわかったんだい？」問いかけながら、なんとか笑みを浮かべようとしていた。ターナがこんなにたやすくぼくを探し当てられるのなら、先週訪ねてきた男がウィラードである可能性はますます高くなったように思えた。この小さな下宿屋は、もはや安全な聖域ではない。それはたしかだった。

「よかったわ、会えて」

「ぼくも嬉しいけどね、きみがきてくれて。でも、よくここが探し当てられたね」

「それでまごついているの？」

「ぼくらはみんなまごついてるんじゃないだろうか、人生というやつに」

「あらあら、説教師みたいな口をきくのね、あなた」乾いた口調で言って、突然、左の手首をあげてみせた。そこはほっそりとしていて、腕の他の部分よりも青白く見える。骨もくっきり浮きあがっていた。

「包帯をはずしたんだね」

「あれにはうんざりだったから。父に言わせると、あたしの手首はホヤに似ているって」両手を灰色のドレスの腰に巻きつかせて、「せいせいしたわ、包帯をはずせて。まだ手首に変な感じが残っているんだけど」

「ちょっと見せて」そして細い手首をつかんだとき、熱い電気のようなものが体に走った。顔をあげると、ターナも面くらった顔でこっちを見ている。「でも」努めて無表情をたもって、ぼくは言った。

「すくなくとも、切断しないですんだわけだ」

「なんて嬉しいこと言ってくれるの」ターナは冷ややかな笑みを浮かべた。「淑女に対する話し方を、ちゃんと心得ているのね」

「そんな練習は積んでないんだけど」

「そう。で、きょうはどこに出かけるつもり?」

ぼくはすぐには答えられず、しばらくターナの顔を見つめていた。黒人の若者と、小麦色の肌ながら白人に見られておかしくない女性が連れ立っていたら、どんな危険を招くか。それは二人とも承知していた。ぼくは道路の左右に素早く目を走らせた。行き止まりになっているほうと、下宿屋の玄関先に延びているほうと。どちらにも人気はなかったけれど、危険なことは間違いない。いま、その危険を冒す気にはなれなかった。

ターナもそれはわかっているみたいで、顔を伏せると一歩ぼくから離れた。頭上を数羽の雀が飛んでいった。周囲の樹木は琥珀色の光に包まれ、大気は熱を孕んでゆらいでいる。

ジョン・ウィラードの魔の手が伸びる可能性は遠のいたとはいえ、完全に消えたわけではない。ターナと一緒にいるときにあいつがやってきたら、どうすればいい？　そばかすの散った、彼女の落ち着いた顔を見ていると、抱きたいという欲望と同時に、自分には彼女を守る術がないのだ、という恐怖にも貫かれた。

　するとターナは、スカートのひだの奥から一枚の古びた紙をそっととりだした。「あなたにお手紙を書いたの」ためらいがちに顔をあげて、彼女はつづけた。「あなたと会っていると、ときどき、自分は本当に言いたいことを言ってないんじゃないかって、不安になるのよ」

　差し出された紙を見つめているうちに、言い知れぬ恥ずかしさで顔が火照ってきた。

　そんなぼくを見てターナは手を下ろし、静かに言った。「そうだったわね、あなたは字が読めないんだったわね」

「いや、読めるさ」反射的に言い返した。事実、簡単な言葉なら読めたのだから。

　ターナは自分の手に目を落とした。「もしよかったら、あたし、教えてあげるけど」

　内心の動揺を、ぼくは表には表さなかった。彼女に悪気がないのはわかっている。にしても、そこには自分を一段上に置いて、ぼくのことを慮るような気味が感じられたのはたしかだった。字の読めないことがぼくの個性や性格まで縛っていなければいいが、という気遣いと言い直してもいい。突然、脳裡に、ある記憶が甦った。暑熱で色褪せた空の下、小鳥たちが空の高みでさえずっている夕暮れに、大きな声で難解な言葉を読みあげるティッチ。言われて懸命にそれをくり返すぼく。

「あなたは以前奴隷の身だったって、父は言ってた」低い声でターナは言った。「だからあたしは言い返したの、ワシントン・ブラックは、たとえ手足を鎖につながれて生まれたって、奴隷の身に甘んじるような人じゃない、って」

　それでもぼくは黙っていた。沈黙が、二人のあいだにわだかまった。

「あなたを怒らせちゃったかしら」

ぼくは肩をすくめた。

「何を言いたいの？」

「ぼくに読み方を教えてくれるって言ったね？」ぼくは気ぜわしく首を振った。「きみの言い方を聞いていると、奴隷制とは単に個人の選択の問題みたいに響くんだ。でなきゃ、個人の気質か、性格の問題みたいに。生まれつきの奴隷と、そうじゃない奴隷がいるみたいに。血を吐くような怒りとはまるで無関係みたいに」

「そんな意味で言ったんじゃないわ、あたし」頬を紅潮させて、ターナは言った。「あたしが言いたかったのは、あなたは強い人だっていうこと。だって、あなたはちゃんと自分の足で立っているじゃない。だれの手も借りずに、しっかりと。そうでしょう。ひどい苦難にもめげずに、ちゃんとここまで生きてきたじゃない」

割り切れない思いのまま、ぼくは息をふうっと吐き出した。「まあ、そうだけど」

二人はまた黙り込んだ。横丁のほうから、潮騒の音が伝わってくる。「あたしね、実は、数週間後にはここを発つの」ターナは言った。「父がもう出発の準備を進めているわ」

それは、いまさら驚くことではなかったのに——ここには一時的に滞在しているんだと、ゴフ父娘（おやこ）は何度も口にしていたから——ぼくは一瞬虚を衝かれて、まじまじとターナの顔を見つめた。「じゃ、ここでの調査は完了したっていうこと？」

「まだ採集しなきゃならない標本がいくつか残っているんだけど。父はもう、あの歳では潜るのは無理だし。あたしも、代わってやることがもうできないし」ターナはぼくと目を合わせようとはしなかった。さっきの気まずさがまだ残っているのだ。「この手首、何か月もかかって、やっと治ったところなのよね。いくら父のためでも、また危険を冒すのは、あたしはいや。海中に入るのが怖くなったの——もうあたしの手に余る気がして」

なるほど、と合点がいった。「つまり、きみの代わりに潜ってくれないか、と言いにきたんだね。だから、わざわざこの下宿屋を探し出したんだ」

ターナは顔を曇らせた。「あたしがこの家を探し出したのは、この手紙を渡したかったから。それと、あなたに会いたかったから。あなたもあたしに会いたがっているんじゃないかと思ったから。でも、わかったわ、みんなあたしの思いちがいだったって」ぼくが口をひらくより先に、ターナはくるっと背後を向いて、歩きはじめていた。

ぼくはただ両手をだらんと垂らしたまま、道路に突っ立っていた。頭ではわかっていた、ターナのなかには絶えず揺れ動いている世界がある、ぼくはもう二度とその世界には入れてもらえないだろう、と――。

8

人に利用されるのは、あまり愉快なことではない。でも、次の土曜日、曇天の下、ぼくは波止場に向かっていた。栈橋の端に、〈ブルー・ベティ〉という小型船が朽ちるがままに係留されていた。乗組員に見捨てられてだいぶたつその船の陰で、ゴフとターナがぼくを待っていた。ゴフは、老朽船の補修を業とする地元の友人から、その船を借りたらしい。その男は、浅瀬に放置された別の船の残骸の中でもゴフが探している海洋生物を見つけられるかもしれない、とも語ったという。

ぼくはゴフ父娘（おやこ）に近づいていった。そばには、各種装置入りの木箱をのせた、ラバの引く荷車が止まっている。ゴフはぼくの顔を見きわめようとするように、じっとこちらを見た。それから、ゆっくりと破顔して言った。

「やあ、元気にしてたかね？」

「ええ、なんとか呼吸だけはしています」ぼくは答えた。ターナのほうには目を向けなかった。「そちらはいかがですか？」

「ああ、順調だよ。体調も万全だしな。なんとか当地での調査を完成させたいと願っているんだ」一気呵成（かせい）に言った。「きみが手を貸してくれるというんで、ほっとしているところさ。本来、潜水はターナの役どころなんだが、手首を痛めてしまっているんでな。故国にもどれば、わたしの姉妹たちの助けを求めることもできるんだが。ジュディスでもいいし、フランスからヘンリエッタを呼びもどしてもいい。ところが、人生、思うようにはいかんもんでな。で、どうだね、本当にきみを海に放り込んでもかまわんのかい？」

「ええ、覚悟はできています」

「けっこう、けっこう。前にもこういう経験はしているのかな？」

「いえ、一度も」

「何より肝心なのは、命を落とさんようにすることだ。その目的を成就するための最良のアドヴァイスをしてあげるから」

しゃべりながら彼は、潜水準備のために、ぼくを小型船の甲板につれていった。ターナのわきを通りすぎるときに気づいたのだが、彼女、ぼくとなんとか目を合わせまいとしている。どうしてああも気分がくるくる変わるのか、わからなかった。あの後、ぼくはターナの手紙を受けとらなかったことを悔やんで、字を読むのが不得意な自分にいやけがさしていたのだ。きょうはこうして、一見、彼女の父親を助けたくてやってきたことになっているけれど、本当はただターナの願いに応えたいためだということは、だれでも、たぶんゴフにだって、読みとれたことだろう。でも、ともかくも、ぼくはこうしてやってきた。それなのに、ターナはこちらを避けようとする。ぼくはつくづく参ってしまった。もう付き合い切れないという気持だった。

けれども、ターナのすんなりとしたうなじや、柔らかそうな黒髪をひと目見ただけで、また欲望が頭をもたげてくる。

ゴフは終始上機嫌だった。この数週間来感じられた緊張の色はどこにもなく、笑顔を振りまいていた。くねくねとした送気ホースやエア・ポンプの荷解きを終えて甲板に運び終えたときは、すでに十時をまわっていた。朝の空はのっぺりと広がっていて、一筋の雲も浮かんでいない。

潜水服に着替えるぼくがターナの目に触れないように、ゴフは彼女を甲板の下に追いやった。ゴフの、小刻みに震える筋張った手に助けられて、ぼくは潜水服の中にもぐりこみ、銅製の潜水ヘルメットをかぶってから不格好な送気管をとりつけた。この潜水服一式をゴフが注文したのは、二年前だったという。それはもともと、イギリスのケント州の町、ウィスタブルの沖合いで難破船引き揚げ事業に使われたものらしい。

「潜水ヘルメットがゆるまんようにな」ゴフは言った。「水が入ってくると、ことだぞ」

所定の位置にきっちりと潜水ヘルメットを嵌めこむと、彼は言った。「手伝わせようにも、ターナのやつはまだ子供も同然なんでな」

ぼくは一息ついて、ゴフの生き生きとした黒い目を見下ろした。「でも、歳はぼくのほうが下なんですよ」

「しかし、精神的にはちがうだろうよ」愉しげな笑みを浮かべて、彼は言う。

わかった。ぼくが奴隷だった過去のことを念頭に、ゴフは言っているのだ。ぼくのむごたらしい過去が、火中から引っ張りだされたぶざまな何かみたいに、ぼくを傷物にした。そのことを、ゴフは指していているのだ。彼がぼくを思考力のある人間と見なし、ぼくの頭脳に敬意を抱き、いままさにぼくの助力を乞おうとしている事実。それとこれとは、ゴフの中では別問題なのだろう。ぼくは内も外も、火傷を負って無残に変形した黒い肌の人間であり、たとえ絵描きや科学の徒としては認めても、可愛い娘の相手としては認められない、ということなのだ。

ぼくは、日を浴びて熱くなった潜水ヘルメットの金属の縁を、ぎゅっとつかんだ。

冷たい拳で一撃されたように空気が肺から押し出され、凍てつくような黒い海水が体を押しつつんだ。最初の数秒間は、何も考えられなかった。水中に揺れ動く影に囲まれて、体が急に軽くなった気がした。奇妙な感覚だった。帆布製の潜水服に包まれた足が鉄の棒のように海水を分けても、ヘルメットの中のぼくの頭は鉛のように動かない。絶えず水が入り込んでいるような、ごおっという音が耳の中で響いた。ヘルメットの面ガラスの前で泡立つ海水を見ながら、ぼくは瞬きした。その絶えざる泡は、ぼくの呼吸を保証している送気管が生んでいるのだ。どんどん下降していくにつれ、みぞおちのあたりがぎゅっと引きつるのを覚える。濡れた皮革の強烈なにおいが頭に充満した。ゆっくりと頭をのけぞらせると、揺れている船底が見えた。それは日を浴びた青白い海に浮かぶ棺桶のように揺れていた。

浅瀬の海は、なんと輝いて見えたことか。移ろう朝の黄金色の光のすべてが、ぼくには見えた。その中でうごめき、勢いづく瓦礫のすべてが見えた。水を切り裂いて下降する黄色い光を浴びて、青、紫、黄金色の繊毛がひるがえる。かと思えば水底にわだかまる朦朧とした黄色い光に照らされて、筋張って素っ気ないエビの目がきらりと光った。

光の質が頭上で変容してゆくのがわかる。見上げると、つかのまの黄昏のような影が水面をよぎってゆく。ぼくは向きを変えた。鎖骨に鋲がくいこんで痛い。立ち止まって、ヘルメットの位置を直した。冷たい水中で、時間が緩慢にすぎてゆく。ちらっと下を見ると、白っぽいものがひらめいた。何かの生き物かと思ったのだが、よく見ると、ヘルメットの面ガラスに映ったぼく自身の目なのだった。

そのときである、重く鳴り響く鐘のような音がぼくの中を走り抜けたのは。すぐ間近でだれかが鐘を打ち鳴らしたかのように、とてつもない拍動が体を揺する。と、突然、ぼくの中にしこっていた恐怖や怒りや戦慄の源が水中にすうっと抜け落ちてゆくのを感じた。こちらを射すくめるようなゴフの黒い不快げな眼差し。ビッグ・キットの肌の感触。雪中を遠ざかってゆくティッチの姿。北極の樹木の香り。〝クラウド・カッター〟の震動。それらすべてが剝がれ落ちてゆく。血にまみれた山麓の空き地の雑草。苦悩に歪むフィリップさんの顔。それらすべてが薄れ去ってゆく。小柄なウィラードの執拗な影。すべてが剝がれ落ちていって、ぼくは両手をわきに垂らしたまま水中に立っていた。さざ波が体を揺すり、冷気がしみこんでくる。光もしだいに薄れていって、ぼくはとうとう、嬉しいことに、〝無〟になった。

ヘルメットに白いヴェールが覆いかぶさってくる。びっくりして後ずさった。すぐそばに迫ったクラゲだった。毒クラゲと見て背後に飛びすさり、白い触手がほつれたレースのように後退してゆく様を見守った。ヘルメットに水が浸入しないよう、なるべく体を垂直に保って前進しはじめる。濁った海水を突っ切って、低い岩場のように横たわった黒い影に近づいてゆく。あれが、水没して、いまは魚介類の棲みかになっているという船の残骸にちがいない。

船は逆立ちした格好で水没していた。全体に海藻がへばりつき、手すりもひん曲がって錆びついている。開きっぱなしの舷窓を大小の魚が自在に出入りしている。ぼくは捜索をはじめた。水が冷たい。赤茶色の船体に目を凝らし、自分自身の息遣いが耳の中で泡立つ音に聴き入る。と、船体にへばりついていたオレンジ色の何かがぱっとひるがえり、またすぐに赤茶色の錆の一部と化した。

ぼくはいったん立ち止まった。それから、水中に射し込む明るい陽光の中をゆっくりと近づいていった。そこで目を凝らしたのだが、動くものはない。うごめくものすらない。すると、幻覚が次々に襲ってきた。ごつごつとした岩が青いなめらかな点となり、ぶよぶよした赤い肉の塊に変わったと思うと、まだら模様の赤い絨毯に、そして赤い切れ込みのようなものに変わる。

一呼吸して、ぼくはまたゆっくりと前に進んだ。分厚い潜水服の袖に包まれた両手を、赤茶色の船体のほうにのばす。と、何かがぱっとそこから離れた。何本もの腕がくねり、白い吸盤がひらめく。柔らかな外套膜の奥に光る目が、こちらを射すくめるように見た。その目はたぶん、哀れにも硬直した若者、突っ張って曲げようのない硬い四肢をとらえたにちがいない。ぼくはそいつのゆらめく丸い頭部に、かなり年を経て見える喉の部分に、目を凝らした。すると、気分が急に明るくなった。とても楽しい、湧きあがるような昂揚感に包まれた。

三本目の腕の触手から、それは雌であることがわかった。生き生きとして色鮮やかな、素晴らしい存在だ。しかし、いずれゴフが展示用の標本にすべく彼女を殺して大壜につめる場面を想像すると、吐き気が湧いてきた。そんなことは絶対にさせたくない。なんとか彼女をこのままイギリスに運んで、生きている奇跡として展示することができないものか？　それは絶対に不可能なことだろうか？　いっそ、ここで呼吸している生き物たちすべて、アネモネ、ウミシダ、ウミウシ、そして彼女、この愛らしい雌のタコを、みんな生きたままイギリスまで運ぶ。そして、こんな生き物たちを間近に見たことのない一般大衆にありのままの姿を見物させてやる、それは不可能なことだろうか？

やっぱり、無理だろうな、と思った。科学には限界がある。だいいち、何に入れて運べばいい？　生き物たちのどれとどれを一緒にして、どう運べばいい？　それに、植物はどうなんだ？　水中の植物も腐敗させずに運ぶことが可能だろうか？　そもそも、海洋生物を死なせないためにはどうしたらいい？　どう考えても、望みはない。不可能だ。けれども、不可能だと思えば思うほど、やってみる価値があると思えてきた。

あのタコは船体を覆う海藻にからみついて、赤黒い頭をだらんと垂らしている。近寄ってさわろうとすると、黒い墨を吐きだした。ぼくは立ち止まり、黒雲のように水中に広がる墨を挟んでタコと睨み合った。次の瞬間、そいつはぱっと水を蹴って、すこし離れた水中の一点で静止した。何本もの足をくねらせながら、赤く燃えあがった布切れのように水中に留まっている。ぼくのほうからも墨が吐き返されるのを期待しているような、どこか愉しげな仕草だった。ぼくは両手をそっと前にのばした。タコは静止したまま薄暗い海中に留まっている。それから、どこか恥ずかしげにこちらに接近すると、ほんの数インチ前で止まって、ゼラチン状の目でこちらを見た。と思うと、真っしぐらにぼくの両手の中に飛び込んできた。

海面に浮上したときは、もはや太陽が傾いていて、輝きも失せていた。とても寒かった。ゴフの手でランタンが灯されており、そのゆらめく光で船を操っているターナの姿が見えた。疲労困憊して甲板に倒れ込んだぼくを、ゴフが引きずってゆく。背後で送気管が甲板を叩く濡れた音がした。ヘルメットを脱がせてもらって、冷たい空気を思い切り吸い込んだ。体がガタガタ震え、皮膚の下で火花が弾けるような感覚に包まれた。甦ったような気分だった。薄れゆく夕刻の光の中で、こちらを見下ろすゴフの、薄緑の影に隈どられた顔をぼくは見上げた。
「どうだね、海水に浸かった気分は？」茶化すように笑って、彼は言う。「水は十分透き通っていたかい？」

ぼくは喘ぎながら、背中に負ったケージをゴフに取り外してもらった。そこには海中で採集した未知のタコや、アオミノウミウシや、ウミユリ、それにホシムシなどが入れてあった。ゴフはいくらか同情するような表情を浮かべて、ぼくが潜水服を脱ぐのを手伝ってくれた。携行品用の箱から茶色い毛布をとりだして、渡してくれる。それは木炭とナフタリンの匂いがしたけれど、ありがたく受けとった。震えながらしばらく休んだ後、下甲板に降りる。そこで服を着換えて甲板に上がると、水のしたたるケージに入った採集物を点検した。

「これは何かな？　何を捕らえてきたんだ、きみは？」ゴフがぼくの肩越しに覗き込む。

そこでぼくらに加わったターナは、緊張に張りつめた顔をしていた。

その顔に、ぼくはじっと目を凝らした。いままで泣いていたのだろうか？　わからない。ぼくは言った。「体調でも悪いの？」

「ううん、そんなことないわ、ブラックさん、ありがとう」

「どうなんだ、何をつかまえてきたんだい？」やきもきした口調でゴフがせかす。「さあ、あけてみたまえ」

ターナから向き直ると、ぼくはそうっと、慎重に、燃えるように赤い生き物、あのタコをとりだした。

「ほう、ホッキョクワタゾコタコに似とるね」感嘆したようにゴフが言う。「しかし、こっちのほうがずっと大きいが」

「ぼくに向かって墨を吐いたんですよ。ワタゾコタコは墨なんか吐きませんよね」

両手で、ぬめっとした体をもちあげる。そいつはゆっくりとぼくの腕に足をからみつかせてきた。いくつもの吸盤に吸いつかれると、ひんやりとした小さな口に吸いつかれたように、ぞくっとした。それはそれで、すごくいい気分だった。一本の足を剝がすと、二本目の足を剝がすより先に、それはまた腕にからみついてくる。

「ほう、きみを好いとるようだな」

タコを腕にからみつかせたまま、甲板にすわり込んだ。遠い岸辺の夕暮れの灯がしだいに近づいてくる。このところの、強いて禁欲を科したような荒れた暮らしから遠く離れて、いまはすごく平和な気分だった。ぼくは静かに笑いだした。

9

集めた魚類は、ゴフの小さな青い家の裏に並ぶ、海水で満たされたブリキのバケツに入れた。それからみんなで食事をとりに家の中に入った。

暗いダイニングルームに入ってわかったのだが、その部屋もまた整理整頓とは無縁で、書類やピクルス酸の壜、標本ケース等が乱雑に置かれていた。テーブルには茶色に干からびたエビがのっている。ゴフはそれをパンくずの散らばった床に払い落とした。

「この家を買いとったときは、家具がきちんと配置されていたんだがね。いまはこのとおり、わたしら流の乱雑な家になってしまってな」唸るようにゴフは言った。

「サバのフライがお好きだといいんだけど」隣りの部屋から、ターナが声をかけてくる。戸口に現れた彼女の顔には、ぼくが落胆するのを恐れているのか、不安げな笑みが浮かんでいた。きょうは最初からずっと、何かを警戒するようなターナの態度に悩まされてきた。でも、いまはこうして父親がぼくをこの家に招き入れてくれた。としたら、ぼくは父親にも受け容れられたんだと、ターナは思っているのではないだろうか。

「慎ましい人種には慎ましい料理が似合うもんだ」ゴフが唸るように言って、鼻のわきを指で掻く。

「あたしたちって、慎ましい人種？」ターナが応じる。

「素晴らしい香りだね。とても美味しそうだ」ぼくが松材の椅子に腰を下ろすと、重みでぐらっと揺れた。かなり散らかってはいても、マホガニーの大きなサイドボードといい、その上の壁にかかった小さな金箔（きんぱく）の額縁の油絵といい、ぼくはこの部屋が気に入った。

「あれはきみが描いたの？」ターナのほうを向いて訊いた。

「とも言い切れないんだけど」曖昧な口調で言って、ぼくの前に皿を置こうとする。「気に入った？」どうしたのか、皿が突然二つに割れて、ターナは慌てて抑えようとした。片方のかけらはつかむことができたものの、もう半分は床に落ちてしまった。が、それ以上は割れなかった。「本当に？」ターナの顔は上気していた。「この床が軟らかくて助かったけど、あたしの指先がこんなに硬くちゃね」

ぼくは腰を浮かした。「大丈夫かい？」

「ええ、なんとか。人生はヴェネツィアのオペラみたいにはいかないわ、ブラックさん」どういう意味なのかわからなかったけれど、ターナが手首の内側を切ってしまったのはわかった。ターナは気まり悪げな顔で、手当てをしにキッチンに消えた。

「絵がお上手ですね、お嬢さんは」沈黙しているゴフに、ぼくは言った。この誉め言葉にゴフがどう反応するか、じっと彼の顔を見守ったのだが何も言ってくれない。ぼくはつづけた。「お嬢さんの、数ある魅力の一つだと思います」

「きみはだいぶやられているようだな、娘の魅力に」黒い目でぼくを見据える。

心臓が喉元にせりあがってくるのを、ぼくは覚えた。すこし図に乗りすぎたのだ。でも、ぼくのなかには逸（はや）り立つものがあって、自分を抑えられなかった。唇を軽く舐めて、ぼくはなおも言った。

「本当に立派な女性です、お嬢さんは」

「いや、あれは一人前の女性ではない。まだ小娘だ」

「でも、もう二十歳ですよね」

「やっと二十歳だ」

彼の険しい目が、新たな暗闇のように、奇妙な輝きを帯びるのを見て、ぼくは次の言葉を呑み込んだ。突然、目の前に険しい断崖が立ちふさがったような気がした。「それはそうですけど」つぶやいて、声が薄れるに任せた。

ゴフはゆっくりとワインをすすった。ぼくがその話題を打ち切ったので、ほっとしている様子だった。グラスの軸をくるくるまわしながら彼は言った。「ターナにとって、人生はわたしが想像していたより苛酷だったようでな」低い声でつづけた。「きみは気づいてないかもしれんが、ターナはあれでとても沈着な娘なんだ。ところが、イギリス社会では容易に受け容れてもらえなかった。それでずいぶんと傷ついたらしい。あれには昔から、一風変わったものを面白がるところがあってね。たとえば、一つの部屋に十二人の人間が集まったとする。ターナは必ずと言っていいほど、その中でいちばん奇矯(ききょう)な人間に引きつけられるのさ。小さいときからそうだった。それはそれで、あいつの度量の広さを示しているんだが、それが結果的にあいつに幸いしたことはついぞなかった。これ以上ターナがつらい目にあうのを、わたしは見ていられんのさ」

ゴフは静かにぼくのほうを見る。そのときわかった、ゴフが恐れているのは、そう、ぼくら二人のために恐れているのは、旧弊な社会との軋轢(あつれき)なのだ。もしまったく別の社会環境下にいたら、ぼくを喜んで受け容れるのだがと、その目は語っているように見えた。

咳払いをして、ゴフは言った。「ターナの描く絵について言えば、まあ、あれなりに一生懸命にやっている。しかし、本当に素晴らしいのはきみの絵だよ、ブラック君――わたしには、美の結晶に見えるね。あれほど細密にして、かつ生彩に富む絵を描ける画家を、わたしは他に知らんね」

その賛辞は耳新しいものではなかった。ぼくの絵の描線の優美さについて、それまでも何度となく誉められていたのだから。

「ご親切に、どうも」

「わたしが親切な男ではないことは、自分でも承知しているし、きみも承知しているはずだ」乾いた、皮肉っぽい笑みをひらめかせて、「それでだな、もう何日も前から頼もうと思っていたのだが、どうだろう、こんどわたしが出す本の挿絵を引き受けてはもらえんだろうか？」

当惑のあまり、顔がにわかに紅潮するのがわかった。「それは、ご本心から？」

「気乗りせんかい？」

「とんでもない。こんなに嬉しいことはありません」事実、これまでいろいろあったとしても、ゴフという学者がぼくにとって伝説的な存在だという事実は、いささかも揺るがないのだ。こんなに名誉なことはまたとない。ぼくは本心からそう思った。

ゴフは眉をひそめた。「何だって？　もうすこし大きな声で言ってくれんかな」

ターナが、金縁のすこし欠けた皿を手にもどってきた。それをぼくの前に置いたとき、金茶色の、濡れた目をした猫が一匹テーブルの下から現れて、テーブルに飛びのった。

「こらこら」ゴフがぴしりと猫の頭を叩いた。「きみがすわっている椅子が、こいつの本来の場所なのでね」手を叩いて猫を追い払った。「ほら、向こうにいかんか、メデューサ」

「ね、こういうところなのよ、わが家は」ターナが言う。

別に謝ることじゃないとばかりに、ゴフがふうっと息を吐く。それから彼は皿を見下ろして、パクパクと、ウサギのように魚のフライを食べはじめた。

「そうさせていただけるなら光栄です、と言ったんです」ぼくは言った。「で、お仕事のほうはどれくらい進んでいるんですか？」

「お仕事って？」ターナが訊く。

「ああ、新しい本のことさ」唸るように言って、ゴフは首を振った。小さな白い歯に、フライの一部がひっかかっていた。

「新しいご本の挿絵をね、描かせてもらえるんだ」ぼくはターナのほうを向いた。

ターナはちらっと父親の顔を見た。「あら、そう」

ぼくの向かい側の席に彼女が腰を下ろすと、ろうそくがゆらめき、青白いドレスの上で灰色の影が蛾のように揺れた。すこしのあいだじっとフォークを見つめていたと思うと、ターナは顔をあげて微笑んだ。「きっと美しい挿絵になるわ、間違いなく」

ゴフはむしゃむしゃと食べつづけている。「わたしが自分でやってもいいんだが、最近はとんと目が弱ってしまってな。そうでなくとも、このところ、あまり絵を描く意欲が湧かんのだよ。字を書くことすら億劫になってきた。まあ、きたるべき展示会かな、いまいちばん気になっているのは」

それを口に出すつもりはなかったのだけれど、そのときぼくの頭に、潜水中にひらめいたアイデアが浮かんだ。すると、いまをおいてその話をするチャンスはないという気がしてきたのである。

「あのぅ、先生はその展示会を生きたものにしようと考えたことはありませんか？」

ゴフは眉をひそめてこっちを見た。「生きたもの、というと、ブラック君？」

ぼくは慌てずに、二人の注意が完全にこっちに向くのを待って、口をひらいた。「大きなホール、ギャラリーみたいなところを想像してみてください。でも、そこにはベンチなどなくて、代わりに、あらゆる種類の海洋生物が泳いだり這いまわったりしている大きな水槽があるんです。その隣りに、カエルやカメやトカゲのいるテラリウムがあってもいいでしょう。で、入場した観客たちは、水槽のガラスに顔を押しつけて、自由に泳ぎまわる魚を見物するんです。すると、海洋生物の生きた実態を自分の目で直接確かめられますよね。それを屋内公園のように、常設のものにしたっていいし」

「海の動物園というわけね」ターナがつぶやく。

ゴフは面くらったような唸り声を発して、ゆでたポテトを口の中に放り込んだ。でも、興味を誘われたことは明らかだった。「しかし、まず不可能だろう、そんなことは」

ぼくは静かに彼の顔を見返した。「でも、どんなことだって実現するまでは不可能じゃないですか」

すこし表情を和らげて、ゴフはぼくの顔を見すえた。「そうだな、そのとおり実現すれば奇跡のようなものだが」

「でも、どうやって?」ターナが言った。彼女もそのアイデアに引き込まれているのは明らかだった。

「だって、水槽は長期間水洩れしないように、完全に密封しなくちゃならないでしょうし、それに――」

「中で暮らす生物たちには、常時酸素を与える必要がある」ぼくは言った。

「ええ、そうね。それと、そういう生き物たちを展示する施設をどうやって建てればいいの? 死んだ標本を一時的に展示するのと、生きている海洋生物を一定の期間展示するのとでは、まるっきり次元のちがう問題でしょう? 既存の建物をそういう目的のために改造できればコストは安くすみそうだけど、やっぱり、まったく新しい建物を最初から設計する必要があるのかしら?」

「すこぶる悩ましい難問だな、これは」ゴフが言った。

それをきっかけに、ぼくらは予想されるいろいろな問題について、時間をかけて検討しはじめた。酸素と炭酸のバランスをどうやってとるか? 植物の腐敗と水の一時的酸性度の問題をどう解決するか? どれも一筋縄ではいかない、興味深い問題だった。三人は熱心に、さまざまな角度からそれぞれの考えを検討し合った。ひたすら議論に熱中していたので、ぼくがトイレに立ったときは長い影がテーブルをよぎっていた。

もどってくると、ゴフが思案顔で脂まみれの皿を見下ろしていた。酸性度のレヴェルの新しい観点とか、何か頭に浮かんだことがあるんだな、と思った。けれども、重苦しい声で彼が何を言ったかというと、「次の土曜日、ウミユリの選別をおまえたち二人にやってもらえんだろうか。わたしはここから三十マイルほど離れた沿岸の、小さな村にいかねばならんのだ。そこで、一人の漁師が翼の生えた白い魚を捕らえたらしい。彼らが言うには、いままで見たこともない、別世界の生き物だと。おそらくは大げさな誇張だろうがね。何かのストレスで外形に変化が生じた、ごくあたりまえの魚だという線もある。とはいえ、何かきわめて希少な、新発見の生き物という可能性もないわけじゃない。いずれにしろ、一日じゃ終わらんだろうから、一泊してくるつもりだ。翌日の夜までには帰ってこられるだろう」

ぼくは目を伏せて、落ち着かない気持で水を飲んだ。

「おまえに同行を頼まんので不満だろうが」と、ゴフはターナに向かって言った。「何の面白みもない旅になりそうだから、おまえもつまらないだろうと思ってな」

「いいわよ、好きなようにして」ターナが言う。

それから彼女はつと立ちあがって、黙ってテーブルを片づけはじめた。カタカタと皿が鳴り、衣ずれの音がした。

何食わぬ顔で、ゴフはぼくのほうを向いた。「どうだね、ワインをもう一杯？」

10

それから数日して、頭にひらめいた。

その朝目が覚めると、部屋はすっかり冷え込んでいて、妙に気分が悪かったのを覚えている。廊下の先、共用の水のバケツのところまで、シャツの裾を垂らして歩いていった。向かい側の部屋から流れる物音は耳に入れないようにして、顔や脇の下に水をふりかけた。その部屋の主は、背の曲がった、歯の一本もない、ひっきりなしにタバコをふかしている小男だった。毎朝目が覚めると、きまって激しい咳の発作に襲われていた。

部屋にもどると、ぼくは、窓枠に置いたスープ皿で育てている実生（みしょう）の前に立った。いつものように炻器の甕から水をやっているときに、そうだ、と思ったのである。興奮して体が震えだした。かめをガシャンと下に置き、チョッキの前ボタンもはめずに外に飛び出して、いつもの浜辺に向かった。そして、さまざまな標本を採集した。下宿にもどってきたときはすでに内部が薄暗く、しめったチョークのにおいがした。海水で満たしたかめに、集めてきた輪形動物や滴虫を入れて、窓際に置く。が、二日後には、十分面倒を見ていたにもかかわらずみんな息絶えてしまった。これにはがっかりした。最初からもう一度考え抜いて、またあの浜辺に足を運び、もっとたくさんの海洋生物と海洋植物を集めてきた。こんどはそれを、きれいなガラスの容器に入れてみた。

頭にひらめいたのは、こういうことである——海洋生物は酸素を吸って炭酸を吐き出す。一方、植物は逆に炭酸を吸って酸素を吐き出す。としたら、両者を同じ容器に入れれば、共に育つはずではないか。

最初の実験でまずかったのは、両者を粘土の甕に入れたことだった。そのため光線が透過しなかったのだ。両者を透明なガラスの容器に入れれば、植物は合成に不可欠な光を得られるのではないだろうか。

目論見は的中した。新たな実験では海洋生物も植物も、共に長生きしたのである。動物と植物の自然な腐敗と排出物による害は、ときおり水を攪拌したり水槽の海水を適宜入れ替えることで解決できた。

でも、ぼくはすぐゴフ父娘のところに駆けつけたりはしなかった。その代わり、ある日、ハリファックスの広場の建築現場にゆくメドウィンについていった。彼と一緒なら、危ない目にあっても大丈夫だろう。現場に着くと、倉庫の建築用の材木をまたいだり、積まれた土砂を横切ったりしながら、さりげなく大工たちに訊いてまわった。波止場から二ブロックほど離れた現場で、ちょうど鉄の骨組みの陰から現れた現場監督を見つけて質問を投げかけた。監督は最初面倒くさそうにしながらも、問いかけに応じてくれた。彼の苛立ちが好奇心に変わるまでに、そう時間はかからなかった。その後一時間くらいは話し合っただろうか。ぼくは浮き浮きした気分で親方と別れて、必要な計算にとりかかった。

ぼくはもともと計算が達者なほうではない。でも、あの〝クラウド・カッター〟の組み立てを手伝ったとき、正確な測定をくり返した経験が物を言った。あのときの知識をフルに動員して、数日後には、有望な大型水槽の設計図を描くことができた。それにはまず相対する板ガラスの壁を描き、側面のガラス壁も描いて、歪みが生じないように万全を期した。接着剤は、多くの接着パテを試した結果、最終的に鉛白(えんぱく)の混合剤を用いることに決めた。

それから三日かけて、どうにか試作品の完成にこぎつけた。両手の関節がポキポキ鳴って悲鳴をあげるほど、文字どおり寝食を忘れて働いた結果だった。出来あがった水槽は、縦二フィート、横一・五フィート、深さ一フィート。底板には、厚さ一インチのスレート板を使った。メドウィンが知人の建築現場から余ったカバ材を持ってきてくれたので、それを削って四本の柱をつくったのが第一段階。それに横棒を架けていった。それから、メドウィンに借りのあるガラス職人を探し出し、無料で四枚の板ガラスを作成してもらった。それをスレート板と柱に刻んだ溝に嵌めこんで、鉛白のパテで接着した。その際は、鉛が海洋生物にとってどれほど有害か、それを承知の上で、万全の注意を払った。どうしたかというと、水槽の基本的な組み立てが終わったところで、ラッカーを溶かし込んだナフサをそこに流し込んだのである。それを鉛白に含まれる胡粉(ごふん)と接着させるためだ。その接着部が完全に乾き切れば、後で水をそこに満たしても、鉛とのじかの接触を防いでくれるはずだった。鉛は絶えず微量の酸化物を放出するので要注意なのだ。

すべてが終わると、ぼくは息を殺して、万事計算どおり運びますように、と祈った。その結果ターナのあの個性的な顔が驚きでほころびますように、と祈った。

翌日の夕刻、食品商会を後にしたとき、周囲は薄闇に包まれていた。木の葉が風にさやぐ音が聞こえる。すでに秋が訪れていたのだ。空気はピリッとしていて、しめった泥のにおいがした。通る道すがら、窓が暗く閉ざされた無人の下宿屋もあれば、窓が明るく輝いている下宿屋もあった。窓に映る人々の姿態で、喜びも、苛立ちも、落胆も、つぶさに見てとれた。ある家の前を通ったときは、テーブルに両肘をついて頭を抱えている男の姿がかいま見えた。

目指す黒人用の食堂に近づいたとき、ぼくは立ち止まって、揚げたタマネギと調味料のまぶされた肉のにおいを吸い込んだ。財布の中の金をざっと数えてから、中に入った。

うらぶれた小さな店だった。脂のにおいがたちこめていて、テーブルを埋めた男たちが抱える皿には、彼らの灰色の顔が映っていた。あちこち剝がれた床板を踏んでカウンターに歩み寄り、いちばん端の、あいたスツールに腰かけた。顔の火傷の跡に注がれる男たちの視線の重みが、ゆっくりと感じられてくる。それには慣れっこになっていたとはいえ、鬱陶しさが薄れることはなかった。鞄（かばん）からノートをとりだして、海水の組成と温度と分量に対処するための計算をはじめた。店の主人が寄ってくる。肉と野菜のシチューを注文すると、主人はまた遠ざかっていった。店の奥の、埃の付着した窓ガラスに視線が走る。店内は暗く、ひんやりとしていた。目をこすりながら、そろそろ眼鏡が必要だろうか、と――それでもう何度目かになるのだが――思った。溜息を洩らしながら、店内に入ってきたばかりの客に視線を漂わせる。新しいスーツを着込んだ、恰幅のいい、長身の男だった。男のほうでも、こちらを見た。見知らぬ男だった。ぼくはすぐに視線をそらした。

シチューが届いた。口の片方の側で噛んで機械的に食べながら、ぼくはノートに数式を書き込んでいた。スプーンに手をのばしたとき、カウンターにカタッと何かが置かれる音がした。横目で見ると、隣りの席にウィスキー入りの曇ったグラスが置かれたところだった。そこにだれかがすわろうとしているらしい。わずかに体の位置をずらして、隙間をあけてやった。眉をひそめて、ノートのページに二列にわたって数字を書きつける。遠くの隅のほうで、酔っ払いが下卑た笑い声をあげていた。

「計算が楽しいと見えるね」隣りにすわった男が言った。

明らかにスコットランド人の訛りだった。不思議に思って、ぼくは顔をあげた。

やっぱり白人だった。さっき入ってきたのとは別の男だ。

「わたしも以前は、よく数字をいじくったものさ」ぼくは緊張して、汚れた眼鏡の奥の目を見た。ほとんど無色と言えるほど明るい色の目だった。「数字の魅力には、いまもとり憑かれてはいるんだが。実際的な計算やら証明やら」一息ついて、「人間というやつは、子供の頃にとり憑かれた情熱から決して逃れられないと見えるね」

一瞬、重い潜水服を着てゆっくりと水中に沈んでゆくような感覚に襲われた。頭が空白になり、眩暈さえ覚えた。ぼくはじっとそいつの顔を見た。いずれ訪れるこの瞬間のことは以前からいろいろ想像していたけれど、いざ現実のものになると、予想とはまったくちがうことに驚いた。実際、なんと穏やかで、気楽な雰囲気であることか。

店主が不審そうにこっちを見ている。

隣りの男は店主など眼中にない様子で、眼鏡の奥から馴れ馴れしくこちらを見つめている。そのくすんだ金色の髪はポマードでぺったりと撫でつけられており、右わきに垂れた髪の下端は耳の上の一本の傷跡のようにきれいに刈り揃えられている。顔は日焼けしていて、頬には紫色の静脈が浮いていた。頬骨の隆く浮きでた、人好きのする細面だ。唇がないような細い口の上には、うっすらと金色の産毛が生えていた。

「まあまあ、そのままで」こっちは別に立ちあがる素振りなどみせなかったのに、男は低い声でそう言った。「食事をつづけてくれたまえ」

ぼくは噛んでいたものをごっくりと嚥み込んだ。喉に砂がつっかえたような感じだった。そうしてすわったままでも、男がぼくよりずっと背が低いことが見てとれた。おそらくゴフと同じくらいだろう。小太りで手足が長いタイプだ。静脈が浮いている前腕も引き締まっている。

「まあ、そのまま」男はまたくり返した。微かな笑みも浮かんだようだった。左目を、閉じんばかりに細くすぼめていて、そうするとその目に生まれつきの欠陥でもあるかのように見えた。「人間、食事抜きには生きていけんからね」

こんな声だとは、想像もしていなかった。軽いやわらかな響きだが、女性的、というのともちがう。むしろ、容易に人の敬意を集めそうな男、努力しなくとも人の注意を引きつける男、に類するような声だった。年齢はおそらく四十を超えてはいないだろう。

「きみのお薦めの料理は何かあるかな？」眼鏡をはずしながら、男は言った。「魚は苦手なんだがね、わたしは」

ぼくは黙って相手の顔を見つめた。心臓が大きく鼓動しているのがわかった。

「推薦の料理はないか？　さてさて。そのシチューはなかなかいい匂いを放っているじゃないか」

ぼくが答えないでいると、男はウィスキーのグラスをとりあげてぐいっと飲んだ。汚れたグラスを通して、男の口中にずらっと並んだ白い歪んだ歯が見えた。ぼくの両手はかすかに震えていたが、開き直った冷静さのようなものも生まれていた。それはもうはるか以前、あの山麓の草地でフィリップさんと対したときの精神状態と変わらなかった。店内の物音――ナイフのこすれる音、咳き込む音、低いつぶやき――が一段と明確に、冷え冷えと伝わってくる。もう逃れようはないんだという苦い思いが、衝きあげてきた。

男の服の上に、目がいった。いかにも安物の、ところどころすり切れた服だった。肘当てもついていたし、左の袖口からは、ほつれた糸が垂れさがっている。俗世の階段を何かで踏み外して零落した男の身なり、といった感じだった。

ぼくの視線に気づいて、男は低く笑った。「わたしの贔屓していた仕立屋が、あの世にいってしまってね。かなり腕のいい職人だったんだが。いまどきの仕立屋じゃとても気づかんようなことまで心得ていたよ。その男に言わせると、どの継ぎ目や縫い目にもそれなりの役割があるんだそうな。そういう職人はこの世から消え去る一方で、何も知らん素人がのしあがってきている。腕を磨こうとする忍耐を持ち合わせている者など、新世代の職人の中にはほとんどいない。かくして、何事も伝承されぬまま、すべてが滅び去ってしまうんだ。世界はわれわれの目の前で立ち腐れていくのさ」目を細くすぼめて、笑って見せた。「老人の繰り言もいいところだろう」肩をすくめて、「事実、わたしはもう老いぼれだ。すくなくとも、娘にはそう言われている。娘の目には、いい変化など映らんのさ」

店の入口のほうに、ぼくは目を走らせもしなかった。そこまではとてもたどり着けまいと、わかっていたからだ。ノートをぎゅっと握りしめる。ページの端が手に食いこんだ。この男の娘のことを考えた。この男のほとんど無色と呼べるような目、ごつごつした赤い顎を、どういう線で描けばリアルに再現できるだろう、と思った。

「もちろん、娘は生まれたときから恵まれていた」グラスを見つめながら男はつづけた。「きれいな服やら、舞踏の稽古やら。親のわたしはといえば、貧乏のどん底に生まれたからね。厩も同然のところで育てられて。そういう暮らしを知る者でなきゃ、この世のことはわからん」男はわずかに頭を振った。「あんなにつらかった日々はない。あんなに苦しかったこともない」

あのフィリップさんとの最後の語らいのことを、ぼくは思いだしていた。彼は言っていた、おまえは奴隷の身分ゆえに気をつかうことは何もなく、さぞ安楽な暮らしをしているんだろう、という趣旨のことを。ぼくは身をこわばらせて前を向いていた。

「まあ、望むと望まざるとにかかわらず、文明の利器というやつがのさばってくるんだろうよ」何事か考え込むような顔で、男は息をついだ。「きみは、新しい蒸気機関車とやらを、見たことがあるかね？　ストックトンとダーリントン間を走っているやつだが？」

男の小さな目を見つめたまま、ぼくは黙っていた。

「イギリスの新しい交通機関のことを訊いたんだが」

「そんなの、見たことないよ」答えたぼくの声は、ぼく自身の耳にも苦々しく、侮蔑を含んでいるように聞こえた。

「そうか。計算を愛しているきみなら、きっと気に入るだろうと思うがね。計算なしにあの機械はできんからな。素晴らしい技術だ。驚くべき推進機関だよ。しかし、誓ってもいいが、ああいうものが発展すれば、われわれがこれまで神聖視していたものは根こそぎ冒瀆(ぼうとく)されてしまう。まず距離というものがどんどん短縮される。大地も一緒くたにされて、だれのものか見分けもつかんようになる」ゆっくりと、思わせぶりに言葉を発しているので、かえってすんなりと聞きとれないくらいだった。「わたし自身はこれからも馬車を使うつもりだがね、たとえそれが時代遅れのものになろうとも。ああ、たとえほかの連中が妙な輸送機関を受け容れようとも――あの蒸気機関車とか、空に浮かぶ醜悪な装置を使おうとも」

ぼくは静かに男の顔を見返した。最後のくだりは、明らかに〝グラウド・カッター〟のことを指しているのだ。背後で、もっと酒を持ってこい、としゃがれ声で叫ぶ者がいた。つれらしい男が、しいっと黙らせる。グラスがガシャンと床に落ちたが、割れなかった。

「つい最近、実に心躍る旅をしたんだがね、このアメリカで。何時間もかけて、馬車で田舎を走り抜けたんだ。外を見ると、灰色の枯草が何マイルもつづいている。馬車で走ってこそ、こういう光景が見られるのだ――馬車で走ると、広さの感覚がつかめるからね。アメリカという国はてっきり山国なんだろうと、以前から思っていた。ところが、いざこの目で見てみると、そうではないんだな。今回の旅で、自分のこの目で確かめたんだよ。何日も何日も走ったって、樹木の生えた山などまったく見えん。ちょっとした小山すら見えん。

最後に行き着いたのが、見知らぬ村だった。そこでは降りたくなかったんだが、これ以上はもう乗せられない、と御者が言う。日はとっぷりと暮れていて、仕方なく歩きはじめたんだが、何か目印になるようなものがまるで見つからない。初めて足を踏み入れた村で、完全に迷ってしまった。そのうち、はるか前方のベンチに人がすわっているのが見えた——黒っぽいスカートをはいたご婦人だったよ。妙だな、と思った。こんな夜にご婦人がたった一人野外にいるとは。呼びかけてみたんだが、答えがない。それで、近づいていったのさ。

まあ、驚いたのなんのって。なんとそのご婦人、人間ではなかったんだ。麻布を縫い合わせてこしらえた等身大の人形でね、黒い小石が目の代わりに埋め込んであった。そこから村の中心部に入っていくにつれ、そんな人形が何体も目に留まる。まるで、頭のおかしい老嬢が一生かけてつくったかと思われるほどだった。その代わり、生きた人間が一人も見当たらん。案山子しか住んでいない村だったんだな」

　いつのまにかノートをぎゅっとつかんでいるのに気づいて、ぼくは汗ばんだ手のひらをほぐした。

「どう思うね、そんな村が存在しているのを?」

　ぼくは答えなかった。背後で客のだれかが咳き込んでいた。

「そこから二マイルも離れた旅籠で」男はつづけた。「ようやく生きた男を見つけて、事情がわかったよ。ご多分に洩れず、何とも奇妙な、悲しい物語だった。いまから二十年ほど前、村の子供たちのあいだで不思議な病いが流行りはじめたのが発端だったらしい。最初はよくある病いだった。頭痛、悪寒、腹痛。ところが、それにつづいて、打ち身のようなもの、おでき、発作が起きはじめた。まるで何か尋常ならざる悪霊にでもとり憑かれたような様相を呈しはじめたらしいのさ。村の医者の力量ではとても対応しきれない。それでとうとう子供たちは、遠く離れた町にやられて、そこで治療を受けることになった。

ところが、それっきり子供たちは村に帰ってこなかった。村に残されたのは年寄りばかりで、その連中も、一人、また一人、と命を失っていった。助かった者はみんな村を出ていってしまったらしい。そうして最後にたった一人、ある寡婦が残された。そのご婦人は仕立屋だったものだから、去っていった子供たちの顔に似せた人形をつくりはじめたんだとさ。すべて手縫いで胴体と服を作り、最後に顔をとりつけた。だから、村のあちこちに立つ案山子たちはみんな、かつてそこで暮らしていた人間そっくりの複製だったらしい」

男は静かにテーブルを見下ろした。「かくして生身の人間はすべてその村から消え、いまはその代わりに、呪われた、奇怪な、異形の者どもが住民となって暮らしていたわけだよ」

そこで口をつぐむと、男は薄青い静かな目でぼくを見た。ぼくが何か言うのを期待するように。

「素敵なおとぎ話だね」と、ぼくは言った。

「いや、おとぎ話ではない」

ぼくはちらっと店の入口に目を走らせた。

「どうだね、ごくまっとうなことだと思うかね、いま話したことは?」

「ごく不自然な話だと思うな、お聞きした限りでは」

男はうっすらと笑った。「そのしゃべり方だが」首を振って、「もし暗がりで聞いたら、きみはさだめし白人のイギリス人だと思われるだろうよ」一息ついて、「それはごくまっとうなことかな、ブラック君?」

ぼくは真っ向から男の顔を見据えていた。警戒の色も、恐れの色も、もうぼくの顔には浮かんでいなかったと思う。

「本来下層に属する人間どもを、その連中が迎えて当然の正しい運命から切り離すことは、果たしてまっとうなことだろうか？　そう、彼らが本来生まれついた目的から切り離すことは？　そして彼らに誤った存在意識を与えることは？　彼らは元来他人に奉仕すべく生まれついたというのに？　牛がこの世に存在するのは、人間に食べられるためではないとでもいうのかな？」グラスをくるくると手の中でまわして、「この自然の秩序の中で、偶然に存在するものなど何一つない。この名言を残したのはだれだか知ってるかね？　アリストテレスだ。かの哲人は言った、この世に偶然存在するものなど何一つない、すべては何か別の存在の役に立つべく存在しているのだ、とね」

ぼくは冷ややかに笑った。そういう感情は隠したほうがいい、とはわかっていた。でも、いま目の前にいる男はいかさまを通り越して、滑稽にすら思えたのだ。古代ギリシャ人の言葉を、単に歪曲して利用したいがためにのみ暗記しているとは。男の顔をちらっと見た。平然としたその目を見ると、胸がむかむかした。

「どうだね、面白いかね、わたしの話は？」

ぼくは何も言わなかった。

「アリストテレスを知っているかね、きみは？」

ぼくは答えなかった。

「偉大な哲学者だったんだよ、彼は。ヨーロッパ人だがね」

ぼくはやはり何も言わず、ただ男の顔を見つめていた。

「わたしが当地にやってきたのは、きみのためではないんだ」低い声で、ジョン・ウィラードは言った。そう言いながらも、彼自身、その事実に戸惑っているように聞こえた。「正直なところ、最近はきみのことなどほとんど頭にのぼらなかったんだよ」

「でも、ぼくの下宿先を訪ねてきたじゃないか」

すると、ぼくが死ぬほど恐れていたこの男、ぼくの過去から亡霊のように現れたこの男は、曖昧な笑みを浮かべた。薄い唇の上に、歪んだ白い歯が覗いた。「いや、わたしはね、きみがこの国にきていることすら知らなかったんだよ、ブラック君」

その言葉をどう解釈すればいいのか、わからなかった。

「わたしはいま、保険業に携わっているんだ」

あまりに突拍子もない言葉だったから、ぼくは一瞬、自分の耳を疑ったくらいだった。そこには何かの皮肉でも隠されているのではないかと、ぼくはまさぐるようにウィラードの顔を見つめた。

「あのエラスムス・ワイルドはな、死んだんだよ。そうでなくとも、彼の下で働くのはしだいに荷重になってきていたんだが。彼の死によって、こちらの商売も上がったりになったのは、きみにも想像できるだろう」

ぼくはショックで呆然としていた。彼の言っていることは明快だったけれど、ぼくは口もきけなかった。嘘だろう、と思う気持もぼくのなかにはあった。

「わたしは依然として、なんというか、人間の犯す失策を調査する仕事をしている。ビジネスとしては、商品が間違いなく海外に輸送されるのを監査する仕事をしているんだ。まあ、上等な仕事さ」

「どういう死に方をしたんだろう？」ぼくは言った。「エラスムス・ワイルドさんのことだけど？」

「もちろん、この世には詐欺を働こうとする輩がごまんといる、それには驚かされるがね。とにかく、詐欺が蔓延しているからね、当節は。ごく安価な商品に関しても、虚偽の事実を言い立てる輩がいかに多いことか」

「どういう死に方をしたんだい、彼は？」ぼくはくり返した。

「詳しくは知らないが、何かの病気だよ。腐敗熱だったかな。二年前のことさ」肩をすくめて、「まあ、いまのわたしの収入は、逃亡した黒んぼや無頼漢探しに明け暮れていた頃よりは、はるかに多いんだが」

ぼくの脳裡には、あのエラスムスの姿が甦っていた。ふさふさとした銀髪、鉄くずのように青白い目。よく練られた、培養されたとすら言える残虐行為。そんな彼に、どうして熱病のような、ごくありきたりの死が与えられたのか、わからなかった。それがどんな苦痛を伴うものだったとしても、あまりにも安楽な死に方ではないか。あの男は、前夜月光が冴えて眠れなかったからとか、空があまりに青かったからとか、みんなが畑を歩く速度が遅すぎるからとか、そんな理由で、数えきれないほどの男女や子供たちの生命を気まぐれに奪ったのだ。そんな男が、熱病のようなごく当たり前の病いでこの世を去る――それは犠牲者たちへの許しがたい冒瀆行為だと、ぼくには思えたのだった。

「それにしても、このノヴァ・スコシアの地できみを見つけたときは驚愕したよ」ジョン・ウィラードはつづけた。「考えてもみたまえ、何時間もかけて輸出品を点検してから波止場を後にしたところが、まるでこの世の創造主もどきに悠然と町を闊歩しているきみの姿が目に入ったんだからな。ただ、きみはかつてのきみとはまったく別人に見えた、これだけ成長したんだから、当然のことだがね。最初は、わたし自身、確信を持てなかったことを認めるよ。しかし、その火傷の跡は、きみがどこにいこうとついてまわる。わたしはもう何年も、きみを探しまわっていたんだ。もう何年もだよ、本当に。そしてとうとう諦めかけたときに、なんと、目の前に現れてくれたんだよ、きみは」

ちらっと横目でぼくを見た。黒い瞳が火花のように輝いていた。

「とにかく、苦労させられたよ、きみには。きみと、きみの主人にはね」うっすらとウィラードは笑った。「最初の指示は、生死にかかわらず探し出せ、というものだった。椅子をバラバラにして送るのもよし、まるごと木箱に入れて送るのもよし、というわけだ。が、とにかくも、相手を確保することが最優先事項だった」無表情にグラスを見つめながら、ウィラードはつづけた。「それにしてもだ、きみのような少年が、どうしてこの世情に通じているのだ？　俗世の仕組みを理解できるのだ？　最初、この任務は鉢の中のスプーンを探すよりも簡単だろうと思ったよ。結果として、きみの主人ときみを探し出せなかったわたしの評判は、がた落ちでね」低い声で、ウィラードはつづける。「仕事の注文もこなくなった。かなりの打撃だったな。それがどうだい、この前イギリスにいったときは、偶然、往来でワイルド氏とすれちがったんだ。しかし、彼はこちらを一顧だにせずに通りすぎていったよ。わたしは何年もきみたち二人の後を追っていた。何年ものあいだ、あの男はわたしから逃げおおせていたんだ。あげくの果てにはどうなったか？　わたしはそんじょそこらの道路清掃人くらいにしか見られなかったわけだ」考え込むような顔で、一息ついた。「あれこそは惨たる失敗の証しでなくて何だ？　あれこそはみじめな敗北の瞬間でなくて、いったい――」そこで黙り込んだ。

なにげなく放ったウィラードの一言の意味が、じっくりと頭にしみこんできた。「ワイルド氏というと、クリストファーのこと？　クリストファーとすれちがったというのかい？」

「ああ、きみのご主人様だ」

「クリストファーが」ぼくはくり返した。「ロンドンに？」

「いや、リヴァプールだ。わたしは西インド諸島から到着した積み荷、マホガニーのサイドボードを点検していたところだった。そのとき、何やらぶつぶつ独り言をいっている男に気づいたんだ。その声が耳に入らなかったら、わたしも顔をあげなかっただろうよ。こっちを避けるかなと思ったが、そんなこともなかったな」

たとえようもなく熱いものが、そう、ずっしりと重い熱湯のようなものが、ぼくの胸にあふれた。ウィラードがこっちを見ている。「じゃあ、きみは知らなかったのか」

まさかティッチが、ぼくの知らない町で、何事もなかったかのように、独り言をいいながら歩いていたなんて。

「するときみは、フェイス農園から逃れた後、あの男からも逃れたのかい？　そうだったのか？」探りを入れるような目で、ウィラードはこっちを見る。「まさかあの男は、きみを正式に解放したわけじゃあるまい？」首を振りながら、「なるほど、エラスムスの言っていたとおりだな。あの男には狂気がひそんでいる、とエラスムスは言っていたが」

ぼくは呆然とすわったまま、ウィラードがグラスの縁に口をつける音、ごくりと飲み込む音を聞いていた。

無言の時が、二人のあいだに流れた。

「この地では、月の光も変わった見え方をするんだよ」ウィラードは言って、グラスを置いた。「南半球とはまったくちがう」ぼくの背後の窓に視線を走らせた。「月光に照らされた石は、まるで水で濡れたように見えるのさ。汚れた水で濡れたようにな」

ぼくは窓に目を走らせた。それを透かして見える路上には、冷たい黄色い光がたまっていた。ウィラードは無言のまま鼻にかかった眼鏡に手をやり、親指で押しあげた。それから立ちあがると、丁寧な手つきで酒代の小銭をばらばらとカウンターに置いた。そして、静脈の浮く、日焼けした指で一箇所にまとめた。

「きみの食事代までは払えんがね」

言い置いて歩きだし、テーブルのあいだを縫って姿を消した。

II

あいつがそうだったんだ。執拗にぼくを追いかける亡霊のような男――あいつがそれだったんだ。

勝手な道徳論や古人の言葉の引用を振りかざす、陰湿な小男。この四年間、ぼくがその魔の手から逃げまわってきた男、ぼくを暑熱や風雪の大地へと追い立てた悪夢のような男。その影に怯えてぼくは真夜中に、ガタガタ揺れる〝クラウド・カッター〟に乗り込み、船や馬車に揺られもした。くる日もくる日も眠れぬ夜にそいつの顔を想像し、親しい人たちとも別れて、見も知らぬ国でなんとか生き延びてきた。そこはぼくを余所者扱いし、片時も安らぎを与えてくれない、険しい雪に降りこめられた、だだっ広い国だったのだが。

ぎとついたボウルが手の甲に触れているのを意識しながら、ぼくはしばらく騒々しい食堂の片隅にすわっていた。喉がカラカラに渇いていた。体を押しつつむ恐怖には、驚きもまじっていた。

あいつがリヴァプールでティッチと遭遇した。そんな話を鵜呑みにしてしまったのは、頭がどうかしていたせいだろうか？　ウィラードが悪意に満ちた人間であることは明らかだ。あんなやつの言うことなど、信用するほうがおかしい。だとしても――。そういうことがあってもおかしくはない、という気も一方ではした。あのビッグ・キットはもうこの世にいないのではないか、という気がずっと前から頭にとり憑いているように。もちろん、そんな憶測には何の根拠もない。単なる思いつき、無意識の希望や絶望が作用しているのかもしれない。

やっぱり、嘘だ。

あのウィラードが、ただあんな長広舌をふるいたくて、ぼくをここまで追いかけてきたとも信じられない。ぼくを拘束することにはもう興味はない、とあいつは言っていた。いまは保険査定員をやって生計を立てている、と。でも、あいつの物腰には緊張が滲み出ていて、こうしているいまも、言葉の端々にひそんでいた憎悪や侮蔑の念が感じられるくらいだ。いまもあいつはああしてこの町の路地を徘徊しているのかと思うと、反吐が出そうだった。

立ちあがると、脚が震えていた。仕方なく腰を下ろし、深く息を吸い込んでから、また立ちあがった。カウンターの、あいつが置いていった小銭の隣りに自分の勘定を置く。ノートと鞄を手にして、店の外に出た。

道路は静まり返っていた。遠方をゆく馬車のかつかつという蹄（ひづめ）の音が谺（こだま）している。絶えず肩越しに背後を振り返り、建物から離れずに歩いた。ラヴェンダーの香りのする風が通り抜けていた。砂利敷きの荒れた道を自分の靴が踏みしめる音がする。枯葉がどぶの中でざわついていた。頭の中は熱くたぎっていて、あちこちに考えがさまよった。ビッグ・キット、フィリップさん、ティッチ。突然、窓際に置かれた細長い望遠鏡の上にかがみ込むティッチの姿が脳裡に浮かんだ。アリストテレスの言葉を唱えるウィラードの顔も。

科学というやつは、万物の価値を等しくする偉大な平衡装置のようなものだろうと、ずっと前から考えてきた。人種や性や信仰の如何にかかわらず、この世には絶対的な事実というものがあって、それは発見される時を待っているのだ、と。だが、ウィラードのような人間によって、それが歪曲される可能性があることには、ぜんぜん考えが及ばなかった。

暗い小路にさしかかった。突き当たりに高いレンガの塀があって、その前にゴミがうずたかく放置されている。突然、甲高い鳴き声と共に小さな影が飛びだして、道を横切った。大きな鼠（ねずみ）か、猫だったのかもしれない。古い缶詰の空き缶を風が煽って、びゅーんと鳴り響く。四歳のとき農園で労働していた頃の記憶が甦った。あの頃はよく古びた塀にのぼってすわっていたものだった。それは風雨にさらされ老朽した塀で、半ば腐った骨のように灰色の木片が剝がれ落ちていた。一度などは、いまにもこの塀は崩れ落ちるのではないかという気がした。馬鹿な、何を怖がっているんだと思いつつよじ登り、すわって足をぶらぶらさせていると、恐怖が迫ってきた。次の瞬間、バキッという音がして、ぼくは農園の端に転落してしまったっけ。登り慣れていた塀が崩れ落ちると、頭上では小鳥たちが騒ぎ立て、裂けた木片がぼくの太ももに突き刺さったものだった。

いきなり額を一撃されたのは、暗い小路から引き返そうとしたときだった。思わず、ふらっとよろめいた。衝撃の音が歯にも響き、熱いブリキのにおいで息がつまりそうになった。頭上の屋根と屋根のあいだでは、月光が狂おしく揺れている。なんとか倒れまいと足を踏ん張ったとき、二撃目が鎖骨を襲った。苦痛が腕を這いのぼって、ぼくはたまらず倒れ込んだ。膝の下から砂利が飛び散った。やつが息を荒らげてのしかかってくる。何か固いものを振り下ろそうとしていた。それを見て反射的に一回転し、なんとか逃れた。ハンマーか、棒切れか、木片のようなものが地面を打って、砂が弾け飛んだ。

周囲は薄暗かった。瞬きして血をはねのけると、小さな白い手が狂ったようにつかみかかってくるのが見えた。とがった爪がぼくの頬をかきむしる。何年もかかって固まっていた火傷の跡が引き裂かれた。ショックのあまり、ぼくは悲鳴をあげた。血が頬を伝って、錆びついた味が口中に広がる。やつの乳臭い汚れた皮膚とウィスキーのにおいを嗅ぎながら、なんとかもがいて逃れようとした。濡れた口をぱくぱくさせて罵るやつの顔を、こっちも爪で掻きむしった。やつがまた武器を手にするとまずい。夢中でやつの首を探した。息ができなくなるほど締めつけてやろうと思ったのだ。

石切り場で鳥が啼(な)いた。風がゴミをざわつかせる。やつにやられないよう体の位置をずらしながら、首に手をかけた。その間ずっと、食堂から酔っ払いでも出てきて助けてくれないものかと祈りつづけていた。

「黒んぼの、ゲス野郎めが」罵りながら、ウィラードは右手でこちらの首を締めつけてきた。と同時に左手で、近くの砂利の上に転がった武器を探りあてようとしている。「きさまなんぞに、コケにされてたまるか。出し抜かれてたまるか」

砂利の上に仰向けになったまま、ぼくは前後に体を動かした。小石が背中に食いこんで、血が滲んでいるのがわかった。サクラソウとウィスキーのにおい、枯葉と石の粉のにおいが鼻をつく。熱く火照ったぼくの喉に、やつが手をかけてきた。ぼくも足をバタつかせながら、やつの喉に手をかけた。息がつまりそうだった。やつの歪んだ白い歯が口から覗き、汚れた眼鏡がぎらっと光った。やつの体がぼくの腹にのしかかってくる。細身の強靭な体つきだが、意外に体重は軽かった。

そうだ、ナイフだ。突然、思いだした。サイドボードの引き出しからとりだして、前ポケットに忍ばせてある象牙の柄のナイフ。やつの汗ばんだ首から両手を離そうとした。が、上体が押しつけられていて、うまくいかない。息をはずませてやつを押し返すのがやっとだった。砂埃にまみれて、ぼくとやつは取っ組み合っていた。淡い月光の下、やつの左手がぼくのポケットをまさぐる。ぼくは片手をやつの首から離した。素早く前ポケットをさぐり、親指を切りながらもナイフの柄をつかむと、これでもくらえとばかり、やつの眼鏡の下に突き上げた。手応えがあった。力の限り、ぐりぐりと突き上げた。

あの悲鳴は二度と忘れられないだろう。やつはのけぞって、苦しげに自分の顔をつかんだ。下から蹴り上げてその体を押しのけると、ぼくはその場にひざまずいた。二人並んで、祭壇の前にぬかずくようにひざまずいていた。やつは苦痛のあまり、息絶え絶えに悲鳴をあげている。ぼくは肩の感覚を失って、うぐっとえずきながら立ちあがった。顔にたらたらと血がしたたっているのを意識しつつ、建物の壁板によりすがる。ふらふらとよろめきながら、その場を立ち去った。

12

本当はメドウィンを探したほうがよかったのかもしれない。いつも喧嘩をしたがっているメドウィン、男たちを叩きのめすのが生きがいのメドウィンを。でも、結局ぼくは塩入れ型の小さな青い家の戸口に立って、敷かれたマットをぼくの血で汚していた。

扉をあけたとき、彼女の髪は実験用のクリップで無造作にうなじのところで留められていた。しかも、驚いたことに、薄いナイトガウン姿だった。白いひだが波打っていて、袖口のあたりがインクで汚れていた。

ぼくは目を伏せた。もう寝支度をしているとは思ってもいなかったのだ。

ターナはぐいと前に踏み出して叫んだ。「まあ、どうしたの、ワッシュ？　なんてこと、いったい。さあ、入って、早く」声がかすれて、震えていた。

ぼくは玄関ホールに入った。嗅ぎ慣れたレモンと接着剤のにおいが漂っていた。ターナのガウン姿に見惚れたりして、それ以上彼女を困惑させたくはなかったのだけれど、本能というやつはどうしようもないものだ——ぼくは引き裂かれたシャツもそのままに、血まみれの姿でターナの前に立っていた。「お父さんは——？」

「いいから、入って。居間に入って。救急箱をとってくるから」

そのとき思いだした、ゴフはこの日、翼のある魚とやらの調査で遠くに出張しているはずなのである。

ターナが引き返してきた。さあ、こっちに、と先に立って居間に入ってゆく。ランプの光が彼女の姿態をとらえていて、まるみを帯びた体の線が薄いガウンの布地に透けている。ハッと目をそらした。ぼくの靴音が大きく響きわたる。きっと床を血で汚しているな、と思った。でも、ともすれば視線は元にもどって、ガウンの下でうねるターナの腰に引き寄せられてしまう。こんなときだというのに、体がカッと熱くなった。

例によって散らかっている居間に入ると、暖炉の火の明かりでぼくの顔が浮かびあがった。ターナは驚いて短く叫び、両手で顔を覆った。

「泣かないで、ターナ」優しく声をかけたのだが、口中にたまった血で声もくぐもっていた。

顔から手を離すと、ターナは薄汚れた窓の下のソファにぼくを引っ張ってゆき、そこにすわらせてから、救急箱を手元に引き寄せた。暖炉の中では燃えさしがしゅっと音をたて、半分燃えた太い薪が崩れ落ちて煙があがる。焦げた炭とメンソールのにおいが急に部屋中に広がった。ソファにはパッチワークの毛布が敷かれていた。そのわきに積まれた本は、こぼれた紅茶で汚されたのか薄茶色に変色している。

薄いナイトガウン姿のままぼくの前にうずくまると、ターナは革の袋の中をかき回して包帯や軟膏(なんこう)、縫合用の糸などを選り分けはじめた。「縫わなきゃいけないいんじゃない？」まだショックから立ち直れない声で、ターナは言った。「そうだわ、縫わなきゃ」

ぼくは唇を舐めて、呼吸を整えようとした。

ターナも、まだ息をはずませている。ひざまずいたターナの額は、汗で光っていた。見るからに真剣な表情で唇を噛みしめている。ぼくの頬を脱脂綿で拭こうとしたとき、脇の下の汗のにおいが鼻をかすめた。

「あいつらときたら」鼻をぐすぐす言わせながら、縫合用の針を温めはじめた。

「なんだって？」

「あいつらときたら、って言ったの。黒人と見ると、こんなひどい目にあわせるんだから。人間の屑よ」

ぼくは何も言わずに顎を突きだした。

最初に、頬の裂傷から縫合してくれた。優しい丁寧な指さばきで、ゆっくりと縫い合わせてゆく。ぼくはその針から逃げずに、彼女のひそめた眉を見下ろしていた。しばらくしてターナは言った。

「お粗末だと思ってるんでしょう」

　ぼくは顔にさわってみた。

「ううん、縫い方じゃないの――縫い方は完璧よ。お粗末なのは、暖炉の火の燃やし方。部屋に入ってきたときの、あなたの表情でわかった。あたし自身、朝から同じような表情を浮かべてたんですもの。まあ、しょうがないわね、あたしは動物学者の娘であって、木こりの娘じゃないんだから。火のおこし方なんて、知らなくて当然だわよね？」

　ぼくは咳払いをした。「最初から、火をちゃんとおこしてあげようか？」

「ううん、いいのよ、とんでもない。あなたは休んでなくちゃだめ」

　それでも、ぼくはソファから立ちあがった。乱れた毛布の敷かれたソファのスプリングが、ぎいっと軋む。ターナは制止しようとしたけれど、ぼくが耳を貸さないと見ると口をつぐんだ。

「どうしたんだい、変な顔をして？」

　ターナは奇妙な目つきでぼくを見ていたのだ。

「その新しい傷。ひどいなと思って」

　一段と醜くなったに相違ない顔に、そっとさわってみる。ぼくはなんとか笑みを浮かべようとした。

「あなたって、小説の途中で登場する突発的な出来事みたいね、ワッシュ。ほら、雪嵐とか、ストーリーの本筋をそらせてしまうような自然現象。もしくは、本筋とは無関係な結婚式とか」

「ぼくは小説って読まないんで、わからないけど」

「ああ、いいのよ、そんなに真面目に受けとらなくても。あたしの感想のほうが見当はずれのことだってあるし」ターナは床からさっと立ちあがった。その拍子にガウンがずりあがって、小麦色の膝頭が淡い光に浮きあがった。ぼくは慌てて、火をおこす作業にもどった。

「もうそれくらいでいいから」ターナが低い声で言う。「顔の傷口が広がっちゃうとまずいし」

でも、ぼくはターナに背中を向けて作業をつづけた。

「風が出てきているみたいだわ」その声が聞こえる方角で、ターナが窓のほうを向いているのがわかった。「これじゃ、父も足止めをくらっちゃいそう」

暖炉では火打石がようやく火花を発したので、ぼくは薪をわきにどかして焚きつけに手をのばし、そこに火を移した。

「この薪、まだしめっているね」ターナのほうを向いて言った。「家の中に入れて、乾かさなかったのかい？」

そんなの無理、と言うようにターナは肩をすくめてみせる。「だめなのよ、あたしじゃ」

ぼくは立ちあがって、膝から木片を払い落とした。

「どうして傷口を広げるようなことばかりするの。すわってなさいよ、ワッシュ。休まなくちゃ、だめ」

「他にぼくにできることって、何かあるかな、失礼する前に？」

「失礼する？　そんな体で何を言うのよ」

でも、こうして二人きりでいるところをゴフに見つかったら、と思うと、ぼくはまんじりともしなかった。

ターナはうなずいた。彼女の頭にもそのとき、父親のことが浮かんだらしい。「そうね、だけど」

「ぼくは帰ったほうがいいよ」

「だけど」

ターナはその場から動こうとはしない。ぼくを送りだそうとする気配も見せない。彼女はただ、こう言ってのけただけだった。「あなたって紳士なのね、ジョージ・ワシントン。というか、紳士すぎるのかもしれない」

薄いガウンから透けて見える、まろやかなターナの体の線に、つい目がいってしまう。ぼくはとても紳士の気分ではなかった。

「すっかり迷惑かけちゃったね、ターナ」

「だけど」またくり返したが、その言葉は別の意味を含んでいるようにも聞こえた。

ターナの目が細くすぼめられた。ぼくの心臓は早鐘を打ち、体中がかっと熱くなった。薄い布地からかぐろく透けているターナの肉体に目が吸い寄せられる。すんなりした喉元のくぼみ。くっきりと浮きあがっている肋骨の線。太もものあいだの淡い翳り。その体に、じかにさわりたかった。ぼくの目から隠されているすべてに、口づけしたかった。

「ワシントン」ターナはささやいた。

それだけだった。それからゆっくりとこちらに近寄ると、ターナは真っ向からぼくの顔を見て、ガウンの前ボタンをはずしはじめた。背後の暖炉でぱちぱちと火がはぜる。奥の部屋で猫が爪を研いでいる音も聞こえた。一瞬、ターナは何かを聞きつけたように、玄関のほうに目を走らせた。次の瞬間、はらりとガウンが床に落ちた。

そのあいだに、強い雨が降りはじめていた。暗がりに横たわったまま、ぼくらは、窓を伝い落ちて地面に吸い込まれる長い銀色の糸を眺めていた。すごい音をたてて、下水に水があふれている。亡霊でも歩いているように、ポーチが唸り声をあげていた。あのウィラード、まだナイフが顔に突き刺さったまま横たわっているだろうウィラードのことが、頭に浮かんだ。

隣りに横たわるターナのやわらかな黒髪が、ぼくの腕にかかっている。ぼくらはソファの前の床に敷かれた、パンくずの散らばる絨毯に横たわっていた。ぼくはもはや苦痛も忘れて、甘美な高揚感に満たされていた。すべてが自然で、何の違和感もないのが驚きだった。お互いの体を、とっくに知り尽くしているように感じられるのが不思議だった。

ターナの額にキスして、低い声で言った。「お父さんの本の挿絵、きみが描くことになってたんだろう？　ぼくがお父さんに頼まれた仕事だけど」

「ううん」ターナは曖昧に笑った。「頼まれればいいとは思っていたけど。そのために、何か月もスケッチの練習をしてきたわけだから」片方の肩をすくめて、「でも、いいの。あなたのほうが適役だもの」

「ぼくは断るよ、ターナ」

「そして自分を懲らしめるの？　だめよ」

「じゃあ、二人で描いたっていいじゃないか。挿絵だって、たくさん必要なのにきまっている」

「父の本はきっと成功するだろうし、あたしよりあなたの絵が使われたほうがずっとうまくいくと思う。そうでなくとも、あなたは絶対にやらなくちゃだめよ、ワシントン・ブラック。あなたと同じように、世に出るチャンスをつかめない人たちのためにも。あなたみたいに才能があっても、世間に認められない人たちのためにも」

「それが何の役に立つんだい？」

「そりゃ、大きな役に立つわよ」

「でも、ぼくの絵を見たって、ぼくがどういう人種の人間かなんて、わからないはずだぜ、ターナ」

「でもね、真実というものは必ず明らかになるものなの」

それ以上のぼくの抗弁を封じようとするように、ターナはぼくの唇に指を押し当てた。それから、反対側を向いて、本の山の上に危なっかしくのっている冷たいお茶のカップに手をのばした。背骨が背中に浮きあがった。背中の上のほうに、かぐろい円形の母斑が三つある。

「これは何だい？」ぼくはいたずらっぽく言った。

「ああ、それ、嫌いなの、あたし」ぼくの指から逃れようとするように背中をくねらせて、「見ないでよ。目をふさいで」

「なんだか、引き潮のときの海の底みたいだな。潮が引くとき、地球の斑点が浮かびあがるんだ」

ターナはぐるっとこっちのほうに向き直って、ぼくの鼻にキスした。「あなたって、三流の詩人くらいにはなれるわね、ワシントン・ブラック」

ぼくはしばらく黙って考え込んだ。「そういえば、きみの好きな海洋生物って、どんなもの？」

「何ですって？」つぶやいて、ターナはぼくの首筋にそっと唇で触れた。「他に話したいことがあるんじゃない」

「ぼくが好きなのは、ウミウシ（ヌディブランチ）なんだ」

「それがヌードだから？」

「ウミウシの仲間にはね、クラゲやアネモネの針をとりこんで背中に保存しておくやつがいるんだ。で、それをこんどは自分の武器として、わが身を守るために使うんだよ」

ターナは上体を反らして、ぼくの顔を見た。「それって、あたしへの当てこすり？　ねえ、そんなたとえ話はやめましょうよ」ぼくが浮かべた表情を見て、笑いだした。「なあんだ、真面目に言ってるの？　そうね、あたしだったら何かしら、タコかな。どうしても選ばなきゃならないとしたら」

こっちは別に機嫌を損ねてはいなかった。「タコねえ？」笑いながら、ぼくも応じた。「素晴らしいじゃないか」

「いいでしょう」

「すごく珍しいから？」

「珍しい？　そうね、環境に応じて皮膚を収縮するだけで変身できる動物だからかなあ。人間と同じくらいの重量があって、馬車の大きさ並みに体をのばすことができ、しかも、狭い隙間にするりと入っていける動物だから？　脳髄は喉のあたりに包まれていて――クルミ大でしかないのに――ゲームをやってのけるほどに知能程度の高い動物だから？　それほどの個性と知能があるのに、寿命は悲しいことに五年に満たない動物だから？　こういう動物ですもの、あたしだったら、〝珍しい〟というより、〝威厳がある〟動物って呼びたいところだわ。あなたの好きなウミウシは、これに比べれば、どうってことないと思うけど、ジョージ・ワシントン・ブラック。八本足のオクトポッド(たこ)は、海の神さまよ」

「正しくは、オクトパイだと思うけど」

にこっと笑って、ターナはこっちを向いた。頰に点々と散るそばかすがはっきり見えた。

「それ、ギリシャ語とラテン語をごちゃまぜにしている」

ぼくは笑いながらターナの耳にキスした。「それに、心臓も三つあるんだろう、タコは」

ターナは顔をしかめた。「言ってくれるのね。あなたにはやっぱり詩人の魂があるのかしら」

そのとき、ドアの向こうでガリガリ引っ搔く音がした。「メデューサが入りたがっているんだ」

「いいわよ、すこしほっときましょう」

ぼくはターナを抱き寄せて、肌のしめりけを感じた。ソファの上から毛布をとって二人の体を覆うと、また新たに、肌をかきむしったような血のにおいがした。毛布はざらついていて、樟脳(しょうのう)のにおいがする。

「あたしね、自分は他人(ひと)とはちがうな、ってずっと思ってたの」ターナは薄く微笑んだ。「あなたもそうでしょう。それは、あの浜辺で初めて会ったときにわかったもの」顔をあげて、ぼくを見ながら低い声でつづけた。「あなたは奴隷だったのね、と言ったとき、ぜんぜん悪気(わるぎ)はなかったのよ」

あらためてそう言われると、この数時間ずっと疼(うず)いていた苦痛がぶりかえしてきて、泣きたくなった。でも、なんとかこらえて、静かに息をしていた。

ターナは細い手をあげて、ぼくの胸に刻まれたFという文字の烙印をそっとたどる。

その件には触れたくなかったのだが、いつのまにか、フェイス農園時代のことをぼくは思い返していた。そう、ビッグ・キットのことや、クリストファー・ワイルドの不思議な、奇跡的な出現のことを。胸がきつくしこっているのを終始感じながらも、ぼくはゆっくりと、順を追って語りはじめていた。いまのぼくと比べると、当時のぼくがどんなに小さく、精神的にも幼かったか。ティッチに救われるまでに味わった残虐な体験のことも、ぼくは打ち明けた。それから彼と共にした破天荒な冒険のことも。あの、毎日の時間が際限もなく伸びていくように感じられた日々のことも。フィリップの自殺のことも話した。ティッチと共に北極にまで足を延ばし、そのあげくティッチが謎めいた言葉を残して雪嵐に呑み込まれていったことも。

「なんだか亡霊みたいね」ターナは言った。「あなたのお話を聞いていると、その人って、亡霊か何かみたい」

「じゃあ、ぼくの話し方が悪いんだ」そうは言ったけれども、ターナを責める気持はなかった。というのも、ぼく自身、ティッチはぼくの際限もない夢想が生んだ人間じゃないのか、という気持になることがときどきあるからだ。「ティッチとの暮らしは」ぼくはつづけた。「たしかに現実離れしていたんだよ、ターナ。あれは単に、奴隷の少年に救いの手を伸ばす慈善行為、でもなかった。恥ずかしいことだけど、ティッチと暮らすようになってから、ぼくは、周囲で展開されている残虐行為に目をつぶることもあった。意識して見ないようにしているときもあった。その暮らしにもどるのが怖かったんだ。これって、実に浅ましいことだと思わないか？　でも、ティッチが手を貸してくれたこと、それでぼくが救われたという事実は、周囲で起きていることが残酷なだけに、いっそう価値あるものに思えたんだ。そうしてぼくはビッグ・キットに背を向けることになった。ぼくがかつて暮らしていたすべての環境にもね」

ターナは黙って、消えかけた暖炉の火を見つめていた。と思うと、「ジョン・ウィラードだったのね？　あなたを襲ったのは？　ただの、通りすがりの人間じゃないわよね。ウィラードか、そいつの手下だったんでしょう」

仄暗い明りの下、ぼくは頭をそらして、漆喰の剝がれかけた天井を見上げた。そして吐息をついた。しばらく沈黙がつづいてから、ターナが低い声で訊いた。「で、そいつは死んだの、ワシントン？そいつを殺したの、あなた？」

「いや、死んじゃいないと思う」ぼくは答えた。なぜなら、あのとき渾身の力をこめはしたが、ナイフの握り方が完全ではなかったからだ。あいつが目を失ったのはたしかだと思うけれど、それ以上の打撃を与えられたかどうかは、自信がなかった。それに、変な話、やつが命まで失うことはなかっただろうと思うと、気も休まったのだ。ぼく自身、あいつのような人間、殺人者にならずにすめば、一つの救いではないか。

ターナが顔をあげた。「ねえ、あなたも一緒にロンドンにいらっしゃいよ、ワッシュ。もうここにいちゃだめ。その男に見つかっちゃう」

「でも、すべては終わったんだよ、ターナ」

「ロンドンにいけば、ずっと安心よ」

「ティッチはそうは考えなかったんだよな。いずれにしろ、もう終わったんだから」

「どうしてティッチという人は、そうは考えなかったの？　変な人ね。ロンドンにいけば安心なのはわかり切っているのに」一息ついて、「こう言うとあなたは怒るかもしれないけど、これまでのあなたの話から推して、そのクリストファー・ワイルドという人、あなたの利益を最優先に考えてはいないわね。その人にとって、あなたは単に、好都合な手段だったのよ、生きた人間ではなく——そんなことはないと、その人がどんなに抗弁したって、そのことははっきりしていると思う。あなたは、その人の行動目標に役立つ手段にすぎなかったのよ。その人の目標を実現するための道具だったんだわ」

「いや、そんなことはないさ」

「そうよ、はっきり言って。あなたの話だと、その人は最初、あなたの体重が適切だから選んだんでしょう。気球のバラストとして最適だから。それからは、自分の助手として、好きなように使ったわけよね。資材を運ばせたり、絵を描かせたりして」ターナは眉根を寄せた。「でも、だからって、あなたはその人と同等の位についていたわけじゃないでしょう、ワッシュ。その人はやっぱり、自分にとっての利用価値しかあなたには見ていなかったんだと思う。もともと身分がちがうわけだから、仕方がないんじゃない？」

ぼくは唇を舐めた。ぼくの考えはちがったけれども、黙っていた。

「〝クラウド・カッター〟にしたって、そうよ」ターナはつづけた。「そのための部品を運んだり、山の上で組み立てたりするのは日頃の農作業と同じくらいの重労働だってこと、そのティッチという人の頭にちらとでも浮かんだかしら？」

ぼくは何も言わずに、あのとき奴隷たちの汗まみれの服が、明るい空に黒々とした影を刻んでいたのを思いだしていた。

ターナは片方の肘をついて、身を起こした。「あたしはつい最近、父とニューヨークにいってきたの。あなた、あそこにいったことある？　本当に夢のような街なのね、あそこは。泊まったところは、父の友人のクェーカー教徒のお宅。ある晩、その方がクェーカー教徒のフレンド会の集会につれていってくれたの。その会のこと、あたしは何も知らなかったんだけど、ただ微笑を浮かべながら、みんなの話に耳を傾けていたわ。論議は果てしなくつづいて——その話題というのが、可哀そうな黒人たちのことだった。あの黒人は可哀そう、この黒人も可哀そう、って。それでね、会場には黒人が三人きていたんだけど、その人たちはなんと、みんなから隔離された、黒人専用のベンチにすわらされているんだから。あんなの、信じられなかった――こんな馬鹿にした話ってあるかしら。しかも、そこに集まった白人のクェーカー教徒たちの中で、その不条理さに気づいている人は一人もいないんですもの」

肩口に、ちくりと痛みが走り抜けるのを感じながら、ぼくは横たわっていた。それから、長い吐息をゆっくりと吐き出して、言った。「ティッチの兄のエラスムス・ワイルドは、死んだんだそうだ。ウィラードが言っていた。すべては終わったんだよ」

ターナが睨むようにぼくを見た。「そんなこと、本気で信じているの？」

すこし考えてから、ぼくは言った。「ああ」

ターナは何も言わない。

「もう一つ、あいつが言ったことがあるんだ。なんとイギリスのリヴァプールでティッチを見かけたというんだよ」

「生きているティッチを？」

「だろうね」

ターナはもつれた毛布のあいだから、じっとぼくの顔を見上げた。そして、しばらくして口をひらいた。「そいつの言いそうなことじゃない、それは。あなたを混乱させて、その隙をつこうとしたのよ、きっと。嘘よ、ワシントン」

「でも、嘘じゃなかったとしたら？」

「それがどうだっていうの？　ティッチがまだ生きているからって、どうだっていうの？　あなたはもうだれにも頼らずに生きているんじゃない、ワシントン。クリストファー・ワイルドという人に、もう何の借りもないはずでしょう。いまはもう自分自身の足で、立派に立っているんですもの。その調子で生きてゆけばいいのよ。だれ憚らずに。ねえ、一緒にロンドンにいきましょう。ね、あたしと一緒に」ぼくの顔を見上げて、「あなただけここに残るなんて、もう考えられないわ、あたし」「でも、このままこの町にいたって、ウィラードはもう手出ししないと思うよ、ターナ」「あなたはね、白人をこてんぱんにやっつけたのよ。仕返しをしようと思うにきまってるじゃない、相手は」

ぼくは沈黙した。

ターナはしいて笑みを浮かべた。「それにね、お優しいブラックさん、もしあなたが身近にいなくなったら、あたしはだれに鬱憤をぶちまければいいの？　あたしが着換えるとき、だれがあたしのガウンを持っていてくれるの？」悪戯っぽい目でぼくを見て、「こう言ってもまだその気になれないんだったら、海洋生物の標本のことを考えてみて。あなたがいなかったら、あたしと父は、どうやって準備したらいいの？」

そのとき、先日こしらえた水槽のことが頭に浮かんだ。ぼくが発見したことを、猛烈に話したくなった。木とガラスでこしらえた水槽のことを、猛烈に話したくなった。でも、ちょうどそのとき疲労もまた押し寄せてきて、ぼくは口をひらく代わりに両目を閉じた。話す機会はこれからもまだあるだろう。

ターナがぼくの額に唇を押しつける。

ぼくはたずねた。「どうしてきみはいつも、タバコの匂いがするんだろう？」

「あら、そんなに匂う？」ターナは髪の毛をつまんで、くんくんとかいだ。「うまく隠せてると思っていたのに」こちらを見上げて、「父も気がついてるかしら？」

ゴフのことを思いだしてぼくは沈黙し、ターナの髪にゆっくりと顔を埋めた。

第四部

イングランド

1836

I

木造の細長い建物は、十分に見栄えが良かった。動物園のなだらかに傾斜した園庭に広がる、ポプラ林に囲まれた古い館。でも、敷地は十分に整備されているとは言えず、灰色の雑草がまだら模様を描いていた。実は三年ほど前、建物の左側の棟が夜中に炎上し、燃え上がった板切れが暗い夜空に飛び散ったのだという。倒れたろうそくが火元だったらしい。再建には数か月かかって、去年ようやく完成したのだった。修復された板壁はまだ白っぽくて、元からの壁に刻まれた傷跡のように光っていた。

と言っても、ぼくは別に不平を鳴らしているわけではない。むしろ、そういう施設が与えられたことに驚いているのだ。そもそもぼくらのもちかけたプランはあまりに破天荒で、最初はだれもが驚いたのだから。ロンドンへの出発に先立って、すでにゴフは恒久的な海洋生物展示館を市中に設けるというアイデアを動物園委員会に売り込んでいた。その提案が、熱狂的に歓迎されたのである。ぼくら自身、ほとんど信じられなかった。本当に実現するとはまだとうてい思えないまま、何日間というもの、呆然とすごしていた。でも、事実だった。ロンドン市は動物園内の園庭の古い木造の建物を、新たな目的のために改造することを認めてくれたのである。すべて順調に運べば、一年後には開館できるはずだった。それは〈海洋館〉と呼ばれることになる。

ぼくの頭にひらめいたアイデアが実現するなんて、こんなに素晴らしいことがあるだろうか。あの〝クラウド・カッター〟のときだって、こんなに興奮したことはなかった。あれは、こっちがどんなに一生懸命になろうと、あくまでも〝ティッチの夢〟の実現だったのだから。でも、こんどはとうとうぼく自身のアイデアが実現する――そう、忘却と重労働と死を約束された少年の頭に宿ったアイデアが。自分の生きた証しをこうして刻めるなんて、なんと素晴らしいことか。

たとえ発案者がぼくだということが、だれにも知られないとしても。いまのぼくはそんなに世間知らずの男ではない。将来、この施設の歴史が語られるとき、ぼくの名前が決して表に出ないことはわかっているのだ。後世〝海洋館の父〟として讃えられるのは、まちがいなく、醜男のしがない黒人ではなく、ゴフなのだ。そのことを思うと、日の裏が引きつってくるような心地だった。ゴフは決して悪い人間ではない——ぼくの名誉を横取りしようなどという気持は毛頭ないだろう。でも、人間、歳をとれば、自分の名をなんとか後世に残したいという願望も抑えがたくなるのではないだろうか。それに、正直なところ、まっとうな科学の素養もない、十八歳の黒人であるぼくに、どうして委員会相手の種々の交渉ができるのか。ゴフと同格の研究者と名乗ったりできるのか。

ゆるやかに時が流れる日々、ぼくはあまり深くそのことは考えなかった。霧のロンドンでは、時間もなんだか茫漠としてくる。ぼくの暮らしも、もわっとした霧の中を漂っている感じだった。ゴフ父娘はロンドン郊外に小さな家を持っていて、ぼくにはその裏の、さらにひとまわり小さな家が与えられた。もともとゴフが、あまり使われない道具を収納するために利用した倉庫だったという。そこはたしかに狭苦しくて、土のにおいがしたけれど、十分に明るく、快適だった。ぼくはすごく気に入った。四方の壁も堅固で、これでとうとう自分一己の暮らしを手に入れることができたのだ。自分だけの、他者の侵入を許さない聖域だ。本気でぼくを探しにかかるやつがいれば、やはり見つかってしまうだろうけれど、高いノルウェイカエデの木陰のその家で寛いでいると、世界から隔絶されているような気がした。記憶にある限り、ぼくは初めて、だれの目からも隠された存在になれたのだ。

もちろん、母屋と隔たっているのはつらい面もあった。ゴフは、ターナとぼくが愛し合っているのはわかっているのに、そうではないという幻想にしがみついていた。でも、そうして彼女の間近で暮らしていられる限りは、ぼくも喜んでそういう虚構に付き合っていられたのである。

アメリカからロンドンに渡る際、彼はもちろん、ぼくが同行することに反対した。で、ぼくにのしかかっている問題をすべてさらけだすと、しぶしぶ賛成してくれたのだった。それでも、航海がはじまって最初の一週間は、難しい顔をしてよそよそしい態度に終始していたから、ぼくも距離を保って近づかなかった。けれども、長い航海の間に、氷は徐々に溶けはじめた。ぼくらはまた言葉を交わすようになり、生きた標本の世話をしながら冗談を交わすようになった。そして、一緒に水槽の水を換えたり、通気したり、餌を与えるようになったのだった。二人のあいだには、ノヴァ・スコシアでの不安定な友好関係よりずっと堅固な絆が生まれたと思う。ぼくはゴフの気持を尊重したし、彼もぼくの気持を尊重してくれた。それで十分だったのである。

ぼくに対する他の船客たちの態度に、ゴフはショックを受けたらしい。日を追うにつれ、ゴフはその点に神経質になった。ある夕方、ぼくらが展望デッキで寛いでいると、黒い上品な服をまとったご婦人が足を止めた。ぼくを見ると、いかにもびっくりしたように唇をひん曲げてみせる。どうしましたかな、とゴフが鋭い口調でたずねると、その女は言った。「その黒んぼは、下の甲板の家畜たちと一緒に寝起きさせたほうがよろしいんじゃないかしら」

あんなに怒ったゴフは見たことがない。大事に至らずにすんだのは、ターナが必死に制止したからだ。それからというもの、ぼくが同じような侮辱にさらされると、ゴフは自分のことのように体を震わせて、相手を低い声で罵った。

冬の航海は苛酷だった。生命力の弱い海洋生物の中には、死んでしまうものも出はじめた。ぼくがつかまえたあのタコがみるみる衰弱しはじめたとき、ぼくらはそれまで給仕にお金を払って海水を持ってきてもらっていたのをやめることにした。どうしたかというと、どこかの港に寄港したときなど、ゴフと二人、騒々しい下層船倉に降りてゆく。そして一時下船する船員たちと一緒に波止場に降りて、耐火木材の桶(おけ)できれいな海水をすくいあげたのである。ぼくの考案した素朴な装置を使って、ぼくらは水の純度を確かめた。風に帽子を吹き飛ばされそうになりながら、ぼくは試験紙と棒を手にうずくまり、ときには水を口に含んで有害な金属の有無を確かめた。ときどきは船の手すりに物見高い船客が集まって、奇妙な老人とその醜い奴隷が海水をすくって飲んでいるさまを不思議そうに見下ろしていることもあった。

雨に濡れた午後の暗がりの中、ターナはこっそりと甲板に出てきて、しめった毛布にすわるぼくの隣りに腰を下ろす。そして、二人の膝に置いた本をひらいて、ぼくが音読する声に耳を傾ける。ターナは何の訂正もしなかった。それはレッスンではなく、朗読会のようなもので、ぼくはいつしか流暢に本を読めるようになった。イギリスに到着する数週間前には、愛蔵していた本の複雑な文章の意味もすべて理解できていた。長いあいだ描写技法の参考に眺めてきた挿絵の数々は、思いだした会話のように生き生きと眼前に甦った。どの絵も、単なる実物そっくりの絵の域を通り越して、本物の血となり、翼となり、細胞となり、吐息となった。

こうして、船上ですごす時間はとても豊かで平和なものになった。北極を流浪したあの奇妙な数か月が、懐かしく思いだされた。毎日が果てしない白一色に塗り込められ、ついに手にした自由がまるで外套のように暖かくこちらを包み込んでくれたあの日々。そう、それこそ鎧のように、苛酷な世界から身を守るぬくもりに思えたあの日々。ティッチと共にした旅が、いまはどんなに遠く遥かなものに思えることか。ティッチを失った心の空白も、いまようやく、頑丈な殻に覆われたように感じられるのだった。

2

それでも、ぼくはまだ、ティッチが永遠に失われたと信じ切ることはできなかった。

ロンドンに到着して数週間後、テームズ川北岸のブラックフライアーズ地区を足早に歩いていると、急にさむけに襲われた。数時間もたたないうちに、立っていられなくなり、顔をあげることもできなくなった。体が小刻みに震えて止まらなくなり、歯がカタカタと鳴った。そんなみじめな状態にあっても頭に浮かぶのは、過去に遭遇したさまざまな場面の映像だった。ウィラードに襲われたときのこと。ビッグ・キットの姿を最後に遠くから見かけた夕餐の席。水素ガスが爆発して粉々にガラスが飛び散ったときのティッチの顔。彼が生まれ故郷の緑の田園を歩いている姿も浮かんだ。このロンドンの街を悠然と歩いている姿も。そう、汚れた顔の子供たちが笑いさざめく大通りや、ネズミどもが走りまわる薄暗い路地裏を悠然と歩くティッチの姿が。すると、奇妙な霧のようなものが頭の中にかかり、冷めた、物憂い怒りにぼくはつつまれるのだった。

ターナは数時間ごとにこっそり部屋に入ってきて、鉄のヤカンをコンロにかけてくれる。暗がりの中を歩きまわっているのはわかったし、ベッドのぼくの隣りに横たわる彼女の重みも感じられた。ぼくの額に置かれた手のぬくもりは、窓に釘付けされた布地を通して伝わる陽光のぬくもりのようだった。かぼそい声でぼくは呼びかける。「キット」

山刀の刃が研がれる、ざらついた音。

「キット」ぼくはもう一度くり返す。

「しいっ。何か食べなきゃだめよ」

山刀の研がれる音が薄れて、奇妙なことに、お湯の沸く音に変わった。

「いまは夜じゃないよね」ぼくは言った。「まだだよ、ダホメにいくのは。今夜じゃない。月が昇ってないじゃないか」

温かい吐息を耳元に感じた。「ワッシュ？」

漆黒の闇から、ぼくはすこし浮上した。声の主はターナだとわかった。でも、別の部屋にいるように、遠くのほうでその声は聞こえる。顔に触れようと手をあげても、指先に感じるのは不快な、汗に濡れたぼく自身の肌だった。靴と靴下が静かに脱がされてゆく。ぼくは水中の灰のこと、冬のことなど、もぐもぐとつぶやきはじめた。

「ゆっくり休んで、ワッシュ」突然、しめった布が目の上に押し当てられる。「十分休まないと、よくならないわよ」

一種の譫妄（せんもう）状態のまま、それからどれくらいの夜をすごしたのか、わからない。全身が熱く、冷たく、また熱く感じられ、肌は濡れて、息は紙のにおいがした。

先々週の週末の記憶が頭に甦りはじめた。あのウェイマスまで、あの沿岸までの長い距離を、ゆっくりと歩いたときのこと。ぼくは突然あそこにもどって、冷たい海中に入り込んでいった。静かな夜明けだった。浜辺には人影もなく、ぼくはチョッキを脱いで海上に仰向けになった。周囲の海にはくろずんだ海藻が揺らめきながら浮かんでいた。耳に海水が入り込むのを感じながら、ぼくはふんわりと浮かんで、頭上高く、朝日に隠れて消えてゆく星を見上げていた。

胸に大きな猫が飛び乗ってきたような、重苦しい圧迫感に押されて目を覚ました。周囲の木造の壁が、しめった空気に包まれて軋んでいる。濡れたシーツの上で、目を潤ませながらぼくは寝返りをくり返した。頭がまだずきずきと痛んだ。でも、高熱はとうとう引いたらしい。灰色の窓を通して、赤く照り映える地平線が見えた。ぼくはベッドから起きて顔を洗い、剛毛の歯ブラシで歯を磨いた。独力で服を着、ブーツと外套を身につけて外に出た。

　執拗なさむけから立ち直って間もないのに、戸外に出る。それは乱暴だということは、わかっていた。でも、あの家は暗く、狭苦しい。あれ以上、あそこに閉じ込められるのは願い下げだったのだ。空はどんよりと曇り、楓（かえで）の木の枝は薄い銀色の霧に覆われていた。ぼくはキイチゴのあいだを歩いていった。泥を踏みしめるブーツがぐしゃっと濡れた音をたてた。

　このところ、ビッグ・キットの生死よりも、ティッチの生死のほうが、ぼくはずっと気になっていた。どうしてだろう？　残念ながら、自分は裏切られたという思いのほうが、ぼくにとっては痛切だったのだ。ティッチとの絆はあの頃のぼくのすべて、いわばぼくの生命線だったのに、ティッチはそれをあっさりと切り捨てたのだから。ぼくは枯れた楡（にれ）の林を抜けて、まだ元気な楡の林に入った。緑の葉がみずみずしく輝いていた。まだ雨季のシーズンには間があるのに、野原には深い霧が垂れこめている。ぼくは濃い灰色の風景画の中を歩いているような気がした。

　ティッチはぼくをなんとか切り捨てたくて、姿を消したのではないか。だから、あの極地で生き延びた後、いまは悠然と別の人生を歩んでいるのではないか。そう思うと、やはりショックだった。

　それにしても、一人の、まだ幼稚な黒人の少年を振り払うために、彼はなんと手間のかかる手段に訴えたことか。おそらくティッチは、ぼくという少年を天涯孤独の存在にしたくはなかったのだろう。だから、彼の父親とピーター・ハウスの庇護（ひご）の下、ぼくがなんとかやっていける見通しが立って、ほっとしたのではないだろうか。ぼくはティッチから示された数々の好意を思いだした。おまえはもうどこでもやっていけるから大丈夫だ、と力説した言葉を思いだした。それでも、ティッチを非難するターナの言葉には一理ある、といまにして思うのだ。いざ飛行理論やフェイス農園における奴隷の待遇に関する論文が仕上がってしまうと、ぼくという少年にはもう利用価値がなくなってしまったのかもしれない。たぶん、彼にとって、ぼくはあまりにも重い現実的な負担になってしまったのではないか。そう、是が非でも縁を切りたい負担に。彼は敢えて、まだ頼りない〝クラウド・カッター〟で逆巻く海を越えたり、降りしきる雪の煙幕の彼方に消えたりした――ぼくを振り捨てるためなら、彼自身、命を賭けてもかまわないとまで思ったのだろうか。

ぼくという黒人は、自分と同等の人間だという信念をあれほど誇らしく披瀝していたティッチ。なのに、どうしてぼくをそんな風に扱えたのだろう？　ぼくはたぶん、厳密な意味で、彼と同等の人間なんかではなかったのだ。ティッチにとって、真の意味での平等の観念は、受け容れがたいものだったのかもしれない。おそらく、ティッチの目に映っていたのは、救われるべき存在と、救いの手を差し伸べられる存在、その二つだけだったのだろう。

帰宅すると、入口のドアに汚れたメモがピンで留めてあった。留守中にターナがやってきたらしい。〝母屋にいらっしゃいよ、夕食を一緒にいかが。こんな天気でも外出するほど回復したんだったら〟。切り口上の口調に、つい笑ってしまった。メモをわきに置くと、ぼくは外套を長椅子に置き、テーブルにすわって絵を描きはじめた。

ティッチのことをいまいましく思いだしながら、夢中になって描いた。窓の外が暗くなり、筆を走らせる手が痺れてきても、まだ描きつづけた。糸のような線を使い、立体的なタッチで、どこまでも描きつづけた。フェイス農園を去って以降、そのときくらいあの農園を絵で再現したいと思ったことはない。自分の記憶の底をさぐって、可能な限り細部まで忠実に描いた。奴隷たちの寝起きする小屋。数十年間ハリケーンの猛威にさらされたおかげで、半ば剝がれかけている屋根。近くのスペイン杉の木と、黄色と紫の実をつけた大きなダイオウヤシ。下生えの中で鳴いているカエルや、紺碧の空を貫いている古びた砂糖精製工場の煙突。もちろん、ワイルド・ホールに通じる砂利道も描いた。奇怪な苔が、まるで白人たちの髪のように垂れさがっているあの母屋の、陽光に赤く照り映えた丸屋根も。

幼い頃、ビッグ・キットに肋骨を折られて、しばらく寝起きしていた温室の四方の壁。大きな地図のような水じみで汚れた石壁。高い丘の上でぎしぎしとこすれ合っている垣根。温室の入口の上に嵌めこまれた銘板には、〝病者や困窮者に、一掬の温情を〟という意味のラテン語の文句が記されていたっけ。

とがった金属の爪を備えた逃亡奴隷捕捉用の罠もあれば、何人かの男が死ぬまでその上で鞭打たれた、血でどす黒く汚れた丸石もあった。縛り首用の縄が吊り下がった、馬車並みの大きさのセコイアの木もあった。その木の幹に残るナイフの傷跡は、男たちが喉を刺し貫かれて死ぬまでそこに放置された印しだった。野原のそこかしこに、老齢や身体を損なった者たちの死体が放置されたため、もはや草も生えない箇所もあった。

そして、それらすべてを睥睨するように、農園の母屋、ワイルド・ホールが海のほうを向いて、そう、数マイルもつづく塩のような白砂と紺碧の海に面して、傲然と建っていたのだ。あの光景をだれが忘れられるだろうか。

3

ぼくはとうとう、自分のなかで何が起きているのか、はっきりと覚った——どんな困難があろうともティッチを探し出したい、その思いが燃えさかっていたのだ。その欲求は、もう抑えられなかった。ティッチが生きているのかどうか、それを探り当てて、彼と対決したい。絶対に。ティッチと知り合うまで、ぼくはまったく別の人生を送っていた。ティッチはその人生からぼくを横取りして、最初は驚きに満ちた、その後は孤独と困窮にあえぐ人生に引っ張り込んだのである。いまのぼくの暮らしは、ぽっかりとあいた穴の上に築かれているようなものだ。以前と比べれば実に豊かな暮らしだけれど、一皮むけば、それは落とし穴を覆う枯葉の上で営まれているも同然で、いつ底が抜けるかわからない。いったん深い闇に転落したら、それきり二度と浮かびあがれないかもしれない。

ぐずぐずしてはいられなかった。ティッチの実家のあるグランボーンを訪ねよう。そこで彼を探し出そう。

ティッチはいま、生家の広壮な荘園の館で暮らしているのだろうか？　わからない。でも、仮に彼が生き延びているのなら、生家に舞いもどっていることは十分考えられる。ティッチは生家を悪しざまに罵って、憎悪をむき出しにしていた。それでも、無理解で手厳しい世の中からそんなティッチを庇護してくれる聖域があるとしたら、そこしか考えられない気がするのだ。ティッチはおそらく、水が水源に引き寄せられるように、富と特権を備えた生家に引き寄せられるのではないだろうか。そこまで考えたあげく、ティッチがそこにいるものと仮定して、ぼくはグランボーンの生家宛に手紙をしたためた。するとなんと、驚いたことに、ティッチの母親から、ぼくをアフタヌーン・ティーに招待する旨の返事が届いたのである。

ぼくの気持は複雑だった。どうしてティッチ自身が返事をよこさないのだろう？　ターナの見立てどおり、ティッチはもうこの世にはいないのだろうか？

翌日の午後、冷たいニシンの昼食の席上、ぼくは自分の意向をゴフ父娘に伝えた。

ターナは静かにフォークを置いた。顔をしかめはしなかったけれど、眉には険しいものが浮かんでいた。

「でも、どうして？」ターナは言った。「どうしてティッチを探し出すの？　そんなことをして何になるのよ？」

ゴフはいつもどおり、リスのようにせわしく唇を動かしながら咀嚼(そしゃく)している。喉の奥で低い唸り声を洩らしただけで、何も言わない。例によって、娘の心配事には無関心な様子だった。

ぼくはすこし焦っていた。自分の本心がターナには伝わっていないように思えたのだ。「ぼくはもう一度、ティッチと率直に話したいんだよ。ぼくの前から消えた理由を、ぜひ彼の口から説明してもらいたいんだ」

実を言うと、ティッチを探したい理由はぼく自身曖昧だったのだ。どういう形にせよ、とにかく謝罪の言葉をこの耳で聞きたかったのだろうか。すこしでも、彼の顔に自責の色が浮かぶのを、この目で見届けたかったのだろうか。そもそも、ぼくをあのひどい境遇から引っ張り出したのはなぜだったのか。彼の実験に役立つという功利的な理由以外に、何か理由があったのだろうか。そのあげく、あれほど忠実に仕えたぼくを、あれほどあっさりと捨て去ったのはなぜだったのか。おそらく、彼の説明だけでは、ぼくは納得できないかもしれない。だいたい、ティッチと会って心の平安を得たいという願望自体が、愚かなのかもしれない。でも、ぼくは何よりも、ティッチがぼくの名前を口にする声を聞いてみたかったし、彼の表情に罪悪感と悔恨の色を読みとりたかったのである。たとえ微かでも、罪悪感や悔恨の徴(しる)しが顔に浮かぶのをこの目で見たかったのだ。

「いまさらティッチという人に会ったって、それが何の役に立つの？」ターナは言う。「それで何が解決するというの？」

ぼくは答えなかった。

「ウィラードが言ったことは嘘っぱちと思ったほうが、当たってるんじゃない？　そうよ、クリストファー・ワイルドは生きてなんかいないのよ、もう」

「もしかしたら、そうかもしれないね。でも、だとしても、ティッチが生きている可能性が皆無ではないと思うんだ」

「だれが生きているだって?」ゴフが突然、素っ頓狂な声を出した。それから大きく咳払いして、「ああ、そうか、なるほど」

「だけど、たとえティッチが生きていたとしても、どうして彼はグランボーンにもどったりするの?」ターナが言った。「どうしてそんなところに引っ込んだりするの? だって、彼はグランボーンを嫌ってたんでしょう? あなた自身、そう言ったじゃない」

「でも、そこはティッチの生まれ故郷だからね。たとえ忌み嫌っていたにせよ、本人にもわからない理由でそこに引き寄せられるってことはあるんじゃないだろうか。ぼくはティッチという人をよく知っているつもりだ。それに、いまはそこにいないとしても、一時的にでもそこに舞いもどった可能性はあると思うんだ」

「もし、彼がまだ生きていたらね」

「うん、もし彼がまだ生きていたら」

そこでターナは、冷静になろうとするように大きく息を吸い込んだ。「肝心なのは、ティッチという人は、自分の利益にならない限り、あなたに役立つようなことは何もしなかったという事実だと思うんだけど。彼にとって、あなたという人は、単に使いでのある重宝な人間にすぎなかったんじゃない」

ぼくはむっとして、顔を撫でた。

ターナの頰が紅潮した。「いずれにしろ、来週の火曜日に出かけるのは無理よ。〈ポートランド・セメント会社〉にいって、模造の岩の原料を調達してくるって、お父様に約束したんだから」ちらっとゴフのほうを見て、「そうよね、お父さん?」

「うん? 何がだい?」とゴフ。

「でも、一日、二日延期したってかまわないでしょう?」ぼくはゴフのほうを向いた。「場合によったら、あなたご自身にいってもらえないでしょうか？」

「もう一つあるわ。〈ウォルコット・アンド・サンズ社〉にいって、水槽の製作を頼まなくちゃならないじゃない」ターナが言った。「設計意図について、十分に説明しなくちゃ」

実は、数か月にわたって有力な業者を探しまわった結果、とうとうぼくの複雑なデザインを実現できる有能な技術者たちが見つかったのである。

「そのウォルコット氏はきみに好感を抱いているし、敬意も抱いているようだしさ」ぼくはつい荒っぽい口調で言った。「きみが一人でいっても、丁重に迎えてくれると思うけどな」

ターナはその提案が不満なようだった。「でもやっぱり、いまのあなたにとって、クリストファー・ワイルドを探し出すことくらい大切なことはないのよね。わかった、何が何でもというなら、あたしも一緒にいく」

その気持を、ぼくはすんなりとは受け止められなかった。

「あたし、舌を嚙んででも絶対おとなしくしているから」と、ターナが言う。「約束する」

「舌を嚙んでおとなしくする、か」ゴフが唸るように言った。「じゃあ、グランボーンまで行き着かんうちに、おまえの舌は血みどろになってるだろうな」

ターナは恥ずかしそうに笑って、こちらを見る。ぼくは目を伏せた。


準備を整えるまでに数日かかった。〈ウォルコット・アンド・サンズ社〉を訪ねるのは、ぼくらがグランボーンから帰ってきてからに延期された。アマモという水生植物をなんとか入手するという厄介な仕事は、ゴフに任された。そうして、ぼくらは出発した。前夜降った雨がまだすこし残るしめった朝だった。

途中、ぼくらはほとんど言葉を交わさなかった。ターナは、グランボーンまで出かける目的がまだ納得できないらしく、気持が揺れている様子だった。ぼくは疲れていて、それ以上自説を主張する気にもなれずにいた。揺れる馬車の中で、二人は軽くもたれあい、しだいに遠ざかってゆくロンドンの町並みを黙って眺めていた。

　やがて馬車は大きな荘園のはずれに着いた。銀色の楓の木のあいだを縫って砂利道を進んでいくと、建っているのが不思議なくらいに老朽化した建物が見えてきた。藁ぶき屋根の小屋が集まっている一画があった。傾きかけた庭師の小屋は、石壁を覆う蔦のおかげで辛うじて持ちこたえているように見える。雨の滲みた馬車小屋の壁際には、焼かれた骨のような黒い車輪がいくつか立てかけられていた。なんだか、大きな闇の中心に接近しつつあるような気がした。フェイス農園でのぼくの子供時代——果てしない苦難と労働の日々——は、この闇の世界のほんの一端だったのだろう。あの農園での生と、死と、子供たちの誕生を支配した力の源は、ここだったのである。木の枝が低く垂れている林の中を、馬車は通り抜けてゆく。馬の蹄が砂利を噛み、馬車の車輪が泥をこねる音に、ぼくはじっと耳を傾けていた。空気はどこかきなくさくて、突然、あの極北、厳寒の地の大気の記憶が甦ったりした。

　遠くに見えていた銀色の帯が、しだいに広がりはじめた。それは人工の池とわかった。青白い水面がうっすらと輝いているところは、何かしら病みあがりの人の目を思わせて落ち着かなかった。

　頭に甦ったことがあった。かつてティッチが、珍しく穏やかな口調で母親をあげつらったときに言っていたこと——彼の母親なる女性は、非英国的な物事は絶対に受け容れないのだそうだ。夫とはあれだけ型破りな結婚生活を送り、彼女自身型破りな性格の女性であるにもかかわらず、その世界観は旧弊で、柔軟性に乏しく、非妥協的なのだという。

　ティッチは本当にここで見つかるだろうか？　あの崩れかけて苔むした壁の奥で？　目に入る敷地自体は広壮で、草木も生い茂っているのに、どこか虚ろな雰囲気が感じられるのはなぜだろう？　まるでここは、人間のみが時代の進歩に見捨てられたかのようなのだ。何か偉大なことがすでに過ぎ去って、いまは息を止めたような静寂に包まれているというか、ここで起こるはずのことはすでにみな起きてしまって、いまはただその余波に包まれているような——そんな雰囲気だった。

ぼくは吐息をついてターナの肩に頭を預け、馬車の車輪が砂利石を踏みしだく鼓動に耳を傾けていた。出発が決まるまで、ぼくは毎晩のように、ティッチに再会したら何と言おうかと考えていた。でも、いまそうして灰色の庭園を眺めていると、どこか虚ろな灰色の気分に染まってきた。ターナがそっとぼくの手を握ってくる。だが、枯葉に覆われた庭地を眺める彼女の眼差しには険しいものがあった。

やがてぼくらは、天蓋のように茂る木々の下から抜けだした。すると、見えてきた——グランボーン荘園の、壮麗で厳(おごそ)かな、古色蒼然(そうぜん)たる館。灯のともされていない、いくつかの棟も目に入った。どの建物の壁にも、戦争と風雪の古い傷跡が歴然としている。この館から、ワイルド家の男たちは逃れ去ったのである。円柱と切妻屋根はあちこちが剝がれ落ち、方形の屋根はびっしりと苔で覆われている。周囲の空気には、枯れ切った庭園の、屍肉(しにく)のように饐(す)えた臭いが漂っていた。

建物の前面は冷たい蔦にくろぐろと覆われている。石壁に嵌めこまれた窓は、どれも緑色に薄汚れていた。馬車が近づくにつれ、その威容は輪郭のぼけた淡彩画のように立ち上がってきた。

突然、玄関の扉がひらいた。老齢の執事と思われる人物が、高い階段の上に姿を現した。顔の表情は見えなかったが、両手を後ろ手に組んで身じろぎもせずに立っている。さほど長身ではなく、やや太り気味だったが、周囲の静寂を一身に吸い込んだようなその立ち姿には、ごく自然な威厳が漂っていた。乳児用のベッドから乳児が仰ぎ見る親の姿は、まさしくそんな風に見えるのではないかと思った。

ぼくらは天井の高い応接間に通された。外の冷気が追いかけてきたかのように、内部はさむざむとしていた。それを感じてか、ターナはしきりに両手をこすり合わせている。ぼくらを押し包む空気は、濡れたお茶の葉と、埃と、燃え尽きた薪のにおいがした。精緻な渦巻き細工の施された壁の下の暖炉に、目が走る。火は焚かれていなかった。

執事の後について暗い廊下を通り抜けると、広いテラスに出た。枯れたバラの植わる、大きなひび割れた甕と、古びた椅子が並んでいた。空を見上げた。遠く、かすかに、布切れのように小鳥が飛んでいる。ひんやりとした空気。空に散った雲の色はあまりに薄くて存在しないかのように見えるのだが、陽光を完全に遮っているのはたしかだった。かたわらのターナが微かに震えているので、ぼくは形のよい硬い背骨のあたりを撫でてやった。それでも、そうして感じる外気は、ハンプシャーの冬のぬくもりが、周囲を取り囲む古い石壁の中に多年ため込まれていたかのように、屋内よりもずっと暖かく感じられた。

執事は無言のまま戸口のそばに立ちつづけている。

ターナはためらっていた。ぼくらは落ち着きなく互いの顔を見交わした。そのうち、とうとうターナが前に進んで、言った。「あのぅ、ワイルドさんはいま、ご在宅なんでしょうか?」

最初、執事は聞こえなかったような顔をした。それから、厳粛な面持ちで、ごく緩慢に首を横に振った。ワイルドさんといっても、どのワイルドさんかわからないわけだから、執事も明確には答えられなかったのだろう。一つはっきりしているのは、ただ首を振るだけでも、彼にとってはかなりの重荷らしいということだった。これ以上、彼には負担をかけないほうがよさそうだった。この執事、いったいいくつくらいなのか。たぶん、もう何十年にもわたって、この屋敷のつっかえ棒の役目を果たしてきたのだろう――この荘園そのものが彼抜きには存続できなかったのかもしれない。顔は萎びて皺だらけだし、そうして背筋を伸ばして立っているのですらしんどそうに見える。でも、この執事はおそらく、ここで少年時代をすごしたティッチのすべてを見ていたにちがいない。そのことを、たずねたくてたまらなかった。

そのとき、屋敷の中で衣ずれの音がし、すらりとした長身の、威厳のある女性が闇の中から現れた。濡れそぼった乗馬服を着ていて、裾が泥にまみれていた。敷居のところで立ち止まって、ちらっとこちらに視線を投げる。ティッチと変わらない背丈の堂々とした容姿で、背中が微かに曲がっており、肩のあたりがわずかに盛り上がっていた。白い陶磁のような顔の、大きな鼻のあたりに茶色のしみが浮かんでいる。前に両手を組んでいて、どちらの人差し指にも、まったく同じ大きな翡翠(ひすい)の指輪をはめていた。そういえば、ティッチもエメラルドの指輪をいつもはめていたのを思いだした。

しばらくじっとぼくらのほうを眺めてから、彼女は口をひらいた。「ブラックさんね」

その声には、歓迎というよりは落胆の色、もっと別の人間を期待していたのに、とでも言いたげな感じが滲んでいた。でも、ぼくは彼女にあてた手紙の中で、洗いざらい説明しておいたのだ。ぼくがもともと、彼女の所有する農園の奴隷だったことも。彼女の末の息子に引っ張られて、遠く北極まで旅を共にしたことも。会ったとき彼女が驚かないように、顔の火傷の跡のことまで明かしておいたのである。

ターナのほうには目もくれずに、ワイルド夫人は言葉を節約するように言った。「よくいらっしゃいました」

「ワイルド夫人」ぼくは一礼した。「とうとうお会いできて、光栄です。お噂はいろいろと聞いていました」

ゆっくりとぼくを品定めしていた夫人の目が、火傷の跡に留まった。が、何も言わなかった。

ぼくは笑みを絶やさなかったけれども、冷気が骨の髄まで沁み込んでくるような気がしていた。

それ以上何も言わずに、ワイルド夫人は落葉が転がってゆくテラスを横切って、大きな石のテーブルの前の椅子に腰を下ろした。それっきり無言で、ぼくらに向かって、おすわりなさい、とも言わずに、自らの所有する広大な灰色の庭園に目を走らせた。ターナが苛立たしげにぼくのほうを見る。でも、ぼくと二人で前に進み、冷たいベンチの埃を払いのけてから腰を下ろした。

ワイルド夫人は薄茶色の目でじっとぼくら二人を見た。朝の乗馬のせいか、まだ胸を軽く上下させていたが、それすら弱さではなく、特権の印しのように見えた。

「うちの執事は、乗馬はやめてくれないかと言います」まだ玄関に立っている執事のほうを手振りで示して、「でも、この歳になると、何もしないほうがむしろ体に毒なのでね」

「どんな年齢でも、運動は健康に役立ちますから」ターナが言った。

ワイルド夫人は微かに眉をひそめただけで、ターナのほうを見ようとはしない。「最近は、天候も健康に害を及ぼしますから」

そのとき、執事がこちらに歩み寄ってきて、すこし離れた椅子からとりあげた白いウールのショールをワイルド夫人の肩にかけた。

「こんな遠くまでいらっしゃる前に、お二人とも、何かお食べになっていたのならいいのだけれど」ワイルド夫人は言った。これには驚いた。そもそも夫人は、アフタヌーン・ティーにぼくらを招いてくれたのだから。「昼食をお出ししようかとも思いました。でも、イギリスの料理がお口に合うかどうか、わからなくて」何か特別の物には目を据えまいと決めているかのように、夫人の視線はテラスをさまよう。

「わたし自身、外国に旅したとき、それで苦労したものですからね」

「あたしは、イギリス人なんです」ターナが言った。

そのとき、ワイルド夫人は初めてターナのほうに目を向けて微笑んだ。

「あたしの父は、海洋生物学者のジェフリー・マイケル・ゴフなんです」

夫人はなおも曖昧な笑みを浮かべたまま、ターナの顔を見ている。「そうですか。わたしの夫も、海洋生物学には関心を抱いていましたよ。わたし自身は何の興味もないけれど」

「ゴフ氏は、海洋生物学で多大の業績を残しているんです」みぞおちのあたりがすこし疼くのを覚えながら、ぼくは言った。「王立協会の評議員でもいらっしゃいますし。たしか、お亡くなりになったご主人もそうでしたね？」

ワイルド夫人は無表情のまま、宝石の指輪をはめた両手をテーブルの上で組んでいる。

「あたしたち、ご子息のクリストファー・ワイルドさんに会えるのではないかと思って、やってきたんですけど」もう社交辞令を言いつくしてしまって、ターナがずばっと核心に触れた。「ここにいらっしゃいます？」

ワイルド夫人の顔に翳がさして、何か険しいものがよぎった。その原因がティッチなのか、ぼくらなのかはわからなかった。

「ならば申し上げましょうか。わたし、息子にはこの三年間、会っていませんの」

三年間。三年。とすると、ウィラードの言葉は嘘ではなかったのだ。やはりティッチは生き延びていたのである。雪の壁を踏み越えて、ひらけた、自由な天地に生還していたのだ。ぼくは麻痺したように身じろぎもせず、その新しい情報を嚙みくだこうとした。でも、まだどうしても、夫人の言葉を額面どおりに受け取れなかった。

「じゃあ、四年前にご子息がここにいらしたとき、どれくらい滞在したんですか？」ターナが訊いた。

「その後は、どこにいかれたんですか？」

ワイルド夫人はぼくの顔に視線を移した。本来の気持を無理にねじ伏せて、そうしているように見えた。「わたしどもはね、もうあの農園を所有していませんの。あそこはもうわたしどもの資産ではありません。すでに売却してしまいましたから」

この新しい事実が頭に沁み込むあいだ、ぼくらは黙ってすわっていた。

「じゃあ、農園の奴隷たちはどうなったんですか？」ぼくは痛切な思いでビッグ・キットやガイアスの顔を思い浮かべていた。「まさか、彼らも農園と一緒に売り払われたんじゃないでしょうね？」

ワイルド夫人は眉をひそめた。「売り払う？　そのときはもう、奴隷制度が廃止されてからだいぶたっていたんですよ。彼らはふつうの徒弟であり、労働者でした。しかるべき給料をもらって、畑仕事をしていたんです。かなりわりのいい給料でしたよ、言っておきますけど。宿舎まで無料で与えられたんですからね。それでも不服だったようですけれど、彼らは」

それを聞いて、ターナが身をこわばらせるのを感じた。でも、彼女は何も言わなかった。

「で、結局どうなったんですか、みんなは？」ぼくはまたたずねた。

ワイルド夫人は身を起こし、目を泳がせながら軽く息を吐いた。

「あの者たちはみんな、自由意思で農園に留まっていましたよ――農園を離れた者にしても、自由意思からだったんでしょう。それで、どこか別の働き口を見つけたんじゃないかしら」

「で、あなたのご子息はいま、このイギリスにいるんですか？」ターナが言った。彼女はとうとう我慢できなくなったらしい。

ワイルド夫人は、ふうっと吐息を洩らした。それから、両の手のひらを慎重に合わせると、ぼくのほうに目を向けた。「あなたは、わたしの主人が死んだときに、現場にいらしたのね？」

ぼくはゆっくりと答えた。「はい」

夫人は皺の寄った唇をしめらせて、しばらく黙っていた。そのとき、ぼくはこの屋敷に招かれた理由をはっきり覚った。それは、ティッチとは何の関係もなかったのだ。彼女が言ったとおり、ティッチとはもう二、三年、会っていないのだろう。夫人が知りたかったのは、夫の死の前後の事情だったのだ――彼女にはおそらく想像もできない〝野蛮な〟種族の男たちに囲まれて、極寒の僻地ですごした夫の最後の日々、それについて知りたかったのだ、きっと。彼女の頭の中に、もう何年もわだかまっていた疑問の数々、それをぼくにぶつけたかったのだろう。それとおそらくは、夫と長年行を共にした助手のピーター・ハウスについても、知りたかったのにちがいない。

でも、夫人は訊くのを躊躇（ちゅうちょ）している。そのためらいが長引けば長引くほど口に出しづらくなっているようだ。踏ん切りがつかないまま彼女が沈黙しているあいだ、ぼくらも黙ってすわっていた。枯葉がカサカサとテラスを走り、遠くの街路を雨が打ちはじめる音がした。執事がゆっくりと夫人に近づき、何かあればすぐ手を貸そうと待ちかまえている。

「で、ご子息のクリストファーさんですけど、まちがいなく生きていらっしゃるんでしょうか？」ターナが訊いた。

ワイルド夫人は一息つき、ぐっと自分を抑えて笑みを浮かべた。「最後に会ったときは、生きていましたけどね。でも、先程述べたように、それから何年もたっています。ただ、息子が死んだという知らせは、まだだれからも受け取っていないのはたしかだわ」軽く咳払いをして、「この先、もし息子から便りがあれば、あなたが探しておいでだということを知らせてやりましょう」それから、無表情にぼくのほうを向いて、「とりあえずは、あなた、グロヴナーのほうに問い合わせてみたらいかがかしら」さりげなく眉を吊り上げて、「ええ、いとこのフィリップの屋敷に。フィリップの母は、まだグロヴナーに住んでいるんですよ。一人で」

それを聞いて、この人はやはり何もかも知っているんだな、とぼくは思った——そう、フィリップが死んだ現場にぼくもいたこと、その死に、ぼくも何か関わり合っているかもしれない、ということを。ぼくは黙っていた。テーブルの下で、ターナがぎゅっとぼくの拳を握り締めてきた。

「で、あなたはイギリスに長く滞在なさるご予定？」ワイルド夫人はゆっくりとベンチから立ちあがった。すかさず執事が、肩からすべり落ちかけたショールを元にもどしてやる。

ターナのほうをちらっと見てから、ぼくは言った。「たぶん、永住することになると思います。こちらのゴフ嬢とぼくは、ゴフ氏がリージェント・パークに開設する予定の新しい施設の準備を手伝っているんですよ。お聞き及びかもしれませんが――あそこに〈海洋館〉を開設する予定なんです。そこではいろいろな海洋生物が生きたまま展示される予定で、だれもがそれを自分の目で確かめられる施設なんです」

ワイルド夫人は微笑んだ。「そうですか。いずれにしろ、ロンドンにいるあいだ、この街をゆっくりと見物できるといいわね、ブラックさん。ロンドンにいらっしゃったのは初めて？」

「ええ」

「リージェント・パークとおっしゃったわね」かすかに眉をひそめて、「あそこには動物園があるんじゃなかった？　あなたもゆっくりと寛げるでしょうね」もう一度、にこやかに笑った。「あら、このロンドンでは、という意味ですよ」

館の中を通り抜け、馬車の待つ前庭に向かって大階段を降りかけたとき、あの執事が外に出てきた。風に向かって腰を二つに折り、石の手すりをつかんでいる。ぼくらは心配になって、一段ずつ慎重に、歩き方を練習する子供のように降りてくる執事を見守った。

「風邪を引きますよ」ぼくはいたわるように声をかけた。

執事は上着の前をぐっとかき合わせて、手すりに身をもたせかけた。「クリストファー様は、二年ほど前にこちらに見えていますぞ」

ぼくは驚きを隠さなかった。

「しかし、相当にとり乱して辞去されました」執事はつづけた。「だが、ワイルド夫人とご子息たちが面会なさるときは、いつもそんな調子で。クリストファー様の心労の種が何であったのかは存じ上げないが、〝奴隷解放協会〟の任務を帯びてリヴァプールから出航されようとしていたらしい。目的は存じ上げないが、クリストファー様はいつも協会のオフィスに出かけて、彼らのためにできるだけの手助けをなさろうとしていらっしゃった。エラスムス様が亡くなられた後、フェイス農園関連の書類を協会に持ち込んでいらして、毎日そこに出かけては書類の整理にあたっていらしたようで」ちらっと肩越しに背後を振り返ったが、特に神経質そうな素振りではなかった。「本当に船で外国に向かうおつもりだったのかどうかはさておき——決心がつきかねているようなご様子も見られて。でも、それっきりこのグランボーンにはお越しにならず、それ以降の消息もわからぬままで。だから、協会にいって、クリストファー様の消息をおたずねになるのも一法かと。あそこにいけば、何らかの情報を得られましょうから」

「まあ、本当にご親切に」ターナが息をはずませて言った。「で、その協会の住所は、どちらなんですか？」

執事が住所をターナに教えるのを聞きながら、ぼくはティッチが、フェイス農園関連の書類をどこに委託すればいいか、迷っていたのではないかという気がした。それはそれで気にかかった。あのウィラードは、ティッチが街頭で何やらぶつぶつ独り言をいっているのを聞いた、と言っていた。とすると、彼は何らかの原因で神経を病んでいたとも考えられる。

「貴重な情報を、本当にありがとうございます」ぼくは執事に礼を言った。

執事は微笑して下を向き、片方の頰で笑った。すると、意外なほど丈夫そうな白い歯が覗いた。

4

あの執事は協会の名前を略して言っていた。〈元奴隷の地位向上と統合のための奴隷解放協会〉というのが、正しい名称だった。そして、その協会を訪ねる予定だった日の朝、あのタコが病気になってしまった。

彼女は新しい、まだあまり知られていない海洋生物だから、それに新たな名称を与えたり、その珍しい姿態を余すところなく展示できることが、ぼくらには大きな喜びだった。それなのに、彼女は日ごとに衰弱してきて、息絶える可能性すら浮かんできた。ぼくが水槽の水を攪拌してやっても、以前のように嬉々として棒にからみついたりしなくなったのである。生きのいいエビのひげを持って、近くに下ろしてやっても、これという反応を示さない。彼女がもっと楽しめるように、ミニチュアの岩でも近くに置いてあげればよかったのかもしれない。タコは水槽の片隅に毬のように丸まったまま、一本の足で弱々しく水を掻いていた。

即製の水槽の中の彼女を眺めていると、妙な気分にとらわれてきた。なんだか自分の関わるものすべてが、こういう最期をとげるような気がしてきたのだ。ぼくは奴隷だった。逃亡者だった。そして何かしら奇怪な原初的な夢に封じ込められたかのように、ものの見事に北極で置き去りにされた。それでもなんとか苦境を脱して生き延びてみたら、こんどはぼくの考えついた最上のもの、生きた海洋生物の展示館の発案者の名誉までが取り上げられようとしている。不意に、もう何もかもうっちゃってしまいたい、という衝動がつきあげてきた。これだけの努力をしても、結局はぼくの名誉まで失われるのだったら、何の意義があるのだ。ぼくはあらためてタコを眺めた。すると、それは奇跡的な生き物ではなく、ぼく自身の緩慢で無慈悲な死の象徴のように見えてきた。

ターナがじっとぼくを見ていた。ぼくは何かを見失ったのだ。

水槽を指してターナは言った。「ねえ、衰弱の原因は何だと思う?」

水槽の前にうずくまると、ぼくは、その中で緩慢な死を迎えようとしている生き物に目を凝らした。

「水槽の中の、銅の成分と接触しすぎたのがいけなかったのかもしれないな」つぶやいたものの、考えはまったくまとまっていなかった。「根本的に考え直してみよう」

でも、灰色の体を丸めたタコを眺めながら、ぼくは何の確信も抱けずにいた。

5

「ああ、これはゴフさん、ようこそいらっしゃいました。まあなんて素敵なお方。で、こちらはブラックさんね。書類はもう引き出しておきましたから。正午までは、この部屋でご自由に閲覧なさってかまいません」

ぼくはちょっと驚いた。書類の閲覧まで頼むつもりはなかったからだ。で、訂正を求めようとすると、ターナがぼくの手を押さえた。

「素晴らしいわ」ターナは言った。「何もかも、ありがとうございます」

ターナは冷静そのものだった。それでわかった、書類の閲覧は彼女が頼んでおいたのだ。

「他に何かお望みがあれば、何でも申しつけてくださいね」係の女性はにこっと笑った。すると、突然明るい窓の前を通ったかのように、ほんの一瞬ながら、彼女の疲れた顔に生気が甦った。背後の薄暗い部屋では、男たちが書類をめくる音や互いに呼び交わす声、せわしげに歩きまわる足音などが響いている。この建物は、もともと印刷所だったらしい。いまもコンクリートの床にはインクの飛び散った跡が残っていた。かつては黒かっただろうその跡も、時代を経て、いまはくすんだ灰色に変わっている。部屋全体に、冬の図書館のような、濡れた紙のにおいが濃厚にたちこめていた。

立ち去りかけた女性の腕を、ターナが押さえた。「実は、もう一つお願いがあるんです――あたしたち、クリストファー・ワイルドの行方を探していまして。彼のお兄さんというのが、西インド諸島のバルバドス島、あそこのフェイス農園の元農園主、エラスムス・ワイルドなんですけど。それで、クリストファーさんはこちらの団体の依頼でリヴァプールから出航する予定だったと聞いているんですが」すこしためらってから、「彼の行く先を教えていただけないでしょうか？　その任務についても？」

係の女性は眉をひそめた。「そういう任務のことは存じませんね。わたしどもの組織が、そんな海外渡航を要する任務を課すこともありませんし。クリストファー・ワイルドさんがここにいらしたことは覚えています。フェイス農園関連の書類を整理保管してもらえないかと持ち込まれてきまして。それ以上のことは、わたくし、存じません。きっと、うちのスタッフの一人、ソランダーならお役に立てるでしょう」一息ついて、「でも、いま外出しておりまして、一時間ほどしたらもどる予定ですわ。その頃までここにいらっしゃるのなら、ご紹介いたしますが。彼はワイルドさんの熱心な支援者でしたから」

「それはぜひ、お願い致します」ターナが言った。

ぼくらの通ってきた薄暗い通路に目を転じると、係の女性は説明した――この組織は単なる貴重な文書の保管所ではなく、いまも奴隷制度に対する闘いに献身しているのだ、と。事実、一八三三年にイギリス領西インド諸島で奴隷制度が廃止された後も、その闘争はつづいているのだという。「アメリカは未だに暗黒の領域ですからね。一朝一夕では変わりません」

ぼくは眼前の部屋を覗き込んだ。古い水のしみで白っちゃけた机に、文書の束の詰まった大きな木箱がのっていた。

「かなりの分量ですけど」ためらいがちに彼女は言った。「さっきも申し上げたように、正午までは自由にお使いになってかまいませんから」

係の女性はきびすを返して去っていった。

それにしても、ぼくの子供の頃の世界が、たった一つの木箱に押し込められてしまうとは。いささかショックで、すぐには受け容れられなかった。不安な気持で木箱に目を走らせてから、ぼくはターナのほうを見た。

「あなたも知りたいだろうと思ったのよ」低い声でターナが言う。「もちろん、その気になれないのなら、無理に目を通さなくたっていいの。あたしはただ、あなたにもチャンスを与えたいと思ったものだから」

淡い照明に包まれた小さな部屋に、ぼくは踏み込んだ。テーブルは三つのランタンで照らされており、湯気のたっている紅茶のカップが二つ、木箱と並んで置かれている。ぼくらが寛いですごせるように、との配慮からなのだろう。でも、それを目にすると、かえって一種のけだるさに襲われた。木箱の中の文書はみな黄ばんでいて、ページもそり返っている。なんだか、淀んだ水のような臭い、かびくさい臭いがした。テーブルは黄色い光に照らされている。ぼくはゆっくりと前に進み、木箱の中から一冊をとりあげた。手が触れると、木箱はかすかに軋んだ。

ぼくは椅子を引いた。ターナも向かい側の椅子にすわろうとしていた。彼女のほうは見ずに、かび臭い、すぐにでも破れてしまいそうな紙にそっとさわった。もし無造作にその紙をいじろうものなら、そこに記録された人々の人生そのものまで引き裂いてしまいかねない——そんな気がした。たとえどんなに悲惨だったにせよ、その紙こそはその人たちの人生の唯一の記念碑なのだ。

ぼくはゆっくりとページをめくった。どのページも傷口を広げるようにめくれてゆく。見えない埃が舞い上がって、ぼくは二度、三度とくしゃみをした。それを箱にもどして、こんどは古い新聞の黄ばんだ切り抜きが貼りつけてあるスクラップブックのようなものをとりあげた。記事は失踪した奴隷や、奴隷の売却、近隣の農園での農園主たちの舞踏会等に関するものが多かった。ぼくは神経を逆なでされるような気持で切り抜きを見ていった。すると、あった。ぼくとティッチがヴァージニアで見た、あの手配書。

黒人の子供、ジョージ・ワシントン・ブラックを捕らえた者に、報奨金千ポンド。本人は小柄、顔に火傷の跡。終身奴隷。着衣は新品のフェルト帽、黒の木綿のフロックコートとズボン。新品のストッキングと靴。正規の所有者ではない、奴隷解放論者の白人と同行している可能性あり。この白人は長身、黒髪、緑色の瞳。生死を問わず、この凶暴な奴隷を捕らえた者には、千ポンドの報奨金を進呈。
イギリス領西インド諸島のバルバドス島フェイス農園、エラスムス・ワイルドの代理人
ジョン・フランシス・ウィラード

体が震えた。すでに決着がついたと承知の上でその手配書を再び目にすると、複雑な感慨が湧いた。初めてこの手配書を見たときはなんと恐ろしかったことか。この手配書によって、ぼくの少年時代はさらなる恐怖に突き落とされたのだから。あの恐怖の思い出が、いままた影のようにぼくのなかに入り込んできた。つくづく思う、エラスムス・ワイルドにとって、ぼくという人間は単なる物体、彼の勢威を誇示できる物体にすぎなかったのだ、と。ぼくの逃亡によって、彼の権威は失墜した。あのとき彼が失ったのは、それまでの声望であり勢威だったのだろう。

ランプの明かりが、手の上でちらちらとほのめいた。顔をあげると、ターナが心配そうにこっちを見ている。

彼女が見ている書類をこっちにまわしてくれと、手真似で合図した。

最初の分は、奴隷解放後も奉公人としてあの農園で働いていた男女の記録だった。各自の名前と、その死亡時の日付を記したリスト。その表紙を見ているうちに、フェイス農園を去って以来頭の中にわだかまっていた確信、ビッグ・キットはもう死んでいるにちがいないという確信が甦ってきた。ターナが印しをつけてくれたページをひらいて、名前のリストに目を走らせる。キットの名前は見つからなかった。彼女の誕生時につけられたナウィという本名も、西インド諸島に運ばれてからつけられた新しい名前も。だが、次の瞬間、その名前が目に飛び込んできた。丁寧な筆跡で死亡時の日付も記されている。ぼくはゆっくりとその文書をテーブルに下ろして黙り込んだ。

思っていたとおりだった。ぼくと出会う前から、キットはすでに歳をとっていた。奴隷ではなく奉公人となってからも、きつい畑仕事が待っていたのだろう。もし、あれからも、ぼくがあのとき見かけた小さな男の子の面倒を見てやっていたのなら、すこしでもその子の重荷を軽くするために、その子の分まで働いたのではないだろうか。でも、まるで食糧の貯蔵品リストや一週間の砂糖収穫高のようにそっけなく記されたキットの名前を見ると、胸苦しかった。キットに与えられた人生の、なんと非道で残酷だったことか。キットの遺体が畑から運ばれたときには、せいぜい死んだ農耕馬に払われる程度の敬意しか払われなかったことだろう。そう思うと、拳で何かを叩き壊したくなった。周囲のすべてをぶち壊したくなった。こちらに注がれているターナの視線を意識したとき、彼女までが憎らしくなった。失われた過去をぼくに与えようとする、この才走った試みが憎らしかった。ぼくの呪われた過去は、簡単に箱に詰めて、このさむざむとした部屋に放置しておけるとでも思ったのだろうか。

震える指先で、二冊目の文書をひらいた。印しのついたページは、ぼくの最初の主人、ティッチの伯父であるリチャード・ブラックによってペンで書き込まれた、とても丁寧な日録だった。全体に判読しづらくて、文字がページに縫い込まれているように見えた。

母親の名前　　　　子供の名前　　　　誕生日

マリア・カニッツ　　　エリノア・アン（女）　一八一七年五月二十一日
エリノア・グランヴィル　マリア・クララ（女）　一八一七年六月十二日
キャサリン・マコーリー　ジョージ・ワシントン（男）一八一八年四月十九日

キャサリン・マコーリー。

キットのことだ。

まさか。じゃあ、ビッグ・キットはぼくの生みの母だったのか。

突然、部屋が真っ暗になったような気がした。テーブルに残った、紅茶のカップの白い円弧のような跡をじっと見下ろした。黒い両手を静かにその上にのせた。

物心ついてから何年ものあいだ、ぼくはキットから見向きもされていなかった。そしてある日、ぼくが突然彼女の小屋で暮らすようになってからは、ぼくをいじめようとするやつがいると、キットはすごい見幕で撃退してくれた。それからというもの、キットはぼくを可愛がり、ぼくを呪い、ぼくの肋骨を折り、押しつぶされるんじゃないかと思うくらいぎゅっとぼくを抱きしめてくれた。キットはまた、ぼくの父親のことを無慈悲なやつだと罵り、母親のことを馬鹿な女だとくさした。そんなことをキットが知ってるはずないじゃないかとぼくが抗弁すると、ぼくの顔を思い切りひっぱたいた。それでもぼくが勇気を奮い起こして、お父さんとお母さんはどんな人だったんだろうなと言うと、キットはげらげら笑って言ったものだった――おまえはね、ヤギと神さまのあいだに生まれたのさ、ヒツジとニワトリのあいだに生まれたのさ、寒いときに作物のあいだを吹き抜ける強い風と黒い嵐のあいだに生まれたんだよ。キットはまたこうも言った――おまえは血のように深い愚劣な行為がもとで生まれたんだ、おまえみたいに賢い子供は二度と生まれないさ。ぼくに対するキットの溺愛ぶりは常軌を逸していたから、ぼくは心休まることが一度としてなかった。その溺愛ぶりの激しさは、かえって、この世で永つづきするものなどなくて、ぼくとキットもいずれは離れ離れになるんだろうな、と思わせた。焼き尽くされた人生の豊潤さを取り戻そうとするようなキットの愛し方には、いつも別離の恐怖がひそんでいた。こんどこそあたしは屈しない、この大切な宝を絶対に渡すものかと決意しているかのように、キットは過去に失ったものを一切忘れて、ぼくを愛してくれたのだった。

キットはアフリカの最深部で一人の人間として生まれた。そして奴隷船のむごたらしい船倉から別の人間として這いだし、見知らぬ国の白い砂浜に異邦人として降り立った。その恐ろしい旅の途中、キットは何を見たのだろう？　何に耐え抜いたのだろう？　ぼくには見える、冷たいモンスーンの朝、吹きすさぶ風の下、砂埃の舞う中で捕らえられたキットの姿が。ぼくには見える、数週間、数か月かかって、奥地から海岸まで歩きつづけたキットの姿が。歩きながら、キットは自らに語ったにちがいない、人間に変身した鳥たちの物語を。樹木に変身した人間の物語を。ヤギを丸呑みにする蟻塚（ありづか）の物語を。死後二年もたってからキットの小屋にやってきて、おまえはずいぶん痩せ細ったね、と言ったという祖母のことを、キットは思いだしていたにちがいない。

たぶん、輝かしい大海原は、その限りない光は、遠い砂州に砕け散る白い波は、キットをさぞ脅（おびや）かしたことだろう。酒を飲んで怒鳴り散らし、汗まみれで砂の上に寝転がるピンク色の肌の暴虐な男たちは、キットをすくみあがらせたことだろう。そして、何人も押し込められている暗い地下牢に閉じ込められたとき、キットはもう流す涙も枯れ果てていて、泣く力すら残っていなかったにちがいない。

ぼくは、奴隷たちを送りだす砦の残酷な軍人たちの姿を思い浮かべた。そう、勝手気ままに暴力をふるう、無慈悲な男たちを。彼らはキットの顔に唾を吐きかけ、頭に残飯をこすりつけ、面白がってキットを打ちすえたり犯したりしたことだろう。ぼくには見える、軍人たちの死体を洗い清める役に選ばれたキットの姿が。おそらく夜になれば、キットはあの世にいる男たちに話しかけたことだろう。すると男たちもキットに話しかける。おれが死んだことを、女房は知っているかな？　だれか女房に手紙で知らせてくれるのかな？　おれが死んだことを、親父は知っているのだろうか？

そして、いよいよ海を渡るときの恐怖は、いかほどだったことか。彼らを運ぶ帆船の、悪臭のこもる船倉に、奴隷たちは全員、全裸で押し込められたのだ。尿と糞便と吐瀉物にまみれて、男たちはわれとわが喉を爪の伸びた手でかきむしり、血まみれの女たちは甲板の手すりを越えて、サメの尾びれが走る海に飛び込んだのだろう。ぼくには見える、バルバドス島に行き着く前に死んだ何千人という奴隷たち、島に着いてから息絶えた何万人という奴隷たちの姿が。おそらくはキットも、見たこともない脂肪過多の食べ物を食べて体を壊し、やっとのことで生き延びたのだろう。そしてぼくはと言えば、ティッチの温情にすがって灼熱の陽光がサトウキビを焦がす地にキットを置き去りにし、その顔も、声すらも、しだいに忘れるに任せていたのだ。

ターナの温かい手が肩に触れるのを感じた。自分が泣いていることに、そのとき気づいた。

6

ターナが身を引いたとき、ぼくは顔をあげて涙をぬぐった。見知らぬ男がもじもじと戸口に立っていた。
「失礼いたします」視線を部屋の中に泳がせながら、男は言った。「突然、申しわけありません」ゆっくりとためらいがちに言って、部屋に入ってきた。ぼくは急に顔の火傷を意識した。「ロバート・ソランダーと申します。クリストファー・ワイルドさんについて、お知りになりたいことがあるとか？」

額の禿げかかった、赤ら顔の小柄な男だった。頭の中でその姿をティッチの隣りに置いてみると、いかにも矮小(わいしょう)に見える。

ぼくは咳払いをして、気持を引きしめた。「クリストファーの現在の居場所をあなたがご存じかもしれないと、彼のお母上に教えられたもので」

「でも、最近はお目にかかっていないんですよ」弁解するような口調で、ソランダーは言った。小さな角張った顔に、隆(たか)い頬骨。何かのゼスチャーをすると、顔の骨格全体がいっそう浮きあがって見える。「最近、と言っても、その解釈にもよりますがね。二年ほど前には、よくこちらに見えました。ご一族で経営していらした農園の経営に直接あたっていらした兄君(あにぎみ)が、すこし前に他界されていたのだとか――農園関連の文書をお持ちになって。その農園は、その数か月前に売却されたらしいですね。クリストファーさんはここで精力的に働いて、農園関連文書の目録化に手を貸してくださいました」

「彼はまだ服喪中だったと思うんですけど」ターナが言った。

「ええ、たしかに」一息ついて、ソランダーはつづけた。「ちょっと見にはいつもと変わりませんでしたよ――陽気で、笑みを絶やさず、何かというとジョークを飛ばして。ふさいでいるところがなかった、とは言いません――なんとなく活気がなく、沈んだ顔をしていらっしゃるときもありましたから。でも、あの方とはずいぶん楽しいお付き合いをさせていただきました。ご存じのように、あの方はご一緒にいて、とても楽しい方ですから」ソランダーの顔には、仮面が一つそこに重なったように、とってつけたような笑みが浮かんだ。「あのときクリストファーさんは、フランスのコルネイユ・アン・パリシス在住のご友人のところから帰ってきたばかりだったようです。そのご友人とは何か月も、カメラ・オブスクラ（暗箱）のことで議論を戦わせたのだとか――実際、クリストファーさんは研究心旺盛、かつユーモラスな方ですから。カメラ・オブスクラの原理についても、わたしに詳しく講義してくれたのですが、わたしにはちんぷんかんぷんでした。それでも、聞いている限りはとても面白かったんですが」

そのとき、ぼくの頭の半分はまだビッグ・キットに占められていたのだが、ティッチがユーモラスな男だという言葉を聞いて、いや、そんなことはない、と思った。なんだか別の人間のことを聞かされているような気がして、ぼくはこわばった笑みを浮かべた。「他に何か、お聞かせいただくことはありますか、ソランダーさん？」

ソランダーはかぶりを振った。それから、ちょっと眉をひそめて、「そういえば、あの……」踏ん切りがつかないように、咳払いをする。

ぼくらは興味をかきたてられて、彼の顔を見返した。

ソランダーはためらいがちに口をひらいた。「最初に言いましたように、あのときは彼のお兄さんが亡くなられてから、まだ間もないときでした。だから、これもたぶんお兄さんの死の影響なんだろうと、わたしなりに解釈していたんですがね。実は、ここでの仕事をクリストファーさんがそろそろ切り上げようとしていた頃、彼の服装に奇妙な変化が現れたんですよ。彼は、ご承知のように長身で、ほっそりした方でした。ところが、身にまとう服がだんだん窮屈そうに見えてきたんです――上着の袖口から手が突き出ているし、ズボンの裾がもちあがっているし」いかにも腑に落ちないように肩をすくめた。「見ていて、何とも奇妙でした」

ぼくはターナと視線を交わした。

「だれか別人の服を着ていた、ということですか？」

「いいえ、どう見てもあの方の服なんです。でも、なんとも窮屈そうで」

「身長が急に伸びでもしたように？」と、ターナ。

「いいえ」ソランダーは適当な言葉を探そうと頭をひねっている様子だったが、結局は、ただ「いいえ」とだけくり返した。

「だとすると、どういうことだったんですか？」ターナが訊く。

ソランダーは黙って頭を振った。

「そのことについて、クリストファーさんに何か訊いてみましたか？」ぼくはたずねた。

「いいえ、訊く気にはなれませんでしたね。彼が不快な思いをするといけないと思って。とにかく、あのときはまだ、兄上の死がこたえていたんでしょうから」

「じゃ、その点を除けば、ふだんの彼と変わらなかったんですね？」ぼくは訊いた。

「ええ、まったく変わりはありませんでした」

「で、あなたはそれっきり彼には会っていらっしゃらない？」

するとソランダーは懐中から、きちんと折りたたまれた、皺ひとつ寄っていない封筒をとりだした。

「実は、十五か月ほど前に、クリストファーさんからこれが届きまして」

ターナが封筒を受け取って、細い指先で中をあらためた。「中の手紙は、どこに？」

ソランダーはぽっと顔を赤らめた。「実は、クリストファーさんと会っていた頃、わたしには個人的な悩みがあったんです。夫婦間の問題なんですが。クリストファーさんはそれを覚えていらして、個人的なアドヴァイスを書き送ってくれたんですよ」弱々しい笑みは渋面にも近かった。「実に懇切に書いてくださって——だからちょっと、お目にはかけられないんです。ご理解いただけると思いますが」

「ええ、それはもちろん」そう答えながら、実はその文面をぜひ見てみたかった。ターナが手にしている封筒に、ちらっと目を走らせる。切手には十五か月前の日付の判が押してある。ティッチのきれいな筆跡を確認してから差出人の住所を見て、ハッとした。それは、オランダのアムステルダムの住所だったのだ。しかも、ピーター・ハース氏宅気付けとなっている。

ぼくと同時に、ターナもそれに気づいたらしい。ぼくのほうを見て言った。「ピーター・ハースって、あなたが北極にいったときのお知り合いじゃない？　たしか、ティッチのお父さんの助手だった方でしょう？」眉をひそめて、ペンで書かれた住所に目を凝らす。「でも、正しくは、ハースではなくハウスじゃなかった？」

「そう、ハウスだった」ぼくはつぶやいた。「ハースか」もしかすると、ぼくはまだ幼稚だったから、聞き間違えたのかもしれない。ティッチの知り合いに、ピーター・ハースとピーター・ハウスという、似たような名前の人間が二人いるとは思えないのだ。もちろん、絶対にあり得ないわけではないけれども。

「アムステルダムねえ」ターナが考えこみながら言う。

「それ、お持ちになってかまいませんよ」ソランダーが言った。何か具体的な手助けができると知って、ほっとしたらしい。「他に何のお役にも立てず、申しわけありませんが」

ぼくはその封筒を握りしめた。折れ目には、まだターナの指のぬくもりが残っていた。

7

次の数週間は苦しみの日々だった。キットの死がはっきりしたことに加えて、彼女がぼくの生みの母だったという新事実。その二つが、ぼくの頭に重くのしかかっていたのだ。そんなぼくを、ターナは鬱陶しくなるほど思いやってくれた。でも、ぼくを心配する彼女につきまとわれればつきまとわれるほど、こっちは気持が沈んで鬱々としてしまう。結果、とげとげしい口論が一週間もつづき、ターナはとうとうぼくの住むコテッジに近寄らなくなった。ぼくのほうでも、強いてターナに話しかけようとはしなかった。愛が嵩(こう)じてこういういさかいに発展してしまうと、もうどんな美辞麗句でとりつくろおうとしても、無駄であるのがわかっていたからである。ぼくの頭に終始浮かんでいたのは、アムステルダム、の一語だった。でも、ぼくは自分自身が見えなくなっていたから、自分がいまいちばんしたいのはハースさんに手紙を書くことなのだと気づいたのは、ソランダー氏に会ってから一週間もたったときだった。自分の苛立ちの原因は、その願望が心の底にひそんでいるからだと、やっと気づいたのである。

それで、ある晩、〈海洋館〉の建築現場で丸一日働いてから、ぼくはぎしぎし軋むデスクを前にすわって、ハースさん宛の長い手紙をしたためた。翌日それを投函したのだが、返事はこなかった。で、再度手紙を書き、すぐつづけて三通目の手紙を書いても、返事はやはりこなかった。ぼくはどんなに落胆し、気落ちしたことか。そのことをターナに明かしたくて仕方がなかったのだけれど、いざとなると言葉にならなかった。とっくに死んでいるかもしれない人物の捜索にそれほど血道を上げるぼくを、ターナが冷ややかに眺めているのはわかっていた。まだ会ってもいないティッチを、ターナが軽蔑していることも、承知していた。ティッチと再会したがっているぼくに対するターナの不快感は、ぼくの性格のいちばんいやな点への不快感に重なっていた。ぼくは、本来何の価値もない事柄や人々に対して無駄なエネルギーを費やしすぎるところがある——そうターナは見ているのだ。ティッチを探し出そうと必死になっているぼくは、自分の力の限界もかえりみず、偶像にひれ伏そうとしているも同然だと、彼女は見ているのである。彼女にしてみれば、それはたとえ口には出さなくとも、唾棄すべきことなのだ。

でも、時がたつにつれて、いつしか奇跡的に、ぼくらの仲は元にもどりはじめた。以前のように、互いに思いやりを持って、余計な気をまわさずに話し合えるようになった。それからは毎日のように、〈海洋館〉に展示する新しい標本や装備品を確かめに、市中に出かけた。人工の岩場の製作に必要なセメントを〈ポートランド・アンド・ローマン社〉に発注し、水槽の底に敷き詰めるテームズ川の川床の砂も購入した。環形動物やカニも新たに集めた。年間を通して変化する光線への対処法も話し合った。〈海洋館〉の窓ガラスはかなり大型で、製造精度が高いとは言えないため、夏期にはどういう結果をもたらすか、不安だった。夏期の太陽光線は植物を活性化する一方、動物に有害な廃棄物も増やすのだ。

そしてとうとうメイン・フロアの水槽が完成し、ぼくらは〈ウォルコット・アンド・サンズ社〉からの要請で、その最終チェックにあたることになった。当日、同社に向かう途中の街路には、昨夜来の雨で壁面が黒く濡れた石造りのビルが建ち並んでいた。ギルフォード街にさしかかったとき、ぼくはとうとう、ハース氏と連絡をとろうとして失敗した経緯をターナに打ち明けた。

てっきりターナに嚙みつかれるだろうと思って、ぼくは身がまえた。が、心配するまでもなかった。ターナのほうも、何か秘密を抱えているかのように、ためらいがちに言ったのだ。「実はアムステルダムのホルダーン地区に、キース・フィッセルという、父の古い同僚が住んでいるの。数か月前に、そのフィッセルさんが手紙をよこして、こんどの〈海洋館〉にぴったりの標本があるんだけど、郵送するのが難しい、と言ってきたのよ。といって、フィッセルさん自身、車椅子暮らしをしているので、ご自身で運んでくることもできない。だから、もし父がとりにきてくれるのであれば、その標本を冷蔵保存しておくがどうか、と言ってきたの」こっちの反応をうかがうようにぼくを見て、「いま、この話を持ちだしたのはね、ワッシュ、父にはアムステルダムまで出かける気がないからなの。フィッセルさんがどういう方なのか、信頼できる方かどうかもわからないんだけれど、ただ、その方の言う標本なるものがあまりに突飛なので——まあ、そういう申し出はよくあるんだけど」

ぼくはその場に立ち止まって、いまの話をゆっくり頭の中で反芻した。ターナはぼくに怒鳴られるのを覚悟しているかのように、不安げな顔で立っている。低く声を落として、ぼくは訊いた。「で、それは何の標本なんだい？」

「双頭の鯨ですって」

「まだ生きている？」

「ううん、死産児らしいんだけど」

「まあ、大評判になるだろうな、そんな標本を展示できたら」

「あたしは信じていないんだけど」

「でも、体の結着した双生児は、自然界に現に存在するからね、ターナ。ごく稀ではあるけれども」

「フィッセルさんの話だと、頭は二つだけど脳は一つ、辺縁系の器官は完全に二つに分かれているんですって」

「そいつはすごい」

ターナは答えずに歩きはじめた。

しばらく歩くと、小ぬか雨が降りはじめた。ターナがいままでその情報を隠していたことに、ぼくは別に腹を立ててはいなかった。彼女にしてみれば、それをぼくに打ち明ければ面倒なことになるのが予想できたわけだから。なぜなら、それこそはぼくが心底ほしがっていた情報だったからである——つまり、それはアムステルダムを訪ねるための格好の理由になるではないか。そう、それは、行方不明の男に関して——単なる噂ではなしに——具体的な手がかりを得るためのアクションを起こすきっかけになるのだから。

〈ウォルコット・アンド・サンズ社〉の埃っぽい扉を押しあけると、呼び鈴がチリンと鳴った。床にはカモメの羽毛のような木屑が散らばっていた。ほとんど間を置かずに、黒いカーテンの陰から、木屑を髪に付着させたソーンダーズ氏が、あばた顔に笑みを浮かべて現れた。ひょろっとした長身のソーンダーズ氏は、ウォルコット氏の義理の息子で、スコットランドのミドロシアン出身の赤毛の男だった。言葉に訛りはないけれども、全体的な雰囲気でイングランド生まれではないな、とわかる。子供のように陽気に手を振って、彼はカーテンをくぐるようにぼくらに合図した。それからぶつぶつ何か言いながら、背後の工房のほうにぼくらを案内してくれる。そこは燃えた接着剤のにおいのこもる大きな部屋で、テーブルの上にはペーストの壜や大きなコンクリート板が散らばっていた。いま働いているのは、ただ一人。黒いエプロンをかけた、薄汚い格好の小柄な男が、目を細くすぼめて仕事に熱中していた。

「おはようございます、ウォルコットさん」ターナが大きな声で呼びかけた。

ウォルコットは低く唸っただけで、顔をあげようともしない。それでも、その頬にぽっと赤みがさしたのをぼくとターナは見逃さなかった。だからといって、互いに顔を見合わせたりもしなかった。この老人、実はターナをすごく気に入っていて、彼女のいる前では少年のように恥ずかしがるのだ。ぼくは以前、このウォルコットが親しい友人同士で談笑している光景を見たことがあるが、そのときのウォルコットは別人のように活発にしゃべっていた。

「どうでしょうかね、ご感想は？」ソーンダーズ氏が奥の壁際に案内してくれる。そこには完成して間もない、まだピカピカの水槽がきちんと積みあげられていた。大きさは、横幅十六インチから八フィート近くまでさまざまで、底は一様にスレート板でできており、枠組みは鉄製だった。

「まあ、素晴らしいじゃないの！」ターナが叫び、その前にひざまずいてガラスにさわる。木屑の散らばる床にスカートの裾が広がった。「この中で暮らしたくなっちゃいそう！」

ソーンダーズ氏がにっこりと笑い、曲がった前歯が一本、唇の上に覗いた。「ウォルコットさんがおっしゃったんですよ、注文どおりのものに仕上げんとな、ソーンダーズ、と。なにしろ、ゴフ嬢のご注文なんだからな、とね」

ウォルコットはちょっと眉を吊り上げただけで、やはり顔をあげない。

「本当に嬉しいわ、こんなに立派に仕上げていただいて」ターナが言った。「この水槽の中に再現される小世界が、いまからもう目に見えるくらい」

「わたしどものほうこそ、こういうご注文をいただいて感謝しておりますよ。こういう挑戦は望むところでしたから」ソーンダーズは微笑した。「設計図はなかなか込み入っていましたな。新時代のアイデアがつぎ込まれていて、中途半端なところが微塵（みじん）もない」ちらっとぼくのほうを見て、「どうします、この水曜日には搬出しましょうか？」

「いえ、次の水曜日にしてください」ぼくは答えた。「適当な運搬手段を用意してきますから」

「ああ、そのほうがいいですね。ニューゲート監獄ではまた例の見世物がありますから。往来は人で埋まるでしょうし」

「またですか？」ターナが眉をひそめた。「あの可哀そうな人たちの処刑の頻度を見ると、なんだか食糧を節約するために急いでいるみたい」

「まったくですな」ソーンダーズは言った。「しかし、たとえ新時代が身近にせまろうと、彼らが盗人であり人殺しであるという事実は看過できませんからね」

「こんどは何人処刑されるんですか？」ターナが訊き返す。「どんな罪を犯したのかしら？」

ご婦人の前でそんな話題は憚られると思ったのか、ソーンダーズはためらっていた。それから、すべりやすい木屑を踏みしめてカウンターに歩み寄り、薄汚れた紙にまじっていた新聞をとりあげてぼくに手渡した。

「これをゴフ先生に渡してくれませんか」笑いながら言った。「この種の情報をお嬢さんに知らしめるべきかどうかは、お父上の判断に任せたほうがよろしいのではないかと」

ターナは淑(しと)やかに笑って見せた。だが、ウォルコットは、薄暗い光の中で、ぎゅっと口元を引き締めている。この手のニュースをターナのような娘に教えるのはかんばしくないと思っているかのようだった。

ターナが二人に別れを告げ、ぼくが先に立って工房を後にした。ひんやりとした灰色の大気の中に踏み出すと、肌を刺すような微風が新鮮に感じられて、ゆっくりと息をつける気がした。

「あの水槽の出来栄えなら、あなたも気に入ったんじゃない？」ターナはぼくの顔を見上げた。それから、ふっと眉をくもらせて、「どうしたの、アムステルダムのことでも考えているの？」

そうではなかった。そのとき新聞に目を走らせていたぼくは、記事中のある名前に気づいたのだ。愕然として、その場に立ち止まったきり言葉も出なかった。

8

その朝、実はゴフが、冬のピクニックをしたい、と言いだしていたのだった。ぼくらはとうていそんな気分ではなかったのだけれど、結局その日の夕方、仕方なしに、リージェント・パークでゴフに合流した。

すでに日が暮れはじめて、大気は琥珀色に染まりかけていた。その日もひんやりとはしていたけれど、前日よりは穏やかな午後だった。あの工房を出た後、ぼくらは時間と共に深まる沈黙に包まれて、あてもなく市中をさ迷い歩いた。口には出さなくとも、近日中に行われるという公開処刑のことが、蜘蛛の巣のようにぼくらのあいだにわだかまっていた。ぼくは気分が沈み込んで、黙りがちだった。ショックがあまりにも大きかった。自分で自分をどう扱ったらいいかわからず、夢遊病者のように歩いていた。ショックがあまりにも大きかった。指紋で汚れた新聞の紙面に、犯罪者というよりはまるで国会議員の名前か何かのように、ごく事務的に列記されていたあの男の名前。それを見つけたときのショック。こんなときに、ゴフと気楽に食事をする気にはとうていなれなかった。だから、きょうは勘弁してくれと言ってくれないか、とターナにも頼んだのだが、彼女は父を落胆させたくないと言う。で、仕方なく、うそ寒い恐怖を抱えたまま、ぼくらは出かけたのだった。

リージェント・パークに着くと、白磁のような色の樺の木の林を背にした草むらに、格子柄の毛布が敷かれていた。そこにはすでに簡単なピクニックの食事が並べられていた。コールド・ミート。サラダ。砂糖がまぶされている、ほぐれかけた白いケーキ。それなりの品ぞろえを見て、ゴフを一人ぼっちの食事に追いやらなくてよかった、とあらためて思った。ゴフはまるでローマ帝国の元老院議員のように、毛布の上に片肘をついて寝そべっていた。もう先に食べはじめていた。

「まあ、すごいじゃないの」疲れたような笑みをうっすらと浮かべて、ターナが言った。「まさか、これみんな、お父さんが準備したんじゃないわよね?」

「エライザが午後にやってきてくれてな。料理から何からみんなやって、ここまで運んでくれたのだ」

「すみません、ぼくら、遅れてしまって」ぼくは言った。「みんな、ぼくのせいなんです」

「何を馬鹿な」ゴフは笑みを浮かべた。「で、どうだったたい、水槽の出来は？　ウォルコットの仕事に抜かりはなかったか？」

ターナが草の上に腰を下ろし、首にショールをかけてきつく巻いた。「こんな季節にピクニックなんて」首を振って、「いやだと言ってもお父さんは承知しないし。このピリッとした寒さが好きなのよね、お父さんは。冬になると、いちばん生き生きとしてくるんですもの」

ゴフは低く唸った。「こんな年寄りのわたしだ。いつあの世に召されるかもわからん。おまえたち若者が、せめてこういう遅咲きの楽しみを年寄りに与えてくれたところで、ばちは当たるまい？　え、どうだい？」

完成した水槽について説明しながら、ターナは悲しげにぼくのほうを見た。こうして父のわがままに付き合っていると、さすがにターナも疲れるのだろう。それでもターナは、決していやとは言わない。そのときぼくは合点がいった、ターナのこれまでの全人生はまさしくこのためにあったのだ。どんな犠牲を払っても父親のわがままを満たしてやりたい、その願望が彼女を支えてきたのだろう。唯一自分の意志を貫いたのが、ぼくとの交際だったのだ。

ぼくは笑いながらゴフに言った。「ずいぶんウィスキーやワインを持ってきましたね。体を温めるストーヴ代わりですか。さすがです」

「きみも好きなようにやってくれ」

「実は、二人でテームズ川の岸辺を歩いてきました」ぼくはつづけた。「このピクニックに遅れはしないかと心配だったんですが、ターナが実に要領よくガイドしてくれて。ロンドンの名所で、ターナが沿革を知らない場所は一つとしてないんですね。やっぱりすごい街だと思いました」

「醜悪な街でもあるがね」ゴフは肩をすくめた。「しかし、まあ、この街に住む連中は、保存すべき価値のあるものをわきまえている。もちろん、ここに住む連中の全部ではないが」

それぞれの皿を手に、三人は食べはじめた。が、ぼくは何の味も感じなかった。意識が別のところにあって、別の人間がぼくの代わりに食べているような感じだった。

「どうだい、なんとも愉快だろうが？」ゴフが言う。「冬のピクニック、またやりたいと思わないかね？」

「冬のピクニックというと、あたし、ヘンリエッタ叔母さまを思いだすの」ターナがぼくのほうを向いて言った。「冬に戸外で食事をとるときは、あたしの好きな叔母さま、マダム・レミューことヘンリエッタ叔母さまがよく一緒に加わったものなのよ」

「フランス人なの、その叔母さんは？」

「旦那さまがフランス人だったの」

「あいつの最後の旦那がな」ゴフがにたりと笑った。「なにしろ、四人もいたんだから」

「四人もですか？」ぼくは訊き返した。

「いまのところはな」と、ゴフ。「一人を除いて、あとはみんなフランス人だったのさ。ヘンリエッタはいまパリにいるんだが、たぶん、五人目を物色している最中だろうて。でなければ、きみを紹介したいところなんだが」

「極端なくらいのイギリス人気質の人間に出会いたかったら」やや投げやりな口調で、ターナが言った。「マダム・レミューを推薦するわ。あれくらい嗜(たしな)みのある人間にはまずお目にかかれないから」

「それはそれは」ぼくは微笑した。

「あいつがここにいたら、自分からそう自慢するだろうよ」ゴフが言った。「問題は、どういう方面の嗜みがあるのか、という点だがね」

ターナが咎(とが)めるような笑みを浮かべて、父親のほうを見る。「でもね、マダム・レミューは立派な女性なのよ、ワッシュ。お父さんの言葉に惑わされないでね。あの叔母さまはもう九十八回もパリに渡っていて、中東ではラクダを乗りこなし、ニューヨークの路上では飛んできた馬蹄(ばてい)に直撃されて、危なく死ぬところだったんだから」

「九十八回もパリに？」

「すごいでしょう」

「そこまでちゃんと数えているところがすごいね」

ターナはうっすらと笑った。「四回の結婚に加えて、叔母さまはプロポーズを五回も断っているの。最後のプロポーズは、ホーンという実業家からだったんだけど。名前はあなたも聞いたことがあるんじゃない？〈ホーン製菓会社〉？　なぜその人のプロポーズを断ったかというと、ある晩、その人、叔母さまの目の前で靴を脱いだからなんですって」

「マナーにうるさい人なのかな、その叔母さんは？」

「ヘンリエッタはな、人生の半分くらいをだらしないフランス男どもと暮らしたんだよ、ワシントン」ゴフが言った。「マナーになんぞ、うるさいもんか。要するに、その男の足の形が気にくわなかったんだろうよ」

「じゃあ、お父さんから説明してくださる？」ターナが訊いた。が、ゴフは手を振って、おまえがつづけろ、と促す。ターナがまた口をひらいた。「そのホーンという人、何が気になったのか、つい靴下を脱いでしまったんですって。そのとき、ろうそくの明かりで、叔母さまの目にも、足の形がよく見えたらしいのね。それが、女性の足のように小さくて、華奢(きゃしゃ)で、つるつるしてたんですって。若い娘の足みたいに」

「ドーヴァーのことも話してやったらどうだ」ゴフが言う。

「ドーヴァー？」

「わたしの妹はな、もう二度とドーヴァーには足を踏み入れないと誓っとるんだよ」

「この前ドーヴァーにいったとき」ターナが後を引き継いだ。「叔母さまが出会う女性が、だれもかも、みんなレミューという名前だったんですって。もちろん、何の血の繋がりもないのに、よ。単なる偶然の一致だったんでしょうけどね。ミセス・アデール・レミュー、ミス・マーサ・レミュー、ミセス・マーガレット・レミュー……」

「そんな名前の人が、そんなにたくさんイギリスにいるとは」

「妹にとっても意外だったらしいのさ」ゴフが言った。「なかには、ヨーロッパのほうから休暇旅行できていた者もいたらしいが。しかし、生粋のイギリス人もいたらしい。それで妹は、レミューという名前とおさらばしたくて、また結婚を目論んでいるんだろう」

「だから叔母さまは、ドーヴァーから遠く離れたところまで逃げ出していったの」ターナが言った。

「あの頃、叔母さまに会ったんだけど、まるで幽霊を目撃したような顔をしてらしたわ」

「九十八回もパリに渡ったときには、似たようなことは起きなかったのかな？」ぼくはたずねた。

「妹はわたしらをからかうのが好きでな」乾いた口調でゴフは言った。「おおかた、わたしらの、学問一筋の面白みのない暮らしを憐れんで、そんなことを言ったんだろうさ」

「でも、叔母さまのおかげで本当に助かったこともあるんだし」ややあって、ターナが言った。「叔母さまの助けなしにはやっていけない時期もあったわ。海岸に標本採集に出かけるとき、叔母さまはよく同行してくださったの。引き網を扱うのがすごく上手で。最近、もっと熱中してらしたのは、ガラス吹きだったけど」

「それと、夫探しかな」と、ゴフ。

「ガラス吹きは素晴らしい芸術ですよね」ぼくはすこしうわのそらで言った。実はそのとき、気分的にすっかり疲れていたのだ。いまは何よりも家にもどって入浴し、暖かなベッドに横たわりたかったのである。

「ぼくも以前からやってみたいと思っていました」

「マダム・レミューはね、それは小さなガラスの木をつくるのがお得意なの」ターナが言った。「もう葉も落ちた、冬枯れの小さな木。それが、息を呑むほど美しくて」

それから、ぼくらは沈黙に沈んだ。すこし疲れたような笑みを浮かべるターナを見て、ぼくはほっとした。ぼくらの演技もそこまででいいんだな、とわかったからだ。そんなぼくらの胸中も知らぬげに、ゴフは終始笑みを浮かべて楽しげに食べていた。

9

耐えがたいほどゆっくりと、水曜日が訪れた。そのときになって初めてぼくとターナは、コールド・ミートとキュウリウオの酢漬けの並んだテーブル越しに互いの顔を見つめて、無言の結論に達した。二人で公開処刑を見にゆく――それ以外の結論はあり得なかった。自分の目で確かめずに、どうしてぼくはあいつの死を受け容れられるだろう？

そこへゆく途中も、ぼくらは黙りがちだった。ガタガタと揺れる馬車の中に、ぼくらの息遣いだけがこもっていた。ターナが手袋を脱いで、ぼくの手をしめった手で握りしめてきた。

ニューゲートに近づくと、群衆の姿が目に入るより早く、その喚声が耳に入った。角を曲がると、物狂おしい幻覚か何かのように、泥の中から群衆の姿がせりあがった。監獄に達するはるか前に、降りてくんなせい、と御者が叫び、それに従う以外どうしようもなかった。頭はかっと熱くなり、手足はこわばって、ターナが心配そうに見ているのを意識しつつ雨に濡れた路上を進んでいった。ざっと数えても四百人は下らない人々が泥を踏んでひしめいていた。

ぼくはけっこう背が高いし、肩幅もあるため、人々をかき分けて前に進むのも面倒ではなかった。詰めかけているのは、神のご慈悲がなければ彼ら自身絞首刑になってもおかしくないような荒くれ男どもだった。水夫たちや、元奴隷とおぼしい黒人たちにまじって、継ぎはぎだらけのドレスに、すり切れた帽子をかぶった女性たちも集まっていた。タマネギや饐えたワインのにおいが周囲一帯にたちこめている。子供たちが、大勢の子供たちまでが、あわよくば一日の稼ぎにしようと、人々の財布を狙って人混みの中を駆けずりまわっていた。

ロンドンにやってきてから七か月。その間、ニューゲート監獄に目を向けたことは一度もなかった。ゲートまで足を運んでみようなどという気には、まったくなれなかった。だが、いまは眼前にレンガ造りの醜悪な建物がうっそりと建っており、その前には絞首用の縄の吊り下がる大きな処刑台が設けられていた。その処刑台を囲んでいるのは、せいぜい犬相手にしか用をなさないような低い木造の柵だった。そしていまは、大勢の見物人がこの柵に押し寄せているのだ。彼らは本番の見世物の興奮を早くも味わっているかのように、ゆらりと揺れる絞首用の縄を見上げてわめいたり笑ったりしている。

ターナと二人、前に前にと進んでいった。群衆が口々に叫ぶ声を聞きながら、ぼくは不安をつのらせていた。ターナの冷静な顔をちらっと振り返る。一緒につれてきたのは間違いだったかな、という考えが浮かぶ。処刑台に近づくにつれ、何かが——吐き気のようなものが——ぼくの体のなかを走った。この五年間の人生を脅かしてきた恐ろしいドラマの幕切れに、自分はいま近づいているのかもしれない、と思う。でも、本当にそうだろうか？　こういう終わり方で本当にいいのだろうか？　新聞の記事によれば、きょう処刑されるのは二人の罪人だという。一人は窃盗と放火の罪を犯した、ルイス・ハザードという黒人。もう一人は、解放された奴隷を殺害した、ジョン・フランシス・ウィラードというスコットランド人。いったい、この数か月のあいだに、何がウィラードの身に起きたのだろう？　彼は結局、身内に燃えさかる復讐心をなだめることができず、別の人間をぼくと勘違いして殺したとでもいうのだろうか？　それとも、自由になった黒人がどうしても許せずに、たまたま目についた黒人を殺したのだろうか？　ぼくの身代わりとも言うべき黒人を殺した罪で、いま別の黒人と共に合法的に殺されようとしているウィラード——なんと皮肉なことか。体にしみこむ冷気を感じながら、ぼくはこの大いなる皮肉の顚末を目撃しようとしていた。

炒りたてのクリの実を入れた籠を首から下げて、売り子たちがにぎやかに人混みを縫ってまわる。バイオリンをかかげた男たちが柵を乗り越えて、演奏しはじめる。ぼくとターナはさらに前へと人混みをかき分けて進んだ。

処刑台がはっきり見えてきた。雑に木材を組んだ灰色の台で、階段の一方の端が反り返っている。武器をかまえた看守たちが、周囲を半円形に囲んでいた。見物人たちはさすがに緊張していたが、早くもお祭り気分を味わっているような浮かれた雰囲気もあった。

とうとう正午きっかりに、二人の男が引き立てられてきて、柵の内側に入った。

その顔を確かめようと、ぼくは背伸びをした。最初に現れたのは黒人で、ぼくの知り合いのだれにも似ていなかったが、それでも、親しい人間を見つめるようにぼくは目を凝らした。若くもなく、老けてもいなくて、髪は短く刈り込まれており、目を細くすぼめていた。靴ははいていなかった。ごくゆっくりと歩を進めているのは、濡れた敷石の感触を味わっているのだろうか——いや、その場にくずおれまいとしているのかもしれない。一瞬、場所の感覚を失ったような目をしていた。

つづいて二人目の男の顔が見えたとき、ぼくは急に胸苦しくなった。生と死の境界線のような、あの柵。その向こう側とこちら側に分かれて立つウィラードとぼく。いったいどうしてこういうことになったのか。体が小刻みに震えはじめた。ターナがしっかり腕をつかんでくれる。ぎらついたウィラードの眼鏡の奥に、もはや視力を失っている、傷ついた白目がはっきり見えた。灰色の囚人服は、アイロンをかけたばかりのようにパリッとしている。一種学者のような雰囲気をたたえる金髪の顔をこちらに向けて、知り合いの人間でも探しているかのように群衆を見まわしていた。その顔は、憔悴しきって生気がなかった。

　最初に彼の名を新聞記事で見つけたとき、ぼくはどんなに安堵したことか。でも、こうしていま、すでに失われた威厳を保とうとするように背筋を伸ばして立つ彼の姿を見ていると、言い知れぬ嫌悪感に包まれた。自分のなかにうごめいていた憎悪の深さに、あらためて驚かされた。数か月前、ノヴァ・スコシアで彼の息の根を止めなかったのは、生命まで奪いたくはなかったからだ。それはぼくのなかの人間性の勝利であり、一種の勲章だとも思っていた。しかし、いま、こうして彼の姿を見ていると、あのとき誇らしく思えたぼく自身の高潔さ、自賛の思いは、なんと偽善的だったことか、と思わざるを得ない。要するに、あのときのぼくは、ただ、殺すのが怖かったのだ。あのときひと思いに彼を殺してこそ、そう、彼があれほど求めていた死を与えてこそ、真の慈悲心というものだったのではなかろうか。なぜならば、それこそは多年ぼくを追いかけてきた彼にとっての真の栄光だったからだ。そう、ぼくの手にかかって死ぬのは、彼の理想に相応しい死、彼に殉教者の栄誉を与える死に他ならなかったのだから。

　二人の男が処刑台に立たされた。ぼくは息を殺して目を凝らした。これという芝居がかった仕草もなしに、若い死刑執行人が前に進んだ。二人の囚人をせかして所定の位置に立たせ、上の梁から絞首用の縄を引き下ろすと、囚人たちの頭に目隠し用の袋をかぶせる。顔を覆われる直前のウィラードの表情が、ちらっと見えた。パニックで顔が引きつり、恐怖で目が吊り上がっていた。

　牧師が、ひらいた手のように聖書を捧げ持って、前に進み出る。彼が顔をあげたとき、紫色の大きな母斑が顎の下に見えた。何かぼくには聞きとれない言葉を牧師が口にすると、死刑執行人がうなずいた。見物人が、一頭の獣のように声をそろえて野次りはじめる。いまかいまかと、みな歯をむき出して、目をぎらつかせていた。

ぼくは恐ろしくて、声も出なかった。次の瞬間の光景がターナの目に入らないように、彼女の顔を胸に引き寄せた。牧師が一歩後ずさる。死刑執行人が位置についた。一気に、鎖を引く。と、音もなく、二人の囚人が踏んでいた床が左右にひらいた。二人はその穴に吊り下がった。しばらくやみくもに足を蹴っていたと思うと、やがて二人とも静かになった。見物人たちが水を打ったように静まり返る。絞首用の綱がぎしぎしと軋む音が、ぼくの耳にも聞こえた。死刑執行人が悠然と処刑台から降りて、台の下にもぐりこむ。最初にハザードの足を、次にウィラードの足を抱えると、渾身の力をこめて下に引っ張り、二分間引っ張りつづけて、二人の息の根を止めた。

とたんに群衆が湧きかえって喚声をあげ、笑いや歌声が渦巻いた。騒ぎの的は処刑台から彼ら自身に移った。拳が振りまわされ、怒声が交錯し、取っ組み合いがはじまった。近くの看守は、ただうんざりしたような顔で突っ立っていた。

見世物は終わったのだ、完全に。

ぼくは押し合いへし合いする群衆にもまれながら、突っ立っていた。ターナは顔をあげて、ぶらりと揺れる囚人の足を無言のまま見つめている。囚人のズボンは、洩れ出た尿で黒ずんでいる。ターナの反応はごく自然だと思うのだが、あまりにも熱心に見つめているので、ぼくは軽い苛立ちを覚えた。そのときだった、ターナの頭越しに、何か強烈な色彩が揺れるのが見えて、ぼくはそっちのほうに目を走らせた。

群衆に半ば隠れて、一人の男が処刑台を見上げていた。長身だが、やや小太りで、面長な顔立ち。仕立てのよい、青いフロックコートの下に、ひまわりのように黄色いチョッキが覗いている。素手に黒い山高帽を持ち、そのつばを両手で挟んでくるくるとまわしている。

体中から血の気が引いた。ぞくっとして身震いさえ覚えた。男は頭を傾けて、山高帽をかぶろうとしている。かぶり終えると、体の向きを変えて歩きはじめた。

ぼくは群衆をかき分けて前に進み、大声で叫んだ。

「ティッチ！」

背後でぼくに呼びかけるターナの声が、かすかに聞こえた。でも、ぼくは振り返らず、汗まみれの男たちをかき分けて進んだ。どの男も、腐肉の臭いのまじる、酒臭い息を放っていた。鮮やかなブルーのフロックコートはたちまち人波に呑み込まれたと思うと、またくっきりと現れた。ぼくは彼の名前をくり返し叫びながら、人波を押しのけて無我夢中で進んでいった。ついに見失ったかと思ったとき、男はひょいとこちらを振り向いた。そして、ぼくの頭越しに、かなり遠ざかった処刑台に目を向けた。その瞬間、顔のおおよその形をはっきり見定めることができた——丸い鼻、飲酒の習慣で赤くふくれあがったような頬。ちがう。男は見も知らぬ、赤の他人だった。

10

それからの数日間、ぼくはあの処刑の時の映像を脳裡から閉めだすことができなかった——頭に頭巾をかぶせられる寸前の、怯え切ったウィラードの目。興奮しきった野蛮な群衆。どうして自分の潔白をわかってくれないんだと言わんばかりに群衆を見まわしていた、黒人の囚人のハザード。生と死はただ一本の糸で分かたれていて、彼は気の毒に間違ったほうに転落してしまったのである。ぼくは彼に同情した。と同時に、ウィラードに対しても深い憐憫(れんびん)の気持が湧いていることに、自分自身、驚いた。あの男が、邪悪な、唾棄すべき人間だったことはまちがいない。でも、時をさかのぼれば、この世界を知りたいと願う純真な子供だった時期もあっただろう。それなのに彼は、その才能を、学ぶ能力を浪費し、明白な事実を曲解して、ああいう無慈悲で残酷な男になってしまった。おそらくは彼なりの倫理観を究めようと長年務めた末に、あれだけの明晰な頭脳を持っていながら、その気なら避けられた邪悪な目標に人生を捧げてしまったのだろう。

この一生を棒に振るのは、なんとたやすいことか。

ティッチと見間違えて追いかけた男のことも、考えた。結局、彼は赤の他人だったのだけれど、最後に、あの似ても似つかぬ人相を確認して、どうして自分はたとえ一時的にでもティッチと思い込んでしまったのかと、呆れるばかりだった。でも、あの、ティッチの影法師のような男を見たことで、ぼくの脳裡にはある影が、そう、黒いしみのようなものが、残ったのは事実だった。

アムステルダムにいかなければ——その思いが、俄然、強く湧き起こってきた。

アムステルダムにいって何がつかめるか、それはわからない。でも、すくなくとも現地に足を運ぶ義務が自分にはあると思ったのだ。

きみは同行してくれなくていいから、とターナには言ったのだが、どうしてもいく、と彼女は言い張ってきかない。その言葉を聞くと、正直なところ、やはり嬉しかった。アムステルダムは希少な海洋生物の標本が得られる街だということは、以前から聞いている。それに、彼女の父親抜きで、二人だけで旅をすると思うと胸が躍った。恋人たちの休日を楽しむような気分で、ぼくらは旅の計画を練った。

もちろん、ターナが同行するなどということはゴフには秘密だった。ターナは、〝あたし、ジュディス叔母さん——ゴフのもう一人の妹——に会いたくなったの〟、と父親に訴えた。田舎に住むジュディス叔母さんに手紙を書いたところ、いつでもいらっしゃい、大歓迎だわ、という返事をもらった、とターナは説明した。いつもどおり、駅にはジュディス叔母さんの執事、落魄(らくはく)したハンガリア人の子爵が迎えにきてくれる予定で、滞在中ものんびりと、なんの不安もなくすごせる予定だ、とも。

実は、そんな手紙などターナは書いていなかったのである。ゴフとジュディス叔母は、不仲ではないまでも、ずっと疎遠だから、今後もしばらく顔を合わせることはないだろう、とターナは踏んだのだった。

その嘘が功を奏したときの、ターナの喜びようといったら！ これにもぼくは驚かされた。でも、ターナはとにかく上機嫌で早口になり、作戦がうまくいったとはしゃいでいた。あの処刑の見物以来ふさぎがちだったターナが、また元気をとりもどしたのを見て、ぼくも嬉しかった。

こうしてゴフは、娘が遠い田舎に旅するのを認め、ぼくはアムステルダムから双頭の鯨の——そんなものが実在するなら——標本を持ち帰ることをゴフに約束した。ターナとぼくは別々に出発し、後で、港で落ち合うことに決めたのだった。


雨の午後だった。アムステルダムのプリンセングラフト運河には光が油のようにみなぎって、水面は紅茶にも似た艶のない輝きを帯びていた。運河の両側には、間口の狭い、高い家々が建ち並んでいた。ぼくらはピーター・ハースの住所を探して、濡れた舗道を踏みしめながら家々の前を歩いていった。その日に至るまで、ハースからは一通の返事もきていなかったから、彼はもう他界している可能性もあると覚悟しながらぼくは歩いていた。ターナと二人、濡れた木々のあいだの狭い道を歩いては、この地上からすべての色彩を吸いとってしまいそうな雨を見上げて、目をしばたたいた。

そこまでのところ、旅は奇跡的にうまくいっていた。その前日、ぼくらは波止場の近くに建つキース・フィッセルの貧相な実験室に足を運んでいたのである。そこには、小柄な、薄い灰色の眉の、鷹(たか)のような険しい目つきをした男が車椅子にすわって待っていてくれた。問題の標本は、すでにテープルの上に用意されていた。溶液のしみだらけの、他に何ものっていない木のテーブルに近寄りながら、ぼくらは思わず息を呑んでいた。ちらちらとまたたくランタンの光に照らされていたのは、悪夢のような黒い塊だった。鯨と聞いていたけれど、実はネズミイルカで、その二匹の胎児が一つの体で繋がっていたのである。それはまるで突然の凶悪な殺人のように、まっとうな自然の営みが破断された形のように、ぼくの目には映った。ぼくらは言葉も忘れて、ぬらぬらと光る黒い個体に見入った。フィッセルの保存の仕方は完璧で、それは彼が発見したときと変わらぬ新鮮さをまだ保っていた。特別に用意した容器にそれをおさめると、長期保存の仕方について十分フィッセルと協議してから、ぼくらはそれをホテルに持ち帰ったのである。

　それから、まだ興奮の冷めやらぬまま、ぼくらはこの偉大な都市を散策しはじめたのだった。なるほど、これがアムステルダムか、とぼくは思った。この〝暗い翳（かげ）りの街〟で、十七世紀オランダ絵画の巨匠たちは、光を生き物のようにとらえようとしたのだ。ティッチの言葉が甦ってきた――〝彼ら巨匠たちは、人間の肌を、とりわけ女性の肌を、輝くように描くことに執心したため、まるで蜂蜜を凝縮したような艶が生まれたのさ〟。それはぼく自身の絵の目標、翳よりは線の力で表現したいという願いとも重なっていた。この街に降り注ぐ光をすべて自分のなかに蓄えて、後日それを思いだすがままに描くことができたら。ターナと二人、濡れた古都の街路をそぞろ歩きつつ、そんな思いにぼくはとらわれていた。

　そしてとうとう、群衆にまぎれながらなんとか目立とうとする地味な顔立ちのように、ピーター・ハースの家が現れた――小さな庭を前面に抱く、青く塗装された、高い建物だった。急な細い階段の上に、遺体安置所のそれのような、古めかしい黒い玄関扉が控えていた。胸の高鳴りを抑えてターナと視線を交わしてから、ぼくは扉のノッカーを打ちつけた。

現れた家僕は、不快そうな表情を隠さなかった。きらきらと輝く黒い目でねめまわすようにぼくらを見、ぼくの顔の火傷の跡に気づくと、無言で扉を閉めようとした。

「突然お伺いして申し訳ありません」ぼくは言った。「実は、ピーター・ハースという方を探しているんですが、以前、こちらにお住みではなかったでしょうか?」

家僕は血色のない唇をしめらせて、顔をしかめた。

そのとき、彼の背後に別の人物が現れた。当世風の服をきちんと着こなした男だった。さりげない自信を漂わせた物腰からして、この家の主にちがいない。つやつやとした、血色のよい顔立ちの、かなり若い男性だった。とび色の髪を後ろに撫で上げていて、興味のなさそうな目つきをしている。こちらの探しているピーター・ハースでないことは明らかだった。

あまりの落胆と当惑に、ぼくは打ちのめされた。だいたい、ただの一度も返事をもらえなかった相手に、ここで出会えるかもしれないなどと、どうして思ったりしたのか。はるばるここまでやってきた結果が、これだとは。訪問した理由をなんとか説明しなければ、と思っていると、ターナがそばで口をひらいた。

「あたくしたち、ピーター・ハースという方を探しているんです。たしか、ここに以前住んでいらっしゃったと思うんですけど。その後どちらに引っ越したのか、ご存じじゃありません?」

それまで、若い男はぼくの顔を注視して、火傷の跡に目を注いでいたのだが、ターナの言葉に虚を衝かれたように、視線をターナに向けた。そして、ひと目で魅了されたらしい。その理由はぼくにもよくわかる。ぼく自身、初めて会ったときに、ターナの小麦色の肌や、きらっと光る瞳に魅了されたのだから。一瞬、気持が動いたことを隠すように、男はうっすらと笑った。

「ピーター・ハースは、ぼくだけどね」男は言った。ちょっとくぐもった、深みのある、よく通る声だった。

ぼくとターナのあいだに当惑が走った。すると男は、つづけて言ったのである。「ぼくの父も、ピーター・ハースなんだが」

男の整った顔立ち、りゅうとした身なりに目を走らせながら、ぼくはまだ、ここが本当に目指す住所なのかどうか、気迷いを消せずにいた。「あのぅ——お父様はひょっとして、以前、ジェイムズ・ワイルド氏の助手をされていなかったでしょうか？」

とたんに、男は鋭い目つきでぼくを見た。しばらくじっとぼくの顔を見据えてから、男は早口で何事か家僕に指示した。家僕は一歩後ずさり、丁重に手を振って、中に入るようにぼくらを促した。

食堂は、古びてくろずんだ窓とマホガニーの板壁に囲まれた細長い部屋だった。驚いたことに、卓上には、まるでぼくらの訪問を予期していたかのように、豪勢な料理が並んでいた。ミート・パイ、パテ、ロースト・ビーフ、コールド・フィッシュ、それに壜詰めの肉。中央には大きなボウルも置かれており、中でニーガスというカクテルが揺れていた。

「だれか、お客様が見える予定なんですね」ぼくは言った。「ぼくたち、長居をせずにお暇(いとま)しますから」

若い男は手を振った。「いやいや、いつもの昼食なんだよ。どうぞ、きみたちもご一緒に」

ぼくが何か言う前に、若い男は家僕の後を追って部屋を出ていった。ぼくは落ち着きなくターナを見やり、廊下を遠ざかってゆく足音に耳を傾けた。部屋を照らす光は緑がかっており、垂れ布のような重みをもって鉛枠の窓から射し込んでいた。壁には額縁のない小さな油絵がかかっている。いちばん目を引いたのは、白い絹の衣に包まれて棺に横たわる老婦人を描いた絵だった。その婦人の顔は、最後の瞬間まで死と闘ったように厳かに描かれていた。脇の扉のほうで物音がしたと思うと、さっきの男が一人の老人の腕をとってもどってきた。

老人の目は無機的な灰色で、細い手には地下水のように黒い静脈が走っていた。青白い細面には、あの極寒の地で知り合って以来記憶に刻まれている茶色いほくろが浮かんでいる。あの頃それを見たときは、他に目立つもののない顔の唯一の特徴のように思えたものだ。

彼はぼくを胸に抱きかかえてくれた。その抱擁は、ゆったりと流れる川のように、力強さを欠いていた。濡れたウールに似たにおいが体全体から放たれていて、ぼくは再びあの雪原に、すべてを忘却させる白い獰猛な大地につれもどされた。

一歩後ずさると、彼は堰を切ったように手話で話しはじめた。

それを受けて、息子が通訳した。「よくぞ生き延びたな。会えて嬉しいよ、ワシントン・ブラック」

ぼくの気持は複雑だった。ピーターの言葉がくぐもったオランダ訛りで別人の口から放たれるのを聞くと、彼本来の声が体外に漂って、この若者に移植されたような感じがするのだ。

ぼくはピーターの顔に目を据えた。「こうしてお会いできて、驚いています」息が乱れるままに、見覚えのある、それでいて別人のような顔に目を凝らして、ぼくはつづけた。「まさか、こうしてお会いできるとは」

「よくぞ訪ねてきてくれた」数秒ごとに父親の手からターナの顔に視線を移して、息子が言う。「それにしても、どうしてここがわかったんだね？」

ぼくは紆余曲折した捜索のあらましを説明した。最終的に、どうしてここにたどり着いたか。ピーターはうなずいて、古い彫像のような顔をしかめた。それからまた、両手を動かしはじめた。

「わたしは、きみからのどんな手紙も受け取ってないんだが」ピーターの息子が父親に代わって言う。「どこに消えたのか、妙な話だ」

ぼくは首を振った。その点はぼくもわからなくて、釈然としなかった。

「ティッチは、ここにはおらんよ」息子はつづけた。「一年半前ぐらいだったか、ここを訪れたのはたしかだがね。そのときは数週間ほど滞在して、その後はまったく音信がないのだよ」

苦い失望がぼくを襲った。「で、その後、どこにいったんでしょう、ティッチは?」

細い、木の根のような指を振って、ピーター・ハースはぼくらに着席するよう促した。彼の痩せさらばえていることは、驚くばかりだった。卓上にはこれほど豪勢な料理が並んでいるのに、いまにも飢え死にしそうなほど痩せ細っている彼の姿が、なんとも皮肉に思われた。木造の椅子の、美々しい刺繍の施されたクッションにゆっくりと腰を下ろす彼を見て、ぼくらも着席した。

「遅ればせながら、こちら、ターナ・ゴフです」ぼくは言った。「あの海洋生物学者、G・M・ゴフのご令嬢です」

ピーターの顔がぱっと明るくなった。初めてゴフと会ったときのぼくのように、彼は海洋生物学へのゴフの偉大な貢献について滔々としゃべりはじめた。話を本題に、ティッチの行方に、もどしたのはターナだった。

ピーターは重々しく吐息をついた。ぼくらは沈黙に包まれて、部屋はひときわ暗くなったようだった。ピーターは手話を再開するのが難儀のように見えた。

「わが家を訪れたときのティッチは、別人のようだったな」そこでまた一息ついて、「すぐにはティッチと見分けがつかんくらいだったよ」

ぼくは前に身をのりだした。椅子が苦しげに軋んだ。その音は、ぼくの中から放たれているようにも聞こえた。

「ティッチの生家の執事も、同じようなことを言っていました。もう一人、ティッチの友人である、ロンドンの〈奴隷解放協会〉のロバート・ソランダーという方も。ただ、二人とも、ティッチがどのように変わったか、という点になると、曖昧なんです。ただ、ティッチが別人のように変わったということだけで」

「しかし、きみはなぜ彼を探し出したいんだね?」ピーターが眉根を寄せて訊いた。

ぼくはとっさには答えられなかった。ターナの視線を感じて、ますます緊張しながらぼくは答えた。

「もしかしたら、ティッチはもうこの世にはいないのではないかと、心配で」

ピーターは唇をしめらせた。が、すぐには何も言わず、しばらくしてから指を動かした。「わが家を訪れたティッチは――」一呼吸おいて、「何度も言うようだが、同じ人物とは思わなんだ」

「どんな風に、変わっていたんでしょうか?」ターナが言った。その声はその場の緊張に風穴をあけたように響いて、室内の温度すら変わったように感じられた。

ピーターはターナのほうを向いた。「それが……どこがどうとはっきり指摘するのは容易ではなく――」

沈黙。その間に、息子のほうが公然とターナの顔を見つめた。

「なんというか……」ピーターはまた指を動かした。「いわば、心の在り様が懐疑の境地から確信の境地に変わったような、というか」

もうすこし詳しく説明してくれるのを、ぼくらは待った。でも、彼の沈黙は揺るがなかった。

「つまり、彼は信念の人に変わったということですか?」ターナが訊いた。

ピーターは微笑した。「それを言えば、彼は常に信念の人だったよ――ただし、その信念は常に計測できるものに限られていて、神の領域とは関連がなかった」

「それが、いまになって発見したということですか?」ぼくは訊き返した。「神の存在を?」

ピーターは首を振った。「いや、そうは言わん」

ターナが質問しようと身をのりだした。が、ぼくはそれをやんわりと遮って、たずねた。「あの日、あの雪の中で、ティッチはどこに向かったんでしょう? ここを訪ねてきたとき、その点について、何か言ってましたか? あの吹雪の中で、どうやって生き延びたのか?」

「そこなんだ、その点なんだよ、わたしがまさに言いたかったことは」ピーターは答えた。「数か月前、アムステルダムのこの家を訪ねてきたとき、話題はめぐって、その話になった。わたしがその点についてたずねると、自分はずっとあそこにいた、と彼は言うのさ」

一呼吸置いて、ぼくはたずねた。「あそこ、というと?」

「つまり、わたしらの露営地に引き返してきたというんだ。それからずっと、わたしらのあいだにまじっていた、と」

ターナが不審そうにぼくを見る。

「どういうことなんでしょう、それは?」ぼくは訊いた。

「実は彼自身、それを合理的に説明できんのさ。だが、自分があそこに、基地にいたのはたしかだ、と言うんだな。基地にはもどったが、わたしらの目には見えなかった。いわば、わたしらとは異次元の世界にいた、ということだろうか」

沈黙が深い霧のように濃くなった。テーブルに並んだコールド・ヘリングのにおい、塩とイノンドのにおいが鼻をついた。

「ちょっと馬鹿げてるわ」ターナがつぶやいた。みんなの視線を浴びると、彼女は軽く肩をすくめた。

「わたし自身も、信じられないんだ」ピーター・ハースが言った。「もちろん、信じられん。ところが彼は、自分が姿を消した後の露営地の様子を呆れるほど正確に描写してのけるのさ——近隣の集落の長い捜索。父親の容体の悪化」灰色の鋭い目をぼくに向けて、「きみのことも話していたよ、ワシントン。彼の父ジェイムズの病状が悪化したとき、きみはその病床のかたわらで、午後いっぱい、絵を描いていたとか。ジェイムズの今際(いまわ)のきわにも、きみはその場にいたとか」

ぼくの体に震えが走った。椅子の端が太ももにくいこんで痛かった。すわったまま尻の位置をずらしても、楽にならなかった。

「常識では測れない話であることは、わかっている」ピーターは言った。

「ちょっと、理解できませんね」ぼくは首を振った。「あれほど科学に傾倒していた人だったのに」

「その点は、しかし、いまも変わらないようでね。おそらく、いまくらい彼が科学に没頭していることはないと思う。ただ、その関心はもっぱら、人知では測れないものの追求に向かっているようなのさ」

ぼくは何も言わなかった。何を言えばいいのか、わからなかった。

「事態を複雑にしているのは、彼の兄の死のようだね」息子の低い明晰な声を借りて、ピーターが言う。「彼の父親の死はすんなり受け容れられたらしいんだが、エラスムスの死は……」そこでかぶりを振った。

「で、いまはどこにいるんでしょう、ティッチは？」ターナが言った。遠いところから突然もどってきたようなターナの声に、ぼくは軽い驚きを覚えた。

ピーターがじっと彼女の顔を見すえる。そして、言った。「彼は目下、自然の映像を紙の上に再現するというアイデアの虜になっているようでね。光線の特質について、あるいは、陽光を使って映像を紙に焼き付けるアイデアについて、飽きずに何度も語っていたよ。シャドウ・グラム、と彼はそれを呼んでいた。宇宙の実相を捕捉するためにそれを利用したいんだ、と言っていたが」微かな笑みを浮かべて、息をついだ。「正直なところ、わたしは彼の話についてはいけなかった——あまりにも思い込みが激しすぎて、理性的とは思えなかったので。何かの理由で神経が衰弱しているような節も見受けられたし」

「これからどこに向かうとか、そういう点については何か言ってたでしょうか、ティッチは？」

「最後に手紙をもらったときは、モロッコで暮らしているようだったな、マラケシュの郊外で。その住所を控えてあるから、教えて差し上げよう。きみが手紙を出しても返事をくれるかどうかはわからないが、まあ、やってみる価値はあるかもしれんよ」

「モロッコ、ですか」これには、ぼくも驚いた。

「そのモロッコからの手紙をお受け取りになったのは、いつ頃だったんでしょう？」ターナがたずねた。

「八週間くらい前だったかな。わたしの想像するに、いまもまだそこにいるのではないだろうか。シャドウ・グラムとかを使った研究に相応しい場所の選定については、かなり綿密に考慮しているようだったから」

ぼくはどこかしんとした気持で室内を見まわした。それまでなにげなく目にしていたもの、時計にしても、テーブルクロスにしても、すべてが初めて目にするもののように見えた。

「そうだ、きみに差し上げたいものがある」ピーターが突然立ちあがった。

その場に残された三人は、落ち着かない気持ですわっていた。ターナはちらちらと、ぼくとピーターの息子を見比べている。ピーターの息子はおおっぴらにターナを見つめている。ぼくは二人をなるべく見ないようにして、膝に組んだ両手に目を落としていた。

大きな木箱を抱えて、ピーターがもどってきた。息子がすぐに立ちあがって、その箱を受けとる。

「もし、きみが運よく彼を探し当てたなら、これを渡してくれんかね。あのとき聞いた限りでは、いまの彼の研究目的に、これが役立つかもしれん」

「いや、とてもモロッコまではいけないと思うので」ぼくは慌てて言った。「それはどうぞ、あなたがお持ちになっていてください」

ピーターは微笑した。「いや、頼む、きみが持っていてくれ。こんな素晴らしい器械をわたしが持っていたんじゃ、宝の持ちぐされだ。わたしの息子にしても、かなりの趣味人ながら、科学の徒ではない。わが家に保管していても、何の役にも立たんのだよ」

「これは、いったい何なんです？」

ピーターの笑みは広がった。その顔には、生涯をかけてあのワイルド氏に献身した結果、いまは虚ろな抜け殻になってしまった男の表情が見てとれた。彼はワイルド氏に寵愛されることを願って自分の息子まで見捨て、ワイルド氏に従って酷暑の地や極寒の地を渡り歩いたあげく、いまはその歳に至るも息子との和解すら成就できない、高貴な孤独に閉じ込められているのだろう。

「わたしが若い頃に身を投じた最初の探検は――」ピーターはまた口をひらいた。「植物学者として〈デリヴァランス号〉に乗り込んだことだった。あの船で、われわれは〝金星の太陽面通過〟を観測するために、タヒチまで航海したのさ。その目的は、金星の影が日輪に進入してから抜けだすまでの正確な時間を計ることにあった。それができれば、地球と太陽間の距離を計測することができるからね。そういう機会は、その後百年間は訪れまいと思われたんだ。

ところが、その歴史的な出来事が起こる前夜、なんと基地にあった六分儀が盗まれてしまったのさ。それなしには、星体の角度が計測できないから、探検そのものが無意味になってしまう。そこでわたしは、自分が盗人を探しにいこうと決意したんだ。

それは、とても誉められたものではない暴挙だった。というのも、その一週間前に、タヒチの島民とわれわれ探検隊員のあいだで揉め事が起きて、マスケット銃が盗まれてしまい、隊員の一人が射殺されるという事件が起きていたのだから。島民のあいだで対立が生じていたのさ。島は不穏な状況下に置かれていた。私有財産とは何かという見解をめぐって、われわれと島民のあいだで対立が生じていたのさ。

だからわたしは、一人の通訳だけをつれて、武器も持たず、山岳部の奥深くに分け入っていった。そしてとうとう、林に囲まれた小さな村落についた。すると、あらゆる方角から村民たちが煙のように湧きだし、大声をあげてわれわれを威嚇してきた。これはまずいことになったな、とわたしは思った。

それで、ほとんど直感的に、わたしは自分たちを囲む大きな輪を周囲の地面に描いた。村民たちはその輪の周囲に集まって、何事ならんと見守る。そこでわたしは通訳の口を借りて、六分儀の必要な理由を忍耐強く説明し、彼らと交渉しはじめた。その結果、どうなったと思う？　取引はうまくいって、ばらばらにされていた六分儀の部品が、一つ、また一つと、返却されはじめたのさ」そこで大きな木箱をどしんと叩くと、ピーターは破顔した。「その場でただ一人、肉声を持っていなかったわたしが、全員の気持を代弁して語ることができた。その結果、六分儀が無事もどってきたというわけだ」

II

ハーレムのホテルの一室で、ぼくとターナは灰色の光に抱かれて横たわっていた。ひらいた窓から往来の音が聞こえてくる。舗道をゆく馬車の音。老いた馬の低いうめき声。どこか遠くのほうで、子供の泣き声がかすかに聞こえた。部屋の隅の洗面台に置かれた水甕（みずがめ）の中で、氷の割れる音がした。その下の特製の容器には、双頭のイルカの標本が隠されている。

ターナのおとがいの窪み、そのしめった肌に、そっとキスした。塩（しょ）っぱい味がした。裸で横たわるターナの首のまわりには、黒髪がひろがっている。ふだんの彼女よりたおやかに、小柄に見えた。

「きみの自然な感じが好きだな」ぼくは言って、乳房にキスした。

ターナは物憂げな笑みを浮かべた。「それって、あたしが地味な女だっていうことを遠回しに言ってるのよね？」

「あまり飾り立てないところが好きなんだよ」

「やっぱり、あたしは地味だっていうことじゃないの」

「ピーターの息子がきみに見惚れていたのは、気づいただろう。きみは本来の美しさを大げさに飾り立てないから、もって生まれた美点が素直に浮かびあがるんだ」

「あなた、〝女性を喜ばせる本〟か何かを読んだんでしょう。誉めてあげる」かすかに微笑んで、「でもね、本当はあたし、宝石を身につけたい、お化粧をしたい、最新のファッションをまといたいって、何年ものあいだ、父にせがんでいたの。それが、真相。皮肉でしょう？　でも、父は頑として認めてくれなかった。あたしが、女の子ならばそういう願望を抱いて当然の年齢を、はるかに越えてからも。でも、あるとき、父はとうとう根負けして、あたしがいちばんほしかった四つの物を買えるだけのお金の入った財布を預けてくれたわ。四つの物っていうのは、モスリンのドレス、エメラルドの留め金のついたハンドバッグ、スキン・パウダー、それと真っ赤な口紅だったんだけど。あたしはすぐ、その四つの物全部を身につけたり、使ったりしてみたわ」

「すると、街角の道化師みたいにけばけばしく見えたんじゃないのかい」

「どういたしまして、息を呑むほど可愛らしく見えたの——生きているお人形さんみたいに。父なんか、あたしの変身ぶりにびっくりして、もっと早くおまえの希望をかなえてやるべきだったたって、謝ったくらいなんだから。その気なら、あたしがどんなに可愛い女の子になれるか、そういう暮らしにどんなに楽々となじめるか、父はすぐに気づいたと思うの。ところが、なのよ。そうやってお洒落を楽しむあたしに、何かが起きたの。自意識がすごく強くなって、それがどんどん敏感になってゆくの。他人より目立っている気がして、いつも人目を気にするようになってしまったのね。人に見られれば見られるほど、本来の自分が希薄になって、うわべだけが目立つような気がしてきて。あれは本当に奇妙な感覚だった。他人の視線が本来の自分をそぎ落としているような、そんな感じ。他人の期待値が高まれば高まるほど、自分の殻の奥深くに逃げ込みたくなるというか。本来の自分の前に偽の自分が立ちはだかっているような、肉体的な違和感を覚えるのね――そのあげく、偽りの自分から脱皮して、本来の自分を人々の目にさらしたい、そんな欲求を覚えるようになったの。あれは本当に憂鬱な月日だったわ、ワッシュ。だれと話していても、本来の自分はもう部屋の外に出てしまっているような、空っぽの自分を感じるんですもの。そのうち人からは、この子はちょっと反応が鈍い、可愛いけれど頭が鈍そうだ、って思われはじめて」

「きみが鈍いだなんて、だれも思ったりしないよ、ターナ」

「じゃあ、おツムが軽いとか、面白みに欠けるとか」

「まあね、いまのきみはおツムが軽くて、地味だけど」からかうように言って、ぼくはターナの髪にキスした。「で、そんなきみのいまの願いは何なんだい？」

「あなたの、どうかと思う気まぐれに待ったをかけること」

ぼくは笑ってやりすごしたけれど、痛いところを突かれた気がして、また仰向けになった。

「あのハースさんのお話だけど、六分儀を盗まれたっていう、あのお話。聞いていてあたしが思ったのは、彼がたぶん言いたかったこととはまったく別のことだったわ」ターナは言った。「あたしはずっと考えていたの――でも、可哀そうなタヒチの人たちの権利はどうなるの、って。だってそうでしょう、ある日突然、聞いたこともないような国から男たちがやってきて、その連中に動物みたいな扱いを受け、妙な武器で脅されたり、撃たれたりしたんだから――」

「モロッコだなんて」ぼくは話をそらした。「考えたこともなかったよ。なんでそんなところにティッチは引き寄せられたんだろう」

「そりゃ、シャドウ・グラムとかの実験に、相応しいからじゃない？」

「どうしてそういう言い方をするんだろう、きみは？」

「そういう言い方って？」

「人を小馬鹿にしたような」

　ターナは深く息を吸い込んだ。「だって、あなたはティッチにとり憑かれたあまり、赤の他人を彼と見間違うようになってしまったじゃないの」ぐるっと向こうむきになって、「あの処刑を見にいったとき、あなたが突然あたしを置き去りにして群衆の中に駆け込んだのは——ティッチを見かけたと思ったからでしょう？　で、いままた、息せき切って駆けつけようって気になってるんだわ」

「駆けつける？」

　ターナはいまいましそうに首を振った。しめった髪の毛が二、三本、額に貼りついた。「いつまで知らんぷりをしてれば気がすむの？　いつまでお芝居をつづける気？」

　ぼくは何も言えず、ただゆっくりと天井を這う光を見つめているしかなかった。

「最初はあたし、あなたは自分のルーツを確かめたいんだろうな、って思っていたの。その点、ティッチという人はあなたの少年期と切っても切り離せない人だった。その部分で、まだ割り切れないことがあるので、あなたはそれを確かめたいんだろう、そう思っていたの。でも、そのために、あたしたちはもうできるだけのことはしてきたわよね。ロンドンの〈奴隷解放協会〉の本部にも足を運んだし。そこで、キットがあなたの実のお母さんであることもわかった。それでもまだ、あなたは満足できずに、あたしたちはいま、こうしてアムステルダムにまできている」まろやかな太ももをゆっくり引きあげると、ターナは膝のあたりに腕を置いた。ターナのしめった黒い後頭部を見つめながら、彼女がなおもぶつぶつ責めたてる声にぼくは耳を傾けていた。自分の言っていることがぼくに伝わっていないと思ったのか、ターナは急に顔をこちらに向けた。

「あなた、ティッチを殺したいの？　それが望み？」

　ぼくは唖然として、ターナの顔を見返した。

「もちろん、そんなはずないわよね――あたしはただ、このところのあなたがどんなに常軌を逸しているか、それをわかってもらいたくて言ってみただけ。だって、このところのあなたって、どう見ても普通じゃないし、すごく気持が揺れているみたいなんですもの。どうしてなんだろう、なぜだろう、って、あたしなりに理解してみようとしたんだけど、だめだった。本当に、どうしてあなた、そんなに彼を探し出したいの？　彼が見つかれば、もっと自分が強くなるとでも思っているの？」ターナは首を振った。「あたしにはそうは思えない。もっと弱くなるわよ。ますます自分がわからなくなるわよ」

ぼくは不安と悲しみに打ちのめされた。ターナの言うとおりだと、うなずく自分がいる。でも、一方では、やむにやまれない衝動があるのだ――やれるところまでやってみたいという気持。水を求める渇きのように、心の奥深くに根づいた衝動。とにかく、ぼくはここまでやってきたのだ。存在しないかもしれない真実を求めて、ここまでやってきたのだ。こうなったら、いけるところまでいくしかない。

「もしかしたら、自分のアイデアを父に盗まれたという思いも、関係しているの？」ターナの表情は冷静にもどり、声には苦悩が滲んでいた。「それで、あたしたちから逃げ出したいの？〈海洋館〉というアイデアは、もともとあなたの発案だったのはたしかよね。だからあなたは、アイデアを奪われた事実に目をふさぎたくて、それであたしと父から遠ざかろうとしているの？」

ここは絶対に沈黙すべきだ、とぼくは思った。でも、気がつくと、ぼくは片方の肘をついて身を起こしていた。無意識のうちに、言葉が口から流れていた。「あのアイデアがぼくから奪われたということ、それはたしかだろう？　ぼくは一年以上かかって、あのアイデアの科学的根拠をまとめたんだ。その作業はいまもつづけている。でも、その結果、ぼくには何がもたらされるんだい？　何もない。〈海洋館〉が成功したところで、ぼくの名前はどこにも残らないんだ」

ターナは微かに震えていた。「それは、名前が残るかどうかの問題？」

「いや」ぼくは言った。それは事実であって、事実ではなかった。ぼくはただ、あの計画が成功すれば、この世界に対するぼくの貢献の記念碑になると信じていただけだ。それはぼくのこれまでの人生の象徴であり、ぼくがこの世に生きたことが無意味ではなく、価値があったことの証拠になると信じていた。でも、その可能性はすでに薄れようとしている。としたら、この先、何を信じて生きていけばいいというのか。

「ねえ、ワシントン」

「もう、疲れたよ」低い声でぼくは言った。

ターナはためらっていた。

部屋は暗くなりかけて、ひんやりしてきた。しめった空気を通して、蠅の羽音が聞こえた。

「父の弟でね」ターナがまた口をひらいた。ごく低い声だったから、ほとんど聞こえないくらいだった。「〝サンシャイン叔父さん〟って周囲から呼ばれていた叔父がいたの。いつも暗い顔をしている人だった。あたしなんか、その叔父が訪ねてくると、遠くに馬車が見えただけで逃げだしたものよ。その叔父は、せっかく訪ねてきても、なんだかんだ愚痴をこぼすばかりで、笑ったことなんかないくらい。あれはゴフ家の血筋だと思うのね――ヘンリエッタ叔母さんも、ジュディス叔母さんも、顔を合わせれば憂鬱そうな表情をしていたから。父もそう。で、ミランダ叔母さんとなると、とうとう自殺してしまったくらいだし。その〝サンシャイン叔父さん〟となると、自分が不幸なことを喜んでいるみたいだった。あたしが笑ったりすると、とたんに悲しげな顔をするの――とにかく、どんな子供を見ても暗い顔になるんだから。子供たちを見ると、自分自身が幸せだったときを思いだすらしくて。

祖母が亡くなったとき、その叔父は――他の兄弟たち同様――多額の遺産をもらったの。一人、三百ポンドずつ。お察しのとおり、父は即座にそれを実験用具の購入に使ってしまった。で、〝サンシャイン叔父"はどうしたか？　彼はね、ゴフ家の墓地の、自分に割り当てられた区画に、それはそれは壮麗な自分の墓石を建てたの、そのお金で。

それからというもの、その叔父は毎日のように自分の墓を訪ねては花を捧げるの。たまたま何かを買うと、それがどんな小さなものでも麗々しくリボンをかけて、墓前に供えるし。あるとき、あたしは父とポルトガルのセラ・ダ・エストレラに旅したことがあった。で、お土産にポルトガル産のイチジクを叔父にあげたら、そのお土産まで墓前に供えてしまうんですもの。あれだけは叔父に味わってほしかったのに。ところが、それすら墓前に一直線ですものね。そのうち、とうとう、〝サンシャイン叔父〟は、わが家を訪ねるよりも足繁く自分のお墓を訪ねるようになってしまった。それが、人生における唯一の目的になってしまったのね。だから、とうとうその叔父が亡くなったときは、それこそ自分の故郷に帰郷するようなものだったわけ」

ぼくは悲しげに笑った。「だいたい、その叔父さんなる人は、本当に存在したのかい？」

ターナはしめった頭をぼくの胸にのせた。「世界は広いわ。ときどき、あたしたちが望む以上に」

ぼくはもう体中の力が抜けて、何をする気も起きなかった。

浅く吐息をついてぼくの胸に顔を押しつけてきた。

「あたし、どこまでもついていくから」ターナはささやいた。

ぼくはもう目を閉じていて、彼女の指に指をからませようとする自分をうっすらと意識しながら、眠りに入ろうとしていた。

12

ぼくとターナは貴重な標本を携えて、一緒にイギリスにもどった。ぼくが再び海外に旅立つことは、特に問題視されなかった。

ただ、ターナをモロッコに同伴することには、ぼくは二の足を踏んでいた。たぶん、あのアフリカの地は女性には不向きだろうし、危険も伴うだろうと思ったからだ。それに、〈海洋館〉の開設準備もあるし、彼女の父親も一人ぼっちにさせるわけにもいかない。ゴフはたしかに見たところ健康で、元気いっぱいだが、六十一歳という歳は争えない。あの歳で何度も階段を昇り降りさせたり、重い備品を持たせたりするのは酷というものだろう。いまの彼は、見た目の頑健さの裏に弱さが隠れている、特別な年齢帯にさしかかっている。いわば〝老い〟の時限爆弾を抱えているようなもので、ある朝目覚めると、髪が一気に白くなり、目も耳も衰えて、老いの坂を転げ落ちるようなことがあっても、決しておかしくはないのだ。

ところが、驚いたことに、ゴフはぼくらの旅立ちを祝福してくれたばかりか、積極的に勧めてくれさえしたのである。ターナがアムステルダムまでぼくに同行したことは、あれからすぐに露見してしまっていた。ある日の午後、ゴフが頭をすっきりさせようとニュー・ボンド・ストリートを散策していると、ターナを田舎の自宅でもてなしているはずのジュディス叔母がセイヴァリー・アンド・ムーア薬局から出てくるところにばったりぶつかってしまった。あれ、おまえのところにターナがいってるはずじゃないのか、とゴフが往来で詰め寄ると、ジュディスは兄の激昂ぶりに当惑し、その場で泣きだしてしまった。ゴフはがみがみどやしつけながら、馬車のそばまで彼女を追いかけていったらしい。ジュディスは、わたしは何も知らない、と弁解しながら、大声で泣き叫ぶ。そこに通りがかった男性が、てっきりゴフが何かの言いがかりをつけていると思って仲裁に入ったらしい。額に青筋立てて帰宅したゴフが、ようし何が何でもあの二人を見つけだしてやると意気込んでいたところへ、ぼくらが帰国したというわけである――氷に冷やされて黒瑪瑙（めのう）のように輝いている双頭のネズミイルカの標本をお土産に。

ひと目それを見て、ショックのあまり、ゴフは怒鳴り散らすどころではなくなってしまった。蒼白な顔で、物も言わずにじっと標本に見惚れていた。そしてとうとうつぶやいたのだった。「これほど醜悪で、これほど美しいものが、この世に存在していたとはな」

ぼくらは一応叱られたが、それだけだった。その後の日々は、双頭のネズミイルカの展示法の整備に費やされた――フィッセルの提案した長期保存法をテストしたり、最良の展示法について協議したり。ノヴァ・スコシアから運んできたあのタコの容態次第では、この双頭のネズミイルカが展示の最大の目玉になるのは間違いなかった。

ちょうどその頃、ゴフがモロッコのマラケシュに住む別の海洋生物学者の知人の話を持ち出したのである。「その男がな、きわめて希少なイカに関して、わざわざ手紙をよこしたのだよ」

その晩ゴフは、モロッコのどこにいけばその友人に会えるか、正確な位置を地図に表示してみせた。こうして、それからの数週間は、旅の準備とハード・ワークに追われてすぎていった。〈海洋館〉は静寂につつまれ、外の世界は忘れられた。ドアは緊密に閉じられたから、内部には保存液や腐食した植物、淀んだ水の臭いが濃厚にたちこめていた。汚れた窓から陽光が射し込んで、宙に舞う埃を照らし出した。ぼくはあらゆる場所を見てまわり、イソップ・シュリンプや軟体動物、カニ、ウミ・ミミズ、ポリプ等の水槽を点検した。隅の水槽ではベルベット・フィドラー・カニが、静かに足をくねらせていた。

そうして展示物を見てまわっていると、ぼくはたとえようもない誇らしさを覚えた。この珍しくも興味深い展示館を訪れる人々は、不気味だとばかり思っていた生物をまのあたりにして、それが実はとても美しく、怖がる必要などまるでないことを実感できるのだ。そういう晴れがましさを覚える一方で、ぼくは自分の大切なものを蹂躙(じゅうりん)されたような苦しみに引き裂かれてもいた。どの展示物を見ても、そこにはぼくの割り出した精密な計算や、深夜にまで及んだ、熱に浮かされたような労働の結晶がある——そう、各水槽のサイズや材質、展示する標本の選択や水生植物の並べ方に至るまで。文字どおり額に汗し、腸のよじれるような失敗をくり返してここまでやってきたのに、その結果、ぼくの名前はどこにも刻まれることがない。それで自分は、本当にかまわないのだろうか？　わからない。わかっているのはただ一つ、こういう事態に何とか折り合いをつけて、自分なりに納得しなければならない、ということだ。それができなければ、この革新的な事業と、それに携わったすべての人々のことを一切忘れ去るほかない。

水槽の一つではピンク色のクラゲが優雅に泳いでおり、もう一つの水槽はウミウシで満たされている。ぼくはゆっくりとそこに歩み寄って、ひんやりとしたガラスに片手を押しつけた。

13

照りつけるアフリカの光はまばゆいばかりだった。それは家々の屋根から跳ね返って、波のように揺らぎながら白い平原を抱擁する。あまりの強烈さに、目もくらみそうになりながら、ぼくらは絶えず手を額にかざしていた。

そこまでのところは大失敗だった。ぼくらを出迎えてくれるようピーター・ハースがせっかくお膳立てしてくれたガイドは、騒然とした港のどこにも見当たらなかったのである。で、ひとまずマラケシュの貧相なホテルに投宿せざるを得なかった。ぼくはすぐピーターに手紙を書き、代わりのガイドを世話してくれるように依頼した。その返事がくるまでは、手をつかねて待つしかなかった。

　緩慢に時間が流れる暑い日中、ぼくらはゴフの知り合いの海洋生物学者を探し出そうと、何度か試みたりもした。曲がりくねった狭い路地をたどった末に待っていたのは、多額の礼金を要求する男だった。それで、海洋生物学者の捜索は断念した。代わりにぼくらはマラケシュの市街を探索しはじめた。どこの路地にも、さまざまなにおいが濃厚にたち込めていた。新鮮なスモモと甘い柑橘類、それに乾いた革の入り混じったにおい。そこに、ロバの糞と市場につながれたラクダの汗ばんだ毛のにおいが重なって、息もつまりそうになる。すれちがった男はラクダの鼻に通した綱を引っ張っていたが、ラクダは殺気立っていて、頭から暗赤色の血がたらたらと流れていた。ラクダは顎を振りたて、足を蹴り上げて、低い唸り声を発しつづける。そんな光景も、あちこちで笑い声の飛び交う雑踏の中では、さして目立ちもしないのだった。ターナはラクダから顔をそむけた。それを見た通行人がつかつかと近寄ってきて、身振り手真似で事情を説明しようとする。でも、何を言おうとしているのかぼくらには理解できず、そうと知った男は、がっかりした表情で遠ざかっていった。

　ぼくらは市場を見てまわった。即刻イギリスにもどることも考えたのだが、それは一つの敗北のように思えてならなかったのだ。市場にひしめく店は、どれも活気に満ちていた。きれいに編まれた籠が軒先に吊り下がる店もあれば、埃まみれの赤いトウガラシがぶらさがっている店もある。赤、黄、青と、色とりどりに染まった毛糸が、色の氾濫のように山と積まれた店もあった。縄を売る店では、何人かの職人が目にもとまらぬ早業で手先を動かし、麻縄をなっていた。宝石店はどれも広い中庭をかまえていて、暗い庇の下から美女が流し目をくれるように各種の宝石がきらめいていた。

　そんな宝石店の一つで、片言の英語をあやつる主人に出会った。ぼくはすぐに、砂漠で暮らす風変わりなイギリス人を知らないか、とたずねた。ゴフの知人の海洋生物学者についてもたずねた。黒っぽい長衣を着た主人は、洗いたての皿のように無表情な顔でぼくの顔を見つめた。それから突然破顔して、肩を震わせながら、ノー、ノー、ノーと言う。

未知の土地を旅するぼくらは、神経を張りつめて、さまざまな出会いを受け止めながら、ひたすら前に進んだ。でも、日がたつにつれ、ティッチはもうモロッコにはいないのでは、という思いがぼくのなかで強まっていった。疲労がしだいに重なってゆく。ぼくが表に出さなくとも、ターナはぼくの気持の変化に気づいていた。

ある朝、とある店の横に置かれた水甕（みずがめ）で手を洗っていると、ふっとだれかの視線を感じて、顔をあげた。

男は、そう命じられたかのように一歩前に進み出た。ぼくは立ちあがって、何者だろうと思いつつズボンに両手をこすりつけた。男は痩せぎすで、角張った顎を前に突き出している。そのため、目は親切そうなのに、何か鬱憤を抱えているようにも見えた。

ぼくの背後から射す光を真っ向から受けて、目の前に立つ男の茶色の目は焦げたバターのような色に輝いて見えた。ターナが、青いヴェールのひだの奥から心配そうにぼくを見る。

「ワシントン・ブラックさん？」男は、aの音をeの音のように発音した。

なんと、その男こそは、港でぼくらを出迎えるはずだった当のガイド役だとわかった。急に体の具合が悪くなってしまって、と男は片言の英語で釈明した。その後ようやく体調が回復したため、万に一つもぼくらと出会うかもしれない可能性に賭けて、町に出てきたのだという。その結果こうして出会えたのだから、本当に幸運だったのだろう。

こうしてぼくらはガタピシ揺れる馬車に乗せられて、空漠たる地平線を目指して出発した。砂漠には、曲がりくねった幅広い道がうがたれていた。マラケシュの喧騒を後に、砂の舞う道を進んでいくと、ぎらつく陽光と暑熱に吸い込まれそうで、体がどんどん縮んでいくような錯覚を覚える。空気は乾燥していて、なぜか塩のにおいがした。目もちかちかした。時間がたつにつれ、下唇がひび割れて、血が滲み出た。ぼくはしめった布を鼻に押し当てて呼吸していた。

「きみを無事に連れて帰るからと、お父さんに約束しているしな」ぼくはターナに言った。

「で、ちゃんと守ってくれるのよね、その約束」半ば眠ったような声で、ターナはつぶやく。

おぼろにかすむ砂漠を見渡して、ぼくは言った。「キットの生まれ故郷だというダホメは、ここからどれくらい離れているんだろう？」

でも、ターナはほとんど聞いていなかった。青いヴェールの隙間から覗く目は濁りなくすみ切っており、強烈な光の下、ほとんどオレンジ色に見えた。無人の砂漠を進むうちに言葉も失われ、しゃべろうとする気力も薄れてゆく。周囲の光景も刻々と変わり、明るくなったと思うと暗く翳って、ひょっとして道に迷ったのでは、という思いが強くなった。頼りの御者までが、強烈な陽光に視野もかすんで、方向感覚を失ったのではないかと思われてくる。ぼくはただぐったりとして、森閑とした砂漠を見まわした。ティッチはまたしても、その意思とは関係なく、ぼくらを最果ての地におびき寄せたのである。

時間は淡々とすぎてゆく。ぼくらは小休止して食事をし、用を足した。依然として、あまりしゃべる気にはなれない。見渡す限り人影はないのだが、乾いた風にのってさまざまな音が聞こえてくる。不思議なことに、どの方角から伝わってくるのかわからない。西のほうで聞こえる音は東に発しているようだし、南のほうで聞こえる音は北から漂ってくるかのようだ。ひょっとして、頭の中まで乾燥し切ってしまったのだろうか。ぼくは水を飲んだ。胸苦しい熱気は、すこしずつ薄れていった。

突然、夜が訪れた。だれかが急に地表に覆いをかぶせたように、あっけなく周囲が闇に包まれた。きらめく火花にも似て、星が満天にちりばめられ、砂漠を照らした。と、はるか彼方に小さな建物が姿を現した。それはまさしくその瞬間に見えてほしかったものだったから、単なる幻覚かもしれないとも思った。無言のままに近づいていくと、一連の壁が急に前方をふさいだ。しばらくして、壁と見えたものは本物の家屋であることに気づいた。道路側に面した窓は、数えるほどしかない。ただ、細い建物同士の隙間から、奥には広い円形の中庭が広がっているのが確かめられた。ぼくらはそこで馬車から降りた。足がこわばっていた。御者がぼくらの荷物を地面に下ろすと、ぱっと埃が舞い上がった。

ここが目指す場所だとは、到底思えなかった。ピーター・ハースの説明にあったような町の面影はなく、何棟かの建物が、だれかの気まぐれで砂漠の一画に寄せ集められたかのように、並んでいるだけだった。物資の豊富な町からこれほど隔絶した地で、いったいどうして暮らしていけるのか。まさしく、何人(なんぴと)も寄りつかない、文化果つるところ、に見えた。

そのとき、中庭から一人の少年が姿を現した。歳はせいぜい九つくらいだろう。ロープのように細い骨が肌に浮きあがっていた。面長の繊細な顔立ちで、目が深く落ち窪んでいる。生気に溢れているようでもあり、疲れているようでもあった——そう、未だその意味がつかめないうちに、よからぬ真実をかいま見てしまった人間のように。つやつやとした黒い髪を、埃が白く隈どっていた。

ぼくらのガイドが鋭い声を発して、少年を手招きした。何か頼み込んでいるのか、言いくるめているのか、ガイドの口調はそんな風に聞こえたが、どうやら交渉が成立したようだった。少年は、ついてくるように、と手真似で合図する。ぼくはガイドの顔、埃と汗にまみれた顔を見て、どうしたらいい、と目顔で訊いた。ガイドは安心させるように笑って、うなずいてみせる。

荷物をロープでくくって、引っ張りはじめた。ずるずるという耳ざわりな音が地面に響いた。少年について、中庭のほうに向かってゆく。宵闇に包まれて、目はほとんどきかない。不安が頭をもたげてきた。水をくれ、と現地語で頼むこともままならない土地に、ぼくらはきてしまった。そんな土地に、ぼくは後先も考えずターナをつれてきてしまったのだ。ヴェールに包まれたターナ、見るからに心細げなターナの姿を、ぼくはじっと見た。

やがて中庭に踏み込むと、そこはそこだけの固有の天気に支配されているかのようだった。周囲が一段と静かに、ひんやりとしてきたのである。煮立てた胡椒と清潔な衣類のにおいが、漂ってくる。ここでは宵闇もまださほど濃くはなく、掃き清められた石が、凍結した池のように白く輝いている。そこに、タープで覆われた、何か大きな物体が黒々とした影を刻んでいた。その影の大きさに驚いて、ぼくらは思わず立ち止まった。きらめく星空の下、周囲のかぐろい建物を背にして、タープに隠されたものは自然な岩石か何かのように見えたが、よくよく目を凝らせば、別の物であることは明白だった。すでに目は薄暗闇に慣れてきていたとはいえ、その物体の正体までは見定めようがなかった。

中庭の奥のほうで、人の気配がした。戸口から現れた男は、暴れる牝鶏(めんどり)を抱えていた。男の手が両脚をつかんでおり、闇に飛び散る羽毛が蠟(ろう)のように白く見える。きっと夕食用に、その牝鶏をしめるつもりなのだろう。そもそも、どうしてその牝鶏は生きたまま屋内に持ち込まれていたのか。ぼくらが黙って見守る前で、男は肉づきのいい部分をさぐろうとするように牝鶏を撫でながら近づいてきた。

男が体の向きを変えた。仄かな月明かりで、姿がはっきり浮かびあがる。顔かたちが見えた。自分でもそれと意識しないうちに、身内を引き裂かれるような苦痛に駆られるままに、ぼくは叫んでいた。

「ティッチ！」

男はこっちを向いた。驚きのあまり、牝鶏を手放した。牝鶏は狂ったように羽ばたき、自由になった両足でとっとと地面を蹴って物陰に駆け込んでゆく。

男はしばらくそれを目で追っていた。ふうっという深い息遣いが中庭に響いた。

「夕食に遅れるところだったな、きみたち」男はこっちに向かって言った。でも、暗闇に一歩進み出たぼくの目は、男の体が小刻みに震えているのを見逃さなかった。

14

入口の扉は、風雨にさらされた板を金具で固定したものだった。ぼくらは彼の後から、黄色いろうそくの明かりに照らされた部屋に入った。外よりは暖かいものの、ひんやりとした部屋だった。壁は分厚く、いくつかある窓もごく小さい。隅々まできれいに掃除されており、モロッコ風のつづれ織りや籠に囲まれて、椅子やテーブルが配されていた。どちらもヨーロッパ調なのは、慣れ親しんだ家具によってこの異境に秩序をもたらしたいためなのだろうか。

そこを通り抜けて、奥まった小さな部屋に入る。その部屋は天井が低く、彼も頭を下げて入ったくらいだったが、どうやらそこが彼の通常寝起きしている部屋らしい。片方の隅に寝台があって、灰色のシーツが寝袋のように敷かれていた。低い窓際には本が積まれており、突き当たりの壁際に置かれた傷だらけの木製の台には、種がこぼれ出ている赤い唐辛子がのっていた。

彼は部屋の中央で立ち止まった。仕方なしに、といった感じだった。できればそのまま動きつづけて、ぼくらの視線を避けたかったのかもしれない。疲れたような笑みを浮かべると、ぼくらと向かい合った。そのときようやく彼の全身を眺めることができた。じっくりとその顔を見て、懐かしさと同時に違和感も覚えながら、ぼくは涙ぐんだ。そこにいるのは、まさしくティッチその人だった。物問いたげな、明るい緑色の目。口の両端に糸のように走る白い傷跡。くだけた装いもイギリス風で、皺の寄ったリネンのシャツに薄いカーキ色のズボンをはいている。もちろん、以前よりも老けていたけれど、どこか違和感を覚えたのはそのせいではない。顔立ちが——とりわけ目が——微妙に変わっていて、こちらを見やる目つきにも深い苦悩の色が滲んでいるため、一瞬、別人なのではないか、ぼくらは見当違いの場所にきてしまったのではないか、と思ったほどだった。どう言えばいいのだろう、全体から受ける印象は、自分の奥深くに根づいた病いにすこしずつ気づいて、いまは深い諦念の最初の兆しに自ら戸惑っている人物、という感じなのだ。ひょっとして彼は、四年間の別離のあいだに精神の暗闇に一歩近づき、あのいとこのフィリップが常に意識していたこと、つまり、人間はすべからく自己破壊衝動を隠し持っており、それから逃れることはできないのだ、という諦念に浸食されているのだろうか。

「ワシントン」低い柔らかな声で彼は言った。「あんたがここにやってくる夢を見たんだよ。ずいぶん大人になったな」

久しぶりの再会にしては、あまりにも通り一遍な言葉だった。抱きつきたいという衝動を、かろうじてぼくは抑えた。そう、抱きつくことはできなかった。いま、二人のあいだに横たわる、曖昧な、生ぬるい距離を、まだ埋める気にはなれなかった。

ぼくらは入口を入ってすぐの部屋に腰を下ろしていた。ティッチ、ターナ、ぼくらのガイド、あの少年、そしてぼく。ちらちらと揺れる影に染まりながら、野菜シチューの入った温かいボウルを、みな両手で抱えていた。おなかはすいていたのだが、食べる気にはなれなかった。見慣れているはずなのに、どこかなじめない顔から、目をそらすことができなかったのである。オレンジ色の光に照らされたティッチの顔は、顎が異様に長く見えた。彼は口に入れたものをごく丹念に嚙んでいて、すべてを舌の先でゆっくり味わっているようだった。じっと見ているぼくの視線に気づくと、ティッチは悲しげに微笑した。

「歯が痛くてね」気まり悪そうに言った。「思い切って引っこ抜く勇気もないもんだから」

「お医者さんはいないんですか、この辺に？」ターナが訊いた。

ティッチは口の片側だけで嚙んでいた。「この辺の連中が使う薬は、とても怖くて使えないんだ」

　みんなが食べる音を聞きながら、ぼくは黙ってティッチの表情をさぐっていた。彼は特にだれかに話しかけようとはせず、ぼくと視線を合わせようともしない。たかだか四年の別離にすぎないのに、ぼくにはティッチの気持が読めなくなっていた。ぼくらの突然の訪問に、果たして彼は驚いているのか、悲しんでいるのか、当惑しているのか。ただ、ぼくらとの接し方はそつがなく、それがかえって彼の周囲に障壁を設けているようでもあった。

「じゃあ、あたしたちに驚いて鶏が逃げ出したのは、もっけの幸いでしたね」ターナが笑いながら言った。「野菜シチューには、骨がありませんもの」

「ああ、実に慈悲深い行為だったね」

　ティッチの言葉を聞いて、ターナは街中でラクダが血を流していた光景を思いだしたらしく、そのときのことを話しだした。

「たぶん、そのラクダは狂犬病にかかっていたんだろう」ティッチは言った。「あれにかかったラクダは、もう殺処分にするしかないんだ。さもないと、人間を殺してしまうから」

「人間を殺す？」

「眠っている人間の上にうずくまって、窒息させてしまうのさ」

　ターナは恐ろしげに口元を押さえたが、その話の奇怪さには興味を刺激されたらしい。

　それにしても、ターナの変わりようときたら――最初、あれほどティッチのことを悪しざまに言っていたのに、いまは、これまでだれにも見せたことのないような丁重さでティッチに接しているのだから。彼女がどう変わってきたか、その緩慢な変化の過程をぼくはつぶさに見てきた。最初はあれほど冷ややかにティッチの名前を口にしていたのが、しだいに、抗いようもなく彼の存在に引きつけられてゆき、そしてとうとう、ティッチが世捨て人の境遇に追いやられたのは彼の責任ではなく、逆らいがたい運命だったかのように同情しはじめている。すべては彼の精神力の強さに起因すると見ているのかどうか。そして、いざティッチの目に苦悩の色を見てとると、ぼくらの突然の出現が彼を一段と追いつめたと思ったのか、それ以上の追及を控えるような態度すら見せはじめている。優しい気遣いは、決して悪いことではない。でも、ぼくにしてみれば、なんだか自分だけが置き去りにされたような、自分だけがいまだに恨みを捨て切れずにいるような、気持にされてしまう。ティッチの顔をじっと見ていると、やるせなさが湧きあがってくる。でも、ぼくだって怒り、傷ついて、ここまで漂泊してきたのだ。

外では、突然の風にタープがはためいている音が聞こえた。

「ちょうどいいときに到着したね」ティッチが言った。「これから嵐がやってくる。それにつかまっていたら、大変だったよ」

「ちょっと前までは、風なんてぜんぜんなかったのに」

「ここでは天候の変化が激しいんだ。暑かったと思うと、すぐに冷え込んでくる。明るかったのが、突然、暗くなる」

「アフリカの天気くらい気まぐれな天気はない、って聞いたことがあります」と、ターナ。

「地域によって、だいぶ差があるんだがね。概して変化が激しいということは、言えるだろうな」

ぼくは向かい側にすわる少年を、その面長で利発そうな顔を、それとなく見ていた。髪に白い埃の筋がまじっているため、実際の歳より年長に見える。本当はまだかなり幼いのだ。いまは英語の会話に囲まれて、心細そうな顔をしている。ぼくらにはまだ正式に紹介されていないのだが、ティッチにはどうやら紹介する気もないらしい。めったに少年のほうは見ないのだが、見るときはきまって、何かをたしなめるように眉をひそめている。そのティッチの表情に、ぼくはまぎれもない優しさを感じた。すると、また急にやるせなくなってきて、視線をそらした。

「それはそうと、外のタープで覆われているもの、あれは何なんですか？」ターナが訊いた。「なんだか、恐ろしげなものに見えたんですけど」

　ティッチは何か深く考えに沈んでいるような目つきで、口中のものを嚙んでいた。やはり、ぼくのほうをつとめて見ないようにしている。「わたしの、グランボーンの自宅を訪ねた、と言ったね？」話をそらすように彼は言った。「どうだった、母は元気な様子だったかい？」

「ええ、それはお元気そうでした。ちょうど、乗馬を終えて、もどっていらしたところで」

「じゃあ、虫の居所も悪かったろうな。きみたちに対しても、失礼なもてなし方をしたんじゃないか？」

　ひと呼吸して、ターナは答えた。「だいぶ疲れておいでのようでした」

「きみのように礼儀正しい方なら、他人の母親をそう悪しざまに言えなくて当然だ。でも、だからといって、母の非礼が許されるわけじゃない」ティッチは吐息をついた。「せめて、ディナーくらいはご馳走したんだろうか。そのくらいのおもてなしぐらい、できていたのならいいんだが」

　ターナは困ったように肩をすくめた。「ええ、それは丁重にもてなしていただきました。会っていただいただけでも助かったんですから」

　ティッチは微笑した。「きっと、きみたちを当惑させるようなことを言ったんだろうけど、わたしに免じて、勘弁してほしい」

　ティッチは、母親の非礼に対する責めをすべて負うつもりでいる。それはよくわかるのだが、では、彼自身、ぼくをああいうふうにあしらった悔恨や自責の念はどこにあるのだろう？

「ただ、すくなくとも母は、わたしの居場所をきみたちに教えてくれたわけだ。その点は、認めてやってもいいかな」

　ターナはぐっと息を吞み込んでから、ぼくら二人がティッチを探し当てるまでの経緯を説明した。

　ティッチは笑い声をあげた。「しかし、まあ、きみたちは無事にここまでたどり着けたわけだ。こんなところまで、はるばるとね」そこで初めて、ティッチは真っ向からぼくの顔を見据えた。すると、驚いたことに、仄かなろうそくの光に浮かぶティッチの目には、畏れにも似た不安な色が滲んでいるように見えた。

「ぼくがやってくる夢を見たと、あなたは言いましたね」ぼくは唐突に言った。それは、ここに着いて以来初めてぼくの口から放たれた言葉だった。ターナも、ティッチも、驚いた顔でぼくを見ているのがわかった。「あれはどういう意味だったんです?」

「あんたがくる夢を見た?」

「ええ、ここに着いたとき、そう言いましたよ、ぼくがくる夢を見た、って」

「わたしがかい?」本心から戸惑っているように、ティッチは首を横に振った。「さて、どうしてそんなことを言ったんだろう」

15

だいぶ遅い時刻になった。ターナは寝台のある奥の部屋で寝るように、とティッチは言い張った。ぼくには、みんなで食事をした、前の部屋のソファで寝るといい、と言ってくれた。ティッチ自身は中庭に張ったテントで、あの少年と一緒に寝ると言う。ターナが断ろうとすると、ティッチはこう説明した。「どうせわれわれはテントで寝るつもりだったんでね。こういう晩は、星の観測に好都合だから」

「でも、嵐がくるんじゃなかった?」

「いや、嵐からはちゃんと守られるようにできている。怖いのはむしろ、サソリやヘビのほうさ」

「まあ」

「だから、安心してやすんでくれ」けだるそうな笑みを浮かべて、「寝台で寝て、床にはじかに接しないように」

　少年の肩をつかむと、彼は中庭に出ていった。ガイドの男が無言でその後につづいた。

　ティッチが毎日のように腰かけているソファだと思うと、ぼくはなかなか寝つけなくて、ひとしきり寝る向きを変えたり寝返りを打ったりした。寒さもあった。砂漠の夜がこんなに寒いとは驚きだった。それでもとうとう眠りに誘い込まれると、〈海洋館〉の夢を見た。それはもはや火事で損傷した灰色の木造の建物ではなかった。巨大な温室のようなガラス張りの建物で、側面の窓ガラスに周囲の威勢のいい樹木が映っていた。すべてがまばゆく輝いていて、ぼくは目を細くすぼめて風にガタつく明るいガラスを見上げているのだった。

　いつのまにか、ビッグ・キットが隣りにいた。でも、苦痛も、緊張も、伝わってこない——いまは何があろうと心を乱されまいと決めているように見える。以前は鎧のようにまとっていた怒りのヴェールをきっぱりと脱ぎ捨てたかのようだった。薄暗闇の中で、樹間から降りそそぐ午後の光が顔をまだら模様に照らして、頬がこけて見える。じっと黙り込んで、目覚めているのか眠っているのか、起きているのか死んでいるのか、わからない。そういう境地はすでに超越し、もっとおぼろな領域にいるかのようだ。オレンジ色の瞳には、銅のような、熱く照り映える艶がある。以前のように手をのばして、彼女の手をつかまなければと思ったのだが、ぼくはただ声もなくその隣りに立って、キットの肌から放たれる熱気を感じていた。日はまだ落ち切っていなかったけれど、風は雨と泥のにおいがした。ガラス窓に映るぼくらの影は、幻のように揺れていた。

　次の瞬間、目が覚めた。

肋骨が痛くてソファから起きあがり、小さな部屋の中を歩きまわった。外に出て新鮮な空気を吸いたかった。こもった冷気が熱気のように息苦しい。壁に手をついて、肌理(きめ)の粗い漆喰を撫でながら、ゆっくりと前に進んだ。周囲にはまだ野菜の煮物のにおいが残っていた。

方向がまったくつかめず、気がつくと寝台のある奥の部屋にいた。たった二間しかない家なのに、どうして迷ったりするのか。薄闇を通して、穏やかな寝息をたてているターナの寝姿が見える。こっちの部屋のほうがひとまわり狭く、真っ白な壁にはどんな絵もかかっていない。漆喰には細い隙間があって、その奥で小さな昆虫が動きまわる音が聞こえた。

手さぐりで戸口のほうに向かうと、ターナが呼びかけてきた。「だあれ、そこにいるのは？」

「起きてたのかい？」ぼくはターナの寝台のそばにすわり込んだ。長々と横たわったターナの上の大きなガラス窓から、月光が射し込んでいる。「ごめん、ごめん。脅かすつもりはなかったんだ」

ターナがそっと肩をつかんでくる。そのしめった手に、ぼくは唇を押しつけた。

「眠れなかったの？」あくびまじりにターナが訊く。

「夢を見ちゃってね」

「どんな夢？」

またターナの手にキスして、そっと撫でさすった。月光がゆっくりと壁の上をよぎってゆく。そのせいか、壁が青白く見えた。

「イギリスがとても遠く感じられるわね」つぶやくように言った。

「そうだな」

「〈海洋館〉も、ずいぶん遠くに離れちゃったみたい」

たしかに、あれからもう何年もたったみたいで、〈海洋館〉も遠く離れた存在に感じられる。

「あなた、あたしを軽蔑してる？」低い声でターナは言った。どういう意味かわからなくて、ぼくは薄暗闇の中でターナのほうを向いた。「あたしがあの人に、優しい態度をとっているから」

「もちろん、軽蔑なんかしていないさ――きみはただ思いやりをこめて、丁重に接しているだけじゃないか。きみのそういうところが、ぼくは好きなんだよ」

するとターナは、ためらいがちに言った。「あの人の、あの目――あんなに深い苦しみをたたえた目って、あたし、見たことない。あなたの話から想像していたのとは、ぜんぜんちがっていたわ」

「ぼくも見違えたね。以前のティッチは、あんなふうじゃなかった」

「じゃあ、あなたも驚いたでしょうね」

ぼくは何も言わずに、手の砂を払い落した。

「あなたが想像していたのと比べて、どう？」また小さくあくびをして、「この住まいにしても？こういう暮らしを予想していた？」

「いや、ぜんぜん」

「そう」

ターナは急に黙りこんだ。

「どうしたんだい？」

暗闇の中で、ターナが壁のほうを向いたのが感じとれた。

「ううん、なんでもない」

でも、彼女の心中がぼくにはわかる気がした。ターナは知りたがっているのだろう、果たしてぼくは答えを見つけたのかどうか。不可知の真実を求めるぼくの異様な探求心は、果たしてこの旅によって満たされたのかどうか。この旅は、ぼくの漂流者のような感覚をすこしでも癒やして、自分のルーツをめぐる混乱に一条の光明を与えることができたのかどうか。果たしてぼくの思いには区切りがついたのかどうか。それとも、この先もまだこうして一緒に漂流をつづけ、あの町、この町とめぐりつづけるのかどうか。あげくの果てに、彼女自身、ぼくみたいになって、どこにいっても寄る辺のない無宿者みたいな感覚に陥ってしまうのではないのか。

「こんなところまできみをつれてきてしまったのは、狂気の沙汰だったかもしれない」ぼくは静かに言った。「ごめんよ、本当に」

だが、ターナはもうすやすやと寝入っていた。

そのとき、寝台の横に扉があるのに気づいた。ゆっくりと近づいてひらくと、風が流れ込んできた。外を見ると、低い屋根の上に、きらめく星のひしめく広大な空が広がっていた。すこし離れたところで、何かがハタハタと鳴る音がする。中庭に据えられた大きな物体を覆うタープが、風に震えているのだろう。流れ込む夜気は一段とひんやりとしていて、濃密だった。思わず、ぶるっと震えながら、明るい夜空を見上げた。

寝台の反対側に、もう一つ扉があるのにそのとき気づいた。奥にも部屋があるらしい。扉は半開きになっていて、光がこちら側にこぼれている。不思議に思って扉に近づいた。

中に一歩踏み込んで、すぐに後ずさった。

そこには何十という科学実験装置が詰め込まれていたのである。各種の秤（はかり）、顕微鏡、書類などが、ところ狭しと置かれていて、それで扉が半分しか開かないのだった。半分開いた箇所で、扉はろうそくがのっているデスクにぶつかっていた。それらの実験装置は、何かにとり憑かれた観念を代弁しているかのようだった。金属製の器具の一つ一つが放棄された着想を、顕微鏡の一つ一つがなんらかの解答を、表しているように見える。

壁には光沢のある黒いプレートが何枚か貼りつけられていた。どのプレートも、真ん中に、ミルクをインクに溶かしたような、純白の丸いしみのようなものが浮きあがっている。それは人間の脳髄の幻影と見まがう、奇怪な形をしていた。しばらくは視線がそこに張りついてしまい、それらのプレートの横に別のプレートが貼りつけてあるのに気づくまでに、すこし間があった。そっちのプレートに写されているのは、あの少年の顔だった。黒い睫毛と目は輪郭も鮮明だったが、右の頰のあたりは固定液の質が悪かったのか、輪郭がぼやけている。顔の一方にだけ光が当たったのか、使われた溶液が不安定だったのか。

「あれは、月なんだ」

突然の声に振り返ると、夕食時の服装のままティッチが立っていた。あのときよりは冷静な様子だったが、まだ感情が乱れているようにも見える。一歩進んで彼は言った。「銀でコーティングした銅板に焼きつけて、月の映像をとらえようとしたんだよ。硝煙を吹きつけておいて、深夜に露光したんだがね」エメラルドの指輪をはめた指で、ぼんやりとした白い輪と少年の顔をなぞりながら、「見てのとおり、天体よりは人間の顔のほうがずっとうまく捕捉されるようだ。しかし、最終的には、どちらも等しく鮮明にとらえられるようでないとな。問題はやっぱり、距離だと見ている。とらえる対象からの距離だな」

ぼくはまさぐるようにティッチの顔を見つめた。さっきよりはそれと識別できる何かの感情が、そこには浮かんでいるような気がしたのだ。

「でも、人間の顔のほうがずっと面白いような気がするけど」ぼくは言った。

「ああ、たしかに。だが、一人の顔を見ているときは、それ以外の顔は見ていない。いわば、その顔に特権を与えているわけだ。観察するに値する顔はどれなのか、決めているわけだよ。保存する価値があるのはだれか、無意識に選別しているわけさ」そこで頭を振った。いまは疲れすぎていて、自分の言葉が露呈している皮肉も聞きとれないようだった。

ぼくはあの少年の顔を指さした。「あの子が、いまの助手ですか？」

すこしためらってから、ティッチは答えた。「いま、いろいろと学んでいるところでね。時間はかかるだろうが、いずれは身につくだろう」

ぼくはうなずいた。

「わたしはね――」言いかけた彼の顔はすこし紅潮していた。「誤解してほしくないんだが……あの子をあんたと取り替えたわけじゃない」

沈黙。中庭のほうで、奇妙な鳥の啼き声がした。

「あなたは、ここで暮らしていて幸せなんですか？」ぼくは訊いた。

ティッチは物憂げにこちらを見た。「幸福、という概念にもいろいろあるからな、ワシントン。われわれには選べないこともあるし、折々に与えられた幸福にしても、それとわからないことすらある」

彼は一つの見識として言ったのだろうが、ぼくの耳には、自分を慰めるための講釈のように聞こえた。そう、風の音と奇妙な鳥の啼き声しか聞こえない寒い夜に、自分を慰めるための講釈に。

冷気が骨にまで沁み込んでくる。ぼくは服の襟を掻き合わせた。

「そっちの部屋に入ろうか？」ティッチが言う。

「あの北極の基地を離れて、あなたはどこにいったんです？」ぼくは言った。「ピーター・ハースから聞いたところでは、常識では信じがたいことをあなたが言っていたとか――実はあれからずっと、あなたは露営地のぼくらと一緒にいて、すべてを見ていたんだとか。でも、実際にはどこにいったんです？」

ティッチは唇を舐めただけで、何も言わない。

「あのときは、あなたを探しに、露営地から捜索隊が出たんです。捜索隊には出会わなかったんですか？　捜索隊があなたを発見できなかったのはなぜなんです？」

　ティッチはやはり、答えるそぶりを見せない。

「ぼくは、はるばるここまでやってきたんですよ」

　ティッチはゆっくりと息を吐きだした。こんどは何か言うかと思ったのだが、やはり沈黙がつづいた。そのうち、とうとうティッチは口をひらいた。「あのままだと、あんたはいつまでもおれから離れないだろう、と思ったんでね」一息ついて、「おれとしては、いろいろと考える必要があったんだ」

「じゃあ、あれはお芝居だったんですか？　ぼくと別れて遠くにいくと見せかけて、実際はずっとあそこにいたんですか？」

「いや、露営地を離れたのは事実だよ」目の前の空中に何かを見つけたかのように、顔をしかめた。が、それ以上何も言おうとしない。

「ぼくはあそこで死ぬところだったんですよ」

「しかし、あんたにはピーター・ハースがついていただろうが。それと、おれの親父も。あの二人がいなかったら、あそこに置き去りにはしなかったよ。あんたはちゃんと面倒を見てもらえるとわかっていたから、ああしたのさ」ぼくに面と向き合って、「父が死んだときも、そばにいてくれたんだって？」

　ぼくはじっと彼の顔を見返して、ぎごちなくうなずいた。

「あんたがそばにいてくれたと知って、こっちは本当に気持が楽になった。あの後、兄も死んでね、二年ほど前に。兄が死んだら、きっと自分は打ちのめされるだろうと思っていたんだが、そうはならなかった。ぜんぜん平気な自分に、おれ自身、ショックを受けたよ。少年時代を共にした、血を分けた兄弟だったのに。何も感じなかったんだからな」

　ぼくに何が言えただろう？　ティッチの兄エラスムスは、血も涙もない残忍な男だった。あんな男が死んだって、悲しむ者がだれもいなくて当然だ。ぼくが驚いたのは、ピーター・ハースとソランダーの証言がまったく間違っていたということだった。あの二人はそろって、兄の死を知ったティッチはショックで打ちのめされていた、と言ったのだから。

「しばらく前、フェイス農園にいって、残務整理をしてきた。残されていた書類を全部ロンドンに持ち帰ったことは、そちらも知ってのとおりさ」ちらっと、憐れむようにぼくの顔を見て、「死亡者の欄にビッグ・キットの名前があるのも、そのとき知った。彼女があんたの実母だということも、そのとき知ったよ」かすかに眉根を寄せて、「キットの場合は自然死だったと思うが」

ティッチが親切心から言ってくれているのはわかった。おそらく自分とぼくのあいだの亀裂を感じとって、それを埋めたいと思ったのだろう。でも、ぼくはこの傷を彼と分かち合おうとは思わなかった。だれとも分かち合いたくなかった。

「以前、ぼくが絵を描いているとき、あなたは言いましたよね、〝物の、あるべき姿ではなく、おまえの目がとらえたとおりに忠実に描いてくれ〟と」

「そんなことを言ったかな?」ティッチは本当にびっくりしているようだった。

「言いましたよ。でも、あなた自身、そのルールに従っていないように、ぼくには見えました」

一息ついて、ティッチは言った。「どういう意味だい、それは?」

「あなたには、本当のぼくが見えていなかった——見ようとしなかった。見ようとしたのかもしれないけど、見えなかった。結局、あなたの目に映っていたのは、他の白人たちがぼくを見るときに見えていたものと変わらなかったんだ」

ティッチはわずかに眉をひそめた。「そんなことはないさ」

ぼくは唇を舐めた。ぼくの人生を歪めて、いびつなものにした根本的な疑問を、とうとうぶつけるときがきたような気がした。

でも、ティッチは外に出ていきたがっていた。一歩、前に踏み出して、彼は言った。「さあ、ぜひ見せたいものがあるんだがな」

「ティッチ」ぼくは鋭い口調で言った。その声にひそむ苦悩の深さに、ぼく自身が驚いていた。

ティッチは足を止めた。その顔には、ぼくが言おうとしていることを聞かずにすめばいいのだが、と願っているような、不安と悲哀のないまざった思いが浮かんでいた。

ぼくは一歩前に踏み出した。胸がどきどきしていた。「あなたは、どうして、ぼくを選んだんです？」

ティッチは無表情にぼくを見返していた。

「あの最初の晩、ぼくがビッグ・キットと一緒に、あなたのお兄さんの夕食の席の給仕役を命じられたとき。そう、あの晩、あなたは単なる思いつきではなしに、ぼくを選んだんですよね。はっきり覚えているんです。ぼくはあなたの〝クラウド・カッター〟にぴったりのサイズなんだ、とあなたは言った。ぼくがあの気球のバラスト代わりに最適なのでぼくを選んだ、とあなたははっきり言った」

ティッチの顔に奇妙な表情が浮かんだ。

「それを否定しますか？」

ティッチは顔をしかめた。「なんでそんなことを訊くんだ？」

「それがあなたの答えですか？」

ティッチは首を振った。「たしかに、あのときはそう明言したよ。実際、あんたがぴったりのサイズだったからこそ、選んだんだ。そのことは、別に隠し立てしなかったはずだが」

やっぱりか、という思いと、やり場のない悲しみに打たれて、ぼくは怒りを作り笑いでごまかした。

「あんたがどういう人間か、こっちはまったく知らなかったんだから、おれには他にどういう手立てがあったんだ？　たしかにあのときは、そういう考慮からあんたを選んだ。しかし、その後いろいろな実験を手伝ってもらったのは、他の理由からだ。あんたを一人の友として付き合うようになったのも、他の理由からだ。あれだけ複雑な実験を理解できる人間なんて、そうざらにはいない。稀に見る素材だよ」

「素材？」

「人間という意味さ。めったにいない人間だよ」

「でも、見捨てられた。他の人間と取り替えられた」喉の奥がぐっと締めつけられて、声がつまった。「でも、ぼくは自分を抑えることができなかった。あなたは別の黒人の少年を見つけて、いま、イギリス人のように教育している。それは、本当にあの子のためなんですか？　それとも、あなたがいずれ書く論文の素材として養っているんですか？」

ティッチの顔に、虚を衝かれたような表情が浮かんだ。「そんな論文など、書いたりするもんか」

「あなたがぼくを引きとったのは、自分の政治的な理念のためだったんじゃないですか。自分の実験に役立つからだったんじゃないですか。それ以外に、ぼくの利用価値はなかった。だから、あんなにあっさりと見捨てることができたんだ」なんとか息を整えながら、ぼくはつづけた。「あなたにとって、ぼくはその程度のものでしかなかった。本当の意味で自分と同等の人間だとは見ていなかった。あなたが奴隷制度に関心を抱いたのは、黒人たちの本当の苦しみを救いたいからというより、白人たちの道徳的な汚点を拭い去りたいという思いからだったんですよね」

その言葉の一つ一つを口にしながら、ぼくには、その絵解きにはひずみがあるぞという声が聞こえる一方、口惜しいけどそれが赤裸な真実なんだという思いもたぎっていた。

ティッチはじっとぼくの顔を見つめていた。それから、ゆっくりと、ごくゆっくりと、首を横に振った。翳りを帯びた緑色の目が、静かにぼくを見据えていた。

口がカラカラに渇いているのを意識しながら、ぼくは待っていた。

ティッチはもう一度首を振った。「あんたのことを、おれは家族の一員と見なしていたんだが」憂いを帯びた優しいティッチの顔を見返しながら、不思議だな、とぼくは思っていた。かつて、この人はぼくの全世界だったのに、結局はお互いにこうして、わかり合えずにいる。この人は、その労働が自分の力の源泉である人々の苦しみを終わらせようとして、並みの白人とは比べ物にならないような努力をしてくれた。この人は、一個の肉体としてのぼくを救い、確実な死からも遠ざけてくれた。それは事実だ。そのためには、自分の安寧も、家族愛も、自分の名誉すら危険にさらした。この人に罪があるとしたら、黒人の困苦を生じさせる潜在的な能力が自分にもあるのだということに、まだ気づいていないことなのだ、とぼくは思った。

「お願いだ」ティッチは言った。「ぜひ見てほしいものがあるんだよ」

体の中の血の流れが変化して、ひんやりした肌が火照ってくるのをぼくは感じた。

「な、ワシントン」ティッチが言う。

切迫した彼の顔を見て、ぼくはその後に従った。

16

ティッチの後から最初の廊下にもどり、芳香の漂う広間を抜けて中庭に出た。

新たな暗闇に目が慣れるまでに、すこし時間がかかった。それから目をぱちぱちと瞬くと、ターナと一緒に初めてこの中庭に入ったときに目にした大きな黒い影の中身が見えた。タープがすでに取り払われていた。目を細くすぼめて、じっと見据える。木と布と鉄骨の絡み合った構造体の輪郭が見えてきた。その瞬間、ぼくは思わず息を呑んだ。

なぜなら、白い地面に置かれていたのは、二人乗りの優雅なボートだったからだ。白い堅固なマストが、空をついて斜めに伸びている。そして船体の両側には、先史時代の飛竜のそれにも匹敵する、堂々たる神秘的な翼が生えていた。

風にマストが震える音を聞きながら、ぼくは呆然と突っ立っていた。

「数年がかりで、ここまで仕上げたんだ」マストを見上げて、ティッチが言った。「これで大西洋を横断しようと思っている。最終目的地はバルバドスだな。この装置で海を渡るのにふさわしい目的地だと思っているんだが」

その顔を眺めているうちに、あの頃の彼の常軌を逸した言動の一つ一つが甦ってきた。が、いまの彼は狂っているわけではない――あの頃の失敗は都合よく忘れて、自らを癒やすために、再度、過去を生き直そうとしているのだ。いまだからぼくにもわかる、この企てはおそらく二度目の失敗を招くだろう、と。この装置は、あの失われた島までの距離の半ばまでも達することができず、彼は途中で断念するか、命を失うか、二つに一つの運命をたどるだろう、と。

白く輝くマスト。光沢のある木材で組みあげられた褐色の船体。その両側から伸びている大きな翼。一つ一つ眺めているうちに、脳裡には紺碧の海から吹き寄せる風の音が、ダイオウヤシの葉ざわりが、そして、足の裏でしなる乾いた雑草の感触が、甦ってきた。掌中に握ったオオヒキガエルやヤモリの、じっとりとしめった皮膚の手ざわりが甦ってきた。日に焼かれて熱くなった山刀の錆のにおいが鼻をかすめ、きりきりとした痛みが頭にさしこんでくる。ぼくは思わず顔をしかめて目を閉じた。

17

仄暗闇の中で、ティッチとぼくはミント・ティーをすすりながら向き合ってすわっていた。外では風が勢いを増し、細かい白砂をガラス窓に叩きつけている。あの少年が寝ぼけまなこで入ってきて、いまは部屋の隅ですやすやと寝息を立てている。

ティッチはグラスの底のミントの葉を、曲がったスプーンでかきまわしていた。ともしてあるろうそくは一つ。炎もか細くて、ぼくらの顔と手がかろうじて見えていた。ティッチのほっそりした白い手の甲に、傷跡があるのにぼくは気づいた。それをかなり引っ掻いたらしく、赤くただれたようになっている。

「ここからダホメまでは、遠いんですかね？」ぼくは言った。

ティッチはあくびをして、目をこすった。「ダホメかい？」まさぐるようにぼくを見る。

「どの辺にあたるんでしょう？」

「あんたが顔に火傷を負ったときだったな」低い声でティッチは言った。「うわごとで、ダホメのことを何か言っていた。そこで生まれ変わるんだとか何とか」ぼくをまごつかせたと思ったのか、ティッチはすぐに言葉を継いだ。「ここからだと、かなりの距離がある。そうとうの危険を覚悟しなきゃならんだろうな。おれだったら、いかないね」

しばらく沈黙が支配した。ティッチは大きなあくびをした。

「もうお寝みになったらどうです」ぼくは言った。

ティッチはしばらく眠たげにぼくを見ていた。「エドガー・ファロウさんを覚えているかい？」

「ええ」

「彼は亡くなったよ。つい先日知ったんだが」

ぼくはあの風変わりな人物の風貌を思いだそうとつとめた。あの人の思いやり。それは、あの人の陰気な、ぞっとしない趣味とは何の関係もなかったのだが。「それは、お気の毒に」

「長いあいだ病んでいたんだな。あのとき、あの体で、よくあれだけのことをやってのけられると感心したんだ」

「たしかに、顔色が悪かったですね」

「すごい人だった。虐げられた人々のために、あれだけのことをしたんだから」

沈黙がつづいた。そのうち、自分でも驚いたことに、ぼくは〈海洋館〉のことを話しはじめていた。完成したら、それがどんな展望をもたらすか。それを詳しく話しているうちに、ぼくはロンドンにもどろう、と思っていた。もどって、自分の名前が抹消されないように闘うのだ。あの事業に全力を注いで、自分の名誉が保たれるようにしよう。

聞いているティッチの顔には、フェイス農園の頃に彼が折々示した興味津々たる表情が浮かぶのにぼくは気づいていた。あの頃の彼は、カブトムシ一匹見かけても、すぐ拡大鏡をとりに走り、それから終日、鉄樹の葉の上を歩くカブトムシを追っていたものだった。「いまさらおれの賛辞など望んではいまいがね、ワッシュ」ティッチは言った。「そいつが完成したら――とてつもないことが起きるぞ」

ぼくは両手に目を落としてから、すぐに顔をあげた。

ためらいがちにティッチは言った。「さっき、外で、あんたを家族のように思っていた、と言ったとき」一息ついて、「あれは嘘いつわりのない本音だったんだ。つらく当たる気などは、毛頭なかった。ただ優しくすることだけを心がけていたんだ」

ぼくは無言で彼の憔悴した顔を見つめた。

さらに何か言いたそうにしていたティッチだったが、それきり黙り込んだ。

「ジョン・ウィラードは死にましたよ」ぼくは言った。

ティッチは物憂げに顔をあげた。「それも聞いている。浅ましい死に方だったらしいな」

「こんな世界の果てにいても、何でも知ってるんですね」

「たしかに――イギリスにいたときより、ずっと情報通になったかもしれない」

彼の父親、北極の基地にいたときのワイルドさんのことを思いだした。あのときの暮らしが、いまではなんと昔に思えることか。「ぼくはこの目で見たんです。絞首刑にされるジョン・ウィラードを」

ティッチは目を丸くした。「おまえさんはそんな場所に近づくような人間じゃないと思ったがな、ワッシュ」

「あれも運命だったんでしょうね、あの死に様を見るのも」ミントの葉の抵抗感を覚えつつ、お茶をかきまわした。顔をあげて、ぼくは言った。「あのとき、あなたを見かけた気がしたんです。見物人の群れの中に。その後を追いかけたりしたんだけど」

ティッチは疲れたように微笑した。「たぶん、おれの霊魂だったんだろうよ」ぼくはピーター・ハースから聞いたことを思いだした。あの後、ティッチはあの雪の中、どこに消えたのか。それをどうピーターに説明したか。

「あなたにあげてほしいと、ピーター・ハースから古い六分儀を預かったんです」

「あんな重いものを運ぶのは大変だったろう。どうやってモロッコまで運んだんだ？」

「いえ、あれはアムステルダムに返しておきました。おっしゃるとおり、あまりにも大きすぎるので。ハースさんのところに返送したんですよ」ぼくは肩をすくめた。「それに、あれを彼からとりあげるのは酷だと思ったものですから。たとえもう使わなくとも、あれは彼の人生の記念品だから」

ティッチはゆっくりとミント・ティーをすすった。「で、どんな様子だった、ピーターは？」

「お元気そうでしたよ」すこしためらってから、ぼくは言葉を継いだ。「あなたの精神状態を気遣っていました」

ティッチは意外そうな顔をした。

「その点は、〈奴隷解放協会〉のロバート・ソランダーさんも同じでしたね。あなたの着ている服が窮屈そうなのが気になった、と言っていました」

「おれの服が窮屈そう？　どういうことだい、それは？」

ぼくはソランダーが言っていたことを説明した。〈奴隷解放協会〉を訪れたときのティッチが、他人の服を着ているように見えたので、びっくりした、と。ティッチは笑いだした。

「ピーターを訪ねることが決まってから、おれは自分の服を含めた荷物を、前もってアムステルダムに送っておいたんだよ」ティッチは言った。「で、当座着るものと言ったら、グランボーンの実家で着ていたものしかなくなってしまったのさ。どれもこれも、ずいぶん前に着ていたものばかりで、体には合わなかった。でも、それで間に合わせるしかなかったわけさ」

「それは、頭のおかしい人の言い訳に聞こえるけどな」

ティッチはまた笑ったが、その目は笑っていなかった。「ああいう格好でいたあいだ、ずっと考えていたんだ、フィリップがいまのおれを見たら何て言うだろう、と。服装にあれだけやかましかったフィリップだからな」

フィリップさんの名前を聞いて、ぼくの頭にはいろいろな映像が一気にあふれ返った。猟銃をゆっくりと握りしめていた、あの白い指。食事で満腹した後、ハーブやスパイスや酢の味わいをもう一度確かめようとするかのように、指を神妙に舐めていた彼の姿。秋が過ぎゆくあいだ、日ごとに陰鬱さを増していったあの顔。そしてあの晩、野原を歩いていた彼の姿。

ぼくに嫌がらせをしようとしたのならともかく、なぜティッチはいまになってフィリップの名前を持ち出したのか。でも、彼の面上にはいま、理由を説明したいという気持が表れていた。

「さっき、外で、北極でのおれの言動について訊いたな」手の甲の腫れた箇所を撫でながら、ティッチはつづけた。「あの雪嵐の中に踏み込んでいったときのおれは、もう自分じゃなかった。まったく自分を失っていたんだ。なんというか――」言葉に窮したように息をついで、「そうだ、フィリップのことを話そうか。エラスムスとフィリップとおれは、すごく親密な少年時代を送ったんだ。実の兄弟のように遊びまわったものさ。しかし、エラスムスとおれは、フィリップのことをおれたちと同等の存在とは見なしていなかった。彼の一家は貧しくて、それが彼の日頃の身だしなみにも表れていた。そのことで、おれとエラスムスはフィリップのことをよくからかったんだ」気まり悪げに目をあげて、「ところが、だんだんと、それではすまなくなった」

ぼくは黙ってティッチの顔を見返した。

「最初はちょっとした悪戯(いたずら)からはじまったんだ。グランボーンの館は呪われてるんだぞ、と言って、彼を長期間使われていない部屋に一晩閉じ込めたりして。それから、気楽なハイキングを装って、フィリップを森の中に連れ込む。そこで態度を一変して、さあ、服を全部脱げと脅したり。あいつが泣きだすのもかまわず、素っ裸にして、あいつが泣く泣く館にもどるのを面白がったり」恥ずかしそうにこちらを見て、「まあ、誉められたものじゃない。それから、いじめが一段と陰険なものになっていってね。エラスムスが特にそうだった。彼はフィリップを殴って、殴って、殴り倒すまでつづけるんだ。フィリップが地面に倒れると、自分も地面にひざまずいて殴りつづける。フィリップが気を失うまでつづけたものさ。

おれたちはその味をしめてしまった。で、止められなくなった。暴力の衝動が目覚めたんだな。エラスムスがフィリップを家来扱いしはじめたのも、それがきっかけだったんじゃないかと、ときどき思うことがある」

ぼくは身じろぎしたが、何も言わなかった。

「おれは、フィリップという男が最後まで理解できなかった。別世界からきた男のような気がしてね。ふつう、男は成長するにつれて人格も固まり、個性がはっきりしてくる。ところが、フィリップはそうじゃない。成長するにつれて、個性がますます曖昧になったような気がするんだ。あいつに関しては、わけのわからないこと、辻褄の合わないことが多すぎるのさ。あいつの死後、ずいぶんと驚かされたよ、思いもかけない事実が露見してきて。一例をあげれば、フィリップは毎月、収入の半分を、孤児院を経営している婦人協会に寄付していたんだ。なぜなのか？　まったくわからない。しかも、一方で、ホワイトチャペルのいかがわしい地区に出入りしては賭博にうつつを抜かし、相当の借金をしていたことがわかった。それも、慈善事業に寄付していた金額をもってすれば、簡単に帳消しにできた額の借金なんだ。なぜあいつはそんな寄付をしていたのか？　どこかに隠し子でもつくっていたのか？　ある時期、あいつがリスボンに住むある寡婦と婚約したなどと吹聴していたことは、おれも知っている。ところが、そんな寡婦など、どこにも存在しなかったんだ。どんな記録もない。一方で、あいつは美食を愛し、洒落た服装を好んだ。そして、昼日中には口にするのも憚られるような場所に出入りし、怪しげなクラブに通った。いろんな連中と付き合って、盛大な浪費をしたくせに、真の友と呼べるものは一人もいなかった。おれたちがあいつにひどい仕打ちをしたのは事実だよ」ちらっとこっちを見たが、その視線は落ち着きなく揺れていた。「長らく病んでいたフィリップの父が危篤に陥った晩、エラスムスとおれはいやがるフィリップを強引に誘って、町のパブに連れ込んだ。あいつの父親はもう何週間も前から重体に陥っていて、フィリップは片時もその枕元を離れなかったんだ。ところが、おれたちはそのフィリップに、何も心配することはないと信じ込ませて、父親の死に目にあわせなかったのさ。その晩、フィリップがへべれけに酔っ払ってグロヴナーの館にもどると、父が死んだことを知らされた。フェイス農園でフィリップが自殺したとき――」ティッチは後の言葉を呑み込んで、首を振った。

暗闇の中で冷たい石の床にすわったぼくは、過去のさまざまな映像が頭の中で揺れては弾けるのを感じていた。フィリップさんが死んだ晩、ぼくが血まみれになって、ガタガタ震えながら、ティッチの書斎に飛び込んだとき、ティッチはしばらく無言でいたことを思いだした。あのとき、自分が手をかけたわけでもないのに、ぼくはフィリップの死にすごい責任を感じた。自分が何もできなかったことに、どうしようもない無力感を覚えたのだ。

「あの晩、フィリップの遺体を収容しに出かけたとき」ティッチが言った。「おれはとてもそれどころではなくて、あいつに触れることもできなかった。飛び散った肉片を眺めて、これはフィリップじゃないと、そればかり思っていた」かすかに肩をすくめて、「そのときだったな、この世の物理的な構成要素だけが宇宙のすべてではない、それを超越する何かがあるはずだ、という思いが突然湧いたのは」

隅のほうで、あの少年が身じろぎした。それにはちらとも目をくれずに、ぼくは自分の手を見下ろして、フィリップが死んでからの歳月を思い起こしていた。ぼくはいったい何から逃げていたのか。でも、逃げなければ、エラスムスの手にかかって確実に死んでいただろう。ティッチが現れる前の農園での暮らしを、ぼくは思いだした。灼けつくような陽光の下での苛酷な労働。あちこちで聞こえる悲鳴。あたかも新たに迎える日々が最後の日であるかのように、さりげなく訪れる死。そしてそれこそが、そう、われとわが死を企てたときですら自分の生命が他人の物と思い知らされることこそが、奴隷にとっての最大の責め苦だったのである。ぼくらは自分自身の肉体から、肉体と精神がなしとげられるすべての啓示から、疎外されていたのだった。

「おれがどんなにひどい男かわかって、うんざりしただろう」ティッチは言った。「無理もない」彼はこちらを見たが、その表情は闇に隠れていた。

　ぼくは黙ってティッチの顔を見た。

「なんとも残酷な仕打ちをしたものさ、おれたちは」

　埃だらけの床をしばらく眺めてから、ぼくは言った。「生きることの真の意味って、何なんです、ティッチ？　生きている当の人間にだって、わからないんじゃないかな」ぼくは顔をあげた。「ましてや、他人の苦しみの本当の意味なんて、わからないんだろうと思うけど」

「おそらく、そうだろう。しかし、すくなくとも、その苦しみに輪をかけないように全力を尽くすことはできるだろうな」

　ぼくらは沈黙した。しばらくして、なるべく音をたてないように、ぼくは立ちあがった。ティッチは顔をあげようともしない。ぼくはゆっくりと、ごくひそやかに、彼の肩に手を置いた。


　風が家の壁に叩きつけている。ぼくは体をずらして、手を下ろした。ティッチはなおも黙ってすわり込んでいる。二人とも、無言だった。そのうちティッチは立ちあがり、窓際に山と置かれた書籍の上にカップを置くと、あの少年のそばにいって隣りに横たわった。ぼくは暗闇の中にしばらくすわっていた。頭には何も浮かばず、ただぼうっとしていた。そのうちティッチは寝入ったらしく、浅い寝息が聞こえた。外では相変わらず風が止まず、人間のささやきのような音をたてて窓ガラスを砂が叩いている。

　隣りの部屋でターナが身じろぎしたような音が聞こえたが、すぐに風の音だとわかった。ぼくは身を起こして、その場にしゃがみ込んだ。砂嵐をついて日が昇ろうとしているのか、窓ガラスに仄かなオレンジ色の光が射した。と同時に、黒い鳥のような翳もガラスを侵そうとしている。何の音か、東のほうで低い地鳴りに似た音が響き、小石が窓ガラスを叩くような、パチパチという音も聞こえた。

ティッチがあの少年だけをお供に、必要最小限の所有物に囲まれて暮らしているのは驚きだった。彼を蝕んでいる罪の意識は、ぼくとは何の関係もなかった――結局ぼくは長いあいだ、いたずらに彼の良心をあてにしていたことになる。でも、それはもうどうでもいい。ティッチはティッチで、別の罪の意識に苦しんでいたのだ。少年時代に深く刻まれた罪悪感にせかされて、彼はここでまた、フェイス農園でのぼくとの暮らしを――それが秘めていた残酷さにも目をつぶって――再現しようとしているのだろう。人によっては、ここでの彼の暮らしはフェイス農園でのそれと大差ないと見るにちがいない。ぼくの目に映るのも、あの頃と変わらないものばかりだった。本物の家庭など望むべくもないほどに散らかった家具。計測のためにのみ役立って、具体的な結論一つ生みだせない実験器具の山。身寄りのない少年との交情。しかし、その少年もいずれ、いまから数日、数か月、数年後には、自分の素性もわからないほど故郷から遠く離れた異境に打ち捨てられたことに気づいて、第二の人生を築こうと苦闘しはじめることだろう。寄る辺のない身に不安を抱きつつ、氷のように非情な世界で生き抜こうともがきはじめる少年の姿が目に浮かぶ。

隣りの部屋で物音がした。いまにもターナが起き上がり、少女のようにひっそりとした足どりでこっちの部屋に入ってくるのではないかと、身がまえた。が、それはぼくの思いすごしだった。窓越しに見える広い空は、もはや抱擁すべき何物もないかのように、小鳥や雲の影ひとつなく、ひたすらに虚ろだった。

建付けの悪い扉を通して、ヒューという音が人声のように忍び込んでくる。疲れ切っていたぼくは、何も考えずに立ちあがっていた。扉に手のひらを押し当てると、小刻みな振動が伝わる。次の瞬間、ぼくは扉を引きあけていた。とたんに、黄色い空気が唸りを生じて眼前に押し寄せた。木の小枝が飛んできて、石の壁にぶち当たり、砕け散った。すさまじい風だった。耳をつんざくような音をたてて地面をえぐり、白みかけた東方に砂粒を吹きつける。どっちを向いても、人影はない。車輪の跡一つ、足跡一つない。あまりに冷え込んでいて、白い呼気まで見えそうだった。

敷居に一歩踏み出した。砂粒が吹きつけて、目の前も見えなくなる。背後でターナが呼んでいるような気がしたが、振り返らなかった。オレンジ色に染まる地平線から、目が離せなかったのだ。両手で自分の体を抱きしめて、数歩前に進んだ。額に当たる風は、まさしく、意思ある生き物のようだった。

感謝の言葉

次の方々にお礼を申し述べたい——トライデント・メディア社のエレン・ルヴァイン、ハーパーコリンズ社のパトリック・クィーンとアイリス・タフォーム、サーペンツ・テイルズ社のレベッカ・グレイとハンナ・ウェストランド、アルフレッド・A・クノッフ社のダイアナ・ミラー、RCW社のピーター・ストラウス。そして、アサバスカ大学〝ライター・イン・プログラム〟のジョン・スィートとノエル・ジッツァーに。

ペギーとボブ・プライス、ジャクリーヌ・ベイカー、ジェフ・ミロー、ならびにエデュジアン家の面々にも心からの感謝を。なかでも、この狂気の時代に私を支えつづけてくれた最愛のパートナー、スティーヴン・プライスに。

訳者あとがき

「どうだい、いままでに反射望遠鏡で満月を見たことがあるかい?」

不安にうち震える少年に投げかけられたのは、思いもよらない問いだった。

そして、それを境に少年の人生は百八十度転換することになる。

舞台は一八三〇年代、カリブ海に浮かぶイギリス植民地のバルバドス島である。少年はその島の苛酷な大農園で働く十一歳の黒人奴隷。問いかけたのは、その大農園の残忍な支配者の実弟である変わり者のイギリス人。

と書くと、読者のなかにはすぐ、あの『アンクル・トムの小屋』にはじまる、黒人の苦難の歴史を描いた一連の作品の系譜を思い浮かべる方も多いことだろう。この作品『ワシントン・ブラック』でも——とりわけ冒頭部では——黒人奴隷たちの悲惨な暮らしの一端が生々しく描かれている。が、本書はその後、そうした系譜とはおよそ対照的な破天荒な展開をとげてゆく。なにしろ、その少年、ワシントン(ワッシュ)・ブラックは、冒頭の問いを投げた白人クリストファー(ティッチ)・ワイルドと共に、ある日、苛酷な奴隷の暮らしから、文字どおり〝飛躍〟してしまうのだから。二人はなんと気球に乗って、大農園から脱出してのけるのである。

それ以降、舞台は二人を翻弄する運命の変転に従って、アメリカのノーフォークから極寒の北極へ、さらにはヨーロッパから北アフリカへと転々とする。その限りでは、ひとまず本書は幾多の試練を主人公のワッシュが乗り越えてゆく波乱に満ちた冒険小説と呼べるかもしれない。と同時に、そこには多感な黒人の少年がやがて恋に目覚め、男としての自分を意識しながら成長してゆく異色の青春小説の息吹もあると言えよう。

だが、物語が佳境を迎えるにつれ読者の胸に響いてくるのは、そうした意匠の奥にひそむ、一つの切実な問いではないだろうか。

幼時から逞しい女奴隷に庇護(ひご)されて育ったワッシュの頭には、彼女に教えられた、〝自由とは何でも好きなように振る舞えること〟という思いがこびりついている。〝自由の天地〟アメリカのノーフォークにたどり着いたワッシュは、とりあえずはその自由、いわば〝行動の自由〟を手にしたことを実感する。だが、その胸には、一つの問いが終始こびりついていたのではないだろうか。冒険の途中で知り合った、ある怪しげな船の船長が放った一言。

――いったい何者なんだ、いまのおまえは？

その問いは、やがてティッチとの奇妙な友情にも影を落として、ティッチの〝善意の〟行動に対する猜疑(さいぎ)の芽をワッシュの心に植えつけてゆく。本当の自由、真の平等とは何なのか、その根源的な問いはついにはワッシュを否応なく駆り立て、精神の荒野をさまよう長い旅路に彼を誘い込んでいくだろう。

その旅路が決して観念的なものにならず、物語としての豊潤な面白さを保って読者を飽かせないのは、一つにはワッシュと次々に関わりを持ってゆく人物たちの描写が類型的ではないからだ。ティッチ、奴隷ハンターのウィラード、ワッシュを虜(とりこ)にする女性ターナ・ゴフ、そして、その父親の海洋生物学者G・M・ゴフ等々、善人と悪人とを問わず個性が活写されていて、各人の面影が生き生きと眼前に浮かんでくる。すべては作者の創造によるものだろうが、一人だけ例外があることに留意しておきたい。

ワッシュにとって、畏敬の対象であると同時に煙たい存在でもあるG・M・ゴフ（Goff）。このゴフに限っては、ある実在の人物がモデルになっているとみていい。実は、同じヴィクトリア時代ながら、本書の設定より若干後ろにずれた時期のイギリスで、P・H・ゴス（Gosse）という多才な海洋生物学者が活躍していた。名前が似通っている点もさることながら、このゴスが海洋生物の生きた展示館の唱道者で、一八五三年、実際にロンドン動物園に史上初の水族館〝フィッシュ・ハウス〟を開設したという事実からして、ゴフのモデルであることは明らかだろう。そのゴスに、ターナを思わせるような娘がいたという事実はないのだが、一つ興味深いのは、一八四四年にゴスがジャマイカに渡り、そこで一年半にわたって海洋生物や鳥類の調査にあたっているという点だ。しかもその際、何人かの若者を助手に雇っており、その中に一人、特別に描画がうまい黒人の若者がいた、と彼自身、記録に書き残しているのである。それが、作者エシ・エデュジアンに一つのインスピレーションを与えたであろうことは容易に想像がつく。その点だけをとれば、ゴフの造形は海洋生物学の先駆者ゴスに対する一つのオマージュとも読めるのではなかろうか。

　それはともかく、こうした多彩な登場人物が興趣豊かなドラマを織りなしてゆくのは、作者の秀抜なストーリー・テリングがあってこそと言えるだろう。規模雄大な構成力はむろんのこと、より細部のシーンにおける意表を突く場面転換も秀逸で、随所にちりばめられたさまざまな出会いや対決シーンが読ませるのだ。とりわけワッシュがついにウィラードと対決するシーンなど、絶妙なテンポがただならぬ緊張を生んでいて、小説を読む醍醐味を与えてくれる。そうした面白さは、本書の真髄に触れるクライマックスの対決シーンまで途切れることがない。かつて気球で飛躍した少年は、そのとき、恩讐のはざまに立ちすくむ若者となって、人生の真実に直面することになるだろう。

　この奇想に満ちた物語の生みの親、エシ・エデュジアンはカナダで生まれ育った黒人の女性作家である。日本では初登場となるので、そのプロフィールを最後にかいつまんで紹介しておこう――。

一九七八年、カナダのカルガリーで、ガーナからの移民である両親の娘として生まれた。同国のヴィクトリア大学で創作を学び、二〇〇四年、二十六歳の時、処女作『The Second Life of Samuel Tyne』で作家デビューを果たした。七年後の二〇一一年、二作目の『Half-Blood Blues』を発表。本書『ワシントン・ブラック』（二〇一八）は、二〇一四年に発表されたノン・フィクション『Dreaming of Elsewhere : Observations on Home』をあいだにはさんで、小説としては第三作目にあたる。特筆すべきは、二作目、それに本書と、連続してイギリスで最も権威のある文学賞、ブッカー賞の候補に選出されたこと。惜しくも両作とも受賞は逃したが、実力派の新鋭としての評価はまったく揺らいでいない。その作風について、アメリカの「ニューヨーカー」の書評子は、いい意味での〝カメレオンのような作家〟と評している。たしかに、二作目の『Half-Blood Blues』など、本書『ワシントン・ブラック』を書いた同じ作家のものとはとうてい思えないほどだ。第二次大戦の暗雲漂うベルリンとパリという舞台設定、そこで活動していた黒人やユダヤ人の若きジャズ・ミュージシャンたちの運命というテーマ、さらにはジャズの世界に特有のスラングを多用したアップテンポな文体、どれをとっても本書とは異次元の作品であるのはたしか。この異能ぶりを知るにつけ、次はどんな世界を描いてわれわれを驚かせてくれるのか、楽しみになってくる。私生活では二児の母親でもあるとのことだが、創作意欲はますます研ぎすまされていると聞く。次の新作が待ち遠しい作家である。

二〇二〇年七月

高見　浩

〈読者のみなさまへ〉

本書の一部には、現代では使用をひかえるべき言葉や表現が含まれておりますが、作品の舞台となる時代背景と作者の意図を尊重し、あえて原文を生かした翻訳文にいたしました。本書が決して差別の助長や温存を意図するものではないことをご理解の上、お読みください。

著者　エシ・エデュジアン　Esi Edugyan
カナダ・アルバータ州出身。ヴィクトリア大学で学び、2004年『The Second Life of Samuel Tyne』でデビュー。2011年、『Half-Blood Blues』でカナダ最高峰の文学賞スコシアバンク・ギラー賞を受賞。2018年、本作で再び同賞を獲得。本作はニューヨーク・タイムズを始め、ワシントン・ポスト、タイム、エンターテインメント・ウィークリー他、有力各紙のトップ10ブックス・オブ・ザ・イヤーに選ばれ、さらにブッカー賞の最終候補作となった。

訳者　高見 浩　Hiroshi Takami
東京生まれ。出版社勤務を経て翻訳家に。主な訳書に『ヘミングウェイ全短編』『日はまた昇る』『誰がために鐘は鳴る』『老人と海』（E・ヘミングウェイ）、『羊たちの沈黙』『ハンニバル』『カリ・モーラ』（T・ハリス）、『カタツムリが食べる音』（E・T・ベイリー）、『眺めのいい部屋売ります』（J・シメント）、『北氷洋』（I・マグワイア）など。著書に『ヘミングウェイの源流を求めて』がある。

編集　　皆川裕子

ワシントン・ブラック

2020年 9月30日　初版第一刷発行

著者　　エシ・エデュジアン
訳者　　高見 浩
発行者　飯田昌宏
発行所　株式会社小学館
　　　　〒101-8001　東京都千代田区一ツ橋2-3-1
　　　　編集03-3230-5720　販売 03-5281-3555
DTP　　株式会社昭和ブライト
印刷所　萩原印刷株式会社
製本所　牧製本印刷株式会社

ISBN978-4-09-356720-6